A Collection of
the Classic Works of
Chinese Female
Science Fiction Writers

中国女性
科幻作家
经典作品集

上
册

主编 程婧波

中国广播影视出版社

图书在版编目（CIP）数据

她：中国女性科幻作家经典作品集：全2册 / 程婧波主编 . -- 北京：中国广播影视出版社，2021.9
ISBN 978-7-5043-8598-7

Ⅰ . ①她… Ⅱ . ①程… Ⅲ . ①幻想小说—小说集—中国—当代 Ⅳ . ① I247

中国版本图书馆 CIP 数据核字 (2020) 第 271392 号

她：中国女性科幻作家经典作品集（全 2 册）

程婧波 主编

责任编辑　　王　萱　宋蕾佳
装帧设计　　李宗男
责任校对　　张　哲

出版发行　　中国广播影视出版社
电　　话　　010 - 86093580　010 - 86093583
社　　址　　北京市西城区真武庙二条 9 号
邮　　编　　100045
网　　址　　www.crtp.com.cn
电子信箱　　crtp8@sina.com

经　　销　　全国各地新华书店
印　　刷　　北京盛通印刷股份有限公司

开　　本　　710 毫米 × 1000 毫米　1/16
字　　数　　568 千字
印　　张　　46.5
版　　次　　2021 年 9 月第 1 版　　2021 年 9 月第 1 次印刷

书　　号　　ISBN 978-7-5043-8598-7
定　　价　　98.00 元（全 2 册）

序言

潮

吴岩　凌晨

起

1997 年，97 国际科幻大会，凌晨在会场遇到晶静。那时的凌晨是仅仅发表过三篇科幻小说的新秀，而晶静已经是获过银河奖的名家。凌晨大学时看过晶静的科幻小说，完全没想到能见真人。在凌晨面前的这位前辈，没有任何成名作者的架子，随和而朴实。

晶静是张静的笔名，她于 1985 年 6 月在《科学文艺》杂志上发表了自己的第一篇科幻小说《最美的眼睛》。《科学文艺》就是后来的《科幻世界》。对于张静来说，科幻创作只是业余爱好，身边的人知道她有这个爱好的并不多。

凌晨的第一篇科幻小说《信使》发表在 1995 年 7 月的《科幻世界》杂志上，这篇小说获得了当年的中国科幻银河奖。在凌晨之前，张静也获得过这个奖项。《科幻世界》并没有对女性作家特别关照，也没有因为是女性作家就忽略其作品。

当时，凌晨感觉在科幻的领域，是没有性别差异的，凌晨和她的科幻朋友们之间宛如手足，没有谁因为凌晨是女性就另眼相看。1995 年，凌晨和北京的科幻迷们制作了科幻同人杂志《立方光年》，并组织成立了北京科幻迷俱乐部。1997 年，俱乐部聚合北京科幻迷，在 97 北京国际科幻大会之后发了一列"科幻专列"去成都，参加大会组织的成都夏令营活动。此时的凌晨并不知道科幻创作会成为她的终生职业，她只是充满好奇，对科幻、对科幻打开的无垠时空，满心欢喜。

后来，人到中年，凌晨回首往事，才发现自己一直被科幻引领着，并被科幻改变了人生道路。

很多人的人生道路也同样被科幻改变了。

1995 年，彭柳蓉在《科幻世界》发表了第一篇科幻小说《无言》。她比凌晨要年轻许多，却同年踏入科幻圈，一直到现在仍然坚持科幻创作，仍然是科幻圈的活跃人物。凌晨因此对她调侃："中国科幻应该给我们劳模奖。"

1996 年，第三位科幻女劳模赵海虹出现了。她的第一篇科幻小说《升成》刊登在《科幻世界》1996 年 2 月号，这时她还是大学生。《升成》获得了 1996 年的光亚学校杯科幻大赛一等奖。此后，赵海虹一边读书一边写科幻小说，输出稳定，作品连着 7 年获得银河奖。1999 年，《伊俄卡斯达》更是获得了银河奖特等奖。

1997 年，凌晨和于向昀在北京科幻迷俱乐部的一次活动中相遇，一见如故。那时于向昀刚出版了自己的第一部长篇科幻小说《无法确定》，讲述一个克隆人寻找自己身世并为自己争取权利的故事。能出版自己的小说，是凌晨看来特别了不起的事情。于向昀后来写了许多短篇科幻小说，也获得过银河奖，作品《时空的封印》还被选入上海中学生阅读教材。

定

1999 年，在中国科幻历史上是非常重要的节点，全国高考的作文题竟然是十分科幻的《假如记忆可以移植》。而高考前一周出版的《科幻世界》第 7 期的主题就是记忆移植。这引发了科幻热潮，也极大促进了科幻创作。这一年《科幻世界》推出了《当代中国原创科幻小说》丛书，包括了 6 位青年本土科幻作家的短篇集，其中就有凌晨的《天隼》和赵海虹的《桦树的眼睛》。《科幻世界》还在例行的成都笔会后举办了丛书的发布签售会。这也是凌晨第一次参加签售活动。活动后，凌晨借住在彭柳蓉家写稿子。彭柳蓉那时还在读书，2001 年，她毕业了，就去《科幻世界》杂志社从基层工作干起，这一干就是 15 年，期间她担任过《科幻世界画刊》副主编、《科幻世界》（少年版）副主编等职务。

秋天的时候，凌晨和北京科幻迷俱乐部的部分成员到天津与天津科幻迷相聚，见到了张卓。张卓刚刚在《科幻世界》杂志发表了自己的第一篇科幻作品《遗忘》，成为天津有影响力的科幻作者。她后来参与了《科幻画报》的编辑工作，推动了科幻在京津地区的传播。

也是 1999 年，还是中学生的姐拉第一次发表科幻作品，虽然只是登载在市区日报上，但在姐拉心目中，这是她从科幻读者走向科幻作者的第一步。后来她嫁给了另一位科幻作家七月，从事和科幻相关的工作，每天都像是在真正的科幻世界中生活。

这一年，程婧波把一篇叫作《像苹果一样地思考》的科幻小说寄给了《科幻世界》，得到了发表。程婧波作品的文学性很强，她也是出色的编辑与活动组织者，参与了世界华人科幻协会创办科幻星云奖的过程。

热爱科幻的女人们，就像涓涓溪流，流淌出传统思维和生活方式的丛林，渐渐聚集在了一起。她们已成河流，一旦契机合适，便会翻滚成浪，奔腾如潮，涌动最先锋的文学声音。

兴

时间进入 2000 年。

徐彦利清楚地记得，2000 年 7 月 15 日，《燕赵都市报》发表了她的《最后的目击者》。这是她的第一篇科幻小说，参加了北京电视台主办的"外星人入侵"主题征文活动，获得了征文一等奖。从此，徐彦利的科幻写作如潮涌般未曾停歇，迄今已经持续 20 年，几乎每个月都有科幻作品发表。但因为发表平台没有面对大众，直到 2014 年，她在"王晋康科幻创作 20 年研讨会"上发言，大众才知道徐彦利不仅是优秀的大学教师，还是优秀的少儿科幻小说家。

同样是教师，钱莉芳的出场就要声势浩大得多。虽然她的作品数量不多，却在中国科幻史上占据了重要的地位。2003 年，钱莉芳的第一部科幻小说《天意》在《科幻世界》杂志登出部分章节，引起读者兴趣；2004 年经过修订出版了单行本，创下科幻图书销量的年度冠军。《天意》获得了当年中国科幻银河奖特别奖，钱莉芳也因此成为历史科幻小说的代表作家。

在 20 世纪的头 10 年，钱莉芳、迟卉、夏笳和郝景芳如同潮水中最前方的弄潮儿，特立独行，引人注目。迟卉 2003 年发表了第一篇科幻小说，那时她还是在上海学生物的学生。和彭柳蓉相似，迟卉大学毕业后也直接去了《科幻世界》杂志社，一边做与科幻相关的工作，一边写科幻小说。她的创作力很强，先后四次获得银河奖读者提名奖。目前，她仍在《科幻世界》杂志文刊工作。

2000 年后，科幻文学已经如星火燎原，在青少年心中燃烧着火焰。各地尤其是大学的科幻社团如雨后春笋般出现。在参加社团活动的年轻面孔中，就有日后中国科幻的新希望，其中之一便是夏笳。2004 年，夏笳的处女作《关妖精的瓶子》在《科幻世界》发表，当年即获银河奖。她在大二时参加了"北京大学科幻协会"。凌晨还记得参加她主持的科幻活动的情形，也记得第一次看到《关妖精的瓶子》

时的兴奋。这个本科在北京大学物理学院读大气科学，硕士在中国传媒大学读电影史论，博士在北京大学中文系攻读比较文学的姑娘，一边求学一边写科幻小说，还抽空办了一个写作坊。夏笳现在成了大学教师，执教的同时，她依然是科幻迷和科幻作家，而且多了一个科幻研究者的身份。

和北大科幻协会经常联手组织活动的清华科幻协会，也有一位出色的会员，这就是郝景芳。她在清华读完了本科、硕士和博士。2007 年，郝景芳以《谷神的飞翔》荣获首届九州奖暨第二届"原创之星"征文大赛一等奖，又以《祖母家的夏天》荣获《科幻世界》科幻小说银河奖读者提名奖。2016 年，郝景芳的短篇科幻小说《北京折叠》获第 74 届雨果奖。这是继刘慈欣之后，中国科幻作家第二次获得国际科幻大奖。现在，郝景芳在经营芳景科幻文化工作室的同时，还创办和运营着致力于儿童通识教育的童行学院。

2000 ～ 2010 年这 10 年里，其他的优秀女性科幻作家，还包括科普、科幻、童话等多栖发展的徐渝江，才气横溢的因可觅，科幻和奇幻都爱的 E 伯爵，性格安静从事文献修复工作的陈茜，不再依靠传统媒体而是在网络平台上崛起的双翅目等。

拓

时间迅速来到 2011 年。那些生于 20 世纪 90 年代的孩子已经长大，对于他们来说，科幻不再是神秘或者奇异的故事，而是活生生发生在眼前的事实。不会再有人将科幻爱好视为异端，相反，整个社会都在寄希望于科幻带来创新思维，培养人们对科学和未来的热情。

90 后的年轻女性科幻作者，有更多平台发表科幻作品，也有了更多机会走出国门，与世界科幻思潮进行交流。她们受到更好的教育，许多人都有硕士或者博士的学历，这也给中国科幻带来了更多元化的风格、更灵动的思维。

她们中有从清华哲学系毕业的修新羽，文学风格混搭的陈奕潞，一边做城市规划一边为未来忧思的顾适，曾担任过编剧、广告策划的柯梦兰，在语言学上开拓科幻题材的昼温，积极参与各种科幻事务的目羽，还有作品先在国外发表入选美国最佳科幻年选的糖匪，擅长描绘少年成长的陈虹羽，执着于幻想领域开疆扩土的念语，出道就广受好评的王诺诺，以及独立音乐人、艺术学硕士苏莞雯等。

这些年轻的、生机勃勃的女性，不但与国外科幻作家交流不需要翻译，甚至能直接使用英文写作。中国科幻文化的传播，终于有了懂中国科幻的执行者。这其中有既能写科幻又能搞专业科幻研究的范轶伦，以及致力于国际交流的王侃瑜。

还有一些女性，投身到更基础的科幻事业中。业余时间一直在从事科幻小说翻译工作的顾备，在 2017 年发表了她的第一篇科幻小说，并且在 2019 年创办了上海科幻迷协会；专业编剧，有 5 年电影从业经历的段子期，也投身科幻文学创作，还加入了重庆钓鱼城科幻坊。

中国科幻的大河，在这些女作家的文字之间，变幻出了更加绚丽多姿的色彩。

联

凌晨是一个中性化的名字，辨不出男女，在科幻创作的初期，她不愿意因性别问题而令读者产生偏见。事实是，她想多了。对大部分阅读科幻小说的读者而言，作者具体是什么样子的，并不重要。这就像人们对鸡蛋有兴趣，但对下蛋的鸡，则没有太多关注的必要。

很长一段时间，中国科幻的话题中是没有女性的，在对宏大叙事的关注和浩渺宇宙的热爱面前，人都渺小得不值一提，何况女性。

大约是 2010 年后吧，随着中国科幻越来越多地被社会关注，女性和科幻的关系成为一个不大不小的话题，经常会被媒体或者研究者提及。这种来自外部世界的询问，有时候仅仅是好奇，有时候却透着猜想、怀疑和鄙视，询问多了，就不能不逼着众多女性科幻作家去深思，到底女性和科幻应该是什么关系。

女性科幻跟女性主义科幻差别很大，这一点学术界感觉最清楚。1995 年，北京召开世界妇女大会的时候，就有外国作家邀请吴岩编辑中国的女性主义科幻选集，当时他还约请作家毕淑敏一起来做，但后来此事不了了之。2012 年，吴岩受到美国科幻作家邀请，要在会议上谈谈中国的女性主义科幻，吴岩又一次为此大伤脑筋。作为在这个领域多年耕耘的学者，他自然知道女性主义的含义，但要想清晰地从中国科幻作品中确认这样的作品，还是挺困难的。事后，在他的讲演 PPT 中，公众看到的是虹影的小说《女子有行》、赵海虹的小说《伊俄卡斯达》。吴岩说，那次会议讨论的热烈程度，让他觉得未来的某一天，他一定要把这个开始很久但一直没有完成的任务做完。

女性科幻写作，作为科幻文学发展到近年来的一个重大现象，最初是从 20 世纪 70 年代开始的。那段时间，学术界突然发现，女性作家的作品所含有的独特性，远远超越了原来认为的仅仅是男女不同的经验所致，女性正在创造科幻作品中从来没有存在的新的世界，这是那个年代科幻研究者的发现。此后，像厄·勒奎恩、玛格丽特·阿特伍德、谢瑞·泰伯、琼·丝隆采乌斯基、苏塞·米奇·恰纳斯、奥科塔维亚·巴特勒等的作品被文学理论界所发现。女性科幻创作不是简单的英美现象，它更多是一种全球现象。在日本举行的科幻大会中，也有大量女性作家到场。科幻研究领域的女性也占据了重要的地位，从早期的伊丽莎白·赫尔到后来的维罗妮卡·霍灵杰，再到今天的谢瑞·温特……根据这样的变化趋势，早晚有一天，中国女性创作也会有一个大的发展。

集

受吴岩启发，凌晨产生了要为中国女性科幻作家做一本作品合集的想法，她想把这些充满才情的女子作为一个群体介绍给读者和科幻从业人员。

2019 年，得到力潮时代的支持，九界文学网转型致力于科幻原创出版，凌晨作为内容策划，终于有了能将心愿实现的机会。于是，《她：中国女性科幻作家经典作品集》的制作事宜被提上了日程。

这部作品集很幸运找到了程婧波做主编，她是一名优秀的执行者，将策划中的很多模糊部分具象化，并且给予了充分的落实。

更幸运的是，这部作品集得到了 33 位女性科幻作家的支持，她们是这 30 年中国科幻发展的见证者和亲历者。她们被科幻改变了人生轨迹，走上了独立自主的创作道路。在她们看来，女性和科幻并不存在着对立关系，但是讨论这种关系，可以促进对女性身份意识的更多思考。

感谢《她：中国女性科幻作家经典作品集》的设计老师，他给了这套书坚强而温柔的质感，以及有别于传统科幻作品的封面设计。

感谢负责整个组稿流程的刘念，没有她的努力，这部作品集是不可能诞生的。

现在，这套文集终于完成了，它不仅仅展现了女作家们的科幻作品，更展现出她们丰富的思想、独特的个性以及对科幻深入的理解认知。希望它能够使读者重新认识这些作家，并且引起研究者对中国女性科幻作家群体的更多关注。

中国科幻大潮即将到来。

《她：中国女性科幻作家经典作品集》就像潮前呐喊的号角，发出了最清脆响亮的声音。

目录

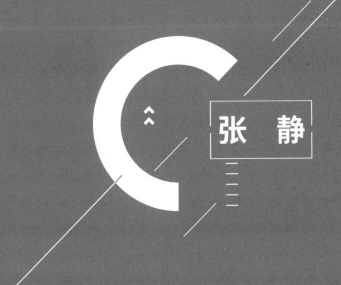

张 静

　　我是女性作者，这是客观现实。女性的生理特点、独特的思维方式、生活阅历、视野和视角等多方面有别于男性，因此在写作上，男性作者和女性作者各有优势。我觉得没有必要回避"我是女作者"。只要作品好，都应该被重视。

张静

她 的科幻处女作

张静 1985 年 6 月以『晶静』为笔名在《科学文艺》杂志上发表自己的第一篇科幻小说《最美的眼睛》。

这篇小说讲述了这样一个故事：医学院实验室的实验员望望，有两只不同颜色的漂亮眼睛，一只黑色、一只褐色。望望的妈妈也同样有着这样的两只眼睛，只是黯淡无光。爱虚荣的望望谈恋爱时，觉得妈妈丑陋，要求妈妈外出躲避，遭到医学院沙老师谴责。原来，望望是妈妈收养的孩子。望望年幼时因生病而失去一只眼球，是养母毫不犹豫地把自己的一只眼球移植给了望望，并且含辛茹苦地将她抚养成人。望望得知真相后十分自责，从此好好学习、奋发图强，多年后发明出人造眼球，为已经双目失明的妈妈成功安装上了人造眼球，使她重见光明。

神秘的声波

张　静

老博士喜得妙声波
小海宇奉命探波源

静谧的夜。繁星映在水面闪闪烁烁，黝黑的大海像是洒满了金花。"海石花号"远洋调查船的甲板上，有位姑娘仰望着满天星斗在遐想。

"多美的星星！在这些星球中，究竟哪些有高级生命存在呢？"她漫无边际地想着，不觉打了个呵欠，随手关闭了身旁的深水录音机。

"录完啦？"一位满头银发、精神矍铄的老人走了过来。

"顺利完成任务！"姑娘把通过水下声呐录制好的 U 盘递给老人，娇憨地挽住老人的臂膀问道，"爸爸，这些天您深更半夜地录这些海底声音干什么用？害得我几个晚上睡不好觉。"

"嘿嘿，别看你是我宝贝女儿，也得暂时对你保密。"老人打趣说。

"我才不稀罕您的秘密呢！不过，爸爸，我真不愿离开'海石花号'，半年实习时间实在太短啦！"姑娘感叹着，向父亲道了声晚安，回船舱休息了。

姑娘睡得又甜又香。当晨曦透过钩花窗帘，斑斑点点洒落在她的床上时，她在梦幻中似乎听到了一阵阵绝妙的乐曲声。乐声隐隐约约，犹如世外仙乐，时而夹杂着低沉的古刹钟声和海底生物的鸣叫声。

"笃笃……"一串急促的敲窗玻璃声，把她从梦境中惊醒。

"海宇，快起来！听听你昨晚的录音。妙啊，妙不可言！"老博士在窗外兴奋得像个孩子似的对女儿喊叫着。

海宇来到父亲的实验室时，博士正在拨电话。不久，浅黄色话机中央的荧光屏上，出现了海洋研究所米所长那张笑盈盈的脸。

"早啊，罗博士。大清早来电话，有急事吧？"他看到了海宇，向她和蔼地点点头。海宇也淘气地对米所长眨眨眼——因为米伯伯是她家的常客。

"米所长，'海石花号'正在七号海域抛锚。这几天夜里通过声呐，我从海底收听到了一种异乎寻常的信号。您听听录音……"

顿时，海宇在梦中听到的仙乐，便在小小的实验室中飘荡开来。米所长侧耳聆听，不时摸摸自己的前额，显然，他被乐声迷住了。

"好啊，好！这是从海底传来的声音？不可思议！"乐声刚停，米所长就赞叹不已。

"米所长，这声音和以往收集到的海洋生物的声音绝不相同。"

米所长沉吟良久，果断严肃地说："老罗，'海石花号'暂不返航！请你们务必在三天内查清这种奇妙声波的波源。"

罗博士忙碌起来。由于"海石花号"刚完成远洋考察任务归来，大部分人已经回家度假，海宇就成了他得力的助手。女儿用电子计算机计算了声波的频率，并把录音放给一台特制的电脑听。

"博士，声波来自太平洋西北海域水深约 3500 米处！"电脑用机械呆板的声音回答。

"那……你估计是什么物体发出的声音？"

"无可奉告！"电脑答道。

博士父女伏在摊开的海图上，寻找着，推测着，直到胖厨师把饭端到跟前，他们才感到肚子确实饿了。

下午，博士把留守"海石花号"的 5 个人集中到会议室听录音。现在，船上除博士父女和那位白白胖胖、40 多岁的厨师之外，还有一位长满络腮胡子、30 多岁的太阳能蓄电池技师——他是"海石花号"启动、航行的操纵者，另一位是面目俊秀、机智聪敏的年轻水文气象工程师。

放完录音，博士说："同志们，我们听到的不是鱼类、海兽的声音。那么，是谁在大洋深处，奏出如此奇妙的音乐呢？这很值得我们去探索。"博士用深邃的目光巡视着大家，"现在船上人少，任务紧，我们怎么去寻找这神秘声波的波源呢？"

"博士，您坐镇海石花，让我乘小艇去探波源。"有着一双聪慧的大眼睛的吴工程师，急切地要求。

"不，你是搞水文专业的，不是研究海洋生物的。"博士摇摇头，"再说，刚完成的考察资料还等你整理上报呢。"

博士犹豫地把目光转向年轻秀丽的女儿，她是海洋学院生物系三年级学生，充满着稚气，能行吗？

海宇从父亲迟疑的眼神中，看出了他对自己的不信任。她抿抿嘴，眨眨眼，蓦地站了起来，直向甲板奔去。大家不觉一惊，也都跟到甲板上来。只见海宇像个淘气的男孩子，把手放在唇边，一阵清脆的口哨，惊散了一群盘旋在"海石花号"上空的海鸥。

这时，船舷边突然激起一股白色的浪花，冒出一个圆脑袋的小海豚。

"贝贝，贝贝！"厨师提起一条鲜鱼向它扔去。

原来，海豚贝贝是海宇在海洋学院驯养大，并带来实习的。它时常背着仪器潜入海中，完成许多海底测试项目，早已是"海石花号"的一名重要成员了。

"博士，您吩咐吧，我和贝贝准能完成任务！"姑娘严肃认真地请求着。

博士隐含笑意，郑重地问："海宇同学，你打算怎样和贝贝联系呢？这么复杂艰巨的任务，光靠几声口哨，行吗？"博士的话引起一片善意的哄笑。

海宇涨红了脸。她把垂肩的秀发往背后一甩，胸有成竹地从衣袋里掏出袖珍电子琴，站到船舷旁，运用她那灵巧的纤指，在键盘上弹奏起来。

随着优美清亮的乐曲声，贝贝一会儿从浪中高高蹿起，一会儿静卧水面，一会儿在碧波上做"8"字形滑翔。

"啧啧！不错，真像马戏团里的演员哩！"胖厨师笑眯眯的，眼睛变成两条细线。

海宇得意地瞥了大家一眼。

博士终于露出了满意的微笑，高兴地和大家回到会议室。

"罗海宇同学，我命令你，今夜乘小型潜艇，进入太平洋西北海域，务必于子夜两点，追踪那奇妙的声波，寻觅波源，随时将情况报告给'海石花号'。贝贝身背深海录像机，与你同行！"

"是！"海宇站起来，兴奋得心怦怦直跳。

"我不同意！"吴工程师极其严肃地站了起来，"博士，您怎么可以让一个……一个姑娘去冒险？这事，理应我去！"

"冒险？"海宇涨红了脸，瞪圆了眼，站起身大声说，"什么时代啦，科学领域里还分男女？"她一改平时文静的样子，那刚毅的神态，简直和她苗条的身材、清秀的脸庞毫不相称。吴工程师在她灼灼目光的逼视下，不由得沉默下来。

"就这么决定啦！罗海宇乘潜艇探寻波源，我们在这儿接收信号，随时向米所长报告情况。必要时，再由吴工程师去接应罗海宇。"

随着一阵隆隆声，从云端钻出一架直升机。它把一艘小型快速潜艇卸到了"海石花号"的后甲板上。这是一艘造型酷似海豚的深水潜艇，可以随时从海水中分离出液氢为动力。博士兴冲冲地对女儿说："来，熟悉一下潜艇的构造吧。"他一按电钮，"豚腹"的门开了。

海宇进入"豚腹"，对照着图纸，察看所有的仪器。

吴工程师挤进小艇，递给海宇一袋糖果，关切地说："拿着，以防万一。这糖也许能帮助你！"

海宇回眸感激地向吴工程师一笑，漾出了两个小小的酒窝。

奔迷宫姑娘勇探索
救溺女贝贝显神威

海宇驾驶着快速深水小潜艇，在黑咕隆咚的大海深处航行。凭着仪器和荧光屏上的海图指示，她顺利到达了太平洋西北海域。这时离子夜两点钟还差十分钟。深吸一口气，惊险感和孤独感突然袭来，她不由得透过舷窗向外张望：啊，幸好有海豚贝贝围绕着小潜艇在转悠呢！

"海鸥，海鸥，你飞到哪里了？请回答，请回答！"对讲器传来一阵低沉亲切的声音，海宇知道这是爸爸在喊话。

"我已飞达目的地，请放心，请放心！"海宇激动地回答。

"注意隐蔽。"

"是！"

小艇驶进一座海底小山包的背后，静静地等待着那奇妙的声波出现。子夜两点收听到的这种声波，究竟出自什么物体呢？海宇急切地想破解这个谜。也许那是一种人类从未见过的海底高级鱼类——像安徒生童话中所描述的小人鱼的歌声？要不就是海谷深处另有天地，果真有座"龙宫"？或许是 UFO 载着宇宙人潜到这儿来了？他们来干什么呢？……想到这里，海宇不觉有些毛骨悚然。

手表的指针将要指向两点，她的心怦怦直跳。一阵令人窒息的静寂过后，舷窗前骤然闪射出一片绚丽的光华，接着，便是熟悉的"仙乐声"。

绿色的、橘红的、橙黄的光束有节奏地扫射着大洋深处，使那些浮动着的水母、海藻、鱼虾和各种软体动物显得艳丽多姿。海宇被这壮观绚丽的景象和奇妙动听的乐声迷醉了。但是她很快意识到自己重任在身，便振作精神，悄悄将小艇移出山包。

贝贝机警地紧随她的小潜艇身后。

海宇沉着地跟踪那片彩光，徐徐地操纵小艇向上升起，等小艇露出水面时，她看到了奇迹：一个闪亮的、直径约 30 米的半月形物体，浮游在宁静的洋面上，正等待着另一艘半月形的闪光物体向它靠拢。它们发出的乐声交相呼应。当两个物体合二为一时，变成了一座迷宫，光彩夺目地矗立在大洋上。

海宇惊讶不已。她把所见到的情景转发回"海石花号"后，一种年轻人的好奇心和勇于探索的精神，驱使她驾驶着小艇，勇敢地向那座迷宫冲去。

贝贝忠实地紧紧尾随着她。

"海鸥，要谨慎、谨慎！"博士压低嗓子急呼。然而，海宇已经失去控制力，奋不顾身地奔向迷宫……

骤然，一道阴森可怖的白光直逼小艇，海宇竟立刻软瘫了。她本能地抓住袖珍电子琴，想发信号，但已无能为力。她听到了小艇吱吱嘎嘎的瓦解声，还有父亲在对讲器中的呼叫声："出了什么事？快回答……我的孩子，你怎么了？！"海宇张张嘴，却哑然无声。冰冷刺骨的海水开始把她吞没。她无力挣扎，渐渐失去了知觉。

一阵寒战过后，海宇睁开了眼。她抬起头，分明看到了满天闪闪烁烁的星斗，感到自己仿佛仍在"海石花号"的甲板上，涛声阵阵，凉风习习。她想坐起来，刚一侧身，手却摸到了一块滑润的、富有弹性的东西。"啊，我这是在哪里？"她终于记起了方才发生的一切，感到很奇怪：为什么自己没有沉没？她狐疑地垂下头，清晰地听到了有节奏的"唏嘘"声。

"啊，贝贝，我忠实的朋友！是你，是你救了我！"海宇热泪盈眶，亲切地抚摸着小海豚，可惜，它身上的录像机却无影无踪了！

饥饿和寒冷袭击着海宇。20 年来，她第一次感到了生命和青春的可贵。她挣扎着在小海豚的背上坐起——天已蒙蒙亮，也许会遇到一只过往船。她幻想着，拧着湿漉漉的衣服，觉得饥寒交迫。突然，她触摸到衣袋里有个小东西，掏出一瞧，正是吴工程师塞给她的那个小糖袋。再一细看，塑料袋上印着"高能综合维生素糖丸"几个字。海宇的眼睛润湿了……她咬开袋口，首先取出两丸塞进贝贝的大嘴，然后自己也吞下一丸。不久，她居然不冷也不饿了，觉得自己又充满了生机和活力。想起吴工程师递给她糖丸时那深邃的目光……啊，她高兴地哼起小曲。

想着想着，海宇又烦恼起来："唉！我要探寻的声波呢？我要搜集的图像呢？

难道就这样一无所获回'海石花号'吗？我怎么向爸爸交代？爸爸又怎样向米所长交代？"她悔恨自己不该莽撞行事。"我一定要探明水晶宫的奥秘！它为什么击碎了我的小艇？也许，水晶宫中的生灵是可以沟通的，我为什么不闯进去看个究竟？"

海宇看着左手中唯一没有丢失的那架袖珍电子琴，便毅然奏乐通知贝贝："往回游，贝贝，驮着我回到夜里出事的地方！"

宇宙人海上设迷宫
迎贵客兄妹表真情

黑夜再次降临，海宇静静地伏在贝贝身上，当昨夜的奇景再次重现时，她不再慌张也不再鲁莽了，于是，她迂回着向那座迷宫靠近。

迷宫正在大放异彩，不同颜色的光束一会儿射向海底，一会儿射向夜空，悦耳的声波掠过天际，宛如天籁。当海宇离迷宫约 300 米远时，一道白光再次向她扫来，在她前边来回晃动着、警告着、威吓着。海宇停下，坐在贝贝的背上冷静地弹奏起电子琴。这些音乐语言本是她为和海豚贝贝交流而编写的，现在，却用来试探迷宫：

如果你是智慧生灵，

即应理解我的心情！

你若是天宇来客，

为何不迎我进宫廷？

她反复弹奏着，坚信那座能发出美妙声波的迷宫，会很快理解她和贝贝通话用的这种音乐语言。果然，电子琴三遍乐声过后，白光消失了。海宇兴奋地拍拍贝贝的圆脑袋，把电子琴塞进衣袋，准备跃入海中。

"别动！"一声圆润的男中音传入耳内，同时她的胳膊也被人紧紧抓住，脱身不得。

海宇不由得打了个寒噤，吃惊地转过头去。

"别怕。我是吴钧，来接你回去，潜艇就在你身下！"

闪烁的星光下，通过潜水面具，海宇看清了吴工程师年轻执拗的脸。经过远离人间一天一夜的孤寂之后，再次见到他，海宇感到无比温暖，把头一下子靠在他那宽厚的肩上，紧合双眼，垂下长长的睫毛，仅仅一瞬间，她又昂起头："别管我，让我去吧！这座迷宫似乎并不可怕。"

"让我去！你太累了。"

"不！这是博士交给我的任务。"海宇恳求，"吴工，请你回艇，把我进入迷宫的情景摄录下来。再说，万一我遇到麻烦，你还可以来营救我，不是吗？"

说完，海宇趁吴工程师不备，奋力挣脱他向迷宫游去。顿时，一道橙色的光华向她迎来，轻柔地引导着她朝迷宫靠拢。

吴工程师怔了一下，奋不顾身地追过去，然而刚游几米，他就清醒了："科学家需要热情，但更需要理智！"

不知过了多久，当海宇清醒过来时，看到周围被一片朦胧的蓝绿光笼罩着，自己躺在一间十多平方米的半圆形小屋里，隐约可见半空悬着许多小瓶，瓶子里边装有泥浆、沙石、水母、海藻和各种深海软体动物。她翻身坐起，竟像弹簧似的离开地面，而后又轻轻落下。没等她反应过来，只见有个身影从圆圆的窗洞飘然而进。这是一个十分奇特的"人"：银色的肌肤、蓝绿色的长发、宽阔硕大的脑门、会变换颜色的眼睛。

"您？……"海宇镇定一下问。

那"人"嫣然一笑，就在笑的瞬间，眼中闪出了金光。那委婉的神情，苗条的身姿，都显示出这是一位女性，是个与海宇年龄相仿的妙龄女郎。她用一种温厚的嗓音对海宇咕噜一番，但海宇丝毫听不懂，只好遗憾地摊开双手，摇摇头。

一天一夜没喝水了，海宇感到口干舌燥，轻轻地舔了舔干裂的嘴唇。银肤姑娘立即递给她一杯水，水里一股苦涩味使海宇拧紧了眉头："这是一杯海水。"海宇把杯子轻轻推了回去。银肤姑娘略一思忖，似乎恍然大悟，便用一支小试管向杯中滴入两滴淡紫色的药水。顿时，杯中的水明净透亮了，散发出一丝甜甜的清香味儿。海宇警觉地张着干裂的嘴唇，抬眼审视着对方。银肤姑娘眼中闪着不可捉摸的幽绿的光，让海宇不寒而栗。

"啊！莫非她让我喝的这水，是为了把我变成标本，带我到另一个世界？"海宇被激怒了，嘶哑地呵斥，"不！我不喝！我要知道你从哪儿来？想干什么？请注意：地球是我们的，海洋是我们的！"

显然，海宇因极度疲劳和紧张引起的歇斯底里，使这位银肤姑娘有点迷惘和不知所措了。她回首眨了眨眼，立时，窗洞外又飘进一个英俊的银肤男子。男子头发微卷，用同样会变换颜色的瞳仁注视一下海宇，便端起那杯水亲自喝了一口，才递给海宇。

海宇安静下来，缓缓接过杯子，一股脑儿把水喝尽。哦，刚才那位姑娘一定是在海水里滴了淡化剂。啊，多么简便的淡化剂！可在我们地球上海水淡化仍是一个难题，要付出高昂的代价才能淡化一吨水。想到这里，海宇抹抹嘴歉意地问："请原谅我刚才的唐突！请问，你们从哪儿来？是海底，还是天上？我能帮助你们吗？"

银肤男子嘴角泛起一丝笑意，银肤姑娘则友好地与海宇握手——那手凉丝丝的，轻柔得像羽毛。他们对她讲话，海宇依旧听不懂，但恐惧心理已渐渐消失。她确认这是两位宇宙人，正在用眼睛射出的光向她表达感情，便大胆问道："咳，我怎么称呼你们呢？咱们怎样交谈呢？"

宇宙人互相看了一眼，银肤男子用手指了一下海宇的衣袋——那儿装着袖珍电子琴。

"哦，这绝不是什么武器。"为了消除他们的疑虑，海宇把精美的电子琴递给小伙子。他接过电子琴，漫不经心地弹奏起来。

哈，那不正是海宇为和海豚贝贝交流编写的乐曲吗？

怪啊！他们居然掌握了我和贝贝通话的音乐语言。看来不是"海石花号"首先发现了他们，而是他们首先侦察过了"海石花号"的行踪！海宇惊讶之余，不禁暗暗赞叹。

宇宙人用音乐语言告诉海宇："请不必多虑多问，您可以自由活动，但务必不要触碰各种仪表。希望您与我们合作，探索贵星球这片海域的奥秘。不久，我们离开地球前，将送您回去！"

海宇思忖：嗯，这正符合我的心意，便微笑着点了点头。

解妙乐，宇哥吐衷肠
寻迷宫，迷宫飞天涯

海宇在这座美丽的水晶宫中自由自在，唯一不适的，就是感觉自己体重轻了许多，有失重感。她小心翼翼地由一个圆窗洞钻进另一个圆窗洞，在各个实验室观察到许多无法识辨的仪表，它们时常发出各种美妙的声音或绚丽的光彩，她严守诺言，从不触动它们，只是努力把一切情景印记在脑海。在飞船里，她的时间观念渐渐模糊了，只记得睡过三次十分酣甜的觉。

和睦相处中，海宇通过琴声得知，迷宫中的男女青年是一对兄妹，她称那女的为"宇姐"，称那男的为"宇哥"。就在睡完第三次觉的那天，宇姐眼中闪烁着兴奋的金色光芒，牵着海宇的手，飘进一间舱室，神秘而得意地让她站在一幅帷幕前，示意她拉开帷幕。

海宇迟疑地将帷幕拉开：只见一位与自己一模一样的姑娘，正端坐在椅子上，她顿时目瞪口呆。海宇揉揉眼，怀疑自己是否站在一面大镜子前？可是自己分明是站着，而那姑娘是坐着的啊！她惊异地走上前去拉姑娘的手，想问个究竟。谁知刚摸到那只没有温度的手，姑娘竟像海宇刚来迷宫时那样站起，昂首挺胸用被激怒的声调质问："我想知道你们从哪儿来？……请注意：地球是我们的，海洋我们的！"呃，原来这是一个模拟机器人！由于触动了手上的开关，"她"一举一动重复海宇那天的样子。

起先，海宇被吓得六神无主，后来又好气又好笑地噘起嘴。而宇姐呢，一阵捧腹大笑之后，才关上了模拟人手里的开关。海宇长长吁了口气，不由得也哈哈大笑起来。真的，仅几天时间，宇宙人就复制出另一个"海宇"，连最细小的动作、语言、神情都模仿得惟妙惟肖！海宇不觉心底暗暗赞叹宇宙人的科学进步。两位姑娘的笑声引来了宇哥，他用绿色的目光呵责宇姐的淘气，用红色的目光警告海宇不该动手触摸模拟人的开关。

宇姐含笑地挽住海宇的手臂，显然在向海宇道歉。宇哥对海宇端详了一会儿，诚恳又礼貌地示意：想要她的几根黑发作纪念。海宇眨眨眼，表示要用他俩的头发作为交换条件。大家高高兴兴地达成了共识，彼此摘下几根头发交换了。海宇如获至宝，把宇宙人的头发包进手帕，珍藏怀中，准备带回"海石花号"。

"嘟，嘟，嘟——"一阵悦耳的笛声响起，宇哥警觉起来，他用橙色的目光向宇姐瞥了一下，便向操纵舱飘去。海宇自进这座迷宫以来，从没进过操纵舱。过去，每当她靠近这座迷宫的操纵舱，便有一道无形的、炽热的屏障将她挡在舱外；现在宇姐给她穿上了一件连头套的绝缘衣，引她飘进操纵舱。

操纵舱里面通明透亮，从舷窗向外可以一目了然地看到海洋：这一带海底没有高低不平的小山丘，唯有悠然闪过的鱼影。显然，迷宫早已飞离太平洋，来到了另一个海底世界。宇姐眼中突然涌出一串晶莹的泪，示意海宇站好别动，然后走到一组仪表前拨动了旋钮。半月形的舱室渐渐向外伸展，不久，玻璃门将宇姐隔离，宇姐便驾驶着另一个半月形物体离去。海宇静静地、肃穆地立在那儿注视着、观察着、思考着。呃，原来这座迷宫，是一艘母船！现在宇姐驾驶着子船外出考察，宇哥则留守母船工作。他像弹钢琴似的按动着仪表的键钮。室内五光十色，令人目不暇接。不一会儿，仪器的屏幕上显现出了宇姐驾驶的半月形的子船，发出各种动听的乐声。宇哥把这些声波转换成五颜六色的光波，当作信息播发到另一个遥远的地方……

"啊，水下金字塔！"海宇发现仪器屏幕上出现一片梯形阴影，通过琴声，海宇说道，"这一定是在大西洋亚速尔岛以北！"听到海宇的话，宇哥不觉浑身颤动了一下，缓缓地扭过头，对海宇投来十分奇特的一瞥。他，和宇姐一样，眼中也含满了泪。

咦？他们与这片海域有什么神秘的联系？为什么对这片海底情有独钟？海宇想起，上次暑假，自己曾随国际海洋学会来过这里考察，寻觅古大西国的遗迹。传说，这个大西国，一万年前十分繁荣昌盛，后来不知什么原因，这个文明古国竟在一天一夜间被大西洋吞没了……难道宇宙人对此也感兴趣？

随着一阵乐声的临近，宇姐驾驶的半月形子船渐渐返回，投入母船的怀抱重新合二为一了。宇姐随身携来一瓶海水、一勺泥浆、一把砂石、几片瓦砾，不知为什么，她忽然动情地紧紧地拥抱海宇，两人离开操纵舱，来到舒适的休息室。

宇哥不久也来到休息室。他向海宇注视良久，伸手要来她的琴。顷刻间，琴声悠悠。海宇听到的琴语是："姑娘，你的到来，给我们带来无比的欢乐，但是，您的亲人和那只可爱的小海豚，天天在盼望着您回去。我们决定明天送您返回人间，并有一个小盒，请带给'海石花号'，那里有你们想解开的谜。'但愿人长久，千里共婵娟'，我们即将离去，希望有朝一日还会和你重逢！"

听完宇哥的琴语，海宇怔怔地接过袖珍电子琴和精美的小盒。是的，该回去了！她和宇哥紧握了手，再和宇姐拥抱时，只见宇姐的泪珠儿已滚落到了腮边。这段时间，她对这座迷宫已十分眷恋，然而，她更爱人间——爱我们的地球，爱我们有着悠久历史的祖国，爱"海石花号"海洋调查船，她急切地盼着回去。

躺在迷宫的吊床上，海宇瞪大眼，竭力不让自己睡着，她想亲眼瞧瞧自己是如何返回人间的……可不知为什么，在一片朦胧的橙色光华的照耀下，她竟不知不觉地睡着了……

"海宇，我的孩子！我的好女儿！"母亲轻柔的呼唤声，把海宇唤醒。怎么回事啊？自己竟像石头那般沉重地躺在一张床上。

"孩子，你回来啦，终于……回来啦！"这是罗博士低沉的啜泣声。

海宇看到了爸爸妈妈俯视着她的脸庞，喃喃地说："哦，我真的回来了？"

"孩子，你失踪三个月啦！我们一直在'海石花号'上等你……"妈妈悲喜交加地说。海宇向四周环视一番，犹如大梦初醒般，猛地坐起身，一头扑进妈妈的怀里，又哭又笑地嚷着："我才离开几天，怎么说是三个月呀？"

"孩子，你在那座迷宫中，很可能只度过了几天，可在人间，确实已过了三个月！三个月来，吴工程师每天都要乘直升机去你失踪的地方寻找你，海豚贝贝也总在那片洋域上不停地转悠。我们都失望了，唯有吴工程师深信你一定会回来。"父亲动情地说着，他因为失去爱女而略显苍老。

随着父亲目光，海宇扭过头，看到了目光灼灼的吴工程师，感激地说："谢谢吴工！在海上我就是靠你送给的高能糖丸维持生命的。"她又对博士喊道，"快，爸，我这里有宇宙人的头发，还有一只小盒……"

几小时后，来自全国各地的海洋科学家们，聚集在海洋研究所的会议厅里，聆听着一首奇妙的乐曲。

海宇含泪在话筒前翻译：

我们从 X 卫 9 星球上来，仅仅是为了"寻根"。一万年前，我们的祖先曾经生活在地球繁华富强、文明发达的大西国。后来，由于大西国人越来越贪婪，周边的海洋和大气环境遭到破坏，连绵的战乱不停地升级，终于有一天，大规模的核战争爆发，导致大西国在一朝一夕间骤然下沉。濒临灭亡之际，只有少数人乘坐飞船到 X 卫 9 星避难……在那里，我们这些地球人的后裔渐渐改变了许多地球人的习性与身体结构，但我们接受了大西国的教训，已经懂得爱惜我们的家园。

地球——这颗美丽的蓝色星球，是你们的家园，热爱她、珍惜她吧，这也是我们 X 卫 9 星上的地球人后裔的心愿。

　　海宇姑娘，我们钦佩你的勇敢和探索精神，我们能在地球的海洋中相遇、相识，十分幸运，并请你代向"海石花号"致敬意！

宇哥、宇姐

　　乐声一遍又一遍，从一只精美的小盒子里飘出，悠悠扬扬，委婉动情……

她 的简介

　　张静（曾用笔名晶静），中国作家协会会员、中国国土资源作家协会会员、世界华人科普作家协会会员、山东省作家协会会员；1957 年毕业于江苏省立淮安师范学校，1989 年毕业于中国文化书院比较文学研究班；自然资源部北海局信息中心退休干部。

一、已出版的科幻小说

　　1. 中、短篇科幻小说集《神秘的声波》，约 12 万字，福建少儿出版社 1998 年出版（刘兴诗主编），其中短篇科幻小说《神秘的声波》获 1986 年中国科幻小说银河奖二等奖。

　　2. 中、短篇科幻小说集《张静佳作选》，13.6 万字，海燕出版社 1998 年出版（叶永烈主编，李利副主编），其中《女娲恋》获 1991 年 5 月北京科幻年会科幻小说银河奖三等奖。

　　3. 长篇科幻小说《沛沛的小白船》，12 万字，科学普及出版社 1999 年出版，1999 年获建国 50 周年山东省优秀儿童文学奖。

　　4. 中、短篇科幻小说集《穿越时空访南极》，14 万字，希望出版社 1999 年出版。

　　5. 长篇科幻小说《寻父探险记》，约 15 万字，明天出版社 2000 年出版，2002 年 9 月获第一届齐鲁文学奖。

　　6. 长篇科幻小说《小活宝碧海探奇》，14.2 万字，广西科学出版社 2002 年出版（金涛主编），2002 年 12 月获文化部全国第三届"蒲公英"少儿读物优秀奖，2003 年 9 月获第五届全国优秀科普作品三等奖。

二、已出版的科普专著和论文

　　1. 科普专著《扑朔迷离话灵感》，6 万字，明天出版社 1998 年出版。

　　2. 论文《试论科幻小说的文学性、科学性和幻想性》，《儿童文学研究》1992 年 143 期。

　　3. 论文《科幻小说的警世和启示性》，《金秋科苑》1991 年 11 期。

三、获奖作品……………………………………………………………………………

短篇科幻小说《神秘的声波》获首届全国科幻小说银河奖；

短篇科幻小说《女娲恋》获全国第二届科幻小说银河奖；

长篇科幻小说《寻父探险记》获首届齐鲁文学奖；

长篇科幻小说《沛沛的小白船》获山东省建国 50 周年优秀儿童文学奖；

长篇科幻小说《小活宝碧海探奇》获 2002 年文化部优秀儿童文学奖；

长篇小说《眷恋蓝土》获全国第二届"爱我蓝色家园"征文二等奖、获 2014
年国土资源作协宝石奖提名奖；

电影文学剧本《K 星寻父探险记》获首届全国科幻影视剧本《水滴》三等奖；

后记散文《浪花》获首届中国海洋文化"浪花"奖，2014 年 10 月获中国国土
资源作家协会第五届宝石文学提名奖。

她 的回答

Q1 "科幻"对于你来说意味着什么？

（或者换个说法：它与你的生命发生过怎样的关联？）

张静： 科幻创作对于我来说是业余爱好，这个爱好丰富和充实了我的生
活，开阔了我的视野，使我潜意识里的一些东西得以提升为写作灵感。
我觉得写作科幻故事是一件艰难却快乐有益的事。

Q2 你有什么爱（怪）好（癖）吗？无论什么爱好都可以聊一聊。

张静： 我还喜欢画画，但是画得不好，业余水平。退休后在老年大学
学了两年国画小写意，每周一课。画画自娱自乐，使我能够静心、安心。

Q3 身边亲朋好友知道你"科幻小说作者"的身份吗？他们是什么态度？

张静： 身边亲朋好友知道我是"科幻作家"的有一些，但是不多。家
庭成员还是理解支持我的这个业余爱好的。

凌晨

　　"女性科幻作者"这个身份是无法抹杀的。以前我是很刻意回避，包括"凌晨"这个笔名都很中性化，作品中也并不多出现女性视角，但我也没有怎么刻意去揣摩男性的思维方式。我觉得在写作的时候，我就是中性的、客观的，将一个发生在异时空的故事如实记录，故事中的各种人物都有他们独特的人生轨迹、行为模式，我无力干涉。

　　我觉得我写作特有的一些风格，和女性无关，和人生经历、所受教育程度有关。比如我做过很长时间传媒工作，我不免关注传播对人对社会的影响；我是独生女，所以做事不免独立果断……现在我能很坦然地面对"女性科幻作者"这个标签，大概是我年纪大了后，明白标签也就是个标签吧，我不在意它了，好好写我想写的故事就好。

「她」的科幻处女作

凌晨的第一篇科幻小说《信使》于 1995 年 7 月发表在《科幻世界》杂志上，这篇小说获得了 1995 年中国科幻银河奖。

这篇小说的故事很简单——在未来，颓废消极的社会，追求「撞车」这样的重口味刺激，有不甘堕落的青年组织反抗力量，年轻的女子为反抗组织送信，信送到了，女子牺牲了。小说主要篇幅采用了书信体，以第一人称记述了信使的一封信。现在，隔了 25 年，凌晨仍然能感受得到信中字里行间的热情、朝气，以及纯真的爱恋——即便是在她自己往后的创作中，都不曾再有如此奋不顾身的爱情，不曾体现出「生命诚可贵，自由价更高。若为爱情故，二者皆可抛」的主题。

创作这篇小说时，凌晨 24 岁，对那时的她而言，渴望的爱情并不是要对方如何呵护，而是期冀伴侣有高尚的情操和志向，能令她追随，令她的生命有价值，即便赴汤蹈火，也无怨无悔。爱情在凌晨看来，更多的是精神层面的追求和理想。

待我迟暮之年

凌 晨

葬礼

　　唢呐刺耳干燥的声音突然停住，小锣"砰砰"敲响，一旁黑衣的道人面无表情地喊："孝子贤孙，拜！"

　　周围的亲戚"哗啦啦"跪下了一片，舅舅、舅妈在我前面，恭恭敬敬两膝着地，头"咚咚"碰在水泥地上，我却需要使劲儿才能跪下去，腹部的肥肉压住大腿，头好不容易弯到能接触地面的程度，脖子却都几乎要断掉了。时间瞬息凝滞，大脑中一片空白，我忘记了为什么会在这里，只看见舅舅、舅妈白布孝衣上的汗渍在不断增加，渐渐地形成了一张印象派立体油画。

　　"起！"道士终于给出指令。我立刻起身，大腿发抖，小腿抽筋，我沉重的身躯不由得晃了晃。

　　身后的表妹马上扶住我，温柔询问："你没事吧？"

　　"没事没事，就是有些晕。"我回答，软绵绵地靠到她身上。

　　表妹抱怨："一定是不吃早饭搞的，唉，你饿坏了吧？"

　　我点头，我的饭量不用声明，看我膀大腰圆的样子就明白了。表妹把我从孝子贤孙的队伍中拉出，扯到一边角落里。

　　"这不好吧？仪式还没完……"我抗议，"我还得抬棺……"

　　"你抬得了吗？虚成这样还嘴硬。"表妹掀开地上一个箩筐的盖布，露出一堆雪白的馒头，说不上是同情还是鄙夷的口气，"真用不上你！"

　　于是，我就坐在角落中一边啃馒头一边观摩整个葬礼，看着舅舅、舅妈以及其他三姑六婆哭灵、转灵、起灵，一把把焚烧祭香，倾倒在灵位前。黑色灵牌上"郑公再阳先父之灵位"的白色字迹，逐渐被淹没在烟雾缭绕之中，每一个拜灵人鞠躬或者叩头时，两旁的哭灵人会陪送上最真挚的号啕大哭，涕泪横流，仿佛死者真的是他们的至爱亲朋。

　　当然不会是，这个我最清楚，因为请哭灵人的钱归我出。"一定要全乡最好的哭灵人，大壮你就花这点钱，你不能舍不得。"舅妈再三叮嘱，"外公生前最疼你了。"

　　哭灵人很对得起我的钱包，哭得相当有声有色，他们加剧了整个葬礼的仪式感以及程式化。

　　对的，我吞咽下第五个馒头的时候，终于找到了形容这场葬礼的关键词——程式化。一个上午就搭建的宽大丧棚，有些污渍的供桌、香炉、白幡、拜垫，粗糙做工的麻布、丧衣和黑纱袖标，堆满过道的花圈和全套纸活（就是阴宅那些东西，别墅、豪车、高档家具、电器，全是纸糊的），都带着"毫无差别"的得意劲儿，在道士不知道吟诵了多少遍的经文中，迎接着它们的又一拨使用者。葬礼的每一个步骤，来宾们都心知肚明，他们只是这场程序的编码，虽然厌倦与疲惫，但也要将程序一丝不苟地走到结束。至于那个牌位上的名字，写成谁都没有关系，真的，换成我的名字也丝毫没有违和感——葬礼所不同的，无非是我老婆和儿子站在舅舅、舅妈位置上而已。

我不由得哆嗦，后脊背蹿上来一股子凉气，仿佛已经看到那一天——在烟熏火燎的我的灵牌前，我老婆和儿子听着道士的口令下跪磕头，哭灵人在他们身边啜泣、流泪，竭力表演哀伤，尽管葬礼之前和之后这些人都没听说过我的名字。

"虚伪！"有人凑近我，递给我一支香烟，"真虚伪！你知道老爷子怎么死的吗？"

我看看来人的脸，应该见过他，但我想不起他是谁。

"大壮，我也算看你长大的了，你外公老拿你照片给我看。哦，我是你外公的老邻居，你小时候常到我家来玩。"来人喋喋不休。

到那一天也会有人这样对我儿子说，我看你长大，节哀，死者已去，生活还要继续。

我这个人的存在感，只有在葬礼上才能达到顶峰。我葬礼的视频和我的生平介绍，会永远占据网络灵堂中的几个位置。当我的棺木投入火化炉的时候，我葬礼的实况视频下面会有许多 ID 留言，也会引来一些小广告。留言内容无非是"人生无常，且行且珍惜"这类心灵鸡汤，还会有若干同学发小回忆我的糗事趣闻，我暗恋的姑娘和曾经痴爱过我的姑娘也会相遇，相互感叹青春易逝、爱情易伤。

邻居在我眼前晃晃他的手掌："大壮，你发什么傻啊！你外公是自杀的。"

唢呐声陡然拔起，形成一片嘈杂的声浪，道士的诵经声淹没在声浪之中，表弟捧着灵位向外走，16 个中青年男子抬棺跟在后面，压阵的是舅舅、舅妈等亲戚的送灵队伍。我觉得是我给足了报酬，今天的送灵队伍才超过了百人，十分风光体面，甚至舅妈将丧宴设在了很远的火葬场那边的酒庄，也没有人反对，但表妹坚持认为是外公人缘好，大家愿意送他。

"你外公和你舅妈吵架了。"邻居很生气他的八卦不能得到我的响应，"都 90多岁的人了，还这么较真。"

表妹在送灵队伍中招手，我急忙抛下邻居跑过去。表妹一脸黑线："你别听人胡说！"她严厉地说，"我们家 5 年前就进城了，爷爷不肯去，妈一动员就和妈急，我们明年移民加拿大，说好春节全家都回来陪他过，谁承想他就去了呢。"

我说："是是，我当然是信你的话。"

表妹轻轻叹气："爷爷老了，特别顽固，好多理儿跟他说不通。"

7 年前我回乡看过外公，85 岁的人还下地干活儿，种两亩菜地，喂两头山猪。他爱吃红烧肉，抽最便宜的红梅，还老骂给他洗衣做饭的婆娘偷他钱。

"那个婆娘去哪儿了？给外公做饭的那个。"我问。

表妹撇嘴："4 年前就走了，爷爷不肯给她名分，防她又紧，她好没意思。"

我望望那惨白一片的送灵人群，"她来了吗？"

表妹难得笑了："她来干什么？分遗产？爷爷银行里就存了 5 万块钱，给自己做葬礼的。你看到那个穿黑西服的秃子了吗？那是银行派的律师，监督我们财务开支的。"

秃子我认识，他找我谈了外公的遗嘱。外公把身后事安排得很周全，给舅舅、舅妈留了自己的丧葬费，5 万块钱按照村子里的平均水准够用了，舅舅他们还有吊唁金可以贴补，说不定还能结余。外公的老宅和地都给了我妈妈，因为妈妈去世得早，我便成了外公实产的继承者。外公就再无值钱之物可以传世。

我的遗嘱不可能像外公的这么简单，现金、股票、房子和车子这些都好办，老婆孩子全拿走；衣服鞋帽可以捐献；但我的手机号码、我的网络社交号码和我的游戏通用号码得仔细分配，给谁不给谁都有可能在网络中掀起风波，得到的是天上掉馅饼，得不到的会羡慕嫉妒恨，总之都会给别人带来麻烦；还有我的西马诺全套钓鱼工具、骆驼的野营装备、40000 多本藏书、超过 300 瓶的红酒白酒和一柜子雪茄……这些老婆孩子欣赏不了用不上的东西，最好由我来处理，免得暴殄天物。

我的那条老狗，从出生就和我在一起，仿佛是我的影子，没有我它活不下去，我应该给它准备墓穴，或者就葬在我的身旁，到天堂也一路陪伴。

我很久前就买了墓地，在北郊山区陵园的高处，买时种下的国槐已经浓荫如盖。盛夏花开，黄绿的花瓣撒落在我的墓碑，我的生命与大自然相比如惊鸿一般短暂，却能像夏花一样绚烂，我将俯瞰城市的生长和衰落。我的墓碑上要刻下这样的字句：人终有一死，活着并不是为了不朽，而是为了创造不朽。

葬礼余下的时光我就在幻想中度过，我未来的葬礼和外公现实的葬礼混淆在一起。当棺材停到火化场，包裹得像个粽子样的外公被从棺材中请出时，我分明觉得粽子壳里包着的是我，火化炉蓝色的火苗吞噬的是我，骨灰盒中装着的那捧骨灰也是我。我恍恍惚惚，不知自己所处何地、所在何时。

"你信不信，我很爱父亲。"舅舅端着酒杯走到我面前说。我才明白我正在丧礼的酒宴上，一脸冷漠，满眼迷离。

"我信我信。"我赶紧说。

"他不愿意和我们住在一起,这能怪我吗?"舅舅委屈,"我们总不能为他到乡下来住吧,我又不是不管他。我们移民后,我要送他到最好的养老院去,他就不会感到寂寞孤独了。"

于是外公沐浴更衣,梳理好雪白的头发,端端正正坐在堂屋中间,一边在火盆里烧着纸钱,一边喝下半瓶农药,纸钱才烧了一半,外公就躺在地上不省人事,邻居发现时,他已经没有了气息。

"他很久以前就开始计划自杀了。"邻居说,"他怕将来死了,孩子们回不来,连纸钱都没法子买给他,现在死,你们都能回来给他办丧事,还很体面。"

待我迟暮之年,我将托谁清理我失去活力的身体,将我送去火化,将我骨灰安葬?

非我是我

电梯里一尘不染,金属四壁光洁如新,站在我对面的男子同样干净齐整,白色外套上连个褶皱都没有,他安静地看着我。

"杜老最近忙吗?"我没话找话说,男子眼睛里十分空洞,拒人千里的表情让我不舒服。

"十分忙。"男子说。虽然他没有表情,但我总觉得他的眼神分明是在说"因为像你这样的无聊之人太多了。"

"哦,他约我来的,否则,他这么忙也不好打扰他。"我讨厌男子僵硬的姿态,分明有一种居高临下的鄙视。

"你准备好了就行。"男子说。电梯停了,缓缓打开的门外,是同样一尘不染的走廊。淡灰色的墙壁,柔和的灯光,舒适的温度,一起平息来宾躁动的情绪,坦然接受自己选择的命运。男子大踏步向走廊深处走去,我急忙小跑着跟住他。

我们路过走廊两侧的无数扇门,门都是一模一样的米白色,紧紧关闭,没有号码、铭牌,绝不透露出任何门内的信息。男子终于在一扇门前停下,手掌贴住门把手,门上的密码锁亮了,男子便很轻松地开了门。

杜老正趴在地上做青蛙匍匐状。

男子说:"李大壮先生来了。"

杜老抬头看我。我轻舒一口气,松弛下来。

杜老问:"他令你紧张?"目光投向男子。

"是！好像我要做一件见不得人的事。"我说着，四下环顾。房间里有各种各样的沙发，还有柔软的地毯、根雕的茶台、一张古朴的办公桌。桌子上有台灯、文件夹、地球仪、纠缠成团的数据线、文具盒、几块显示屏，等等，总之就是一个杂乱不堪但能随手拿到自己想要的东西的地方。这太像我那间用车库改造的书房了，甚至地毯上都有难看的深色茶渍。我顿时对杜老有了难言的亲近感。

"确实，这事不适合新闻曝光。"杜老说，见我神态好奇，便起身，指指那些堆积杂乱的物品，"这些都是他们送我的纪念品。"他笑，拿起手边一个水晶杯，"这杯子见证了一段传奇的婚姻，它的主人放弃了维护婚姻的义务，也放弃了它。"

我接过杯子。杯子沉重，雕花精美，但边缘已经破损，表明它并没有得到应该的呵护。

"这个……"杜老从桌上小山样的物品中抽出一个电子镜框，"带它来的家伙一直看它，眼含热泪，尽管我一再解释，他不会因为'置换'失去记忆，只要他需要，我就能给他保存下来，所有的完整的记忆、表层记忆、潜记忆、暗记忆，都能留下来，可是他仍然看着它哭。你想知道为什么吗？"

我摇头："不想，那是他的人生，触动不了我。"

"很好！你申请'置换'的理由是想尽可能活着，我也和你谈过目前能采用的几种方法，你决定采用哪种？"

我放下杯子，男子已悄然消失，我便问杜老："那男人也是他们中的一个吗？"

"是！"杜老点头，"他到目前已经'置换'了超过一半的身体，切除了一些神经和腺体，不会再产生任何情感方面的应激反应。"

我突然明白："镜框是他的。"

杜老不置可否，微笑道："每个人都有因之成为人而遭遇到的烦恼，'置换'的目的，就是帮助大家摆脱这种烦恼。你的烦恼，其实是最常见的烦恼，怕死而已。"

我点头。我的确怕死，在外公葬礼上我险些晕倒，葬礼随后的丧宴上我又神色憔悴，这并非因我对外公有多深厚的感情，我只是害怕，怕有朝一日我也会像外公一样，仅仅因为需要有人给自己一个葬礼，就干脆结束了自己的生命。"我想要一直活着，活得比我身边的人都命长，活到太阳灭亡，宇宙冷寂，人类都已成灰。"我说，双手紧握在一起，微微颤抖。

"能活多久取决于你自己。"杜老不知从何处端出一盘巧克力杏仁蛋糕，"'置换'只是给你新生活的开始，至于新生活能不能等于好生活，那是你自己的事情，我没有责任给你任何保证。"

"我明白，但你总归要有一个质保期嘛！"我毫不客气，瞬间就将蛋糕吃完了。黑巧克力的苦软和杏仁的甜脆在我舌尖融合，缓缓释放出无法形容的美妙滋味，让我齿颊留香，终生难忘。

"那是最彻底的'置换'，你确定需要？你将再也无法感知蛋糕的滋味，无法吸收它的营养。"杜老的表情与其说是在警告我，倒不如说是在诱惑我，"你将得到很多，但你同样也会失去很多。从来不会有只获取而不失去的事情。"

"我明白。"

"你真明白？30%的人熬不过最初的心理适应期，剩下的人中的40%不能度过质保期，然后，我们放手的第二年，就又会死去50%。"杜老的声音枯燥平和，丝毫不带有感情，仿佛是在教学课上谈实验室的小白鼠，"整个'置换'过程非常折磨人，而且费用高昂，没有减免折扣。想要长生不老可不容易，有无法预测的风险和代价，你有很大概率成为失败者中的一个！"

我端详杜老，他的发际线已经后退，眼角的鱼尾纹在肆无忌惮地扩展，嘴唇四周的胡须正狂野生长，我忽然明白一件事情："杜老，你这业务开展了多久啊？你还没办法证明真的能实现长生不老，甚至你自己都不敢亲自尝试！"

杜老点头，神情有些黯淡："如果失败发生在我身上，'置换'技术就再也没有调整的机会。人类所梦寐以求的生命自由，也许要推迟几个世纪才能达到。"他站起身，走到墙边，"来，看看你的物理模拟体。"停顿几秒，他很规矩地用普通话念，"老骥伏枥，MU4759。"

随着杜老的声音，墙上的一张屏幕亮起来。屏幕上出现了一个复杂的装置，装置上部，无数电线数据线中间，安装了一个浅灰色不透明的容器。我的另一个我，即我的新大脑就在这容器中培育着。屏幕切换出一张示意图：神经细胞在特制的生物芯片面生长，已经包裹住了芯片2/3的表面积，并和芯片之间产生了复杂的电子层面的互动。随即，一个附着在容器内部的微距摄像头给了我真实的画面，在外行的我看来，这团浸泡在溶液之中的灰白物质既不好看也没有什么趣味。

我脸上的表情把杜老逗笑了，他耐心解释："这就是'置换'后你将拥有的大脑，一个新的控制中枢，它不需要生物躯干的供养，它有非凡的控制和遥感能力，它不是你大脑的复制品，而是一个新的可以承接你自我意识的超强信息处理中枢。"

恍惚又回到我第一次认识老杜，听他谈"置换"概念的晚上，酒吧的角落里我们窃窃私语。老杜一脸严肃认真，看我的目光充满怜悯。

"在人们的传统观念里，维持生命的长久，需要保证整个躯体都能正常运转，所以我们的医学，都在往这个方向上努力，并且终于进展到在细胞层面的操作，可以延缓细胞的衰老，阻击吞噬细胞的病毒，修复死去的细胞，完全不顾自然的规律，只求长命百岁。"杜老这样开篇，声情并茂，极具煽动力，根本不是眼下一副姜太公钓鱼的高傲姿态。

"但这种永生，仍然只是现有的生活方式，仍然会存在身体的疾病、精神的痛苦、生存的压力，摆脱不了的。医学的一切手段只是延长生命，但改变不了你的生命本身。于是，有了'置换'这个概念，把你从这具血肉的躯体中解放出来，按照你的意愿，给你打造钢铁之躯或者意识巢穴。你可以像汽车人，也可以做信息世界中的游子，你再也不能继承过去的生活，但你有了无穷的时间、非凡的记忆力、高度专注和不同寻常的创造力，可以随心所欲，是真正意义上的存活。"杜老关于"置换"的解释充满诗意，尤其是他的总结语，更是铿锵有力，黄钟大吕般砸在我心上，"你费尽心思用传统医学获得的，只是延续生命的使用时间，即便你已经神志模糊、记忆力丧失、语言迟滞，你仍然在呼吸、在消耗能量，渐渐变成行尸走肉。你愿意争取这种样子的长寿吗？"

其实，我一点儿也不介意什么样的长寿，我害怕的是即便人生已过百，也仍然要面临死亡，仍然会闭上眼睛永不能睁开。

"转移自我意识是'置换'的关键，放心，这对我，已经是比较成熟的技术了。"杜老以为我的沉默是对"置换"的怀疑，强调，"成败并不在转移过程，而是在于能否适应'置换'后的新生活。毕竟想象和现实，有不小的差距。"

"这是一种冒险。"我说，杜老点头，我继续，"那么，我总得看看别人'置换'后怎么样吧？买房子还要看样板间呢！"

杜老想想，很慎重地回答："我需要时间来安排，毕竟你的选择极度私人化，他们不太愿意承担帮你选择的后果。"

生命的道路有无数交叉小径，无论我走哪一条，我都愿山穷水复之时有柳暗花明。

他们

我的新大脑最终会长成什么样，取决于我选择的永生形态。比如我如果想当一棵树，那么我的新大脑就得能适应树的形状和生理特点，可以移植进一棵大树并能迅速控制操纵植物神经系统。由于40天后大脑就将发育成熟，因而留给杜老的时间并不多。很快，我就得到了来自他们的三个回应。

此时我和老婆正为儿子小升初之事奔波，每周给孩子安排各种面试。这个时候，我的全部财产和社交关系都毫无用处，为数不多的几座市重点中学全部只看考试成绩。小男孩疲于奔波，却又信心满满，老婆也是像上了发条般精力十足。我问老婆："相比较宇宙的壮丽和太阳的灿烂，小升初根本不值一提。如果你有永恒的生命，你还会在意非要上市重点吗？"我老婆回答得很干脆："永生？没意思！能把这辈子过好就不错，活着就不能庸庸碌碌，能上市重点为什么不争取？"

我就此打消引领老婆加入"他们"的想法，毕竟，我也出不起两份"置换"的费用。

"他们"是采用"置换"技术得以某种程度永生的人的统称，很乏味和无确切指向的名字，令这群人在自然人的社会中面目模糊，不会引起关注与争议。对于我的好奇心，他们中的大部分都嗤之以鼻。

"他们选择了各自需要的生活，这不可复制，所以无法给你做榜样。"曾在电梯中给我引路的白衣男说。

想不到第一个答应见我的会是这个男子。我们在一家街头烧烤店碰头，冒着泡的啤酒和油滋滋的烤串，仅仅是属于我的美味佳肴，白衣男看着我大口吃喝，面前的一杯清水动都不动。

"我们应该约在别的地方，"我说，"你这样子别人会觉得很奇怪。"

白衣男面无表情："任何地方对我都是一样的，身外之物，不会引起我的任何神经异动。"

"你以前一定有很动人的故事，为何要放弃鲜活的记忆？"

"我当时身患数病，还有抑郁症导致的严重自杀倾向，'置换'是最彻底的治疗方法。"

"'置换'没必要脱离原来的生活吧？看你很坚决地离开了。"我试图搞清楚他的逻辑思路。

"我的一半身体都是机械，没有性功能，我不需要食物和睡眠。我如果还在原来的生活中会被视作怪物，给周围的人带来困惑。"白衣男平静地说，像是在宣读政府公告，没有任何情绪。

"你最初怎么适应的这个新身体？杜老说那很不容易。"

"对我不成问题，我切除了所有情感认知，机械和有机两部分身体之间也未产生排斥反应，目前它们之间的各种能量与信息交换正常。"

"会有超能力吗？"

"所有能力都与形态匹配，希望在人的形态与非人形态之间任意转变，成为金刚狼或者蜘蛛侠，那是漫画电影，科学做不到。"

"你对你的现状满意吗？"我想听到一些感性的想法，而非冰冷的学术解释。

然而，"满意"是一种情绪的表达，其中包含浓厚的情感倾向，这个词已经被白衣男摒弃了。白衣男这样回答我："精准与理性是我的生活，符合我的需求。"

"那么，未来呢？未来你打算怎样？"

"我是你的主刀大夫，"白衣男答非所问，"针对你的情况，我认为'全向置换'更为合适。"

"全向置换"即将肉身更换为全机械化身体，我的体重、体形以及处于亚健康状态的五脏六腑，在白衣男眼中，都没有任何保存价值。我倒并非舍不得这身臭皮囊，但"全向置换"的费用，恐怕我将全部资产都变卖成现金，再加上我的钓鱼工具、野营装备、所有藏书、藏酒和雪茄，也只凑得齐一半。

"其实用不着花这么多钱，你干吗不高瞻远瞩，什么身体都不要不就得了？"他们中的第二个，在手机中轻快地对我说。这一位明眸善睐，眼波流转，白皙的皮肤上流淌阳光，是那种看上几秒就会令人迷醉的女子。尽管我知道这仅仅是一张经过了深度修饰加工美化的图片，根本不存在这样的真实，但我仍可耻地产生了一些生理反应。

我不得不要求："请降低你的美度，我实在不是你该诱惑的对象。"

她十分美艳地笑，得意扬扬地模糊了脸庞。屏幕刷新后，她的样子已变：眼镜、发髻、涂抹了过多防晒霜的已经松弛的皮肤，稍有姿色而不具特点，是那种每天都在写字楼出没的标准办公室女郎。

"这样好多了。"我夸赞，"你是全意识'置换'，没有实体的感觉如何？"

她微笑，刚刚好露出 8 颗雪白的牙齿，欢快地说："好得不能再好！没有大姨妈、没有减肥压力、不会长痘、不用担心男朋友变心，最关键是，不存在经济问题了，房奴、车奴、卡奴、猫奴都与我绝缘了，我以前可是月光族，为了钱的事情没少压力。"

"全意识'置换'也不便宜。"

"还好还好，这是我花得最值的一笔钱！"她说，"我是意识生存，有线无线传输都可以，手机、平板电脑、台式电脑，甚至智能家电，有数据流的地方，我就可以安身。人们在网络中构建的一个个虚拟世界，都是我的家园，我在其中生活不要太容易，随时随地都能找到真实玩家供养，给我金钱帮我购置装备，我没有负担，却能享受漫长的欢乐。"

"就没有一点遗憾的地方？比如，不能真实拥抱什么的。"

"拥抱？！"她失去礼貌地狂笑，"比如你吗？你的体重还有你身上那股子汗臭味道，拥抱还真是没有的好。"

我忍住结束谈话的冲动，毕竟约到她不容易，又问："最初你怎么适应的？我是说，没有实体只有意识，这种转化，有没有困难？"

她斩钉截铁地回答："没有！甚至比我想象的还容易，因为我到任何地方，变成任何形象，都几乎是随心所欲，就像你吹口哨一样轻松。"

"你的家人、好友，再也无法和他们相处，不遗憾吗？"

"哦，谁说无法相处。我妈妈说现在的我好极了，以前她根本见不到我，现在我每天 12 个小时陪着她，她连打麻将的时候都会开着手机，让我给她出谋划策。"

"你每天有 12 个小时陪着妈妈？"我诧异。

"分身 So easy!"她说，"你真白痴。"

我不相信她真的一点问题都没遇到。在我就要按退出键时，她忽然说："我当然不会告诉妈妈那是我，活在手机中的女儿这可能她没法理解，而且我改变了外形。我只保留了我的声音，我的声音很美。"她停顿片刻，"妈妈问过我很多次知不知道张倩在哪里，我说不知道，我不能告诉她。"

信息女在"置换"前的真名叫张倩，她把祖产卖掉后出走了，亲友不知道她去了虚拟世界。

见过这样的两个"置换"者后，我对他们中愿意见我的第三位，实在没有了兴趣，但杜老说，"置换"的各种方式，我既然想了解，这一个就必须见到。于是，我来到遥远的另一座城市，在前殖民地的街区中寻找，走入一栋据说是雪莱居住过的意大利样式房屋。那天我是唯一的拜访者，看门人毫不介意我在房屋中四处走动。然而我转悠了半天，都没有找到第三人的任何踪迹。我对能否见到他失去信心，便走到房后花园中。那里的树荫下，立着一尊大理石的意大利骑士雕塑。雕塑下有宽敞的石台，看上去凉爽舒服，于是我走过去坐下。

"MU4759？"有人叫，我急忙站起身，四下张望。花园里除了我，没有旁人。

"我在你头顶。"那声音柔和地说。我抬头，与意大利骑士的目光相遇。

"是你！可你是石头！"我敲击骑士的身躯，这是云南大理的苍山白，上等汉白玉，手感细腻温润。

"我在石头里。哦，别看这骑士的头，我不在头部。"

"你的大脑不在头部？"我对着骑士说，外人看到一定会说我精神病。"你把自己装在这石像中，还是有点不可思议。"

"这是很好的石像，我待着很舒服，"石中人说，"这石像很贵。"

"我是说，你成天到晚站在这里，不厌烦吗？"

"哦，哪儿有厌烦，好玩着呢！"石中人说，"我的意识感知通过大地，可以附着在任何生物的上面，我随着公园猫在整个街区游荡，我还跟过一只喜鹊在屋顶筑巢，我有时候会在门口的梧桐树上栖息，还曾经借助一只老鼠漫游它肮脏的地洞。"

"有意思吗，这些事情？"

"我觉得有意思。我以前都匆匆忙忙，忙着钩心斗角、尔虞我诈，为了赚钱丢掉了一切个人乐趣，从来没有停下脚步观察人、观察自然。现在我有无穷时间可以做这个事情了，春夏秋冬、四季轮换、朝来夕往、雨雪风霜，大自然非常迷人。"

"那么人呢？你不和人类接触了吗？"

"我一直在人群中啊！人不也是大自然的一部分嘛！"

"我是说，你没法子和人互动，你能适应吗？还有你的家人呢？"

"家人都以为我已经车祸死亡，我亲自制造的车祸，比他们打算制造的水平高得多。"石中人的声音中有些倦怠，"现在我藏身这石像中，石像和房屋都已经捐献给了慈善基金会，我的家人除了一张证书什么都没有拿到，他们千方百计争取的我的财产，都被我用在创造永生的这石像上了，他们现在恨死我了，哈哈，哈哈哈哈。"

我望着骑士，突然觉得我真的像个白痴，我的一切问题都那么无聊，我只好礼貌地问："我三心二意，不知道选择什么样的'置换'方式，你有什么可以建议的吗？"

石中人如果有表情，一定是那种高瞻远瞩状的。他回答道："过去属于死神，未来属于你自己。"

死 神

生命究竟是什么？决定我成为我的，是我 210 斤的庞大身躯，还是这躯体上顶着的 6 斤多的头颅？我所追求的永生，是将这具躯体维护百年，还是抛却肉身，仅仅保留意识的存在？每每想到这个问题，我就想到白衣男的清心寡欲，无日无年；想到信息女的随心所欲，一日便是数百年；想到石中人的恬淡无为，数百年也不过一日。时间在他们身上都已消失，他们彻底摆脱了死亡的阴影，迟暮之年永远不会到来。

"他们三个只是'置换'后比较典型的个例而已，'置换'能提供的，是你想到而从不敢实践的人生理想。"杜老的话语随着我的思考会在耳边回响，"你想要什么？"

A Collection of the Classic Works
of Chinese Female Science Fiction Writers

我想要时间停住，却又希望它能流逝到我功成名就，再永远定格。那时我虽迟暮之年，却依然神志清醒、记忆健全，我没有伤残的肢体和持久的病痛，没有口齿不清、眼歪鼻斜，不会喘息着迈动沉重的双腿，跟在少年人身后喊"等等我！"待我迟暮之年，我享受着退休后的清闲，时常会教训后生晚辈们："只有青壮年时代勤劳工作，才能赢得保证晚年幸福的财富，获取终身自豪的荣耀！"原来我最终怕的不是衰老，而是衰老后的丧失尊严。外公宁愿用自杀来换取葬礼，无非也是为了这"尊严"二字。

这么想来，自葬礼起盘桓在我心头的沮丧之气就减少了许多，倒是越来越觉得白衣男、信息女、石中人之流，他们的生活离我的现实太过遥远，我若变成他们那样，不食人间烟火，太过寡淡无味。虽然我儿子资质平庸，但好在心智正常，学习努力；老婆无甚姿色，但还算端庄贤惠、勤俭持家；职业嘛，只要我对现状不苛求，收入也足够周末野营钓鱼，辅以美食美酒。总之，有无数风花雪月等我享乐，我为何偏要耗尽家产去追求那所谓的长生不老？

我来到我的墓地上。国槐还在开花，黄绿的花瓣撒落一地，给墓体和墓碑浓厚的文艺气息。我的墓碑已经刻好，正面镶了我最得意的五寸免冠照，照片下刻了粗黑的宋体大字：李大壮在此。背面是娟秀的楷体小字：他来了，他走了，一生好不潇洒。原来想刻的那句话太长，石匠说刻上不好看。墓碑上只缺死亡年份。看着照片上眼角眉梢都是青春的快活的我，我决定中止我的"置换"计划，不做抵抗自然规律的逆天之事。

我从墓地出来，驱车进城。我找了一家快餐店，打算吃饱喝足后，去向杜老解释我的决定，定金肯定损失了，但这和我将损失的人生相比不算什么。我得设法将赔偿金降低一些，不能让杜老太占便宜。

我要了双份的红烧肉，端到座位上，一边吃一边算计。甜糯油润弹牙的肉块，在我唇尖打转，那滋味真是妙不可言。就为了这个滋味，我也该留在人间。

突然，四五个男女冲过来，猛然挥动手中的铁铲和棍棒，向正坐着喝水的一位妇女砸去。

我惊呆了。在铁铲和棍棒的起落中，那女人滑倒在地，额头和身体开始喷血。腥热的血气一下子就压过了肉的香味，四散开去。我想站起来阻止，但我的腿在发抖，我的舌头在打结，我的手在哆嗦……挥动棍棒的大汉踩踏着女人，还向我看过来，目光凶狠毒辣……我尿裤子了。

警察赶来的时候我仍然端坐，动弹不了。我整个人都抽搐在一起，恐惧到了极点。那女人已经被拍打成一团肉泥，根本没有救治的可能了。

　　我的手机响了，杜老出现在屏幕上："你找我？你是决定了……"

　　"我决定了。"我哆嗦着说，像溺水的人捞着一根稻草，我目睹一场屠杀，我却无力上前阻止，死亡瞬间就发生在我脚下，我拿什么消解生命的脆弱和无常。

置　换

　　在一位额头生了月牙状肉瘤的律师主持下，我又和杜老签订了一系列的合同，包括苛刻到极点的保密守则，准备开始"置换"。我首先以海外工作为由告别了妻儿，其实我前往的城市就在附近。我选择了最接近人的"置换"形态，尽可能让自己外表上和自然人没有什么区别，但我的血肉骨骼却将更换。我的新躯体，自然界的病毒细菌侵害不了，人类的棍棒斧钺也伤害不了，如果有子弹穿过，肌肤会瞬间自愈。我不必食用人类的食物，将吸收阳光，回收身体动能，能量循环系统精确而高效。更重要的是，我有了一个高效的工作大脑，不会困倦，不会被风花雪月诱惑，24 小时在线接受信息并加以处理。我将告别作为人的种种享乐，但我却会得到商业上的成功和无穷财富。

　　"在我有生之年……"杜老向我保证，"我会负责提高你的生存技能，并赠送你价值不菲的二次'置换'。"

　　他必须保证，我把所有的财产都以抵押方式付给了他，而且我未来收入的 20%也将归他所有，但这仍然不能购买"置换"的完全成功，我只好将我人类的躯体——器官、皮肤、神经、骨骼、血液甚至眼角膜都明码标价，出售给渴求它们的自然人手中。这些商品从来供不应求，上市就被抢购一空。借助我的身体，一个车祸丧失双腿的老人站了起来，一个天生失明的女人看到了她的孩子，一个肾衰竭的学生得以继续学业……我才因此筹集到了足够的资金，正式开始了我的"置换"工程。

　　我被无数次推上手术台，服用无数药物，很多次我担心麻醉后再也无法清醒。我恨白衣男任何时候都冷静的面孔，更恨杜老在手术台前镇定自若的指挥。在他们眼里，我没有尊严，只是一个苛求永生的乞丐。我有些明白"置换"成功的低概率是为了什么了，要想改造自己，仅仅有决心和想法还不行，还要有一种执念支撑着，就是任何时刻都不能动摇对"永生"的信仰。

　　我坚信我的目标可以达到，因为通过那一尺高的合同我已经和杜老在经济上紧紧联系在了一起，他需要我的成功。

　　终于，我害怕又期待的那天来临了。我的全部意识，包括记忆和感知，都被彻底转移到了新的大脑中。我有几分钟的时间从外部观察自己，这是第一次也是最后一次的观察——我平躺在手术台上，庞大的躯体还温热着，看上去仍能随时站起，谈笑风生。

"这真不可思议！"我对杜老说，"200多斤的这一团肉，它是怎样行动和思考的呢？"

杜老不和我啰唆，他命令护士带走我，以便马上开始对我的肉身进行切割，打包出售。

"置换"后的我相貌与原来的我并无二致，但体重减轻了80斤。我用了三个月时间学习控制新的身体，让肢体与思维协调同步。我能够像正常人一样走路后，便被送进石中人的意大利房子，住下来适应没有食物、睡眠，却有充分感知能力的生活。杜老以前从不让"置换"者们彼此接触，现在为我改变了做法，并非出自好心，而是为了加大我"置换"成功的概率。

白衣男一直对我进行监护，确保我的机械身体运转自如。信息女则教我如何深入数据的海洋寻找快乐，偶尔，她会在手机中现身，与我和石中人一起阅读雪莱、拜伦，或者争辩玛丽创造弗兰克斯坦究竟是为了谁。数百年前的这些文人，以他们的思想永生。而我这种没有内涵的人，就只好追求形式上的不朽了。

一年半后，我已经能够灵活自如地操纵我的机械身体，神态表情都与本来的我没有什么两样了，也坚信自己可以返回人间。于是，在和杜老又签订了安全备忘录后，我回到了老婆孩子身边。我的样子，竟然把孩子吓哭了，老婆更是满脸疑惑。我告诉老婆，西餐改变了我对饮食的热爱，辟谷和针灸拯救了我的体重，我已重新脱胎换骨再生为人。老婆听我的长篇解释就好像在听律师诡辩，满脸不屑。

家人勉强接受了我，但我的狗不肯妥协。这家伙似乎识穿了我的真面目，完全不理会我的宠爱，整日冲我龇牙嚎叫甚至咆哮，有一天还试图袭击我，我只好请人杀了它。老狗倒下去的时候，它曾经善良的眼睛中充满仇恨。老婆和孩子把狗葬了，我则在家中整理出许多狗的照片。老婆回来的时候，我正在一张张烧掉那些照片。

老婆看着我，目光里没有温度。"你非杀狗不可吗？"她问。

"是它先要杀我，我没办法，它疯了，疯狗对我们大家都是危险。"我振振有词。

老婆没有再问什么，但从此后她与我疏远了，孩子更是住校，一个月也见不上一回。在永生的时间长河中，我的家人都只是小小的浪花，我想到将主持他们的葬礼，内心竟然没有任何哀伤。

为了将我的财产逐渐交给杜老，我告诉老婆，我的公司运作不善，海外项目损失惨重，我需要动用家产赔偿，但为了还能保障她和孩子的生活，我把外公留下的宅子和土地赠予她们，并且和她离婚。

老婆没有和我争论，默默地接受了我的安排。带孩子搬出去的那天，老婆忽然对我说："大壮，狗攻击你，是因为它觉得你越来越不像人了，我也这么认为。"

我笑问："那你觉得我像什么？"

老婆说："我不知道，我只希望你别做坏事。"

追求永生算不上坏事，甚至就不是个事，它存在于人类的遗传基因中，是生命永恒的主题，时刻都在激励人类去探究生命的尽头。

"哦，你想哪儿去了，我会尽力照顾好你和孩子，"我信誓旦旦，"虽然离婚，我们还是亲人啊！"

我从此就和老婆孩子分开。这娘俩卖掉外公的宅子和土地后去了边疆，在那里开拓土地、建设新城。

多年以后，我来到这座新城，在医院中探视垂死的老婆。我的孩子在几年前以身殉职，他的孩子、我的孙子侍奉在老婆床前，看到我便转身离开，连一声"爷爷"都不肯叫。

老婆说："这么多年过去了，你好像就只老了一点点。"

我说："现在生活好了啊，人老得慢。"

老婆笑："得了，你在做什么，你追求什么，其实我都知道。"

我震惊了，多年前老狗袭击我的情景突然再现，我本能地握紧了拳头。

老婆说："狗死后我用了一点时间精力调查，我有一阵子还很纠结，一个人为了永生，怎么就可以变得无情无义？后来我明白了，正因为你追求不死，才会变得极度自私，但我和孩子做不到只为自己活着，我们更乐意用毕生精力创造对别人有价值的东西。这座城市，我有好几千学生，我把他们带进知识的大门，教会他们如何学习、如何做人；而我的孩子，他抓捕罪犯，维护治安，用生命捍卫城市的安宁。我们会死，但我们死得其所，而你这样的永生……"老婆的神色无比鄙夷，"为了永生的永生，毫无意义。"

永生

意义？抵抗死亡就是意义所在！我从没有浪费一分一秒的时间在其他事情上，我对得起自己，我成为他们中的成功榜样，我用头脑为杜老赚钱，以换取他对我身体不断进行的软件升级和硬件维护，而很多"置换"者再也无力支付维护费用，倒在了通往永生的道路上。

时光荏苒，转眼我已经开始领取政府的"百岁老人补贴"，此刻我的心态已经彻底成熟，我终于不再留恋人形，进行了二次"置换"。

白衣男为我主持了手术，这手术对他很简单。20分钟后，我的人造大脑就被移走了，第二个我在手术台上渐渐变成"僵尸"，这具躯体几乎无用，只能赶紧火化了事。

在一个微雨的下午，我和白衣男以李大壮好友的身份主持了李大壮的葬礼，将他的骨灰盒埋入墓穴，出席葬礼的只有我们两个，李大壮的所有直系亲属，都已经先他而去，长眠地下了。

现在，我为李大壮的墓碑填上死亡时间。李大壮是个风趣幽默可以掌控自己命运的人，顽强地活到了114岁，终于在比大多数人都活得长的时刻溘然离世。

我和白衣男绕到另一片墓区，杜老的坟墓位于此处最僻静偏远之地，墓体很小，墓碑上除了杜老的名字、照片和生卒年月，别无它字。

"我始终难以相信他没有'置换'。"我感慨。

"他在生命最后20年享受着你创造的财富，已经心满意足，不愿意再为'置换'者的将来负责了，永生将只是少数人享受的奢侈品。"白衣男说。

我们站立了好一会儿，直到雨大起来。

"走了。"我说。

我的附肢立刻组合伸展，变成四组旋翼。我缓缓上升，在自然人看来，我应该是一个旋翼无人观察设备。

白衣男仰头，看着我远离，嘴唇动了动，似乎在说："再见！"

我想他的意思是"再也不见"。

越往上飞，雨越小了，云层上面，是晴朗的碧空。

前路还无比漫长。

待我迟暮之年，不知那是何年。

她的简介

　　凌晨，中国科普作家协会理事、中国科普作家协会科学文艺委员会副主任委员、中国作家协会会员和北京作家协会会员、科普与科幻小说作家。

　　创作科幻小说多年，题材涉及航天、海洋、生物、人工智能等，至今累计创作 200 余万字，发表了 70 余部科幻小说。代表作有长篇小说《月球背面》《鬼的影子猫捉到》，短篇小说《信使》《猫》《潜入贵阳》《天隼》等。其中，短篇小说《信使》《猫》《潜入贵阳》获得中国科幻银河奖；短篇小说《太阳火》和长篇小说《睡豚醒来》获得中国科幻星云奖；中篇小说《凌波斗海》获"大白鲸"原创幻想儿童文学奖。

　　作品被读者评价为"具有独特的视角和细腻的女性色彩""善于将虚幻的未来与现实生活融合，营造独特氛围""在平直的叙述下充满了澎湃激情、刚柔相济，具有浪漫的英雄主义情怀"。

　　担任过中国科幻星云奖少儿作品组评委、中国科幻水滴奖小说组评委、"大白鲸"原创幻想儿童文学奖评委、中国科普科幻之星培育计划导师等。

　　长期为科普杂志撰写文章，并积极进行科普创作，主编并且主笔大型科普图书《宇宙的光荣》（"全国青少年喜爱的 100 种优秀图书"之一）、《太空时代》丛书、《繁星若尘——从月球到银河深处的人类旅程》（入选"农家书屋"）、《海洋科普馆》丛书（荣获第三届"中国科普作家协会优秀科普作品奖"银奖、第二十七届全国城市出版社优秀图书奖、入选 2014 年全国中小学图书馆推荐书目）等。

她 的回答

Q1 如果要在一座荒岛上独自生活一周，你会带上哪一本书？为什么？

凌晨：《毛泽东选集》。一直想好好读这套书，全面深刻地领会毛泽东思想，从而对中国近百年的历史风云有更清晰和正确的认知。

Q2 "科幻"对于你来说意味着什么？（或者换个说法：它与你的生命发生过怎样的关联？）

凌晨： 25岁前，科幻是兴趣；35岁前，科幻是爱好；目前，科幻是我的职业。我从一个觉得科幻很惊奇的小姑娘，成长为用科幻思维来引领人生的中年人，科幻改变了我的一生。

Q3 想象一下平行宇宙里的另一个自己，你觉得她在从事什么职业？

凌晨： 有太多职业我想在平行宇宙中实现了。每一个我喜欢的姑娘，我都觉得她们在某种程度上有我的一部分……实现了我的一部分理想。好吧，如果能穿越回20世纪90年代初，我一定不把精力放在写科幻小说上，我要写武侠和言情，这两类当时都受热捧，然后我赚很多稿费来买房子，买很多房子，然后在房子高价的时候把房子都卖掉，当然会留一套舒适的大房子，然后在大房子里布置一间四壁墙都是书架，堆满了图书的房间，准备一台电脑，我开始写科幻小说……

彭柳蓉

　　每个人都有着许多身份，女性科幻作者只是我的一个身份。每个作者以自己擅长的方式感受世界、反馈对世界的看法，科幻作者有时候还兼职预言家和寓言家的身份。

彭柳蓉

"她"的科幻处女作

彭柳蓉 1995 年在《科幻世界》发表第一篇科幻小说《无言》，讲述生活在后文明时代的『我』，遇到一个濒临死亡的人造人的故事。人造人没有人权和尊严，只是用于各类实验的动物，实验福利由大众享用。『我』和逃亡受伤的人造人有了一番短暂的交谈，却无法改变任何事情。

永恒之夏

彭柳蓉

美人鱼巡游

在前往永夏星的旅途里，13 岁的夏依曾无数次听到关于永夏星的赞美：灿烂柔和的阳光笼罩大地，盛产美人鱼的海，雪白柔软的沙滩会在夜晚歌唱，繁星花次第盛放永不凋谢，相爱的人去永夏星会永不分离，孩子们能住在那里直到成年。

黎明时，飞船抵达永夏星的港口前，夏依看到了这颗星球令人炫目的一次日出。拥有一块陆地的永夏星被蔚蓝的海水包围，就像妈妈收藏的蓝绿色宝石，弧形的阳光从星球的边缘升起，耀眼夺目，似乎照亮了黑暗的宇宙。

妈妈一直很沉默，她一只手握着夏依的手，另一只手抱着夏依的黑猫真丽，脚步匆匆地穿过巨大的舰桥。过滤了有害光线的穹顶，柔和的白光倾泻而下，就像夏依在旅途里曾经欣赏过的光瀑。有那么一瞬间，夏依觉得穹顶晃动了一下，一些听不清的耳语盘旋在她的身侧。

夏依想要仔细倾听，却被黑猫的叫声吸引。穿过穹顶，她们看到了永夏星的港口。

无数大型船舰在港口有序地出入，通过永夏星的海关后，每个人都得到了淡蓝色的繁星花手环。繁星花有着矢车菊一样的清淡蓝色花瓣，散发着迷人的香气，让你莫名地想起某个微雨的早晨或者晚霞灿烂的黄昏。

"妈妈，爸爸什么时候和我们会合？"夏依问。爸爸原本和他们一起旅行，却在之前的跳跃点被军方接走处理重要事务，爸爸承诺会尽快来永夏星和夏依母女会合。

妈妈看着夏依深棕色的眼睛，握着夏依的手微微攥紧："爸爸明天就会来永夏星。"

夏依得到了肯定答案，放下心来，开始打量四周来来往往的旅客。那么多的外星人来永夏星旅行，她对照着自己学过的《外星智慧生命图鉴》，每当发现自己认识的外星人，就在心底小小欢呼一声。

在熙熙攘攘的人群里，夏依看到了一个地球人。那是一个黑发黑眼的东方少年，他提着小小的银色行李箱，穿着米色风衣，没有和其他人一样四处张望，而是迷惑地站在原地，似乎不知道自己为什么会出现在这里。

他的视线和夏依的视线交错，夏依露出微笑，少年的视线定住。他穿过人群，走到了夏依的面前："你能看到我？"

夏依有些迷惑，她看着眼前的少年问："难道别人看不见你？"意识链接建立。

少年伸出手："见到你很高兴，我是罗辑，一个天才心理治疗师，但我的梦想是成为星际领航员。"

夏依觉得罗辑的介绍很有趣，她握住了罗辑的手："我是夏依，一个天才光脑中级程序员，但我的梦想是成为梦境建筑师。"

罗辑的手干燥而有力："夏依，你好。"

"你一个人来永夏星旅行吗？"

"是的。永夏星是世界上最快乐的地方，不是吗？"

永夏星的黄昏无比壮丽，烟蓝色的天空如倒悬的大海，两轮新月在天空的边缘如清凉的水果糖，原本洁白的云朵被金橘色的阳光点燃，仿佛在静静燃烧，变幻出另一个世界的光与影。

夏依坐在雪白沙滩的长椅上，抱着她的黑猫，等待不远处的海面即将开始的美人鱼巡游表演。美人鱼可不是什么娇弱的小鱼，她们的尾巴修长有力，可以击碎礁石，她们拥有着凡人无法企及的容貌，歌声能直抵人心。

罗辑在长椅的另一端坐下："夏依，你以前看过美人鱼巡游表演吗？"

夏依注意到罗辑的手中拿着一本古老的纸质图书，书名是：《意识深渊》。

"我妈妈见过美人鱼巡游，在她 10 岁的时候，我的外婆带着她来永夏星旅游。"夏依漫不经心地回答，内心充满了对巡游的期待。

此时此刻，夏依的妈妈正在不远处的浅水区漫步，她的花裙子被海风吹动，像鸟儿温柔的羽翼。

"但我刚刚问过罗娜夫人，她说从没来过永夏星。"罗辑说。

一直在夏依膝盖上打盹的黑猫睁开了双眼，它金色的眼眸深处有着斑斓古怪的花纹。

与此同时，一朵粉色的烟花在天际绽放，巨大无比的美人鱼巡游的全息投影出现在天际，拥有幽蓝色鳞片的人鱼们纷纷从深渊里升起，姿态曼妙无比。

音乐声仿佛从月亮上落了下来，缥缈动人。海滩边的人群屏住呼吸注视着眼前的一切。夏依的妈妈弯下腰，从雪白的沙粒里拣出了一颗淡金色的珍珠。

异变是突然间发生的，在音乐声变得古怪激烈后，从海底浮出水面的美人鱼忽然变得无比狂暴，原本淡蓝色的双眸染上了血色，它们投掷出了用于表演的巨鱼的骨刺！

罗辑扯着夏依躲在了长椅后，一根白色的骨刺轻而易举地穿透了椅背，插在了夏依身侧的沙地里。与此同时，海水疯狂地上涌，似乎要淹没掉整个沙滩。

夏依不知所措，她看到妈妈朝她跑了过来。铺天盖地的骨刺在妈妈的身后，就像命运古怪冷漠的模样。金色的夕阳下，燃烧的晚霞仿佛谁的伤口。

"停下来！夏依！停下来！"是谁在夏依的耳边大声喊？意识链接断开。

记忆迷宫

夏依醒来时，天已经黑了，她的猫依偎在枕边，柔软温暖，像毛茸茸的云朵。她听到了雨声，每次下雨的时候，如果爸爸在家，就会带着她穿上雨衣雨靴，在雨里漫步，拜访花园里湿漉漉的山茶花或栀子花。

门外传来模糊的对话声。

"夏依的情况还算稳定，发病时候产生的幻觉让她精神损耗，吃药之后就可以缓解。"

"谢谢你，罗娜医生。"

夏依觉得头疼，她吃力地坐起身来，下床拉开窗帘。她看到的不是下雨的城市，而是一片海。清澈的海水里，鱼群优雅地游弋，色彩斑斓，如发光的蝴蝶从更深的海里升起。

无形的力量将海水和室内分割开。夏依好奇地伸出手指，发现自己的指尖能缓缓伸入海水，带有微微的凉意。

夏依转过身看着窗边镜子里的自己。她看起来确实不好，苍白的脸，病态灼热的眼神，瘦削的身体，她裹着黑色略长的风衣，光着双脚，一时之间记不起自己是谁，到底在哪里。

礼貌而克制的敲门声响起。

夏依打开门，看到了罗辑，不知道为什么，原本陌生的少年看起来有些眼熟。

"你好，我叫罗辑，是你的心理治疗师。虽然不应该在这个时候打扰你，但我收到了你父母的消息。"罗辑说。

"我父母的消息？"夏依重复着罗辑的话。

罗辑的眼中有着掩藏的怜悯："在去永夏星前的最后一个跳跃点附近，你们遇到了海盗。"

随着罗辑的话，记忆蜂拥而至，夏依紧张不安地盯着罗辑。

夏依的手紧紧地拽着风衣，声音小心翼翼，带着无法抑制的颤抖："爸爸妈妈还活着吗？"一切发生得太突然，妈妈只是叮嘱她不要害怕。夏依还记得爸爸、妈妈的神态，那是无法抑制的悲伤和匆匆的诀别。

"我们在距离跳跃点大约 0.4 光分的废弃航空站里发现了你父母的尸体，你父亲的手里还握着一粒语音胶囊，是留给你的语音胶囊。" 0.4 光分是光线行走 24 秒的距离，大约 720 万公里。

罗辑摊开手掌，一粒深蓝色的胶囊孤零零地躺在他的掌心。

当夏依的手指触碰到语音胶囊时，提取她生物信息的胶囊顺利打开，她听到了爸爸的声音：

夏依，我不知道你是否能听到我的这段遗言。爸爸和妈妈很遗憾不能和你好好告别，我们爱你，希望你能好好地活下去。如果有一天你能去永夏星，记得去深海旅店 c 区 18 层 3103 号房，那里是爸爸曾经住过的地方。

夏依看了看打开的房门上的门牌号码——3103，难道安排她入住深海旅店的人已经打开过语音胶囊？

"你们想知道什么？"裹着成年人风衣的夏依看起来越发瘦小柔弱。

"为什么你的亲人都死了，你却活着？"

原本熟睡的黑猫真丽跳下了床，落在地毯上，它抬头看着自己主人，似乎感觉到她的情绪激烈，安抚地蹭了蹭夏依的腿。

夏依闭了闭眼，声音低柔如呜咽："我什么也不知道，我只是和爸爸妈妈一起乘坐家里的私人飞船去永夏星旅行……不知道为什么，很多事情我都记不清了，记忆变得乱糟糟的。"

罗辑伸出手握住夏依颤抖的手："也许你的记忆曾被人暴力读取过。"意识链接建立。

被暴力读取记忆的后遗症包括记忆丧失、臆想、类癫痫等症状，这并不能保证获取所有的秘密，许多保密级别的人都花费重金在记忆里建立迷宫，让偷取记忆的人一无所获。一个 13 岁的少女通常不会有人花钱在她的记忆里建立记忆迷宫。

夏依低下头看着地毯："没有人能读取我的记忆。建立记忆迷宫确实花费不菲，但我的爸爸找到了隐藏记忆更好的办法。你知道费墨不确定理论吗？记忆有时候本来就不是唯一的，无数记忆的片段都能衍生出新的可能，就像无数个平行宇宙，只要能拥有搭建自洽的世界的能力。"

黑猫在夏依的脚边趴下，它看起来就像是地毯上的一小块和谐的花纹。

夏依眼底的悲伤已经消失："我不相信父亲能瞒着海盗留下语音胶囊。"

"我突然有了一个想法，你并不是心理治疗师，我也不在深海旅店，也许你为海盗服务，想要窥探我父亲留下的秘密。"夏依神色平静地看着罗辑，似乎只是说出一个小小的玩笑。

罗辑笑了："有戒备心是很好的事情，你长大以后就不会被人欺骗。那么，你有没有想过，并不是我找到了你，而是你在召唤我。夏依，我和你进行了两次意识链接，每一次都是你找到了我，我只是进入了你的意识世界，你忘记了吗？"

意识链接？召唤？

这些词汇仿佛解锁了某个被封印的东西。

夏依原本深棕色的瞳孔深处仿佛有光点在闪烁。四周的一切景物都在融化，从深海旅店窗外的鱼群开始，渐渐波及旅店里的天花板和家具。

夏依发现，自己和罗辑站在巨大的纯白色迷宫里，还有她的黑猫。

她想起来了，她和罗辑第一次遇见不是在深海旅店，而是在永夏星的港口，不是现实里的永夏星，而是她记忆里虚构的永夏星。

是的，她从未到过永夏星，所有的憧憬都在进入永夏星前的那个跳跃点前被封印。

"原来，稀有的领航员能够与加载了'真理之眼'梦境系统的人发生意识链接……"

冻结人与领航员

所有的命运都殊途同归。对于人类来说，死亡就是终结。人们曾幻想能制造新的皮囊，让意识永生，结果却创造出了许多冻结人，他们的意识在新皮囊里发生了问题，无法指挥身体。人的灵魂或者说意识并不只是一缕波，换了个容器就能继续往日的生活。

夏依见过冻结人，那是她的哥哥。哥哥曾经拥有美好的一切，却在一次意外里几乎丧命，父亲只来得及使用还没有验证的技术抽取并保存了哥哥的意识。

哥哥住在那个开着栀子花和茶花的花园里。他躺在维生舱里，就像童话书里长眠不醒的王子，他的新皮囊拥有和他一样的外貌特征，靠营养液维持着最低生存需求，微电流定时刺激让他的肌肉不至于萎缩。

所有的系统自动运转，以哥哥名字命名的基金会定期保养维生舱，按时支付所有费用。即使夏依和父母都不存在了，只要哥哥一息尚存也能继续沉睡。

父亲说，他探测到哥哥能够做梦，那些散乱的梦境也许是哥哥对这个世界最后

漫长的告别。

夏依很早以前就希望哥哥能一直做美梦，因为他孤零零一个人并且在梦里无法醒来。

梦境建筑师这职业知道的人并不多，因为这需要天赋，也需要不菲的金钱。夏依的天赋更多在于编辑光脑程序，但她偶然发现梦境的建造，想要尽善尽美也许是一个悖论。让人工智能系统对记忆进行模糊编程，也许能创造出无穷无尽的丰富梦境。

"真理之眼"梦境系统从夏依提出创意到爸爸成功建立并不断完善，耗费了7年的时间。夏依把"真理之眼"的梦境系统接入了哥哥的大脑。

父亲对夏依和自己的奖励就是永夏星的全家旅行。

在旅行之前，夏依在"真理之眼"的梦境系统里输入了所有和永夏星有关的资料，她想和哥哥一起分享永夏星的一切。

令人意外的是，旅行之前的那一天，夏依依靠"真理之眼"系统和哥哥的意识链接在了一起。

那是出发前的一个清晨，夜莺在枝头歌唱，阳光清澈透明，夏依在哥哥沉睡的屋子里翻阅一本永夏星的书籍。

不知道为什么，她进入了梦境。

夏依惊讶地发现，她出现在了哥哥出意外的那一天。难道所有冻结人的梦境都是遇害后的重复记忆吗？

她本能地做出了选择，向梦境里的哥哥发出警告，企图改变梦境里必然的结局。她想，如果读大学的哥哥不和朋友外出旅行就不会遭遇意外。

可是，每做一次改变，哥哥的命运总会辗转地回到原来的结局。

冻结人的梦境就是他们无法摆脱的地狱，唯一值得庆幸的是，"真理之眼"的梦境系统能让哥哥得到一段时间的平静，还能打破噩梦的循环。

虽然之后再没能和哥哥的意识产生链接，但夏依觉得，依靠"真理之眼"的梦境系统，哥哥已经获得了改变梦境的部分主动权。

在前往永夏星的漫长旅途里，夏依和父亲一起完善了"真理之眼"的梦境系统。她发现"真理之眼"的梦境系统有一个有趣的副作用，那就是能生成复杂到无法破除的记忆迷宫，牢牢地保护住自己所有想要隐藏的秘密。

父亲为此向星系联合专利局提交了专利申请，只要下了飞船，前往专利局在各个星系的管理处进行云端程序上传和验证就能获得完整的专利号。

巨大的纯白色记忆迷宫里，夏依神情恍惚。

她抬头看着微笑的少年："我很幸运遇到了你。"遇到一个稀有的领航员能和自己的意识发生链接，从而传递出废弃太空站的编号，连她自己都已沉溺于梦境，忘记了过去和未来。

罗辑静默了几秒："第一次和你意识链接成功的时候，我曾经告诉过你，我是未来的星际领航员，所以我的意识有时候能以超越三维空间的方式感觉到一些不符合常理的精神存在。当然，星际领航员如今没什么大的作用了，我们拥有量子级别的人工智能，不再需要星际领航员。"在古老的银河系大航海时代，只有星际领航员能带领船队穿越茫茫宇宙，抵达适合人类定居的星球。星际领航员以神秘的洞察力选择航线。至今，人们还是没能找到与之相关的基因片段。

"我想知道你是谁，在哪里。要知道，第一次意识链接发生的时候，我的飞船在艾玛星和永夏星之间的黑暗宇宙里，那里甚至没有其他飞船经过，你在哪儿？"罗辑有些苦恼地问。

罗辑没想到自己能在不知不觉间进入别人的意识世界，这样的情况以前从未发生过。曾经，他只能通过脑机接口进入他人的意识，进行高阶的心理治疗。

和夏依的意识链接成功前，他乘坐的"礼赞号"小型客船航行在黑暗的宇宙里，为了排除旅途的孤寂感，他播放了丛林夜雨的声响。雨滴打在叶片上的声音，小溪流淌的声音，雨中的蛙鸣，不知不觉间睡了过去。然后，罗辑就发现自己出现在了永夏星的港口广场里。

他认识了能看到他的少女夏依，跟随她看到了永夏星的海边日落，然后她的梦境变得诡异黑暗，人鱼袭击游客事件在永夏星从未发生过，一切那么真实，让他差点儿沉溺其中。

看到欢乐的海滩在夕阳的余晖里变成地狱的画面，罗辑发现夏依的眼底是旋转的星辉，就好像有另一双眼睛正通过夏依冷漠地注视着海滩里的一切！

意识链接断开后，罗辑猜想，自己也许是和"礼赞号"上的某位旅客发生了意识纠缠。"礼赞号"上的乘客并不多，只有128位，他没有在其中找到梦中的夏依。

这段航道里的飞船并不多，罗辑查看了航道班表。他做梦的时段里，距离"礼赞号"最近的另一艘飞船也有数百万公里之外。难道他的意识链接的是某个漂流在外的幽灵吗？

罗辑抵达和永夏星同一星系的艾玛星后，对于在航道上的经历难以忘怀。他借了朋友的私人飞船，再度回到了做梦时的航道附近。

罗辑强迫自己入睡，然后他出现在了深海旅店的 3103 号房间，有了一个新的身份——心理治疗师。他甚至有了一段陌生的记忆，夏依遭遇的意外，自己为什么出现在夏依的房间里，完美的逻辑让身处梦境的人以为那就是现实，要不是受过心理治疗师的相关训练，罗辑很可能会迷失在夏依的梦境里。

"我不知道我在哪里！我父亲把被暴力读取记忆的我塞进了能躲避探测的紧急弹射箱，希望我能躲过海盗的残杀。我只记得那个废弃的航空站，编号 c183103 的航空站。"

"你在航空站的弹射箱里？"罗辑确认。

"不，我被父亲从航空站弹射到了太空里。我不知道时间过去了多久，也不知道自己的具体地点，我只能告诉你我抵达那个跳跃点时的日期。"夏依轻声回答。

罗辑有那么一瞬间忘记了呼吸，他沉默了几秒："所以，你还在黑暗的宇宙里飘浮。为什么没人收到紧急逃脱箱的信号？"

良久，夏依的声音再度响起："那个紧急逃脱箱的信号发射装置坏掉了，所以被人遗弃在了太空站的角落里。不过，那时候我的家人并不知道。爸爸和妈妈把最后的生的希望给了我。"意识链接断开。

真理之眼

灯塔矗立在航道一侧，如同神话里巨人的火炬散发着微光，它还负责接收和转发求援信号。

罗辑从梦中醒来，他飞快地在全息投影里搜索着 c183103 太空站，发现太空站距离自己大约 0.1 光分，即 180 万公里。但是，此时此刻，夏依带着的紧急弹射箱已经离开了太空站，越飘越远。弹射箱的维生系统顶多维持半个月的生命循环，而且随时会因为某颗大陨石的撞击而失去作用。

此时的夏依沉睡在棺材一样的弹射箱里，孤零零地飘浮在黑暗的宇宙里，没有希望，无法求救，将在沉眠里步入死亡。

罗辑设置了前往废弃太空站的导航目的地，然后发出了救援信号，他需要太空骑警们的帮助。在茫茫宇宙里搜索一个无法发射信号的单人紧急弹射箱，这近乎不可能的任务。

罗辑让飞船的智能系统搜寻夏依全家抵达最后一个跳跃点附近的日期，推算海盗前往废弃航空站的时速，猜测夏依被弹射出太空站的时间。未知模糊的条件太多，智能系统也无法给出足够精确和精准的范围。

罗辑将目的地调整为飞船给出的范围的边缘地带，他必须从边缘向内侧搜索。飞船很可能将没有发射求救信号的弹射箱当作普通的小型陨石，除非弹射箱出现在肉眼可见的距离。

夏依，我能及时找到你吗？

如何在数百万公里的范围去寻找一只美丽的幽灵，在她死亡前伸出援手？

罗辑的手指在星图上划过。领航员，你需要相信自己微薄的力量，相信那如同命运一样的意识链接。

夏依觉得自己也许醒来了，又或许依然在深睡之中。她睁开双眼，指尖触到了黑猫真丽。没有人知道，黑猫真丽就是"真理之眼"，一只栩栩如生的仿真猫很难引起他人的注意。

真丽已经接管了弹射箱的维生系统，但它无法打开弹射箱去外面修理坏掉的信号发射装置。

黑猫真丽原本是爸爸送给她的生日礼物，在不断升级后，它成为她生命的一部分。

弹射箱缓慢地坠落向宇宙的深渊，偶尔会被陨石触碰，改变航向，这是一条并不算漫长的死亡之旅，极其孤独，让人憋屈乃至疯狂。

所以，真丽让自己陷入了梦境，用谎言和臆想安抚自己脆弱的心灵。

问题在于，那些恐慌和绝望总会从梦境的缝隙里钻进去，改变梦的走向。哥哥也遇到了同样的问题。她和他都在梦境里以不同的方式求救，以隐晦或激烈的方式表达着真实和虚假的界限。

夏依看着圆窗外黑暗的宇宙，感受到近乎窒息的痛苦。罗辑能找到她吗？这希望如风中之烛，她根本不敢相信。因为渴望，所以会更加痛苦。

夏依轻声对真丽说："我很累，把我放在梦境里吧，放在永夏星的黎明和黄昏里。妈妈说过，那里是世界上最快乐的地方，如果可以，我想在那里和爸爸、妈妈好好地告别。我会一直在永夏星的夏天等待着。"等待着死亡，又或是奇迹般的获救。

时间漫长得仿佛过去了一生，或者仅仅是过去了数天。

当夏依再次醒来时，是在医院。

永夏星的医院也是白色的，一如记忆迷宫的颜色。她的身体虽然虚弱，但并没有大碍。

罗辑坐在她床边的窗户前，黎明时分淡金色的阳光勾勒着他的侧影，黑猫真丽就在她的枕边。

少年伸出手："见到你很高兴，我是罗辑，一个天才心理治疗师，但我的梦想是成为星际领航员。"

夏依紧紧握住了罗辑的手："我是夏依，一个天才光脑中级程序员，但我的梦想是成为梦境建筑师。"

罗辑告诉夏依，太空骑警在废弃的太空站发现了她父母的血迹，但没有搜寻到他们的遗体。骑警判断，他们被抛入了茫茫太空。罗辑在距离发现弹射箱地点的数百公里外，找到了夏依的父母的遗体。

在罗辑的陪伴下，夏依委托永眠公司将爸爸妈妈的骨灰制作成钻石，放在故乡的花园里倾听熟悉的夜莺的歌声。

在回故乡之前，罗辑陪着夏依去永夏星的海滩欣赏黄昏时分的美人鱼巡游。

瘦弱的夏依赤着脚走在海滩上，在漫天晚霞里，仿佛无数次在海滩边漫步，懒洋洋的。

然后，夏依和罗辑坐在沙滩边的长椅上，静静看着碎金荡漾的海水。

海鸟落在沙滩上，将珍珠随意丢弃，寻找适合它的美食。

夏依突然说："为什么在跳跃点附近会出现海盗？繁华的度假星系不会允许这样的事情发生。海盗是不是为了我父亲上传的'真理之眼'梦境系统的专利申请？"

罗辑安慰夏依："警察还在追查。"

夏依的神情有些恍惚："如果永夏星遇袭和弹射箱脱险只是'真理之眼'的梦境系统为我量身定做的一个梦。那么，也许你只是以为你找到了我，实际上，你被梦境系统困在了我的梦里。罗辑，你怎么判断哪一个梦是真实的？哪一个梦是虚假的？"

罗辑知道夏依的精神状态依然不太稳定："一切都会好起来的，我会陪着你去你的家乡，学习使用'真理之眼'，治疗你的哥哥。也许他能为自己建筑美梦，获得另一种形式的人生。我们可以帮助更多的冻结人。"

夏依侧过头看着罗辑，夕阳让她的眼底仿佛有碎金跳跃："我记得父亲说过，无数星系的图像就像是人的脑神经一样，以网状的方式连接在一起，也许人类不过是宇宙的一个梦，地球承载了一百亿人的悲欢离合，却只是宇宙里的一粒尘埃。那时候，我并不懂这段话的意思，现在我懂了。"

夏依微笑了起来，纯洁可爱："我们就坐在上次永夏星梦境里的长椅的位置，你想不想知道椅背后面有没有维修过的痕迹？其实，我们可以一直待在永夏星，直到永远。"

罗辑浑身冰冷地坐着。此时的晚霞灿烂辉煌，美人鱼巡游即将开始，夏依兴致勃勃地挥舞着繁星花的花环，等待着美人鱼们从深渊里升起。

罗辑发现，自己也有些分不清真实和虚幻的界限。

不，夏依只是获救后情绪不稳定产生了臆想，他一定能帮她恢复过来，不再这么不安。夏依是他接触的下载了"真理之眼"梦境系统的第一个病人，在不久的将来，他还会接触更多这样的病人，帮助他们离开地狱。

黑猫踩着白沙出现在罗辑的脚边，尾巴俏皮地扬起，蹭了蹭罗辑。罗辑微微一笑，眼神冷静而坚定。

意识链接建立……

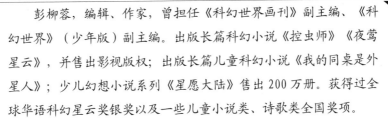

她 的简介

> 彭柳蓉，编辑、作家，曾担任《科幻世界画刊》副主编、《科幻世界》（少年版）副主编。出版长篇科幻小说《控虫师》《夜莺星云》，并售出影视版权；出版长篇儿童科幻小说《我的同桌是外星人》；少儿幻想小说系列《星愿大陆》售出200万册。获得过全球华语科幻星云奖银奖以及一些儿童小说类、诗歌类全国奖项。
>
> 作品可读性强，风格多变，目前致力于少儿科幻和科普作品的推广。

她 的回答

Q1 一年里，你通常花多长时间用于写作？一天里呢？

彭柳蓉：我资质一般，好在热爱写字，勤能补拙。我一年里稳定出版大约三到四册图书，也策划编辑一些儿童科普图书。每天会花费一到两个小时的时间写字。

Q2 "科幻"对于你来说意味着什么？（或者换个说法：它与你的生命发生过怎样的关联？）

彭柳蓉：科幻是对世界的延伸阅读方式，代表人们从生活里偶尔抬头看到星空时的愉悦和思索。科幻让当年别扭的成绩不佳的我找到了在现实里的一个支点，也是给予现在的我神秘的礼物。

Q3 世界末日之前的一分钟，你面前有两个按钮，红色按钮可以拯救所有人类，蓝色按钮可以拯救所有除了人类之外的生物，你会按哪个按钮？（警告：选择蓝色按钮的话，自己也会消失。）

彭柳蓉：毫无疑问，蓝色按钮。如果按下红色按钮，地球只剩下人类，生物链不复存在，世界末日也会很快再度到来。如果按下蓝色按钮，世界依然继续，植物会逐渐占据无人的城市。一万年以后，人类活动过的痕迹也基本消失。人类和恐龙一样，不过是地球的暂时住客。最重要的是，我希望我家里的十只流浪猫能活下来。

赵海虹

　　早年我不太有"女性科幻作家"这个身份意识，而且会比较反感在写作时强调性别，因为我相信文学的意义之一在于沟通，创作的意义之一在于创造和感受不同的生命体验，而不是哪一种单一性别的体验，也因为性别不是我的自由意识选择的，我不会让它来束缚我的思想。但随着年龄渐长，我逐渐认识到，女性要面对的独特问题，是有别于男性的。而身在这个群体，慢慢会产生一种共同体意识，意识到需要去为女性发声。听说一些美国女性作者也经历过类似的变化。

赵海虹

「她」的科幻处女作

赵海虹最早发表的科幻小说是刊载于《科幻世界》1996年2月号上的《升成》，这是她中学时代写的故事，高一那年在学校文学社的油印刊物《西溪水》上发表过。高考结束后，她撕下油印稿，把故事寄给了《科幻世界》杂志（发表《升成》时曾用笔名赵钗，后来再也没有使用过）。《升成》获得了当年的光亚学校杯科幻大赛一等奖。

故事是用观察者『我』的视角来讲一位他暗恋的女性，失踪已久的姑娘忽然出现，告诉『我』她的奇遇。

她爱上了一位外星来客，外星人的任务是观察地球几十亿年的演化，他带姑娘一起，在时间中穿行，用能够快进时间的摄像机，录下了地球表面四十多亿年的演化历程，而姑娘在这个过程中快速衰老。『我』接受姑娘的邀请，和他们共同见证了非洲大陆在板块碰撞中产生东非大裂谷的整个过程。在摄录的尾声，人和姑娘，在反复压缩时间的快进式录制中，已经耗尽了生命的燃料，时日无多，他期望在工作中结束这一切，而她，也许是为了让生命与地球沧桑同在，又或者是为了爱情。

她和外星人一起跳入了新生成的裂谷，而『我』按照他们的嘱托，替他们完成了收尾工作。原来，外星人和姑娘，

故事大约3000字左右，是赵海虹中学嗜写抽屉文学的岁月里，并不多见的科幻小说，但是第一次投稿就顺利发表，也让她正式走上了科幻创作的道路。大学和研究生时代，成了她创作的爆发期。

不枯竭的泉

赵海虹

"与其在悬崖上展览千年，不如在爱人肩头痛哭一晚。"

—— 舒婷

《神女峰》

第一次走进中心大楼，我就被一层大厅里的橱窗震住了。我的脚底像粘了胶，动弹不得。

"这个人是……"

"她叫蒋南枝，是中心第 53 期培训班的学员。"

"培训班？"那只是中心面向社会的外延，与正式学员、研究专家相差甚远。一个培训班的学员，怎么会在这里，以这种方式……第 53 期培训班，那不是十多年前的事了吗？

"她……还活着？"

"是的，你看到的是一间四壁透明的无菌室，她靠整个维生系统延续生命。"

"那么她是植物人？"

"不，从理论上讲不是这样，她并未脑死，而且发生在她身上的一切都是由她的自由意志控制的。"

我一个激灵："可是，难道这十多年她就一直……"

"是，至今她都是自由控制理论最成功的实践者，还没有人能超越她的纪录。"

"她是一个活纪录？"我触摸着把她和我们隔开的透明膜。

无菌室里的高台上躺着的那个人几乎已辨不出性别，十多年只靠维生系统续命，她的肌肉已经逐渐萎缩，监测仪上平缓波动的心电图和持续连绵的脑电波告诉我们这依然是一个活体，一个生命。

按捺不住的疑惑探出头来——为什么？为什么她要这样做？

"她是中心的骄傲，"主任的语气让人不安，"她向世人证明，由人类自由意志来控制五感不是不可以达到的。"

"可是……"我终于忍不住冲口而出，"为什么？难道就是为了做个证明，就让自己变成活死人？"

主任的面容僵硬了几秒钟，又渐渐和缓，用打官腔的口气说："嗯，为事业献身也是很伟大的嘛。"

然而我还是不能相信。

大厅里的活标本成了我的一块心病，每天路过无菌室的时候，我都情不自禁地驻足观望。

成为中心正式研究人员后，我获得了进入中心电脑资料库的密码。在那里，我查到了中心第 53 期训练班学员的名单，找到了时年 20 周岁的蒋南枝和她的全息照片。

只需轻轻点击屏幕，那张小小的两寸照片便浮了出来。20 年前的蒋南枝有着灿烂的笑颜，那种感觉，不属于夏日的朝阳，倒像是初春繁星若尘的夜空。

伸出左手，轻轻触碰她丰满的脸颊，滑润而有弹性的年轻肌肤充满了生命力。

我想到大厅里的"皮包骨"，手指骤然回缩，一种痛切的伤感慢慢将我包围。

为什么！为什么！

我听到这个声音在空空的办公室里回荡，那是我的呼喊。

"您好，我叫蒋南枝，编号 058，当前身份是大学二年级学生。我希望在课余参加自由意志控制能力的业余培训，因为我想拥有自由选择的权力，可以在爱看的时候才看，在爱听的时候才听……"

学员的自我介绍是以声音文件形式存储的，她的声音柔和婉转，但说到后来语调变得跳脱，仿佛说话人正强忍着笑意。

"蒋南枝，蒋南枝。"我轻轻唤她。

全息影像仍然在说话："我的业余爱好是旅游、探险，2030 年大学毕业后，我想成为一名旅游记者，去很多很多的地方……"

"停，停，请你别说了！"我的右手痉挛似的猛敲了一下鼠标，于是全息影像隐去了，那个兴致勃勃的声音也隐去了，只剩下空荡荡的房间，冷清清的我。空气中残留着温暖的信息，使我心烦意乱，无法自已。

年轻的蒋南枝，充满憧憬的蒋南枝。

还有，枯萎的蒋南枝。

我的胸口发闷，仿佛有一只手把我搏动的心脏捏在掌心，然后五指慢慢合拢……

我喘不过气来。

"啪"，我一拍操作台，起身冲出办公室。半分钟后，我又已站在无菌室的隔离膜外，凝视那个正在逐渐衰竭的身体。

维生仪器、检测仪器、金属、胶管，她仿佛和这些东西属于同类，那是一个死气沉沉的世界，与隔离膜外的天地完全不同。

我的耳朵嗡嗡直响，我听到一个声音在说："我希望……可以选择什么时候不看，什么时候不听……"

倘若可以，我真想运用自由意志，暂时关闭大脑接收听觉信号的分区，可是我知道，那个声音其实不是真实的存在，它在一个无法关闭的地方。

我弯下腰，凑近那张枯槁苍白的面孔。我的脸紧紧贴在隔离膜上，两颊的皮肤被挤得扁平。

这是我第一次近距离看她的脸，有朝一日，等我有了足够高的地位，甚至有可能获得进入无菌室的特许，但是今日，这已是我们之间距离的极限，无法更近一步。

然而，我还是看见了——

我的心脏在胸腔里猛地一跃！

我看见了那晶莹的微光。

泪水！泪水默默地从眼角流涌而下。

我震惊了！难道她有心灵感应，我召唤出她年轻的魂魄，竟使她悲从中来，流下眼泪？

一时间，我手足无措，不知道该做什么好。我不知道自己是否应该通知主任，大堂里的活标本居然流泪了！

不，不，宋东西，你是个科学工作者，你要冷静。冷静，冷静！

视线追随着泪水滑落的方向——潮湿的枕头、大片的水渍，她这般双泪长流和我并没有关系。

她默默流泪，不知已流了多久，多久……

五感都已经关闭，大脑拒绝接受任何视听味嗅触的信号，那为什么还会流泪呢？是哪一部分有反应？

"心。"我听见自己吐出这个恍然大悟的字眼。

多可笑呀！科学工作者应该明白，心脏不过是一个身体的血泵，大脑才和具体情感相关。可也许是传统，也许是习惯，那一刻我脱口而出的依然是这个字："心"。

她可以关闭她的五感，但她却无法关闭她的心。

她的心在哭泣。

我直起身，百思不得其解。如果痛苦，只要解除自由意志对大脑特定接收区域的禁锢，不就可以回到正常世界和正常人的生活中来了吗？像这样一边表演，一边哭泣又是何苦？

蒋南枝，你何苦来哉！

"让人类真正自主！"——30多年来这个呼声越来越强烈。通过对大脑功能的进一步开发，运用自由意志来控制大脑固定区域对五感的接收能力已逐渐成为可能。研究中心自 2022 年创立至今，已培养出拥有这种特殊能力的正式学员逾万人，培训班学员 10 万人，中心的规模也扩大了 50 倍，在世界各地都开办了分支机构。

系统记录显示，蒋南枝接连参加了 5 期培训班，结业成绩优异，初步掌握了短时间内关闭视觉、听觉、嗅觉、味觉和触觉中任意一个感官系统的能力。一般的培训班学员只能开发对五感中一至两个感官的短暂控制能力，五感全面得到开发的范例即使在当时的正式学员中也实属罕见。2030 年，蒋南枝大学毕业，之后没有继续参加培训。附录中提到，学员蒋南枝毕业后进入 N 周刊任旅游版的记者。

那么她的愿望实现了。

我在网络世界里追寻着蒋南枝，在密集的电子信号中搜索她的影迹。她的文字与照片带我漫游了世界各地不同地域的奇特风光，她的脚印引导着我的足迹。

然后，我发觉她在杂志发表的文章记录到 2034 年就已结束。

我吸了一口气，这里可以找到真相吗？

最后一篇文章：《南美丛林漫记》。

在南美某国，贯穿全国的金姆河两岸，丛林茂盛，动植物种类丰富。这片宁静的原始森林，是现代人向往的桃源净土，茂密的热带雨林深处如同神奇的童话世界……

记者：蒋南枝

我忽然觉得这个落款有点触目，再看一遍——"记者：蒋南枝"。

我明白了！在别的文章后面，我看到的总是两个署名，"记者：蒋南枝、苏殊"，后面的那个名字是她的同事吧，合作了四年多的伙伴。如果是在别处少了一个名字我不会在意，可恰巧是在她的最后一篇，他的名字消失了。

这两件事之间会有什么必然的联系吗？

"哗啦啦"，窗外突然下起倾盆大雨。有什么事让老天爷都难过起来了呢？我倒是很想知道。

"您到底想说什么？"坐在我对面的女士在长久的相对无言之后打破了沉寂，"请我这个陌生人来喝茶，总得有点理由吧。"

她说得轻描淡写，而事实上，我是动用了很多的人事关系，好不容易才联系到她的，能请她出来也还借用了一位前辈的面子。

"为什么呢？"她忽然用异常柔和的口气说话。

我意识到自己的表情一定很怪异。她的反应如一面镜子，让我看到了自己心事重重的脸上不协调的炽热目光。

"我……想向您打听一个人。"我依然有点支吾。

"哦？"她略略扬眉。

"我想知道蒋南枝的事。"我终于吐出了这个名字，像是吐出了哽在喉头的一根刺。

也许是我的错觉，她脸部柔和的线条似乎变得僵硬了。

"我……我没有什么企图，我只是……"我越想解释越觉词穷，"我只是……"

我呆了一下，我到底有什么理由呢？

对面的目光像探照灯一样罩住我的脸，我在这种要照透人五脏六腑的目光之下几乎窒息。

"我……您知道我是研究中心的人，我见过蒋南枝，我今天还见过她，我每天上班都会看到她。"

我眼前浮现出她的样子。她整天躺在大厅里，身上挂满了管子，背后还有个计时器，标榜她创造的纪录在分分秒秒不断延长。可是，这个活死人，她在流泪呀！她一直一直都在流泪呀！这简直是疯狂。如果她不愿意做活死人，她只要想一下就好了，她只要不再强迫自己压抑五感就好了！哈，我活转来了！就这么简单，可是她不，为什么她要这样做？为什么她不愿做正常人？

我抬起头："为什么她要这样做？为什么她不愿做正常人？我不相信有人愿意做一个活标本，我绝不相信！"

对面的目光融化开来，带着一点儿了解与同情，她叹了口气，垂下头："那么，你找我是……"

"想知道她为什么会这样！"我的急切溢于言表。

请来的女士曾是那家周刊的资深记者，很少有她不知道的内幕，更重要的是，蒋南枝"出事"那年，正在她的部门任职，她是蒋南枝的直接上级。

"您不可能不知道的！"我的语调里有乞求。

"可是……"她看着我惶急的样子，一定觉得说出拒绝的话是不近人情的，"你知道了原因又怎么样呢？"这就是委婉地拒绝了。

我眨眨眼，眨眼之间，我为自己的行为感到羞愧和后悔。一个科学工作者，这样毫无理由地冲动，为一件没有实际意义的事情到处奔走，那么多年的书都白读了。

"咳。"我清了清嗓子，以掩饰自己的尴尬，"对不起，让您见笑了。"再喝一口茶，"刚才我太冲动了。其实，我也只是有点儿好奇。咳，咳……"

"我明白，"女士很有涵养地微笑了一下，"我可以满足你小小的好奇心。"

"可以吗？"

"不过，那是很久以前的事了，"她的每一句话都似有深意，"我也不敢保证自己的记忆与事实有没有出入。"

"当然，当然。"

"14 年前，蒋南枝在我们周刊工作，当时我刚刚接手负责旅游地理版，南枝是我的部下。她年轻、活泼，不过，也有一点儿骄傲，不是那种溢于言表的傲气，但是，非常自信，相信自己能比别人做得好，在心里头，她觉得自己是与众不同的，我可以感觉到，"她沉默片刻，又补上一句，"她确实是与众不同的。"

"与众不同"这个词让我不寒而栗，蒋南枝后来用一种多么残酷的方式证明了自己的不同呀！

"她就没有瞧得上的人？"我追问，"比如苏殊？"

她的眼帘一撩，精光四射："你知道的还真不少。"

"他也是您那个组的记者？"

"是的。"她把背向后靠，拉开一点和我的距离，打量人的眼神像在评估一个对手，"苏殊是她的爱人，这你也知道的吧？"

"呵，我是瞎蒙的，"我可不想让她觉得我不诚恳，"我并不了解实情，不然也就不会费那么多周折把您请出来了。"

"苏殊……"她的眼神黯淡下来，"苏殊是个很优秀的摄影记者，他们两个……真是一对儿……可惜了……"

我预感自己即将听到重要的情况，凝神屏气地等待她的后话。

"14 年前，他死在了南美。"

那天夜里，我做了一个梦。

晚霞烧红的天空，斑斓异彩的丝缎般的云朵无边无沿地铺展开去，像红色的花海倒映在天空。云团如一个个不停攥紧又张开的拳头，又似是一朵朵渐次开放、合拢又开放的红茶花。

霞光里穿出一只灰蓝色的机翼，然后是整个机身，矫健的蓝鹰在红色的天湖上平静地滑翔，平静得如同梦境一样……

"苏殊！"那张熟悉的脸正对着我做出忧急的表情，我们明明有好几米的距离，他的面孔却近得吓人，像拍坏的特写，只听他道："快拉绳子呀！"

我仰起头就看到了他身体上方迅速张开的白色伞体。

我们是在空中。梦境不是永远科学的，牛顿定律对我没有作用，我飘浮在空中，如一个轻盈的气泡，以至于没有意识到要拉开降落伞。

"快——"他遥远的声音那样震耳。该死的梦境，居然连声学原理也不遵循。

我摸到腰间的拉绳，"扑拉"，白色的伞花在我头顶上方骤然开放。

"南枝——"我向她伸出的臂膀似乎可以无限延长。我抓住她的手了！漫天的红霞飞舞，她的脸上也飞着霞光。天地在旋转，我们也在不停地自转，在一个螺旋上升的世界里螺旋下降。

眨眼之间，我们看到了广袤的大地。墨绿的色块是热带雨林，流动的璀璨水晶是河流，褐黄色的起伏是山谷。我们舒展双臂，如同鸟儿张开翅膀，向地面的世界俯冲。

我终于感到了重力加速度，耳边的风声呼呼作响，大地的色彩如打翻的调色板，山与水，树木与土地，矫揉成一片模糊的色彩，在我的视网膜上颤动。

我们在——飞翔。

"他们乘坐的直升机出了故障，"请来的女士是这么告诉我的，"两个人只好跳伞求生。"

"那是南美洲最原始、最神秘的热带雨林区，据说丛林深处的印第安部落还保留着剥人头皮的古老习俗。"

"然后呢？"我小心翼翼地追问。

"并没有人被剥头皮，可是……"她的目光定定地望着面前的茶杯，仿佛碧绿的茶水里藏着什么不可思议的东西。

"可是？"

"跳伞的时候遇上大风，两个人失散了。"

"南枝被当地人救起，一周后，我们联系当地的搜索队把她接了出来。《南美丛林漫记》就是在那之后写的。"

所以作者的署名只有一个人。

"那苏殊呢？后来他去了哪里？"

"苏殊……没能走出丛林。"

我心头一跳。

"他的降落伞掉进了金姆河，正好是鳄鱼出没最多的河段……"她的声音越来越低，几乎细不可闻。

"蒋南枝……"

"搜索队不敢告诉她真相，一直对她说正在抢救中，这才把她诓出来，不然她根本不肯离开那个地方。"

"不可能永远隐瞒下去吧……"

"一个月以后，告诉她真相，当夜，她就切开了手腕。血流了一池子，还能救过来真算是奇迹。"

我打了个冷战。

"根据医生的诊断，她当时有初步的狂躁症征兆，需要在特护病房接受特殊护理。"

"特护病房？"我下意识地重复她表述的语句。

"有弹性的墙壁，没有玻璃制品，没有致命的药物，没有绳索。总而言之，那是一个不让人死的地方。"

"想死不能死的地方。"我的补充只能使这个注脚更加可怖。

"难道让她自杀才对吗？"她叹了口气，"不管怎么说，她罪不至死。"

我把这个不恰当的用词当成了她的口误。我非常懊恼，觉得自己千方百计翻出这种陈年烂谷最终却无法求得心安，相反，事实真相反而令我更加不安。

"南枝在病房里待到第三天，忽然没有知觉了。检查结果，她的身体完全健康，可是……"

"她运用自由意志，控制了脑部对五感的接受。"我已经料到了后话，"她的心脏还在跳动，她的大脑仍有思想，可是她已经把自己与外界的接触完全切断。"

她缓缓点头，迎向我的眼神那样肃穆："这就是你想要的答案。"

"不……"

"现实就是这样简单而残酷。因为南枝没有亲人，没有人可以负担让她活下去的高昂代价。你们的中心不知从哪里听到消息，及时和我们接洽，要求把她转到你们那里去，而我们，实在没有拒绝的立场。"

"不……"我近乎哀求地问，"真的没有别的答案了吗？"

她站起身，推开座椅："很遗憾，没有更好的解释了。"

"等一等！"我伸手去拦她，"我最后问一个问题，就这一个，真的！"

她等待着。

刚才只是情急时脱口而出，现在我又犹豫着不知该问什么。

"她……"我字斟句酌地问，"从那时起就一直在流泪吗？"

"天！"她轻呼出声，"难道她还在……"

而这，也就等于是回答了。

有什么东西在我眼前摇晃。

我眨眨眼，那像是一只手掌，那确实是一只手掌。

"宋东西！"

我呼地跳起来，又立刻毕恭毕敬地垂下头，不敢面对意外驾到的主任："教授……"一时情急，我露出了以前叫惯的称呼。

主任铁青的脸色略微和缓了，但说话依然很严厉："小宋，你最近很不对呀！你是我带出来的学生，我是举贤不避亲才把你招进来，你有什么问题，最后还不都是我的责任！"

"对不起，教授，"我吓出了一身冷汗，"我最近状态是不太好，我……"

"听说你到处打听蒋南枝的事？"

"我……"

"不要为不相干的事浪费精力。你是个研究员！应该注意自己的言行。"

"是，教授。"

"那好，我也只是提醒你一下，你也不要有包袱。"

"好，好的……"

主任的批评像当头给我泼了一盆冷水，我觉得自己清醒了。为了一个完全不相干的人较什么劲呢？一个为爱殉情的糊涂女人，轮得到我来感动吗？

于是，我不再心事重重，不再四处找资料，每次经过大厅我都目不斜视。我本来很快就会恢复原状，可偏偏在这个时候，上回见面的女士给我打来了电话。

"喂？"我接听的时候顺手关闭了三维传输的按钮，光是声音的侵入已经够打搅人的了。

"是宋先生吗？"

我对这个声音印象极深，马上反应过来："您是上次的……"

"是的。宋先生，不好意思，现在又来打搅你，可上次你提到的那件事让我很不安。"

"其实，我已经不打算再去翻那些陈年老账，我……"我的口气非常平淡。

"想到南枝还是一直在流泪，我觉得非常难过，非常！"

"……"我忽然不知道该说什么，那感觉就像是你一直想买一件东西，拖到你不想要的时候，对方又一定要卖给你了。

"宋先生既然调查过她的事，难道没有留意到其他关于金姆河的报道吗？"

我想说自己已经不打算再关心蒋南枝的事了，可是她的话勾起了我记忆中的某个环扣，带出隐约的异样感觉。

我记起了被我忽略的一份资料，一份原以为没有关联的记录——《金姆河水是红色的》。资料中记载，自 2028 年至 2034 年间，某大国的基因公司曾在金姆河北岸的印第安原始部落中实验基因药物，死者数以千计，但由于公司与当地政府达成协议，支付了可观的赔偿金，被掩盖的黑幕直到 2038 年才大白于天下。

这件丑闻和蒋南枝能有什么直接的关联呢？啊！我心头一亮，蒋南枝的最后一篇游记莫非就是在那个杀人魔窟里写成的？

"蒋南枝和那家基因公司有关系？"我小心翼翼地问。

对方没有料到我会问得那么直接，她沉默了片刻才回答，才回答："那一次，两人乘坐的直升机并没有故障，真相是，他们遭到了来自地面的袭击。"

我"哦"了一声，好不容易压下去的好奇又被她勾了出来。原来，事情并非单纯的殉情事件，全部真相到底是怎样的呢？

我仿佛又看到了蒋南枝洋溢着青春的笑脸像桃花一般绽放……那娇艳的背后会埋藏着什么样的故事？

"两人跳伞之后，南枝被丛林里的印第安土著搭救，但不久就落入基因公司的人手中，他们胁迫她在给杂志发稿时掩盖事实真相，当时那家公司已经开始撤出金姆河林区，如果没有人及时揭发事实，曾经发生的惨剧也许就永远不会被外界了解了。"

"所以她就写了？"我听见自己在冷笑，"她不是很有理想抱负吗？终究不过是个贪生怕死的普通人。"我有一种受骗上当的感觉。虽然不能要求她舍生取义，但在我心目中，她是一个明朗的形象，她透明、纯洁，正直而刚强，同样的事情可以发生在别人身上，可是她……我觉得受到了伤害。

对方没有驳斥我的话，她的语调变得非常苦涩："我相信她也很矛盾，但是，那些人告诉她，苏殊也在他们手里。她亲眼看到被鳄鱼咬伤的苏殊被推进手术室，他们对她说，如果她不能按他们的授意发稿，苏殊就会死。"

我开不了口，嘴里像被黏稠的液体吸住了唇舌，我不知道该怎么说。

舍生取义是一个道理，但倘若要被牺牲掉的是别人的性命，抉择就太艰难了。更何况，那是爱人的性命。

我眼前浮现出栩栩如生的画面：蒋南枝站在手术室半透明的隔屏外边，她正看着自己垂死挣扎的爱人。她的目光炽热痛苦，似乎要燃烧起来。

我看到她冷漠地击打键盘，把一篇粉饰太平的游记发给杂志社，她的眼神空洞，像个死人。

……

"我说过她是一个骄傲的人，她的骄傲大多来源于自信，她认为自己一定能成为一流的记者，可是她辜负了自己的信任，背弃了自己的理想，这种背弃对于她来说，本身就是一场可怕的精神灾难。"

"那么苏殊？"我提问时已隐约猜到了答案。

"他死了。他被鳄鱼咬伤后就因失血过多而死，南枝看到的是一具被乔装打扮的尸体。一切只不过是基因公司的圈套。"

"唉……"我唯一能回应的只是一声叹息。

"半个月后，基因公司结束了在南美的全部实验，扫清了任何可能留下的蛛丝马迹，南枝直到那个时候才被放出来，她在第一时间和我取得了联系，坦白了真相，但稿件已经刊发，在当时的状况下，贸然指责基因公司的罪行缺乏有力证据，因此上级决定，这件事到此为止……"

"后来不是又……"

"那是当地政府官员在政治斗争中互揭丑史，公布了与基因公司的秘密协定，这才真相大白。"

"那她是什么时候开始关闭五感的？"

"在向我坦白的同时，她递交了辞呈，之后就到处找寻苏殊的下落。那以后的故事上次就已经告诉你了。"

我明白了，我终于完全理解了那个把自己与外界隔绝了 13 个年头的活死人。

在这个世界上有一种人，一定要有一个意义支持才能够生活，没有意义的人生对于他们完全没有价值可言，蒋南枝就是这样的一个人。她的人生意义在于成为一个优秀的记者，用自己的笔去歌颂世界的美好，可是突然之间，她发现为了爱情自己宁可失去生存的意义——这个结果一定出乎她的意料，它本身就是异常沉重的打击。不仅如此，她的笔成了粉饰太平、掩盖罪恶的工具，她由真、善、美的使者变成邪恶的帮凶，即使是为了爱，她也无法原谅自己，但她没有想到，那唯一支持她的理由原本就是不存在的——苏殊死了，他半个月前就死了。做出的抉择无法收回，出卖的灵魂已经万劫不复！

蒋南枝生命的意义已不存在，于是她选择了死亡。

讽刺的是，社会却剥夺了她选择的权利。

她只能以自闭抗争。

对方还在说话："我不知道该怎么解释，南枝是一个很极端的人，她无法容忍曾经出卖灵魂的自己。有时候，我总会想，她第一次自杀如果成功了，只怕还比现在这样强些……事情已经过去那么多年了，我原本不想提起，但是听到你说她还在那里流泪……我心里这个难过呀……"

"明白，我明白。"我听到自己的声音忽忽悠悠的，没有真实感。

"以后，请你多关照她。"对面的声音哽咽了。

"好的，好的。"我轻轻地应着。

终于等到了这一天，第七任中心主任，我大学的一位师兄把象征中心最高管理权的水晶钥匙递交给我。观众席上的员工们掌声雷动，全场起立，向新一任"人脑自由意志开发研究中心"主任致敬。

傍晚时分，在宽敞明亮的主任办公室，我和刚卸任的师兄交换了几句知心话。也许是新的头衔令我无所顾忌，我忽然问师兄："你知道大厅里那个活标本的来历吗？"

师兄略微有些警惕地扬了扬眉，但马上意识到身份的转换，他的表情又舒展了："是的，我知道。我也曾经好奇过，不过，她的故事并不美好。"

"你是否问过教授，为什么要让她天长日久地躺在大厅里呢？或者，让她按自己的意愿，痛快地一死了之……"

师兄猛然打断了我的话："你看到过她的眼泪吗？"

"是的。"

"说句真心话，难道你不觉得，我们整天研究这、研究那，但有时候并不知道自己为什么要做这些！我们兄弟间不讲那些大话，难道你就没有觉得空虚的时候？"

我不大明白他的意思，因此没有搭腔。

"那种时候，看到那个女人，就会觉得很安稳、很充实。"师兄说话的神态非常宁静平和，"你会感到有一种力量，我们研究范围以外的力量——或者叫心的力量，它是存在的，就在那个女人的身上。"

夜深了。

我一个人坐在自己的新办公室里，敲击键盘进入了资料中心。现在我已拥有全部密码，有权查看中心所有的机密档案。

"蒋南枝"，我输入这个在心底藏了 17 年的名字。

于是，所有的资料：从报名记录到非常丰富的训练录像，二维或者三维的，近 30 年的身体检测报告，等等，都集中在我桌上的小小仪器里。

我找了一份录像资料，于是我又看到了她：倔强的眉毛，水一般纯净的目光，微微翘起的生动的嘴唇，明朗的表情。

"蒋南枝，你好吗？南枝？"我触摸她微笑的唇角，这里有绽放的青春，这里有璀璨的生命，但他们都属于过去。

整个大厅黑漆漆、空荡荡的，只有正中央的无菌室亮着灯光，它像一只硕大的水晶棺材，封闭着一颗饱受痛苦煎熬的心。

我站在阴影中遥望着光明，忽然觉得，这个大厅就是整个广漠的世界。整个世界对于她来说，就是这样一片寂静的黑暗，是静止的无边无际的孤独，而在她日渐衰竭的躯壳中心，有那么一个地方，小小的心灯寂寞地燃烧着，在悔恨与痛苦中燃烧。生命一日不息，泪泉一日不竭。

这一瞬间我明白了师兄说的那种感觉，但是我和他的看法并不一致。我想假若读懂了这颗痛苦的心，假若要证明自己也是一个有血有肉有灵魂的人，我们对她最大的理解就是结束她绝望的现状。

有一个秘密的愿望我想了有 17 年，而今终于到了实现的一天。

我缓缓向那处光明走去。

我完全明白自己想做什么，以及这件事的严重后果，可是，我的脚步坚定，我毫不犹豫。

这是一个带着轻寒的初春夜晚，深宝蓝色的夜空中洒满闪烁的星辰，就像她曾经的笑脸。夜风中，隐约有沙沙的枝叶声响，仿佛是一阵笑声。

后 记

本文完成于 2001 年，这个故事创意来得很是古怪。

小学时代我得过很重的鼻炎，那时没有"暖冬"一说，寒冷的季节里我几乎整个冬季都会鼻塞。不记得是什么时候，鼻炎莫名其妙好了，但给我留下了不用捏鼻子就封住鼻息的本事，其实一点也不神秘，不过是肌肉控制的问题（和小说中的完全不是一回事）。小小的本事非常管用，一到气味不好的地方，身边的朋友便会诧异，为何我说话的声音忽然瓮声瓮气像感冒了。于是偶尔想，如果人可以自主控制自己的所有感官会多么有趣。

那时文瑾刚到《大众软件》不久，为她参与的杂志约稿子，我便想起这个创意，答应给她一篇故事。

然后一个意象闯进我的头脑。

黑漆漆、空荡荡的大厅，只有正中央的一只硕大的水晶棺材微光闪烁，里面躺着一个失去感觉的女人，她已经是个活死人，只有眼泪不停地流淌。

我是一个懒散的人，因为最初设定的目标并不是"一篇好的小说"，而是把这个美丽的意象写出来，故事反而成了我创作时的累赘，我明知过分戏剧化和缺乏合理过渡会让小说不上品，我还是急切地写完了这个故事。但是写的时候依然是快乐的。到现在为止，这篇不那么好的小说依然是我最心爱的篇目之一，其实我爱的，是那个极端的意象而已。

一年后，我看到了一本书，那是我接到的第一部长篇翻译稿任务。《群星，我的归宿》，贝斯特在小说中描写的种种未来人的变态中，斯考布思信徒们割除自己的一切感觉器官，被层层堆放在冰冷的"地下坟场"里——为了要排除一切干扰享受最纯净的思考。

大师的描写让我不寒而栗，那是人性最极端的异化的疯狂。不过我这一篇不那么高明的故事，显然并不一样。这里描写的技术仍然有光明和积极的意味。关于小说的意义，可以说与生命的选择权有关，可以说与生命的尊严有关，不过最初的最初，是为了描写那一种极致的凄美。

她 的简介

　　赵海虹，科幻作家、翻译、高校教师、中国作家协会会员、中国美术学院艺术史博士、国家精品视频公开课《诗画中国——中国山水画史英文专题讲座》主讲，现任教于浙江工商大学。

　　1996 年开始涉猎科幻小说创作，持续创作发表至今，中短篇小说主要发表在《科幻世界》《小说界》《少年文艺》等杂志，出版长篇小说一部、个人小说集七部，博士论文《道德研究——威廉·贺加斯的"现代道德主题绘画"》入选中国美术学院"南山博文"出版（2017），并有多部译著与科幻研究论文发表。曾获科幻银河奖（1997～2002 年共 6 届）、第六届宋庆龄儿童文学奖（2003）、第六届全国优秀儿童奖（2004）、浙江省"青年文学之星"（2006）等文学奖项共 14 次，其中，《伊俄卡斯达》获 1999 年"银河奖"特等奖。

　　作品曾被译为英文、日文、韩文发表。三篇自译英文小说在美国《阿西莫夫科幻杂志》《LCRW》等杂志发表，《1923，A Fantasy（1923 年科幻故事）》入选《转生的巨人——21 世纪中国科幻小说集》（宋明炜，Theodore Huters 主编，美国哥伦比亚大学出版社 2018 年出版）。

她的回答

Q1 如果要在一座荒岛上独自生活一周，你会带上哪一本书？为什么？

赵海虹：《资治通鉴》吧。因为一直想读完，又没有大块的时间，一周应该够了，好的历史书从不会令我厌倦。

Q2 可以介绍一下你最喜欢的一部电影吗？

赵海虹：随着个人的成长，每个阶段我都会有不同的"最喜欢的电影"，不过科幻电影中，最喜欢的倒一直未变，就是《黑客帝国（MATRIX）》。这是一部令人直接怀疑存在真实性的电影。机器人将人类作为低等生物电池使用，仅以大脑幻觉供养人类，男主角偶然发现这个秘密，加入了觉醒者的队伍，为打破这个幻觉世界不惜搏命。本片为"五蕴皆空"的佛教世界观给出了一种现实解释——我们所在的世界可以是仅仅存在于大脑的幻觉。而相对于努力打破奴役、获得自由的后两部，我更喜欢混沌初开的第一部，因为它留下的空间更为开阔。

Q3 "科幻"对于你来说意味着什么？（或者换个说法：它与你的生命发生过怎样的关联？）

赵海虹：对我来说，文学是寻找自己生存意义的方式之一，最后是印证自己的存在，而存在，主要关涉个体生命在宇宙空间与时间中的定位。我从初一开始模糊地考虑这个问题，然后在创作类型中，找到了最适合这种思考的科幻小说。

于向昀

　　"作者"其实不过是一种职业，无论是男性还是女性，都该努力做好
自己的本分。我一直很努力地在做，尽量做到我能达到的最好，如此而已。

于向昀

她「三」的科幻处女作

于向昀发表第一篇科幻小说的时间是在
1997 年，那是一部名为《无法确定》的长篇。
它讲述了一个克隆人寻找自己的身世并为自
己争取权利的故事。她试着把『人』这个物种
放在最原始的位置上，作为自然界平平常常的
一个部分，来表现它的存在。从作品的主题来
讲，它更接近社会问题小说。

时空的封印

于向昀

1. 能量是划分时空的唯一标准。每一种有质量的物体都是能量的载体。

2. 每个时空的能量属性都是唯一的，能量总和是恒定的。宇宙中各个时空点有其确定的能量流动特性，可以用一组谐波来描述。谐波结构特性相同的两个时空点会发生共振。

3. 生存于某一时空的生命体，其能量属性与当前时空能量属性相符。同一时空里不得有两个能量属性完全相同的生命体存在。

——时空能量守恒法则

安菲儿将闪烁着异彩的质能转换器与航时机的主发动机连在一起，命令电脑检查启动程序，心里却在想着姑妈安嘉的允诺："菲儿，帮我这个忙，我一定去和你爷爷说，让你加入时空特警队。"

加入时空特警队是安菲儿的梦想，只有 17 岁的她称得上是个宇航天才，并在半年前拿到了航时机驾驶执照，偶尔在学校客串一回时空旅行的导游。对她来说，不能成为时空特警队的一员实在是件很丢脸的事，因为她家是警察世家，何况萧羽，她青梅竹马的伙伴和竞争对手，前年就加入了附属于时空特警队的"少年组"，她又怎么肯甘居人后呢？

可是，她那退休后被反聘为星际安全委员会监理的爷爷安英杰一口拒绝了她的要求："不行！你和希瑞都属于不擅长控制自己情绪的人，让你们这样的人来维护时空稳定，简直等于把小鸡交给黄鼠狼。"

"可是，萧羽也不是很擅长控制情绪，为什么他能进时空特警队？"安菲儿不平。

"因为萧羽历史比你学得好！"安英杰板着脸说，"只要你历史考试的分数能超过萧羽，我就批准你入特警队。"

萧羽今年刚考上了星际知名的 Σ 学院，专攻历史，并同时获得了西纳大学颁发的历史学博士证书。"跟一个历史学博士比考历史，我真是疯了！"安菲儿愤愤地嘀咕。她的历史成绩也不算太差——离及格只差一分。"都是因为 Σ 学院的试题太难！"大家异口同声。

但是，想加入时空特警队就必须拿到 Σ 学院的历史学学位，这是规定。安菲儿实在太想做时空特警了，就把脑筋动到姑妈头上来，因为她的姑夫克勒斯松是安居儿养育院，这所由安英杰创立的闻名星际的孤儿院的第一号赞助人。"经济是国家的命脉。"安居儿现任院长莫蒂婶婶在讲政治经济学时曾这么说过。

"让你的经济命脉跟你讲，看你敢不从！"安菲儿知道爷爷是多么重视这间养育院，它是星际孤儿们的乐园。

谁知道安嘉竟先跟她提了那么个要求："你表姐希瑞昨天去特洛伊，在那儿喝醉了，你得帮我想办法解决这件事。"

换句话说，希瑞把远古时的能量带回了当前时空，而依照"时空能量守恒法则"，远古时损失的能量会在当前时空寻求代偿，如果不赶紧使这两个时空的能量恢复到原始状态，不知道会出什么样的事情。维系时空的平衡，那是时空特警队的任务啊，安菲儿当仁不让地答应了安嘉的请求，不过——

"安嘉姑妈真是的，自从嫁给姑夫之后，也学得这么会精打细算了。"安菲儿如是想，其实她并没有见过少女时的姑妈——安嘉在她出生前就嫁出去了。

系统一切正常。安菲儿舒了口气，下令发动。在她看来，解决希瑞的问题简直易如反掌：在希瑞饮下美酒前把她带回来不就没事了？虽然希瑞一再向她保证，酒的滋味足以令人销魂，她宁可失去一切也不愿丧失品尝酒的机会。

"时空能量守恒法则"说得很清楚，"在同一时空里不得有两个能量属性完全相同的生命体存在"。希瑞自己是无法再回到那时的特洛伊了，可那并不代表安菲儿不能带她去别的地方，只要她能将能量的得与失计算准确，就能纠正这个错误。

"菲儿？"手腕上的思维传感器传来安菲儿的呼叫，萧羽瞥了眼方位监测值，微型显示屏上映出的竟然是"未知"两个字，他不由自主地问道："你在哪里？"

"一个很糟糕的地方。如果连你也无法测算到我在哪里的话……"菲儿还是一如既往地啰唆，"我想我应该是在时空的夹缝里。"

"什么？！"萧羽心头一震，"你怎么会在那种地方？"

"如果我知道的话，就不会在这里了！"菲儿发火地说，"还不赶紧想法子把我弄出去！"

时空的夹缝里！萧羽皱起了眉。自从航时机投入使用以来，还从没有发生过这种事，但是根据历史记载，很早以前曾有人到那种地方，那是……他竭力回想着，说："好吧，你等一下，我现在就去主控制室，用终端把你拉回来。"

在时空管理局监测站主控制室的终端里，存有每位时空旅行者的 DNA 编码，可把正在做时空旅行的人转化为能量，从其他时空带回来，对于落入时空夹缝的人来说，这招有效吗？萧羽没有太大把握，然而这是目前唯一可行的方法，他转身就往主控制室走。

"你先别去！"安菲儿制止他，"这儿并不只有我一个人。"

"啊？"萧羽顿觉一个头胀到了三个大，"还有谁？"

"我不认识他，也不会说古代语言，正让我的全能配置仪跟他交流呢。他在我的航时机外面，我不想让他看见我。"

"哦，"萧羽稍稍安心。菲儿虽说比较容易冲动，但在做时空航行时还是相当谨慎细心的，他长长呼出口气，疑窦又起，"这人是怎么来的？"

"我怎么知道？"菲儿不耐烦地说，"我来到这儿的时候他就在了。对了，刚刚问清楚，他叫阿尔贝托·哥尔多尼，是西西里塔科纳市的一位手艺人，走失前的时间是 1753 年 5 月 1 日。"

"呃……"萧羽犹豫了好一会儿，"我看我还是去请示局长吧，毕竟这种事以前还从来没有人遇到过。"

"天！"菲儿哀叹，"如果他们开会讨论起这事来，我岂不是得在这里待上一辈子？"

"我想不会。时空与时空之间的连接点是零点时间，就是说，连接点上的时间是静止的。所以，无论他们开多久的会，你等待的时间都只是一个瞬间。不过，我还是建议你为自己祈祷一下。"萧羽一边三步并做两步地向局长办公室赶，一边和菲儿开玩笑。他不想使菲儿太紧张，因为那样很可能导致时空乱流的产生，对当前时代和菲儿所处的地方来说，这种事是致命的。

由于这天是周日，时空管理局的五位局长只有温特一个人在值班，其他人都回家休息了。听萧羽简明扼要地报告了事情的经过，温特马上跟着他来到了主控制室。"你用时空信息检索器查一下这个哥尔多尼的能量属性，把他弄回他的时代去，"温特吩咐道，"这样我们把安菲儿和航时机拉回来时就不会有阻碍了。"

"好的。"萧羽熟练地操作着仪器，"我们是不是应该先搞清楚他们落入时空夹缝的原因？"

"先救人要紧。"温特坚持自己的决定。

这个决定无疑是正确的，萧羽无言地遵从了。"我已经测出了他的能量属性。"时空信息检索器可以监测和捕捉到所有时空每一种生物的能量属性和思维，既然刚才安菲儿已经告诉了他哥尔多尼的生活年代和地点，想要确认他的能量属性便非常容易了。

"帮我把结果转到质能转换器这边来吧。"温特亲自启动了机器,"我来把他发射回去。"

"在那之前是否要先清除哥尔多尼的这段记忆?"

"当然,我们不应该让地球纪元 18 世纪的人了解时空的秘密,这可能会影响到历史。"温特的声音忽然变得怪异,"哦,不!我们不能清除这个人的记忆!"

"为什么?"萧羽也凑到质能转换器总机旁。

"时空夹缝是时空疏离所产生的超空间,从理论上讲,在安菲儿他们进入这个超空间之前,它应该是不存在的,如果想消除这个超空间,使时空的连接恢复到从前的状态,就不能清除哥尔多尼的记忆,因为记忆也属于生命能量的一部分。"温特思索着说。

"那我们应该怎么做?"

"没办法啦,只好就让哥尔多尼这么回去。因为时空夹缝里突然多了两个生命体,也就是说,能量泄露到正常时空以外了。在这种情况下,正常时空原先的稳定状态已被打破,随时都可能再发生变化,我们不能再等了。"

"呼!总算回来了。"安菲儿拢着垂在前额的几茎秀发,"天哪,在时间夹缝里的感觉可真不舒服,好像连思维都凝固了!"

"可你当时还能想到用思维传感器和萧羽联络,"温特满怀欣赏地注视着面前娇小的少女,"真是个聪明的孩子。"

"因为思维是唯一可以在各个时空自由出入的能量,不是吗?"安菲儿若无其事地说。

"非常正确。你想不想参加时空特警少年组?"

"可以吗?"安菲儿顿觉喜从天降。

温特意味深长地点点头:"只要你能帮我们找到你堕入时空夹缝的原因。"

"哦……"安菲儿立时泄了气,"我也搞不清楚,我原本是想去特洛伊的。"

"你去特洛伊做什么?"萧羽讶异地问。

"那个呀……"经不起两人接二连三地盘问,安菲儿支支吾吾地说出了事情的起因。

"难怪希瑞的质能转换器能量监测值异常,"温特说,"不过这应该不至于对你的这次时空旅行构成影响才是。唔,这事得好好查查。"

"希瑞表姐好过分哦，"安菲儿将一颗恰诺糖塞进嘴里，轻轻敲打着桌沿，抱怨说，"她都没告诉我她曾用航时机把古人带来现在。"

"你说什么？"萧羽跳了起来，"她做过这种违反规定的事？你怎么知道的？"

"我昨天去特洛伊用的是她的航时机，从时空夹缝里出来以后，我把这台航时机使用以来的记录都存到电脑里了。"安菲儿指点着屏幕，"你看，这是希瑞上次去特洛伊时的能量属性分析，多了一个人的能量记录，而且，这个能量从属性上看不是我们这时代的。"

萧羽凝视着安菲儿面前的大屏幕，上面打出两份能量属性分析图表，一份上只有一条能量曲线，另一份上则有两条，这两条能量曲线起初有很大差异，到后来几乎重合在一起。他思忖着，说："这么看来，超时空产生的原因应该清楚了——古人乘坐了希瑞的航时机，并带去了希瑞的部分思维能量，这使得我们这个时空向特洛伊靠拢，打乱了时空的正常连接……"

"照这么说，我们大家岂不是以后都去不了特洛伊了？"安菲儿闷闷不乐地说，"时空能量守恒法则说，'同一时空里不得有两个能量属性相同的生命体存在'。希瑞的思维能量和我们这时空的能量是相符的，一定会对我们这时空的生命体产生排斥……"

"不！"萧羽摇摇头，"那个能量从属性上来讲是属于我们这时代的，但是它和希瑞的能量属性并不完全相同，所以我们应该还可以到特洛伊去。"

"可是我昨天明明被弹到时空的夹缝中去了，你也看见了。"安菲儿噘着嘴说。

"那件事我是知道的，但不能叫'看见'。"萧羽温和地笑着说，"我现在想明白了，虽然我们所处的时空在向特洛伊靠拢，但是处于特洛伊的那股能量和你的能量都是属于我们这时代的，属性有部分相同，于是两者相互吸引，也就是说，你同时受到两个时空的吸引，所以就跑到时空的夹缝中去了。"

"天啊！"安菲儿低声叹道，"你越说我越乱了。"

萧羽又笑了："只要我明白就够了。现在我要向局长大人打份报告，让他派人把那股能量收回来，这样以后就不会再有人掉进时空的夹缝里了。"

"喂，安雅，你看，"安菲儿俯在安雅耳边高叫，"就是他，偷偷乘坐希瑞的航时机，害我掉进时空的夹缝里！"

夏季交际会热闹非凡，人声鼎沸，她们不得不提高声音说话。安雅顺着安菲儿指点的方向望去，熙熙攘攘的人群中，那个金发蓝眼的英俊少年显得异常引人注目。

"哦，他叫甘尼美提斯，是特洛伊的王子，"安雅说，"我听说他现在住在艾娥斯表姐家。"

安雅是莫蒂收养的女孩，与安菲儿同岁，是和安菲儿从小一起长大的朋友，也就跟着她来称呼所有的亲戚。安菲儿惊诧地瞪着她："你认识他？"

"不认识，"安雅摇头，"是听萧羽说的。前几天我在萧羽那儿看见过他的照片和其他资料，他要申请在现代定居。"

"是为了艾娥斯吧？"安菲儿笑道，"你看他老是缠着艾娥斯……对了，你听说没有？艾娥斯和科伦为了时管局的赫来局长闹翻了，结果昨天科伦和希瑞订婚了。"

"这事早就传得沸沸扬扬的了。"安雅叹着气说。

两个女孩子对望一眼，彼此都在对方眼中发现了惋惜和遗憾。安雅同情地说："艾娥斯以后可怎么办呢？这么多年的感情了，难道就真的这么一刀两断？"

"科伦也真是的，"安菲儿不满地批评道，"有什么事解释不开，非要……"

"背后议论人可是不好的哟。"一个清朗的声音打断了她的话，安菲儿回头，只见萧羽穿了一身全黑的晚礼服，站在她们身后。

"偷听别人谈话也是不好的。"安菲儿回了一句。

萧羽笑了笑："我只是来请安雅跳舞的。"

"呸！"安菲儿撇撇嘴，忽地眼睛一亮，"对了，我可以去请古人跳舞！我还要指点他一下，怎么哄艾娥斯和赫来高兴，这样他就可以留在我们这个时代了。"她奋力挤进人群。

"嗨！菲儿，别……"萧羽的声音噎在喉咙里。他不能把那个秘密透露给别人：时管局的五位局长一致决定，在查明甘尼美提斯的体内的超时代能量来自何人后，就要给他做能量分离实验，将他发射回他的时代。

甘尼美提斯注定了不属于他们所处的这个时代。

可是，在目前，能量分离实验还没有十足的把握取得成功。在能量分离的过程中，稍有不慎，就会令一个人的灵魂消亡……

一只手轻轻拽了拽他的衣袖，萧羽低下头，便看见安雅满含柔情的淡紫色的眼睛。蓦然间，他意识到比起甘尼美提斯来，他是多么的幸运——他和自己喜欢的人们生活在同一时代，他可以凭借自己的力量守护他们……"去跳舞吧。"他挽住安雅的手臂，带她走向舞池中央。

"萧羽，快！"赫来上气不接下气地闯进萧羽的办公室，"快打开时空信息检索器！"

萧羽盯住赫来看了几秒钟，默默地执行了命令。据调查，甘尼美提斯体内的思维能量并非源于希瑞，而是来自艾娥斯。时管局决定在今天上午为他们做能量分离实验，主持实验的就是赫来。看到赫来那样子，萧羽就知道实验肯定失败了，他很想问问情况怎么样，却又强忍住了，甘尼美提斯和艾娥斯都是他的朋友，他实在很怕听到不幸的消息。

"能量分离失败了，"赫来主动告诉他，"甘尼美提斯没等我们发射，就自己跑到别的时代去了。"

萧羽望向赫来。他光亮的脑门上满是汗水，他急需找一个人来谈几句话，缓解自己的紧张。"艾娥斯呢？"萧羽问。

"谢天谢地，艾娥斯小姐没事，"赫来大喘了一口气，"她还是原来的她，不，她比以前多了些远古的记忆，我刚给她做完检测。"

这么说来，情况还不算太坏，萧羽暗暗想着，不紧不慢地接着问："您是想让我找到甘尼美提斯现在所处的时代，对吧？"

"不错，"赫来完全放松下来，"不过有个很大的困难，由于甘尼美提斯的离开过于突然，我们来不及确定他目前的能量属性。"

"哦！"萧羽顿时觉得他高兴得太早了——没有能量属性，他怎么能从茫茫时空里找到一个人？

"我想，你可以用时空信息检索器扫描一下所有时空，然后把结果和以往的记录对比一下，找出发生震荡的时间段和地点，这样我们就有希望找到他了。"赫来热心地说。

"是。"也只有这样了，萧羽在心底叹息着，从小到现在，他总是要不停地跟在别人身后收拾烂摊子，这种日子究竟何时才是个头呢？

"对了，你要审核的信息量是很大的，"赫来以体贴和同情的语气说，"我给你增派几个人吧。那个……新加入你们特警少年组的那女孩，叫安菲儿是吧？听温特说她挺有头脑的，以后就让她专门协助你做这事吧，过几天我再从其他部门抽调两个人来帮你。"

叫菲儿来专门协助他？以她的禀性，不给他添乱就不错了，萧羽不由得苦笑。

"啊——这种日子什么时候才是个头啊！"安菲儿忍无可忍地大叫。

萧羽瞟了她一眼，没有说话。

"都半年了，所有时空还没扫描到一半，这么多的信息，光我们几个人怎么分析得过来？"安菲儿抱怨道。

萧羽懒洋洋地敲击着键盘："又不是你在做分析，是电脑在做。"

"亏你说得出！"安菲儿气道，"要不是你把我拖下水……"

"你别搞错了，"萧羽打断她的话，"不是我要拖你下水，是两位局长大人推荐你来做这项工作的，这是对你的嘉奖。"

安菲儿哑口无言。半晌，她心有不甘地嘟囔："我怎么会申请和你这种人编在一组！哼，哼！"

难道我想和你一组？萧羽瞪了安菲儿一眼，很明智地没把这句话说出来。他还不想惹得安菲儿上蹿下跳，以至于大家都干不了工作。唉！如果可能的话，他真希望陪在他身边的是温柔娴静的安雅……

仿佛是上天对他这个期望的回应，办公室的门突然打开，安雅探进头来。"萧羽，"她不安地叫道，"有件事……我能进来吗？"

"能，能。"萧羽赶紧站起来，把房门开大些，这才看到安雅身后跟着一个穿着古怪的男人，"这……"他怔住了。

"这个人是近代阿根廷的一位出租车司机。"安雅小声解释说，"刚才他忽然从天而降，掉在我们学校花园的暖房上。"

萧羽目瞪口呆。

"怎么会有这种事？"一旁的安菲儿跳了过来，说出了他的心里话，"哈哈！大件事①啊！看来我们得马上报告局长大人们。"

她的声音听来颇有几分幸灾乐祸的味道。

"虽然他来到我们时代的原因尚未查清，我还是建议先把他送回他的时代，以免影响时空的正常衔接。"温特说。

赫来点点头："我同意。"

几位局长都表示赞同。温特转向安菲儿，他知道她迫不及待地想接下这个任务："菲儿，你送他回去吧，记得清除他的记忆。"

"是！"安菲儿兴高采烈地应道。

看着安菲儿走出会议室，赫来说："大家说说对这次事件的推测吧，我们来做个总结，以便调查。"

"我认为这事和甘尼美提斯有关，"这是萧羽思考了很久得出的结论，"因为它和上次哥尔多尼事件如出一辙。"

"有道理，"温特说，"如果事情真像你说的那样，近代阿根廷应该留有他进入的痕迹。"

"我没法证实，没有他当前的能量属性记录。"

"再去查查哥尔多尼事件，说不定能找到线索。"

一种特异的感觉使得萧羽先去查了那位司机的情况。在地球纪元 1997 年出版的《奥秘大世界》里，他找到了这条消息：1959 年 9 月某日，阿根廷的一位司机开车从首都出发，在布兰卡港的公路上，他被一道强光晃得睁不开眼睛，便将车停在路边，就此睡了过去。半小时后他醒来，发现他到了 13000 公里外的萨尔塔，他的汽车却不见。当地警察局与布兰卡的警局取得联系，找到了他的汽车……

一瞬间，萧羽感到非常荒谬——生活在未来的他们，竟然在创造着过去的历史！继而他蓦然想起：菲儿并没有把那个司机送到他走失前所处的地点。这中间出了什么差错？萧羽急忙查找哥尔多尼的记录。有关他的消息刊登在 1993 年 1 月的《俄罗斯消息报》上，萧羽一路看下去，脸色不禁变了，他迅即打开思维传感器。

"萧羽，天啊，我正想找你……"菲儿的思维立刻传了过来。

"你不是想告诉我你又掉进时空夹缝里了吧？"萧羽试探着问。

"如果可能，我真想告诉你不是……"

萧羽打断她的话："又是和那个哥尔多尼一起？"

菲儿不无沮丧："这回还有那个倒霉的司机。我说萧羽，你真可以去做个算命术士了，"她忽地醒悟，"你怎么会知道我又遇到这种事了？"

"我查了所有的神秘失踪案件，"萧羽说，"你想知道哥尔多尼是怎么形容你的吗？"

他的目光扫过屏幕，安菲儿同时接收到了他读取的信息：1753 年 5 月 1 日，哥尔多尼在城堡的院子里散步时，突然整个人不见了，和他在一起的人们掘遍了周围的土地，也未发现可能陷入的坑道和洞穴。过了整整 22 年，他却奇迹般地在他消失的庄园院子里出现，他认为自己哪儿也没去，因此被送进了精神病院。7 年后，医生马里奥神甫第一次和他谈论这起神秘事件，哥尔多尼坚持认为，他的失踪和重新出现只隔一会儿时间。他说，他当时突然陷入了一个隧道，沿着隧道来到了一个"白色的不可知的世界"，那儿没有物体，只有一些奇异的仪器……

"那应该是我的航时机。"安菲儿插话。

"是吧，"萧羽竭力忍住笑意，"下面一段说的是你：'一个椭圆形长着长长头发的生物对他说，他落入了时间和空间的裂缝……'"

"这怎么会是我？"安菲儿大怒，"他说的这个'生物'是我的全能配置仪！你知道它总喜欢戴假发，把自己打扮成法官的模样。"

"可是他叫它'生物女人'。"

"哦，该死！"安菲儿咬牙切齿地说，"后来呢？"

"为了证明哥尔多尼的话是真的，神甫和他一起到了塔科纳，手艺人来到他失踪的地点，只向前跨了一步，就又消失了，这一次是永远。"

"永远？！难道要我在这里陪他一辈子？"

恐慌与混乱透过思维传感器狂潮般席卷而来，萧羽禁不住大呼："菲儿！"

话音刚落，背后传来一声惊天动地的巨响，航时机载着安菲儿蓦地冒了出来。萧羽怔怔地看着凭空出现的她和周围被撞坏的仪器，好一会儿才想起去检查。

"还好，时空信息检索器没坏，"这个结果使萧羽放了心，他这才注意到回来的只有安菲儿一个人，"那个司机呢？"

"我不知道，"安菲儿显然还没从震惊中恢复过来，"我怎么回来了？"

"你自己都不清楚，我又怎么会知道？"萧羽气恼地反问，"你刚才都在想些什么？"

"只是想要回来呗，"安菲儿耸耸肩，"看来局长大人们又有的忙了。对了，你能不能帮我查一下那个司机跑哪儿去了？"

"和历史记载的一样，他回到他的时代去了，不过是到了当时的萨尔塔，"萧羽凝视着检索结果，沉着脸说，"可哥尔多尼不见了，信息检索器查不到他的下落。"

"难道他还在时空的夹缝里？"

"这是唯一的可能了，只有那里时空信息检索器查不到，"萧羽停顿了许久，接着说，"我现在想明白你是怎么回来的了。是你'想要回来'的思维启动了航时机，将你带出了时空夹缝——我们的航时机是以思维做导航的。"

"那么哥尔多尼又是怎么跑回时空夹缝中去的呢？"

"这得怪温特，上次送哥尔多尼回去的时候，温特没有清除他和你接触时的记忆，而那段记忆是独立于时空之外的，其属性不同于 1753 年的时空，哥尔多尼就没能回到 1753 年。当 1782 年的时空受到外来能量冲撞时，哥尔多尼就又被弹到了时空夹缝里。"

"受到外来能量冲撞？你指的是……"

"没错，"萧羽操作着信息检索器，"我找出了所有发生'神秘失踪案'的时空，每一个都有受到外来能量冲撞的痕迹，其中有几个外来能量的级别和属性是相同的，我相信这个'外来能量'就是甘尼美提斯。1782 年应该是他从我们这里消失后达到的第一个时代——就在哥尔多尼向他的失踪地踏出那一步的时刻。"

"怎么会有这么巧的事？"

"应该是受到'关联定律'的影响吧，这也算是一种 EPR 现象②，"萧羽思索片刻，又说，"可是我不明白，他怎么能自由出入不同的时空？我检索出的结果是，他正在向我们这个时代靠拢，每次跳跃的时间都有好几十年。"

"会不会是因为他受我们这时空的吸引？"安菲儿大胆地推测。

"除非他的能量属性和我们的时空相符……当然！"萧羽兴奋地叫了起来，"在能量分离时他接收了艾娥斯的能量！"他望向安菲儿的目光中隐含敬佩，"你怎么想到这一点的？"

安菲儿轻松地笑笑，"在夏季交际会上我向他讲过航时机的原理，还有心理物理学理论，就是杰克·威廉森在《智能机器人》里写到的，人可以通过意识控制原子的排列，也就是说，从理论上讲，人可以靠自身的能力进行时空旅行。"

"你怎么能跟他讲这些？"萧羽苦笑，即使在这个大宇航时代，心理物理学仍没有被科学界认可。

对于未经证实的理论，人们通常是不予承认的。

"人家只是想安慰他一下嘛，"安菲儿委屈地说，"你不见他追艾娥斯追得那么苦？"

萧羽长叹一声，转而看向时空信息检索器。那上面如实记录着甘尼美提斯在时空中移动的轨迹。这少年并不了解多少现代科学知识，可他却凭借着纯真的感情和坚贞的信念突破了人体的禁忌，解开了时空的封印，不懈地朝着艾娥斯所生活的时代跋涉。萧羽忽然觉得很感动，没有人比他更了解身处陌生时代的寂寞和艰难。"应该把我们刚才的推论写份报告交到局长那儿，让他派人把甘尼美提斯接回来。"他拿定了主意，命令安菲儿，"你去找一趟爷爷，查查这几天我们这儿有没有突然多出来又消失了的人。如果我们的推论不错，甘尼美提斯每进入一个时空，都会把那个时代的人弹到我们这儿来，当他移动到另外的时空时，被弹到我们时代的人就会返回他原先所在的时空。"

他所说的"爷爷"就是安英杰。安菲儿听到"爷爷"这两个字就不寒而栗："为什么我去找爷爷？"

"从理论上说，你是造成这次时空错乱的罪魁祸首！"萧羽以威胁的语气说，"你该不是想让我把你给甘尼美提斯讲心理物理学的事写进报告里吧？"

"算我倒霉。"安菲儿转身欲走。

"嘿！"萧羽叫住她，"先把航时机开到库房去。"

"这已经是第七个掉进时空夹缝的人了。"安菲儿注视着萧羽在终端里查找时空旅行者的 DNA 编码，"局长大人们在干些什么？我们的报告都递上去快一个星期了，怎么还不赶快把甘尼美提斯接回来？"

"他们在开例会，说是今天讨论这件事。"萧羽调出了要找的编码，启动质能转换器。

"他们真是慢性子。"

"那叫谨慎。"

安菲儿瞪了萧羽一眼，分不清他是在称赞还是在讽刺。她又想起前几天的事："你还说呢，都是你，都没搞清能量的代偿是不是在时空夹缝里进行的，就让我去找爷爷，害我被他老人家好一顿数落，说我没事找事。"

"代偿过程也不全是在时空夹缝里进行，可能是因为各个生命提能量属性有所差异吧，"萧羽摇了摇头，"算了，我也越想越乱了，毕竟，我还不完全了解时空运行的规律。"

"你自己还在错乱状态呢，就向安雅姐夸口，说要解开时空封印。"安菲儿得意扬扬。

"你！"萧羽怒视安菲儿。他很想斥责菲儿，却突然被一种刹那间的感悟惊呆了：时空能量守恒法则只是人们对已掌握的时空运转规律的总结，却不是时空运转的规律。

自然规律又岂是人类所能规定的？

"萧羽，"主控制室的门开了，赫来大步走进来，"我们一致决定，把甘尼美提斯弄回来，你去办这件事吧。"

"我认为让艾娥斯去接他比较合适。"一怔之后，萧羽提议。

"不管谁都行，反正先把他弄回来，给他做个能量属性检测再说。"赫来抚了抚日渐稀疏的头发，"咳！真让人头疼，这个错乱的时空！"他一屁股坐在椅子上，"到什么时候我们才能揭开时空所有的奥秘呢？"

到我们真正理解这个宇宙的时候吧。萧羽在心里回答，拨出了可视的电话号码。

一句流传千古的名言掠过他的脑海：道可道，非常道——自然规律可以解说，却不能以人类社会的规律去套说，它远远超出了人类所了解的范畴，所以，对于自然的探索是永无止境的。

注解 ···

①大件事：粤语，麻烦事。

②EPR现象：原子物理学中的一种奇妙现象，指两个逊原子相碰撞后，若干年还会"狭路相逢"。这是因为原子之间由一种尚不清楚的方式连为整体。EPR分别代表它的发现者爱因斯坦、波多尔斯基、罗森等名字的第一个字母。物理学家大卫·鲍姆认为，人类也同样存在着与EPR现象相似的联系，整个宇宙乃至地球都是一个大系统，时间的过去、现在、未来也是一个整体。他提出了"关联定律"，认为不同人之间可能由某种超级的联系协调行动，以致在某个时刻会有共同的想法、意识或行动。

···

她的简介

　　于向昀，笔名晓晔，1969 年生于北京，1992 年毕业于北京大学分校中文系，并获得中国书画函授大学中国画学士学位。1996 年成为签约作者，中国科普作家协会会员、中国小说家协会会员、北京作协会员、北京科普作协会员、中华诗词协会会员。

　　1997 年出版长篇科幻小说《无法确定》，自此成为科幻作者，1998 年主持编辑了科幻评论文集《世界科幻电影经典》。著有长篇小说《无法确定》《地球的孩子》《钗头凤》《时空摇摆》《天神归来》《纵横时空之决战洪荒》；中篇小说《千劫证心期》《来自远古》《永生之狱》等；短篇小说《时空的封印》《天罚》《天规》等。从 2004 年起开始科普创作，已出版《解密光的魔法》《古诗中的科学·天文卷》《101 个科学问题》等作品。自 2003 年起担任编剧工作，主要作品有《生命急转弯》《爱的港湾》《带动》等。

她 的回答

Q1 如果要在一座荒岛上独自生活一周，你会带上哪一本书？为什么？

于向昀： 如果允许，我会带上我的 Kindle，里面有不止一本书。当然，我理解所谓"一本书"指的是什么，我想我会带上《中国神话传说辞典》或者《古书典故辞典》，因为这两本书内容丰富，有很多东西可以学习思考。

Q2 你有什么爱（怪）好（癖）吗？无论什么爱好都可以聊一聊。

于向昀： 我的爱好很多，比如说，除了写作以外，我还喜欢观星、画画（我的另一个学士学位是中国工笔重彩人物，为它可费了不少劲，但是写作和绘画都很占时间、精力，自从 1996 年做了签约作者，我不得不放弃了画画），等等。还有一项爱好很大众，就是电脑游戏，不过我的这项爱好有点儿与众不同，可以说是怪癖——从 2002 年起，我开始玩《模拟人生》，一款模拟经营类的游戏，三代以前是单机版，现在已经可以联网玩儿了。和一般的粉丝一样，我追每个资料片，去年尝试过四代，感觉不如三代好玩儿，又换回《模拟人生 3》了。跟普通的玩家不同的是，在我的社区里，有我每个已经去世的朋友，我在创建人物（俗称"捏小人"）时，尽量依照他们生前的相貌，做到最像，然后放入社区，让我主控的 Sim（非常像我自己，只不过比我年轻多了）去跟他们互动。可以说，《模拟人生》这个游戏，是我纪念朋友的地方，也是记录我青春年华的地方。

Q3 你最喜欢自己的哪一部作品，为什么？（请不要回答"最喜欢下一部
作品"）

于向昀： 目前我最喜欢的作品，长篇的是《纵横时空之决战洪荒》，
这是某游戏公司的约稿，目前只在网上发表过。我尽最大努力，把当
今的科幻元素和中国古代的宇宙观结合在一起，写得很艰难，但非常
过瘾。还有一部中篇小说，算是我写给自己的，《直到终结 —— 天蝎
座传奇》，它是《星座宫传奇》系列中的一篇。

张卓

我写的故事从来都是幻多于科，所有的主题都是用来描写某个情感或是情绪的。对我来说，女性科幻只是作者的定语，作者就是写故事的人，只要能把故事写得有趣，其实加什么定语都无所谓。

张卓

她[三]的科幻处女作

张卓的第一篇公开发表的科幻作品叫作《遗忘》，于 1999 年发表在《科幻世界》杂志。

她现在并不太喜欢这个故事，只模糊地记得那是一个和时间有关的爱情故事。她觉得故事有些幼稚，大概是写故事时年龄太小了吧。

被遗忘的时光

张卓

女子由明亮处逐渐成形，那是屋子里唯一能照进阳光的地方，随着乐声，她的轮廓在稀薄的光线里变得越来越清晰。细腻的手指、袅娜的身姿、丰满的嘴唇，最后，甚至连眸子里温柔的神色，都一览无余地呈现在他面前。

这就是我的记忆吗？

强烈的震撼，使得他按在琴弦上的手指下意识地停了下来，乐声戛然而止，阳光中正冲他微笑的女子也"扑"地一下消失了。

他连忙深吸一口气，重新弹奏起那支曲子来。女子一如方才般随着乐曲的节拍，缓缓出现，柔软的身体一点儿一点儿自虚空被召唤、勾勒出来。

他万万没想到那竟然是真的——自己，这样一个普通、平凡得搁在人群里就会被遗忘的人，竟然是神的继承者。

两天前，他在抽屉的夹层里发现了那个本子，上面记载着他的族谱，他随手向前翻看，翻到最后一页，竟看见最顶端的地方写着："神祇"二字。

后面的注释里解释道，本来作为神的继承者而存在的祖先，因为犯了很重的罪（具体是什么并没有讲）被惩罚当了人，永远也不准许再回到神所居住的地方。虽然是做人，但神还是赐予了他和他的子孙凡间绝对没有的两件东西。

第一件，永恒的生命。也就是说，他永远也不会死。

第二件，忘忧草。

忘忧草，草神科，3000年生蔓生藤本植物，产地蓬莱、奥林帕斯山，吞服其根部，即可消除所有记忆。

他按照族谱中所描述的位置，找到了位于东郊区的那个垃圾场，本子上说，这个地方有一个专门培植忘忧草的花圃，只有他们这个种族的人才能够找得到。

当他看到那片脏兮兮的垃圾场时，不由地松了一口气。就是说，要么那个本子在胡说，要么，他就不是什么神的继承者，因为除了成群的苍蝇，他什么也没发现。

他转过身，打算离开，乱哄哄的苍蝇围着旁边的一个垃圾堆嗡嗡地飞着，他厌烦地挥手赶走它们，一只绿头蝇竟直直朝他额头撞来。

他躲闪不及，被撞个正着，虽然没有洁癖，但他还是恶心地闭上了眼睛。于是，那件事情，终于还是发生了。当他再睁开眼睛的时候，与其说他看到，倒不如说是那些蓝色直接冲进、占领了他的眼帘。他从来，大概以后也不会再看到这么幽深的蓝了。

那些散发着幽蓝色微光的植物，被大片大片地种植着，他的身前身后、左左右右，全都是这种一眼望不到边的蓝色小草。远眺出去，就连远方的天空，也被染成了这种略带些幽暗的闪光的蓝色。

他叹了一口气，俯下身，拔起一棵蓝色的草。该来的终于还是来了，这无疑就是族谱中讲到的忘忧草，也就是说，那个本子里所写的，竟然是真的。

他手里攥着那棵草，闭上眼睛，再次睁开的时候，他又回到了垃圾场并且看见了那只撞到他额头的苍蝇，正在往回飞。不知道是他眼花了，还是别的什么原因，他竟然看见随着绿头苍蝇的飞动，隐隐有蓝色的闪光在空中划过。

莫非，莫非，刚才那花圃竟然藏在……

他一下子愣住了，难道这就是所谓的神迹——藏在一只苍蝇背上的，忘忧草花圃？

回到家中，他举着那株幽蓝色的小东西，不禁有些悯然，他不知道该拿它怎么办？如果采下来的话，是不是一定要吃下去呢？他打开族谱，开始查找有关忘忧草的注解。

备注（忘忧草的副作用）：忘忧草本是神祇用来酿造忘忧果酒的引子，如果凡人偷食的话就会产生一定的副作用。因为神在广袤的宇宙中是绝对自由的，对他们来说，不仅没有空间也没有时间上的限制，他们可以随意进出任何自己想要进入的时空，所以即使忘记也没有什么损失。但是，对于失去了就不能重新来过的人类来说，则会因为丧失了重要的记忆而陷入噩梦之中。

解决的办法是，将那部分一旦忘记就会使灵魂在睡梦中痛哭的记忆，封印在某种灵器（比如古琴）中，将某支曲子设置成解开封印的钥匙，隔一段时间就将其弹奏一遍，以释放其中被深藏的记忆，然后再吞服忘忧草，进行下一次封印。

直到从乐曲行买回那架古琴，他都在庆幸自己的好运，幸亏当时检查了一下日期，否则他不知道要面对什么样的厄运了。本子上记载着他的睡梦，由于许久没有解开封印而最终崩溃发作的日期：7月1日。

也就是今天。

他不知道梦境崩溃的话会出现什么状况，但他本能感觉到那绝不是什么好事儿。

从来也没学过任何乐器、唱歌也会走调的他，手指一碰到那架琴，竟然不由自主地弹了起来，他惊异地看着一串串优美的音符，从自己手指下顺畅地流动出来。然后，那名女子就出现了。

她很美，笑的时候眼睛里就会有流动的光，她喜欢跳舞，身姿轻灵，仿佛每走一步，身后就会留下莲花状的脚印。但这些都不重要，重要的是，她与他有关。

这是一件非常奇特的事，他深深地感觉到，无论她是好是坏或对他抱持着怎样的态度，但只有这个女子才是与他相关联的。

在此之前，他从未有过这样的感觉。这就是他的罪——他爱上了她。

在时间的某一刻，他停了下来。

神是自由的，只要他们想，就可以随便去任何地方，因此他们不断地在天地间飘流着，像风一样，从来也不停在哪里。开始的时候，他也是那样的，他那么自由自在地飞啊飘啊，没有什么能阻拦他，就连时间也追不上他。

直到那天，他遇到了她。

她和他不一样，她是人。而且她喜欢做人，他从来也没见过做人做得像她这么愉快的，愉快到她甚至根本就不相信神的存在。

他经常听到遭遇厄运的人在那里向神低声祈祷，甚至是苦苦哀求，但她从不那样做。一个人不信神是可能的，但如此愉快的不相信就使人感到惊异了。一般来讲，不相信神的人虽然顽强、坚定、容易成功，但他们并不快乐，真正快乐的是往往是那些脆弱、坚信并且也必须依靠坚信某一事物才能生存下去的人。

被激发起来的好奇心，促使他出现在她面前。

并不像很多奇幻小说里讲的，神不可以接近人，否则就是触犯了某些条例——不，那些人怎么会如此认为呢？他们，这些完全自由的神怎会用什么规则来束缚自己？只有寿命和想象力受到限制的人类才会如此认为。如果一定要有规则的话，那么神祇们唯一的规则就是：没有规则、没有限制、完全且绝对的自由。

他按自己的意愿出现在她面前，并对她说："我是神，因为我在这里，所以神是存在的。"

他得到了一般来讲应该得到的回答："神经病。"

于是，他让自己后背长出雪白的翅膀，头顶上聚集起灿烂的光环，他甚至使天上的云层放射出从未有过的五彩光芒，然后再次出现在她面前。

"克隆翅膀、电脑做出来的彩光，如果不是那样，那你就是幻觉，大概我最近的工作太忙了。"女孩儿平静地说道。

他又失败了。

之后，他用了无数种凶狠的办法，企图迫使她相信他的存在。最后一次，他甚至改变了命运，借用一个绑匪的手把她放在13层大楼的边沿，问道："现在呢？现在相信神的存在了吗？"

回答是"不"。

他不明白为什么她如此固执，这激起了他久违的斗志，他把她安全地放下来。这是他们俩之间的斗争，如果他把带着这样坚定信念的她杀死了，那么他也就输了。

他一定要让她在有生之年，相信他的存在。

对教堂进行实地观察之后，他意识到除了恐吓外，还存在着另一种行之有效且使人屈服的方法。

他开始帮助她。

反正他是神，无论什么麻烦，他总是能解决的。有一次，她在远方的母亲死了，由于飞机误点，竟没赶上妈妈的最后一刻，她很难过，一个人缩在墙角处，呆呆地坐了一整天。夜深的时候，他牵着她的手，带着她飞了起来，把她带进了天堂，她看到死去的母亲安详地跟她说没关系、不怪她的时候，她哭了。

他特意用东西扎了她一下，让她疼得直咧嘴，来证明这一切并不是做梦。

那确实不是什么梦，虽然世上的确没有天堂这种东西，但他是神，他想做什么就能做什么，所以他便按照人们在书里和想象中描绘的样子，专门为她建造了那么一个地方。

使他感到诧异的是，她竟始终如一地不肯相信，无论他做什么。

光阴荏苒，岁月如流，在他眼中仅仅如此短暂的一个瞬间，那女子便老了，生命像炉中化灰的炭火即将熄灭。临死的时候，护士惊恐地发现她在和虚无的空气讲话——除了她之外，没有人能看到他。

她断断续续地对他说："其实，从你带我到天堂看妈妈的那一刻，我就已经相信了，可是，我宁愿相信那是你，而不是神，这样，你就可以陪我一辈子了。"然后，她就死了。

可是，神不就是他？他不正是神吗？为什么她要说"我宁愿相信那是你，而不是神呢？"

在那些永恒而漫长的经历里，他第一次意识到，自己的存在和"神"概念的存在竟是两回事。

那么，我是什么？神又是什么呢？

这名女子再次使他陷入迷惑之中，但这一次他却没办法再去证明和探寻了，因为，她已经死了。

他开始每天不断地想着这个问题：我是什么？神是什么？直至陷入疯狂。

忽然一天，他狂喜地想起，对了，我是神，我不用像人一样停在这里，我可以随便去哪里啊!

于是，他回到与女子初见的那个时间轴上。他想，以他的智力，这一次他一定能弄明白了。

就这样，他殚精竭虑地又陪她过了一辈子，无时无刻不忘记自己的使命，可到了女子死的那一刻，他才发现，自己竟陷入了更深的迷惑。他还是不知道自己是谁，不知道神是什么？而且他连女子是谁而人又是什么也不知道了。

只能再回去了，反正他是自由的神，想做什么就做什么。

第三次，他听到传闻说，人间存在着一种叫作"魔"的东西，那东西即使是神也无法抵挡。那么，女子是他的魔吗？问题又多了一个。

第四次回去的时候，他甚至开始考虑"魔"又是什么呢？

久而久之，他自己也记不清究竟陪那女子度过了多少个一辈子了，而心中的疑问，却如同铁锤下的缝隙，越裂越大。直到有一天，其他神祇们发现坚硬牢固的时间轴上竟然有一节变得如纸片般柔软脆弱，随时都会崩塌。

他们找到他，希望他能停下来，但他已无法自制，回到女子身边，寻找答案已经成了他的习惯。

"可你爱的人已经死了啊!"一个神祇无意中的一句话，使他完全震惊了。他惊恐地看着那些同他一样自由的神祇，难道……难道他竟然爱上了那名女子吗？

震惊之后，他终于安下心来，不再提问。

他自觉自愿地跳进人间，变成了一个人。

但他再没找到那女子，毕竟人和神不一样，他们只有一辈子。而且，他再也不能不费力气地解决问题，再也不能赤手空拳地打造天堂，作为一个人，有太多的事情是他所做不到的。

一边做人，一边找那女子，竟是如此繁重的负担，终于他累了，服下了第一棵忘忧草。

这就是他的祖先，一个神变成人的经过。

他把自己的手指从琴弦上缓缓移开，历历往事已然一一从他眼前流过。

他想，如果自己是这个神—人的后代的话，那么这个神—人又有多少子孙流传于世呢？这个世界上又有多少人在古琴中封印了他们所不能负担的时光呢？

想到这里，一个模糊的推测使他不寒而栗：会不会，所有的人都是神的继承者呢？

这个发现使他莫名的紧张而又兴奋不已，他想如果他把这个秘密大喊出来，如果他告诉全世界，如果所有人都不去吞服忘忧草，那么又会发生什么呢？

说不定，他们又能变成神，回到自己的种族中呢！

然而这种情绪只维持了几分钟，就被对那名女子强烈的思念所淹没了，被封印的记忆并没有随着时间的流逝变得模糊，反而显得越发清晰了。他记起一本杂志上说：对不同人群进行药品测试，使他们分别进入没有未来只有过去、没有过去只有未来和没有过去也没有未来只有现在的幻觉。测试的结果是没有未来的人感到沮丧，没有过去的人感到快乐，既没有未来也没有过去的人感到幸福——自身的强烈存在感使他们觉得幸福。

过去的记忆，使他感到压抑、窒息、辗转反侧、无法自拔，可他明天还要上班，公司正在裁人，这几天只要有哪怕一丝的松懈，他就得重找工作……

他透过窗子，远远望见傍晚的夕阳下，有小孩子牵着狗在草坪上追跑。

他想，真美啊！

大概唯有眼前的风景，才是最美的风景吧？

于是，他把忘忧草塞进嘴里，毕竟这才是他的宿命啊！也许他确实了解了整个人类以至于所有神祇的秘密，也许确实有人对他来说曾经万分重要，但那又怎样呢？此时此刻的他，无非是想拿着一杯茶，看夕阳下牵狗的小孩儿罢了。

当牙齿用力咀嚼的那一瞬间，他恍惚感觉到一丝淡蓝色的闪光自唇齿间溢出，缓缓漫漶在空气中。

多年后的一个傍晚，他像往常一样被烦琐事务压迫着，以站在窗前看外面乱哄哄的人群取乐，忽然间一个莫名的旋律幽灵般地潜入，如影随形地追踪着他的大脑。那并不是多么优美、经典，多么耳熟能详的旋律，只是一首普通的曲子罢了。

他站在那里，身体紧张得甚至有些僵硬，不知为什么总有一种呼之欲出的感觉。于是，他不由自主地走到柜子前，拉开抽屉，手指探进下面，令他感到惊异的是，他以前竟从不知道自己的抽屉设有这样的机关。

他把它从夹层里抽出来。

那东西赫然呈现在眼前，是个笔记本，看上去好像是族谱之类的东西。他打开第一页，上面写着：

请不要恐惧，那些在梦中不断尖叫的阴影，不过是曾经被你遗忘的时光。

她的简介

张卓，生于 1977 年 12 月，射手座，O 型血。

一、公开出版的书籍 ···
　　《基因伤痕》上海人民出版社
　　《圣诞节和第十五只猫》上海人民出版社
　　《SFW 度假村谋杀案》上海人民出版社
　　《怨灵的诅咒》上海东方出版社
　　《海妖的海域》上海东方出版社

二、中短篇代表作 ···
　　科幻小说：《像我一样傻》《沉没》《诱杀天使》《仲夏夜之梦》《过敏》
《遗忘》《时尚风暴》《恐怖留言板》等发表在《科幻世界》《科幻大王》《少
年科学》《科幻》《幻想》等杂志。
　　童话：《女巫的布丁》《稻草人和火红乌鸦》《有凤来仪》《天使阿信》
发表在《科幻画报》《飞》等杂志。
　　恐怖小说：《噩梦兽》《躺在我的衣柜里》发表在《男生女生》。
　　侦探悬疑小说：《聊天室谋杀案》发表在《大侠与名探》。
　　累计发表短篇小说 29 篇 16 万字，中篇小说 11 篇 30 万字，长篇小说 3 篇
46 万字。

三、动画脚本 ···
　　策划并编写《龙生九子》26 集（已播出）
　　策划并编写《龙生九子 2》9 集
　　策划并编写《奇龙宝贝》26 集
　　策划并编写《翻斗豆 2》12 集
　　编写《草莓幼儿园》3 集

她的回答

Q1 "科幻"对于你来说意味着什么？（或者换个说法：它与你的生命发生过怎样的关联？）

张卓：是生命中第一次觉得可以全身心融入的群体，因为不管是写什么科幻的作者，几乎都在思考同一个问题，例如"我们为什么而活？"或是"生命是什么？"之类形而上的问题，我一直觉得这明明是个形而上的世界，为什么那么多人都认为其他事物更重要呢？年轻的时候，我百思不得其解而又孤单得像个小怪物，然后我遇到了科幻和这些写科幻的人，在这里我必须得煽一次情：能够遇到他们，我的生命何其幸运！

Q2 如果能和任何一个已经死去的人共进一次晚餐，你希望是和谁？

张卓：理论上说是容格和奥修，但我不能确定，如果他们真的还活着或者说如果他们作为一个活人的话，我是不是真的想和他们吃一次饭。吃晚饭这种事吧，实际上我更愿意和女儿在一块儿吃，这个小猴子，如果我不在身边，她可能会把饭碗砸了。

Q3 你家里最古怪的一件物品是什么？能说说她的来历吗？

张卓：我女儿。没有她之前我从来没有想过人居然可以这样伟大，确切地说是女人。虽然我老公说是个女人就可以生小孩儿，但是我仍然觉得正因为如此普通和平凡，才愈发显得不可思议和伟大。一个人居然可以生下另外一个人，可能刚生的时候她只是个小怪物，但是就是这个小怪物，她竟然可以一点点长大，并长成和我们一样甚至成为比我们更好的人，这除了神迹之外别无解释。

至于她的来历，只能去问上帝或是神。

程婧波

　　大部分女性科幻作家并不觉得性别是一个需要特别关注的问题，而我的观点恰恰相反，我认为这是我们的责任——从女性的角度去感受世界，并像女性一样创作，让其他人明白我们的感受是什么，我们怎样去感受，以及我们作为"女性"与世界的关系。

程婧波

「她」的科幻处女作

程婧波 1999 年把一篇叫作《像苹果一样地思考》的手稿寄给了《科幻世界》，意外地获得了发表。这是一篇奇怪的小说，没有情节，以『苹果落地，牛顿发现了万有引力，可苹果发现了什么？』开篇，她因此结识了选中这篇小说的顾姓编辑，后来程婧波的大部分小说里女主角都姓顾，她也因此结识了很多至今都在她生命里的人。在『程婧波』这三个字第一次变成铅字印在一本杂志上之后，程婧波的命运就和『科幻』有了奇妙的化学反应，这种反应至今仍然在发生着。

124

西天

程婧波

我从一只猿的梦中惊醒。

通天的火光还在眼底沸腾，那个庞大的燃烧物划破西天时隆隆的声响还回荡在耳际。

丛林，我的丛林，湮灭于这一瞬间刺目的光明。

希伯来文里，《圣经》中所说的"上帝"不过是"从天而降的人"的复数形。

玛雅人精通天文，拥有可以维持四亿年的历法，却只存在了几千年便突然消失，他们怎么会有这样奇特的时间观？

佛说：西天自在吾心。

魴卜原始森林 百年孤寂

猎犬深棕的四蹄急急地踏过斑斓的落叶，丛林里弥漫开一种令人兴奋的气息。探照灯刺穿终年不散的乳白色雾气，鼎沸的人声从雾气中传来。

"把狗都带走！"霍夫曼博士大声地说道，"都带走！快点！我可不想它们吓着我的宝贝！"

而事实上，即使没有一条狗在这里，情况已经变得乱糟糟的了。

探测和开路的机器在嗡嗡作响，工作人员手忙脚乱。雾气仍未散去，浓雾深处似乎有某种东西使这群训练有素的发掘者感到隐隐的不安。

"博士，"一个声音说道，"来看看这个……"

那是他们为数众多的探测仪显示器中的一个。屏幕上是个模糊的影子，像一头陷在网里的巨大犀牛。

"它有 2/3 扎进了土里，1/3 暴露在外，如果是史前生物的残骸，地表部分应该早就不存在了……"

博士的目光从显示屏移向浓雾的深处，参差的丛林植物交错着隐显，仿佛缠绕成一条通往那黑洞洞的未知领域的隧道。

最后他决定，自己亲自去看看。

阳光从头顶落下，纠集了太多的枝叶，落到底层时已经变得微弱，而且寒冷，但湿气却又让人感到闷热。于是在这奇特的光和影之间，人如入虚境。

"我发誓我没有看花眼……"当雾仿佛自动消散在他到来的这一刻时，博士难以自禁地低喃出了声。

无数的藤蔓植物爬行于这参天的巨物之躯，先行投放的两个自动探测仪倚在它身下如两棵不起眼的小草。斑斑黑迹从植物的藤条中隐现，它沉默的头颅昂向天，折断的大角依旧倔强地刺向天空。

博士的步子有些踉跄，空气中无声的鼓点悄然传递，浓雾重新开始聚集，一切变得不可理喻。他扒开一堆藤条，开始神经质地来回擦拭那些古老的锈迹。

"西天一号"。

这是他看到的第一个信息，他的瞳孔不自觉地猛然放大，西天？！接下来，他痉挛的手触摸到了这样的字眼——"中国制造"。

"不可能……"这是霍夫曼博士此时唯一想说的话。

他也只能这么对自己说了，因为所有的探测指标都证明，面前的巨物已经在此沉睡了几百万年。

尤卡坦半岛 告别彻琴

灰白的石阶。

内嵌的旋梯。

雨神石像。

巍峨的彻琴天文台。一只麻雀蹲在它残缺的一角，带着君临天下的神态。

这是我童年的家园，只有回到这里，我才能变回那个安静的孩子，忘记城市、水泥森林、嚼舌的搭档，以及自己丛林动物般的不安。

彻琴西南 200 米处有一个世界上最安静的地方。九月，今天我带的是草莓。长眠在这里的这个女人有着最简单的信仰，她甚至不认识金星，但却深信她的丈夫关于宇宙的所有猜测。

作为她的儿子，我却往往对父亲的观点表现出叛逆。他是个不错的神父，却算不上好的天文学家。

"我现在还记得你小时候半夜独自跑上天文台看星星的样子。"不知不觉间父亲已经站在我身后。

"有许多星星……太多了……"

"你总是到了最后就睡着在露台上，还流口水。"父亲笑起来。我的目光落在草莓上，丛林的气息从那里滴落,16 年前的那个夏天好像又鲜活地回来了。

"记得你的涂鸦吗？还留在桃木糖盒上，你画的是彻琴外墙长有翅膀的人的图像……"

"可我把他的脸画成了米汀……"我也不禁笑了起来。

16 年前我离开了这里，回到北京。那时我 11 岁，有一个叫米汀的好朋友，它是墨西哥一种特有的猿类，可能与猩猩的白化有关——全身是漂亮的金色！我们一起离开了彻琴，我开始了自己令人厌倦的城市生活，它则被送到西昌太空总部参与一个庞大的探索外太空的计划。半年后，这个庞大的计划迈出了第一步——"西天一号"发射了，米汀也在上面，它是被选中的众多参与实验的生物之一。

你不能总是拥有它们。

16 年前，当我依依不舍地离开彻琴时，父亲这样对我说。

我的丛林，我的米汀，我的彻琴。

但我不能总是拥有它们。

就像 16 年前，就像现在。

命运是一条有迹可循的曲线，正如我注定是那个庞大计划的一部分。

也许就像父亲说的，我注定为这个计划而生。当我出生时，一睁眼便是满布苍穹的灿烂群星，其中有一颗的星光很微弱，但它是彻琴几千年来凝望的中心。为什么彻琴不瞄准最亮的星星，这一直是一个谜。然而那颗暗淡的星球却遥遥地注视着我，在这个古老的天文台里出生、成长、离开，目光穿越了 80 万光年却坚持如一。

11 岁那年我问父亲："当我们抬头望向天空最暗的地方时，我们看见的是不是星星还没出生时的样子？"

第二天我便得到了回答。他把我送回北京，在一所主修天文的学校里学习，一切都在为"西天"计划作准备。

可是随着"西天一号"的离开，这个计划便逐渐走向沉寂，米汀再也没有回来。

它离开时，脖子上还挂着我的项链。

那是 16 年前离开彻琴时我带走的两件东西之一，另一件是桃木糖盒子，这两样东西都是我从彻琴台基底下的罅隙中挖出来的，或者它们本来来历不明但我童年的记忆的确如此。

项链是金色的，椭圆链坠里有彻琴天文台的微雕模型。这是我和米汀的秘密，所以它离开时我把项链给了它，警告它说："你要乖乖地回来，然后把项链还给我……"

可是它再也没有回来。

现在我来告别，因为不久我就要参与到计划的第二步中去，"西天二号"将按 16 年前一样的路径前进，目的地便是注视了彻琴几十个世纪的那颗暗星旁一颗标为 T29415 的行星。也就是说，不久我就能亲手触摸到"西天一号"经历过的真相。

"记得把桃木糖盒带上，"父亲把手搭在我的肩膀上说，"我喜欢这盒子，等你带着它回来。"

这次道别，是我们唯一一次没有在母亲面前争吵。

尤卡坦半岛 风吹皱星星

没有什么比星空更能唤起人内心的崇敬。

当众神的宫殿被黑幕所笼罩，当人间与天上如此遥远地间隔开，当闪烁的群星如牛奶般倾倒在银河里……当一些人发现了深藏在闪烁背后的秘密。

三个台基已经建好了，石条正从遥远的地方运来，一点一点地累积出阶梯和圆形的四壁。

燃起的篝火前，祭司整夜地舞蹈，嘴里吟喃着对神迹的惊叹，火光映照出他脸上带着红晕的惶恐。

部族中眼力好的人已经从夜空中确认了这样的信息：一颗星星总是如神般从天空俯视着他们，并不时地"眨眼"。祭司已经开始根据神眨眼的规律改进已有的文字——在象形之上标注出方格、环形花纹以及圈圈点点，他们日夜赶造这座天文台，用来更好地倾听神谕。

微弱的星光变幻着，穿越漫长的征途，带着某种神秘的旨意，抵达他们的眼底。就像茫茫夜空中一座遥远的灯塔，就像搁浅的鲸鱼心跳的鼓点，沿着沙滩的边缘微弱地传递了 80 万光年。

这是公元前 10 世纪。

T29415 从天而降

只一刹那，钉在天幕上的星星都从细微的点拉伸成了一缕缕线。

跃迁结束了。

通过完全相同的虫洞，我们来到了"西天一号"曾经到达过的地方。驾驶室调整航线，母船进入 T29415 行星的同步运行轨道。

这是一颗同地球一样蔚蓝的星球，要不是这里的"太阳"有两个，我一定会以为跃迁失败了。风云扭转着旋涡在它的大气层中自由变幻，海洋浩渺，运行安然，只是正因为太像地球，看上去反倒令人不自在。在这个双星系统中，较大的那个太阳便是注视着我出生和成长的那颗不起眼的"暗星"。

按计划，"西天二号"要放出三条搜索艇，每条上面有正副驾驶员一名。我这次的搭档又是土狼，一个不怎么安分的纽约州人。

穿过它的大气层时，感觉就像从云端望向凡间。这个世界生机盎然、植物茂盛、氧气充足，而且温度适宜，奇怪的是生物感应器一点儿反应也没有。

"气氛不对……"土狼哑着嗓子咳嗽了一声。

"可能是距离太远，"我说，"而且咱们这条艇上的生物感应器是刚修好的。"

"你觉得会发现什么？金字塔、麦田圈，或者像纳斯卡巨画那样的涂鸦？"土狼离开他的副驾驶位，走到红外镜前作调试。

"我希望是'欢迎光临'的横幅，最好用中文。"

"等一等，看我发现了什么……"土狼的口气突然变得很兴奋，"城市！天啊，你不会相信这个……'它们'的城市！就在下面！"

下降，下降，城市便近得肉眼可见了。

仿佛有一种鸽哨般辽远的声音震动着这城市上空的空气，隐隐敲打着我的鼓膜。而事实上，耳机里什么声音也没有。

这是一座风格诡异的城市，建筑物都有着圆锥的身形和刺向天空的尖顶。看起来似乎很眼熟，青灰的色调笼罩着它，气氛是陌生的古老。但是它很安静，诡异得没有一丝生气，像沉睡沙漠腹地的胡杨，留下摸索着伸展向天穹的躯壳，躯壳的内部却早已死去。

"看这些'房子'……"土狼迟疑了一下，"它们看上去就像……就像……'西天'扎了大半截身子在土里！"

我突然也发觉，这些风格诡异的建筑让人别扭的地方正于此：它们看上去就像是西天的前 1/3。

"也许这里是个陷阱。"声讯器里传来另一个队员的声音。

"很显然，这里的'人'一定见到过'西天一号'……'西天'在这里遭遇了什么，我们不得而知……很可能我们也会遭遇同样的阴谋。"还有一个跟着说道。

浓雾就是在这时到来的。

城市的中心很快浓得能见度几乎为零，"到边缘去。"一个队员说。

事情刚好这样发生了——当三条搜索艇驶向城市的边缘时，有两条以上的生物感应器骤然响起。

他们连想都没想就匆忙拉升——这是之前的计划——他们甚至没来得多看一眼这座雾中的城市，就返回母船那里去了。

我们这条艇上的生物感器一定是坏了，一直很安静，可是直觉告诉我，这座城市的确是座"死城"。

"上升还是下降，这是一个问题。"土狼咧着嘴仰躺在靠背上望着我说。

"向西。"我望向舷窗外一座没有任何建筑物的岛屿。

小西天 神的坐骑降临

雷，滚过天边。

它惊恐地跳到一株树上，三只喷火的巨兽从天而降。它躲在一簇如意莲的后面悄悄张望，胸中仿佛有只小鹿在撞。

一切都逃不过我的眼睛——它想——我目睹了神的坐骑降临。

T29415 相遇

"磁力线异常，"土狼捂着擦破皮的头抱怨道，"这该死的岛上有种奇特的磁场。"

"收到。"我从地上爬起来，拍拍身上的草叶，一面解下腰间的紧急降落伞扣。

搜索艇掉在百米开外的地方，刚才失控的时候它就像要被这座岛屿吸进去一样。没料到这里竟然存在一个独立封闭的磁场。

"什么声音？"土狼警觉地望了望四周。

"生物感应器，"我说，"现在它正常了。"

"我倒宁愿它是给摔坏了才这样嚷嚷……"土狼的话还没有说完就突然住了口，这对他来说简直是奇迹。

我顺着他紧张的目光向身后望去——一株不知名的乔木背后，赫然立着一头

131

巨猿！

米汀？！

是的，它有着和米汀一样的金色绒毛，但它的眼里是我所陌生的东西，戒备、距离、好奇，还有——智慧。

它的腰间系着块金黄的布匹，我不用咬自己的手指也能清醒地意识到这绝不是地球上的猴子。

"别紧张，"我安慰土狼说，"即使它是一只会穿衣服的猴子，它也仍然不过是只猴子，应该不难对付……"。

接着我就发现这些话多么苍白无力。随着生物感应器频率越来越高的预警，我们四周正聚齐起越来越多这样"会穿衣服的猴子"，而且它们不只穿着衣服，手里还拿着武器——石斧、弓箭，以及长矛。

"喂，猴子专家，快想想办法，你可是在丛里生活了十多年！"

"蹲伏或者跪下，别出声，也不要直视它们的眼睛……"我努力回忆过去的经验，但愿这些"猴子"不会跟地球上猩猩的习性差得太远。

于是，众目睽睽之下，两个人类向一群猴子顶礼膜拜，诚惶诚恐。

"可怕！"土狼咬牙切齿地说，"记得彼埃尔的《人猿猩球》？还以为法国人都爱玩虚的，原来科幻小说都是预言……"

这时我的眼前突然亮光一闪。

那是一块椭圆形的东西，金色的光芒耀眼夺目——项链！

这么说米汀就在它们当中……

"米汀……"我试着叫了一声。有几只猴子不安地走来走去，但它们对这个名字几乎一点反应也没有。

"西天一号"的前期训练中，猴子们对彼此的名字还是比较熟悉的，这可就奇怪了，难道16年间，它们的遗忘速度这么快？

拥有项链的是一只苍老的雄猿，满头银发，从它头上的红色丝带和身上的华丽衣着来看，无疑是这里的首领。

首领在听到我叫"米汀"之后似乎有所反应，此刻正望着我，一副若有所思的样子。忘了才警告过土狼的话，我竟然不由自主地和它对视起来。很遗憾这样一群绝顶聪明的猴子还是不能和我们交流，更遗憾的是它们一点也不通情达理，还让我和土狼跪在原地，一动也不敢动。

不远处的搜索艇那儿传出一阵惊恐的尖声咆哮，骚动立刻从百米开外的地方传到了首领这里。所有的猴子都变得紧张起来，原来它们发现了我的桃木糖盒。

没什么大不了的。

我本想这样安慰自己，直到我发现首领的表情显得越来越沉不住气，它看我的眼神开始变得异样，于是我所能做的便只剩下祈祷事情不要变得更糟。

紫禁天文台 光阴的故事

"老实说，在时间面前我还从未感到这样无助过。"霍夫曼博士坐在会客大厅里神色憔悴地低喃。

坐在对面的西昌太空总部工作人员递给他一杯清茶，语调平缓地说道："我们十分感谢您和您的助手发现了'西天一号'，至于您的疑问——轴铅这项指示表明它已经历了上百万年时间，我想这是不难解释的。时间流逝加快，半衰期相应就会变短。其实由此反推，您的发现还给我们提供了这样一条宝贵的信息，那就是'西天一号'曾到过的T29415行星一定处于一个膨胀系数远小于银河系的环境中。"

博士疑惑地扬起脸庞："对不起，我只是个考古学家，对天文不太了解，可我还是想知道，16年前才发射升空的'西天一号'在我发现它时怎么会'已经历了上百万年'了？"

"让您糊涂的是时间了，您觉得时间是什么？"

"对一个考古学家而言，时间就是光阴之河中萤火一瞬的闪灭。"

"真是三句话不离本行啊！在我们的概念里，时间是空间运动的一个属性。简单地说，宇宙在不断膨胀，所以时间才会单向流动，但是在整个宇宙尺度上，膨胀系数却不尽相同。比如，假设T29415所处的环境膨胀得特别慢，那么那里的时间就流逝得比地球快。因此地球上的人觉得过了16年，而'西天'却在那里经历了几百万年。当然，这只是个假设，要计算两地的膨胀速度和物质平均密度还是很困难的，这个推测完全是以您的发现为依据。"

博士放下握着的茶杯，倾身向前道："原来是这样？光阴的造化可真是奇妙啊！"

工作人员微笑着点了点头。

送走博士以后，他往总部打了个电话。

133

"你的意思是，"电话另一头显得异常严肃，"这16年间'西天一号'上的实验动物有足够的时间进化？你能确定吗？"

"能确定，长官。"

"嗯，这下麻烦大了。"

T29415 穿过骨头抚摸你

"你对那盒子干了什么？"土狼气急败坏地嘟囔着。

"没干什么，就画了只长翅膀的猴子。我承认画得有点损害它们的形象，但要知道，那不过是我5岁时的作品。"

首领却没这么轻松，它很郑重地举起盒子，缓缓地指向我和土狼。

土狼皱着眉头问："什么意思？它想把咱们给生吞活剥了吗？也许它在比较谁的头放进盒子里去比较合适。很遗憾我发现我的头比你的大了那么一点。"

"你就不能在临死前安静一秒？"我瞟了一眼这位喋喋不休的搭档，"它在问，谁是盒子的主人。"

很后悔紧急降落时什么也没带在身上，脉冲枪还留在搜索艇里，不然我就完全不必冒险充这回英雄了——

我从地上直起腰来，走向首领，伸出双手接过了盒子。

这一系列简单的动作几乎搞得我精疲力竭。如果能够活着回去，我一定建议太空总部训练课程上把这一系列动作定为必修课。

死定了，我闭上眼睛想。

直到那个天籁般的声音出现，当时土狼就猛掴了自己两耳光。这是从首领嘴里说出来的，清清楚楚，一共11个字："我女儿说得没错，你们是神。"

是的，它居然会说话，而且，是中文。

一时间我觉自己快要支持不住了，整个人像是从里到外不断融化，成千上万的问号在脑海中旋转，然后汇集成一个硕大无比的惊叹号哽在喉咙，说不出话来。

首领用另一种语言——它们自己的语言，示意其他猴子放下武器。它们一定明白了我们是智慧的人类，带着敬畏的神情把双腿发麻的土狼从地上扶了起来。

"米汀说得没错……你们真的来了！"首领紧握着项链说。

我的喉结滚动了好几下，终于能够勉强凑成语言："米汀？你认识米汀？

它在哪儿？快带我去见它！"

"好的，请跟我来。"

首领转过身子，拨开丛林繁密的枝叶往深处走去。其他的猴子亦步亦趋紧跟着它。如果不是直立行走、穿着衣服、手拿武器，它们真的很像墨西哥土生的白化猿类。然而，正是因为这三点，它们才与地球上的"同类"有着本质上的不同。或者，我该使用"他们"这个字眼。

奇花异草像开满寒武纪的海螺杯爬满了丛林中一种高大的树木。它有弯曲的枝干和如同打坐的莲花般的叶子……大江东去，佛法西来，突然我就记起中国古代那个漫漫西天路上取经的故事。古人只杜撰了一只神奇的猴子就已经够呛，这个心性孤傲向往自由的家伙与西天的恩怨折腾了无数个五百年。而现在，我正非常荣幸地和一群神奇的猴子走在一起。

奇怪的是，它们管这儿叫作：小西天。

"我们的祖先从西天来到这里，他们生儿育女，发展进化，创造了气势恢宏的文明。可是即使在文明的巅峰时刻，他们也没有采取行动回到日夜思念的故乡去。事实上他们完全拥有回家的能力，然而由于某种原因，他们始终没有回去。

"于是他们的目光穿越了80万光年，遥望出发的地方。他们把这里叫作'小西天'，修筑圆锥形的尖顶房子，用西天的语言交流……总之，他们以为只要这样做了，可以忽略掉头顶上多出来的那一颗'太阳'，就不会再忘记自己是怎么来的。然而，毕竟猴子是一种自由自在的生物，不习惯于高度的有序文明，当他们完成了一项重要的使命之后，就恢复本性了。"

"一项重要的使命？"

"是的，但我们现在的生活已经和过去很不一样了。我们远离城市，重回山林，许多同胞记忘记了西天的语言，只有猴群中的首领和祭司还记得。关于祖先们所发展出的古老文明，实在离现在太久远了。那项使命到底是什么，现在谁也不知道了。"

我正还想再问，突然眼前峰回路转柳暗花明——

一尊石像。

古刹般逼人的气势，高耸入云的金刚之躯。它深凿在一面屏风般的巨岩之中，泛出赭红的颜色。

"我的下巴掉了，"土狼唏嘘不已，"天啊，看它的头，那么高，我的假发也得给望掉啦！"

它双手抱胸，两腿并立，身后有一对硕大的翅膀，并且，还有一张猴子的脸！

"这个……这是……"我想起了桃木糖盒子。父亲可真是个天才，桃木糖盒子！5岁时的涂鸦竟阴差阳错地救了我的命，难怪它们当我是神。

"这就是米汀。"首领说。

这回轮到我的下巴掉下来了。

"你……你弄错了，"我有点语无伦次地瞪着面前这尊石像，"米汀不是石头，它是一只猴子，跟你们差不多的猴子，明白？"

"不，它是我们的祖先，文明的起源，神话的缔造者。"

"可是……"我一下子蒙了。

"天啊，"土狼又开始大呼小叫了，"这么说'西天一号'上的实验动物是它们的祖先喽？16年！16年就进化成了这样？"

16年太短暂了！对于一段可以包容文明的兴起与衰退的时间来说，16年实在不够。

我怎么也不敢相信当11岁的男孩长大来到这里的时候，他的朋友已经死去很久，留下一堆沉积在历史底层的石头。

"等等，你之前提到过'一项重要的使命'……"

"是的，虽然我们无法弄明白，但是'米汀'可以告诉你。"

西天二号 玛雅迷雾与时间窃贼

从"西天一号"事件一开始，似乎到处都笼罩着层层迷雾。

舰长此刻正神色严峻地盯着信使——这个有史以来跑得最远的邮差刚刚带着西昌太空总部的急电，从80万光年之外的地球穿越了同样的虫洞匆匆赶来。

"我们的队员的确发现T29415上有文明迹象，"舰长倒背着双手深吸了一口气，"但现在就采取行动未免……况且，还有两名队员在T29415上失踪了。"

"这里有总部的一级指令公章，还有联合国各成员国的集体签名。"信使不动声色地说。

"不能单凭一个神父的几句话就做出这样严重的决定。"舰长眺向舷窗外，那颗水蓝色的星球正在无尽的虚中安然运转。

"神父花费了毕生心血来研究玛雅文化和世界宗教，某些创见不无道理。他提出这个建议也是相当郑重的——他的儿子就是'西天二号'上的队员之一。

'西天一号'载着那些经过训练的生物降落在 T29415 这样适合生存的地方，加上太空总都刚刚根据星系内部万有引力强度和物质平均密度所做的推测——这里的膨胀速度远远慢于银河系，也就是说，短短 16 年间，它们已经获得了相当于上百万年的时间来进化。您对'西天'计划应该了解，这项庞大的外太空探索计划正是受启于墨西哥尤卡坦半岛上的那座彻琴天文台。据我所知，彻琴是玛雅人于公元前 10 世纪建造的，它最大的谜在于不瞄准最亮的星星。于是我们才派出'西天一号'来到这颗害羞的星星跟前。当然，它是双星系统中的一颗恒星，幸运的是我们由此发现了地球的姐妹星 T29415。想想看对'西天一号'上的乘客所进行过的训练——群居生活与劳动——这是向高等文明进化的两大条件。而第三大条件——语言，出发前已经初步在几只墨西哥土生白化猿的身上试验过了。也许，造化弄人，它们刚好把握住了一切进化的机会……何况，现在你们也亲眼见到了 T29415 上的城市……"

"这样不好吗？据我所知，'西天'的目的之一不正是要试验猿的进化过程？"

"可是……问题在于它们的文明似乎已经发展到了反过来影响人类进程的地步。它们的时间走在了人类历史的前面。也就是说它们似乎可以回到人类的'过去'来干预历史。神父举了一个最简单的例子：《圣经·创世纪》第一章第二十六节里，神说，'我们要照着我们的形象，按着我们的样式造人'。请注意，问题不仅仅在于上帝说话时用了复数，更关键的是这句话让人可怕地联想到了700 万年前，古猿进化成了一种不知名的过渡灵长的科目动物，而这种神秘的动物最终发展成了人和非洲猿。古生物学家在考证人类从何而来时，这种神秘的过渡灵长科目始终是缺失的一环。想想看，为什么是'猴子'？"

"什么'为什么'？"

"为什么是猴子而不是其他生物？为什么不是鲸？鲸比猴子脑容量更大，但上帝们却选择了猴子。因为上帝并非一个孤独的神灵，而是一群来自外太空的——'猴子'！所以神说，'我们要照着我们的形象，按着我们的样式造人'。这难道还不够说明问题？"

"也许只是一个巧合，没有证据证明 T29415 上的猴子——如果上面的确有猴子的话——就真能走在人类历史的前面。"

"是的，我不得不承认这一点，有一个隐藏在时间背后的窃贼，跟膨胀系数无关，却盗窃了更多的时间，不是面向未来，而是面向过去。"

"无论如何，要'西天二号'现在就采取行动实在是个不太合理的要求。'西天'计划的主旨是尊重进化，而现在却要反过来摧毁文明！"

"但这是命令！如果您还迟迟不能下决心的话，我只好告诉您这个了：神父终于破译了玛雅人的文字。象形、方格、环形花纹都没有什么特别的意义，关键在于他们那奇妙文字摩尔斯密码般的圈圈点点。神父发现，它们一直在记录某种规律性的东西——一颗变星的亮光。而这颗变星，正是……"信使深邃的眼睛眺向窗外，"双星系统中的这颗恒星！"

"你的意思是……"舰长的呼吸变得急促起来，他有些震惊，还没能完全反应过来。

"如果'西天一号'上的猿类真的进化成功，它们的文明很可能达到了这样的程度：它们调整了这个双星系统中的引力结构，使较小的恒星按照某种规律挡在了较大的恒星面前，使之成为一颗'变星'。变星的亮光经过 80 万光年的漫长征途，在远古时代到达地球。直到玛雅人留意到浩渺宇宙中遥远灯塔般的微弱星光，他们惊为神迹，建立了巨大的天文台，观察这颗恒星，并发展出宗教。然而，随着变星期的结束，以天文台为中心的文明也就湮灭在了丛林中，等待后人的再发现。"

"那么……"舰长开始陷入对无穷时间的思索，"它们为什么不回到地球，而要点燃这座'灯塔'呢？"

"答案只有隐藏在时间背后的那个窃贼最清楚了！而现在首要的事情是，在引爆 T29415 前把失踪的两名队员找回来！"

T29415 沙漏舞蹈

在这里的第五个月亮都已经升起来的时候，我觉得我是喝醉了。

它们用一种浆果酿成的果酒献给它们的"神"。遗憾的是土狼很不像话地喝了个烂醉如泥。也许我没醉，只是舌头打结，只是有点发困。它们还在地上专门为我和土狼各搭了一个小金字塔形状的帐篷，我独自钻了进去。

"神，"首领突然出现在"门口"，"这是我的女儿姬塔，是她最先发现了你们喷火的坐骑降临……"

果酒奇特的效力让我一时没有意识到首领的异样，他退了出去，而他的女儿则钻进了我的帐篷。

年轻的雌猿用一条毯子裹紧全身，它走到我的跟前，我还没来得弄明白是怎么一回事，它突然一松手，毯子从它身上滑了下来。

"啊！"我的酒立即醒了一半，赶紧拾起地上的毯子拍干净，然后蹲下来重新给它裹上，"别……别这样。我没那个意思……你明白？"

很显然姬塔一点都不明白，有一刻几乎还要哭出来的样子。

"好吧，"我说，"如果现在就出去会让你觉得蒙羞的话你就留下来吧，咱们可以聊聊天。"

事实上它完全听不懂我的话，而当它沉浸在自己的絮絮叨叨中的时候我也完全听不懂。

可能是我木讷的眼神激起了它的同情心，它突然停止了说话，定定地望着我，直到我的脸开始发烫。最后，它摸出了那串项链，递到我眼前。

"米汀。"它短促地叫了一声。

"米汀。"我点点头。

我的手指触到项链椭圆链坠冰冷的表面，金色的光芒在指端泛起涟漪，突然就闻到一股久远的芬芳——彻琴的味道。

它掰开我的手，把项链小心地放在手心里。

我把链坠打开了，彻琴的微雕模型依然那么鲜活地保藏在这里。帐篷里的光线交织出奇特的暗影，也许因为夜，也许因为醉，我开始抑制不住自己内心深处的某种感觉。

"彻琴。"我指着模型对它说。

"彻琴。"姬塔重复道，之后又惶恐地看了我一眼，像个孩子。

然后我在帐篷里的泥地上捡到了一枝树杈，开始画起太阳、地球、双星和T29415。

"地球。"我指指左胸，然后指着画在地上的地球对它说。

"西天。"它小声地说道，然后指指自己的左胸，又指指T29415一字一顿地说，"小西天。"接着它又伸出修长的食指，在泥地上缓缓划下一道凹痕自语道，"彻琴！"这条浅浅的轨迹一端连着地球，一端连着那颗"暗星"。

这颗和彻琴遥遥相望了几千年的恒星。

之前在"米汀"的石像下，我看到了一串奇怪的文字。首领说那正是关于"一项重要的使命"的解释。

我一直不同意父亲关于彻琴的一个说法，但那段文字却似乎可以作为他设想的一个佐证。

"玛雅人在修建了彻琴后改进了他们的文字，"父亲曾站在彻琴的雨神石像下对我说，"新的文字似乎是在象形基础上编入了一段有规律的暗码，而这段暗码肯定与彻琴几千年来凝望的这颗星星有关，如果我猜得没错，这颗星星在公元前 10 世纪的时候比现在看上去要明亮得多，并且光度有周期性的变化。也就是说，它在几千年前很可能是一颗变星。变星的亮光穿越了 80 万光年的漫漫旅途抵达玛雅人的眼底，他们据此改进了文字，发展了文明。他们奇迹般地修建了 120 座城市，堪与埃及金字塔比美的月亮金字塔，创立了可以维持 6400 万年的年历，然而到了公元 600 年，在没有任何外敌入侵的情况下，玛雅人又突然抛弃了自己创造的辉煌文明一下子消失了……唯一可能的解释是，变星期结束了，由此以天文台为中心的文明也就湮灭了。"

那段文字叙说是 T29415 上的智慧生物曾经如何改变星球间引力结构而使大恒星成为一颗"变星"。然而由于猴子们最终归隐山林，变星期结束了。

这段记载与父亲的解释不谋而合。

令人百思不得其解的是，它们所设置的"变星"的光度周期的依据，竟然完全来自米汀的项链。而这项链上的信息，其实是公元前 10 世纪玛雅人观测这颗恒星的结果。

于是两者就成了两条首尾咬在一起的蛇，构成了一个不可思议的时间环。

是这样的！

我的头脑逐渐清醒，一个沙漏舞蹈出的圆形轨迹开始变得清晰：玛雅人建造彻琴观察变星，并把这些信息隐藏在新造的文字中，刻在项链上。几千年后我重新发现了这条沉睡在彻琴台基底下的项链，在'西天一号'载着米汀离开时挂在了它脖子上。猿类文明在 T29415 上发展起来后，它们研究了这条项链和文字的含意，根据其设定了变星的周期。变星的光经过漫长的征途回到地球，玛雅人为了观测它而修筑彻琴、新造文字，并制作了项链。

原来它们那项重要的使命，是引领人类以天文学为契机开创文明。

然而，尽管玛雅人早在几千年前就知晓了天王星和海王星，尽管他们可以计算太阳年与金星年至小数点后面第四位，尽管他们有过令人赞叹不已的灿烂文明……最终的结果是，他们突然抛弃了文明一下子消失得无影无踪……玛雅人和 T29415 上的猴子们，心性竟是如此传神地相近。

想到这里，我的心突然"咯噔"一下，似乎有一个阴霾的念头闪过，我看了一眼面前的姬塔。

它们会不会也突然消失？虽然它们已经归隐山林，但某种不祥的预感让我还是忍不住要这样担心。

突然，又一个问题跳了出来——

时间不对！

是的，时间不对。我的天文知识可以让我说服自己这里的时间流逝得比地球快，但却不能解释为什么它们能够影响人类的过去。沙漏里藏了一条偷吃时间的虫子，它的存在与膨胀系数毫无关系。

"你们为什么可以回到过去？"我问。

姬塔望着我，目光专注，但我知道从那里根本不可能找到答案。

"嘣"。

过了很久，它摇晃着身体望着我说。

它把手聚到面前，然后"嘣"的一声挥舞开，努力了很多次。

嘣……

这是什么意思？它在提示我什么？

在我即将触摸到真相的那一瞬，一种隐隐的声音划破天际，由远渐近，最后成了在头顶上空震耳的轰鸣。

西天二号　舰长日记

救援很成功，他们的搜索艇坠落 T29415 上一个荒岛时破坏了那里的磁场，引起磁力紊乱，救援艇安全飞临，很快就通过追踪信号发现了两名队员的位置。

T29415 上果然有生物，但是是一种非常原始的"猿类"，抵抗力几乎为零，救援行动在 17 分钟内完成。

早已从城市上空投下去的核弹将在 3 分钟后引爆。也许毁灭这颗星球是错误的，但核弹程序无法解除，只能祈求在上生存的所有生物的原谅了。某些时候，摧毁文明也是为了尊重进化。

T29415　天旋地转

是的，就在这一瞬，我突然明白了姬塔的意思——

宇宙大爆炸。

宇宙形成的早期也是充满浓雾的，就像任何一个健康的丛林，光线无法逾越，微波却可以。父亲曾说至今我们仍可以感觉得到大碰撞发出的微弱的遥远回声，那时我们免不了为此争吵，而现在我明白他是对的了。这"回声"就是微波。当望远镜可以看得很远很远，即我们可以看到很久很久的过去时，微波沿着螺旋状的直线向内回到过去，这时宇宙也逐渐缩小，留下一个时间隧道。

父亲的确是对的！我找到了那条藏在沙漏里偷吃时间的虫子 —— 虫洞！……一个恒定倒退数百万年的虫洞！

当我们穿越这样一个虫洞从地球到达 T29415 时，虽然倒退了几百万年，但由于它一开始没有文明存在，所以并不影响；而当猿类文明发展起来，想要通过同样的虫洞回到地球时，却意识到那是出发之前几百万年的地球。没有人类，西天也就没有了意义，这就是它们一直不回家的原因。

而项链的存在却让它们觉得肩负使命，于是它们完成了这个使命，点燃了辉煌一时的玛雅文明。变星的光跋涉过 80 万光年的漫长征途到达地球，又等了几百万年，才终于被地球人所发现。

这颗璀璨的恒星一直默默凝望着地球，凝望着由它这遥远而微弱的火种点燃的彻琴文明。

这一回，猴了与西天的恩怨竟纠结了不止千百年。

在被救援队员强行拉进飞艇之前，我只能想到这么多了。

但是觉得还缺了一环。

"彻琴！"

我被架出帐篷时天已微明，"暗星"却还悬在第一颗太阳下面浓重的云雾中，东方泛出鱼肚白，沉睡的死城开始在雾气中苏醒。

姬搭披着一头散乱的深色金发从帐篷中追出。

它望我的眼神充满留恋，喃喃地重复着："西天……彻琴……"

它想念遥远的家乡，想念那个逾越 80 万光年仍能相互凝望相互惦念的地方。

也许我不祥的预感就要被证明，但我内心仍为玛雅文明与猿类文明冥冥之中命运的巧合而感到欣慰。

是的，彻琴。

你不能总是拥有它们。

16 年前，当我依依不舍地离开彻琴时，父亲这样对我说。

这就是命运吗？

最后的一刻，我把手中的项链抛给了姬塔。这是一个多么神奇的时间环，一场多么精心的沙漏舞蹈……

它望着我被拉进救援艇，手里一直紧紧地拽着项链，一直拽着。

我心里知晓这颗星球的命运。

透过舷窗向下望去时，就像从云端望向凡间，它是这么的安宁。

当那不可扭转的爆炸发生时，我的记忆闪动了一下。它从内心深处某个原本安全的地方跌落在亘古的时空里，我满眼是刺目的光明。整个星球在一片撕心裂肺的哀号声中沸腾，旧日的光影从以前闪回到眼底。

我清楚眼前所见的只是湿润眼眶中的幻影，但我还是分明看见冲击波袭过小岛的那一刻，它突然显出了原来的形状。

我再熟悉不过的形状。

小岛本身，就是一个巨大的天文台！跟链坠里的模型一模一样的天文台，跟彻琴一模一样的天文台……只是这一个太大了，大得身在其中者一直蒙在鼓里……我心中一直感到缺失的那一环终于补上了。

姬塔，你看见了吗？原来你一直想念着的遥远的家乡，一直想念着的那个逾越80万光年仍能相互凝望相互惦念的地方——

就是你脚下的土地。

她的简介

　　程婧波是中国新生代科幻小说作家中的一位极具代表性的作家，尤其擅长写作中篇小说，代表作为《开膛手在风之皮尔城》《去他的时间尽头》《宿主》等。

　　已出版科幻图书《吹笛者与开膛手》《食梦貘·少年·盛夏》《倒悬的天空》，童书绘本《星际马戏团》《微笑的粉红色大象》等数十部作品；翻译出版纽伯瑞儿童文学金奖作品《兔子坡》《不爱说话的十一岁》，刘易斯·卡罗尔图书奖获奖作品《大森林里的小木屋》，纽约时报畅销书《一个人的巴黎》《在爱的废墟上》等作品。

　　曾获得首届中国青春文学大奖赛短篇组特别大奖（2009）、第一届全球华语科幻星云奖短篇金奖（2010）、第四届全球华语科幻星云奖中篇金奖（2013）、第七届全球华语科幻星云奖最佳电影创意银奖（2016）、首届华语国际编剧节新锐编剧（2019）、第二届科幻冷湖奖一等奖（2019）、第十届全球华语科幻星云奖年度剧本类原石奖（2019）等。

　　程婧波的作品已被译作英文、日文、德文、意大利文、西班牙文等多种文字介绍给海外读者。

她的回答

Q1 10 年前你最喜欢的科幻作家是谁？现在呢？

程婧波： 一直以来我最喜欢的科幻作家都是阿瑟·克拉克，除去作品的因素之外，还有个原因是我和他的生日在同一天。

Q2 想象一下平行宇宙里的另一个自己，你觉得她在从事什么职业？

程婧波： 也许在这个世界上有无数个我存在于无数个平行宇宙里，其中一个"我"大概是个兽医。

Q3 如果能和任何一个已经死去的人共进一次晚餐，你希望是和谁？

程婧波： 安徒生。我曾经写过一部叫作《四月的安徒生》的科幻小说，当然这篇小说其实和那位童话作家安徒生没有什么关系，但我个人是安徒生迷，我不仅喜欢他的童话作品，还很欣赏他的剪纸，我收集他的生平，也爱看他的八卦，我知道他出门总是随身带着一根绳子，这样如果着火了就可以自救。他可能是我非常熟悉的一位已经死去的人，他曾说他的人生就是一个童话。如果能够和他共进晚餐，那无异于和一个童话共进晚餐。

实际上我不太关注自己的女性身份。作为一名工科生，我长期工作生活在女性绝对少数的环境中，非常熟悉那种"你必须证明你和男人一样强才有资格说话"的氛围，所以很多时候我会忘记自己是个女的，也并不关心这件事。而在科幻领域，虽然女性数量同样不多，但却完全没有这方面的压力，反而可能因为性别而受到一些额外的关注，这是一种很……奇妙的感觉。

妲拉

她的科幻处女作

姐拉第一次发表科幻作品大概是在 1999 年左右。姐拉从小就是个科幻迷，也是《科幻世界》杂志的长期读者。

1999 年的她还是一名高中生，有一天，她在生物课上听老师讲到生态环境变化对野生动物的影响，于是就写了一篇与此相关的小说，把它投给了《科幻世界》。后来这个故事被退稿了，退稿信里写的原因是『不够科幻』。虽然被杂志社退稿了，但这篇故事最终发表在了市区日报上，在姐拉心目中，那是她从科幻读者走向作者的第一步。

伯利恒之星

妲拉

　　奥普提摩出生在梦见山。他出生的时候，他的亲祖已经丧失了最后的意识，奥普提摩甚至不知道自己到底是几个人的孩子，但他确信自己绝不可能来自两个以下的亲祖。他确信这一点的理由，和他诞生时亲祖全部死亡的原因一样——他出生在梦见山。

　　梦见山不是山，梦见山是黑海。奥普提摩的亲祖死得太过仓促，来不及将自己的魂过继给后代，于是他无从了解关于自己诞生的故事。这就留下了无数种可能让奥普提摩猜想，他生命的开端就这样陷入一片可能性构成的概率云当中。他的亲祖可能是三个、四个、五个，甚至更多，他们每对之间可能是兄弟，可能是恋人，可能是仇敌，可能是陌生人，而随着人数的增加，这些关系又相互缠绕，结成一张混乱的网，多角恋、各为其主、齐心合力，等等，他们有多少人，他们彼此有什么样的关系，他们为何出现在那里……这些因素相互交织，构成一个错综复杂的过去，奥普提摩就在这样的过去中出生——唯一能大致确认的是这么一点——梦见山出现时，奥普提摩的亲祖们恰巧在那中央，无法逃离，于是在低于常温 2000 多度的深寒中，它们不得不放弃自我，彼此融合在一起，将所有能量凝聚成奥普提摩，随后很快就化为灰烬了。

　　所以奥普提摩的出生就伴随着这样不可知的迷茫与哀伤，像一件厚厚的大袄包裹着他的身体，让他显得古怪，并散发出寒意——虽然这股寒意似乎应当来自他的出生之地，那深寒的梦见山。但这股寒意为何执着地追随着他，永不散去，恐怕应该归咎于他诞生时的一片混沌。如果把出生当作一个人一生的某种征兆，奥普提摩所得到的征兆便是悲剧——在极度深寒中的集体死亡凝聚成这一个新生命，很难想象这具躯体中凝聚的有可能是欢乐而不是绝望。

　　作为一个出生在黑海，没有继承先祖之魂的野孩子，奥普提摩在混沌无知中缓慢长大。梦见山慢慢地褪去了，人们踏上那片开始回暖的冰原时，发现了他。而这个时候，想让他成为一个普通人，已经绝无可能。

　　然后奥普提摩开始成长。

　　由于出生在梦见山的缘故，他长得很慢，低于常温 2000 多度的环境刻入了他的骨子里，他生命周期被拖得很长。这样一来，他总被当作反应迟钝的白痴，尽管他不是。

　　加强人们如此错觉的，是他一片空白的记忆——大家从未见过这样没有继承父母记忆与灵魂的孩子。他什么也不懂，必须从最基本的常识教起。

　　这是一个巨大的难题。洋面上的层流速度总是很快，大家在一瞬间擦肩而过，用高度压缩的光谱载波交换信息，而对奥普提摩来说，他完全不知道那些"光谱载波"是什么意思。

这就好像一个初生的无知婴儿，甚至没有听觉和视觉。教育他，成为一个巨大的难题，更可怕的是，在这个世界里，原本没有"教育"的概念。

在这个灼热高温、充满能量的世界里，愿意产生后代的爱人将彼此的能量同调，在无尽能量的背景中创造出一个新的自组织身体系统，然后将自己的魂和知识过继过去，产生下一代。每一个新生的孩子都拥有天生的知识与才能，然而奥普提摩是一个异类。

有人相信他背负诅咒，因为他吞噬而非同调亲祖的能量而诞生，然而哈力拉还是决定收养他，将他培养成才，让他能像一个正常人一样活着，而不是一个怪物。

每个人在出生时都是平等的，绝不应该因为他出生前的一切就低人一等。

哈力拉的想法单纯而理想化，但执着不屈。

尽管这个小家伙比他自己的个头大出几乎一倍，哈力拉还是用氦锁把奥普提摩和自己拴在一起，然后带着他在奔流涌动的洋流中一起生活。

从最基本的常识开始教起，从语言沟通编码开始。

哈力拉花了 1/3 的人生教给奥普提摩怎样与人沟通，然后再花了 1/3 教给他怎样辨识和利用涌流，如何在疯狂奔流的洋涌里保持平衡，如何避免卷入黑海和耀山，告诉他哪些地方更平稳，哪些地方更危险，告诉他这个星球的活动周期。哈力拉没有想到，这些从亲祖那里继承的最基本的生活常识居然这么复杂，几乎耗费了他一生的时光来教授。

然后哈力拉死了。这个时候，奥普提摩刚刚脱离毫无意识的混沌，开始触摸到正常人世界的边缘。从一个灾难中诞生的怪胎变回一个正常人，他耗尽了哈力拉一生的时间，而奥普提摩自己缓慢悠长的生命周期才过去短短的一瞬。

接下来，奥普提摩要活得像一个普通人，如哈力拉千万遍教导他的一样，他并不生而比别人低等。

卡西姆原本生而为王。

他的国家在幼发拉底河西岸，在无数小国中间，虽然富饶，但并不起眼。他的父亲是国王西鲁，他的母亲是王后德拉力，他是嫡出的长子，所以卡西姆将在许多年后继承王位。

作为一个储君，他在幼年时代接受了这个时代最好的教育。卡西姆天资聪慧，人们认为他将理所当然地成为一代明君。

然而对知识与思考的偏好妨碍了卡西姆了解自己所拥有的真实王国，他长到 16 岁，才第一次看到自己锦衣玉食生活的根基，头一次感受到自己脚下的奴隶们的真实生活。

那时候他正在自己广阔的牧场里纵马奔驰，在一座农舍门外，他看见了那个瘦小的姑娘。她像一束枯柴，衣不遮体，肌肤呈现出可怕的青灰色，如同死亡的石雕。一个衣着华丽的中年男子鞭挞着她，她浑身殷红的伤痕渗出鲜血，却颤抖着不敢抬头、不敢叫喊。

卡西姆曾以为每个人都如自己一样过着幸福满足的生活，然而不是，并且事实远不止这么简单。当他与真相面对之时，已经过了年幼无知、容易接受与习惯的年纪，他内心的世界已经在数年前完成了构建，而这个内心世界与真实无法融合。

他试图理解并接受这样的事实，即他们的幸福与快乐来源于另一些人的苦难与怨恨。这个真相令他痛苦不堪，这种痛苦不仅来自与现实脱节的道德观，更多的源自内心的恐慌不安：王子的优游生活与奴隶的逆来顺受，看起来不啻是天渊之别，但实际上，这幸福与痛苦的分野来得如此微小而随机——成为王子或者是奴隶，仅仅取决于你诞生在一个什么样的家庭。这个分野与人本身无关，却直接并且永久地决定了一个人的命运。

他重新审视自己的王国，了解奴隶们以何种方式生活，承受什么样的痛苦。随着这个拖延多年的任务渐渐完成，而世界在他眼前一天比一天呈露出一种与以往完全不同的样貌，他也越来越深地感觉到无尽的恐慌。这种恐慌化作梦魇，无止境地折磨着他。

卡西姆开始梦见自己从这个成年王子的身体中缩小，变回一个孩子，然后是一个婴儿，回到子宫，重新出生，然后成为一个奴隶，每一天被鞭打，伤痕累累，被铁链锁在阴冷黑暗的小屋里，仅有发霉的饼充饥。他被恐惧折磨着，在自己松软舒适的床上惊醒，然而却觉得这一切与梦中腐臭黑暗的小屋并无区别，茫然无措。

一个星期后，他从王宫中失踪。一年之后，王西鲁另立卡西姆的弟弟莫尔巴哈为储君。

卡西姆就这样放弃了自己的地位与未来。

放弃这一切之后，卡西姆开始重新探索人生，试图解构其中那么多的苦难与无助，理解人们所需要的与所梦想的，思考除了当一个维持自己所厌恶的世界规则的王之外，还可以做些什么。

一开始，他以为只有自己的国家是这样子，于是试图逃避到别的地方去。然而情况并非如此，所有他能到达的国家，所有别人到过的国家，甚至所有在传说中出现过的国家，都是这样。有人享受一切幸福，有人承受一切苦难。

卡西姆耗费了多年，终于厌倦了旅行，放弃了寻找那不存在的福地。

随后他开始寻求解决之道。

如果你没有办法寻找到一个天堂，那么你就创造一个。

卡西姆开始寻找创造天堂的道路。

最初的选择是暴动，他试图用奴隶的力量来推翻领主，但是除了鲜血、失败，以及逃亡，他没有收获到任何别的东西。

他又花了很多时间去试图理解，为何那些数量庞大、身体健壮的奴隶们一旦面对领主就会转身溃逃，哪怕领主手下的军队只是一堆站不稳的鼻涕虫。

最后他从一个老者那里收获了答案，他告诉卡西姆，领主是神在大地上的代言人，他所做的每一件事都是神的旨意，凡人是无法对抗神的。

卡西姆苦恼了很久，终于找到了解决方案。

如果人不能对抗神，那么就让神来对抗神。

卡西姆王子失踪若干年后，一个与王子同名的先知出现在东方。他身穿粗麻衣服，手持荆木长杖，一群坚定的信徒跟随在他身后，他们相信神中之神将降下奇迹来拯救受苦的众生，新的规则与新的王将在世界上诞生。

卡西姆放弃了王的位置，然后成为王的反面——神在大地上的代言人。

在生命中最重要的朋友与导师死亡之后，奥普提摩解开了拴在自己身上多年的氪链，开始独立生活。

然后他开始去结识其他人。

在这之前，奥普提摩只是哈力拉的养子与附庸，当他们与别人接触的时候，对方可能会问他是谁，然后友善地打个招呼，就像对待一个跟着父亲的孩子，如此而已。现在这一切终于改变了。

然而这时候他面临的困难并不比之前更少。过去他不懂语言，只能在永不停息的核剧变引发的涌流中随波逐流，现在他能够与正常人沟通，独立生活，但他的知识结构只是一张白纸。

与那些继承了亲祖千百年积累下来的知识的人相比，奥普提摩什么也不懂。那些人是天生的哲学家、天生的诗人、天生的音乐家、天生的科学家。而奥普提摩呢？

天生的白痴。

你可以想象这样的情景，一个牙牙学语的孩子试图挤进一个上流社会的聚会，与那些精英们交流。他会说话，然而无论你谈到任何话题，甚至只是明天会不会下雨，他都一无所知。他所懂的全部，就只是说话而已。即使你足够善良，将他和聚会上的所有人一视同仁，你又是否愿意与他交谈？

奥普提摩这个孩子所面对的精英，有着千万年的学识。

他只能依靠那些愿意与自己交谈的人的施舍来慢慢学习。对那些天生懂得一切的知识继承者而言，即便他们愿意教他，但如何从最简单的知识教起，他们毫无概念。

他们甚至完全不知道怎样的知识是简单，而怎样的知识又是复杂。在他们的头脑中，一切知识都是交杂纠缠在一起的完整体系，就像巧匠用最复杂的技艺盘结回环而成的精美镂丝饰品，当你试图取出任何一块看似独立的片断，都会把那个巨大的宝藏全部拉出来。

于是他只能默默地从别人嘴角拾取语言的碎屑，他把所有一切硬生生地记下来，等待收集更多的碎屑，与自己手里那些相互应对，将那些碎裂的纹路拼接在一起，慢慢找到自己可以理解和辨识的较大片断来。

这拼图的工作进行得艰难而缓慢，千万年积累的知识体系那么庞大，试图从这一点微不足道的碎片拼出完整的画面，根本就是幻想。大多数时候，奥普提摩只能得到相隔甚远的碎屑，他试图将它们重新融合，自己勾画出这些片断中的无穷空白，最后得到一幅看上去完整的图画，哪怕它跟原图的面貌相去甚远。

他需要那么多幸运，在恒星表面，洋流高速涌动，温度各异，除非用氦链拴在一起，否则根本无法保证人与人能在什么时候相会，相聚的时间又有多少。你可能遇到一个与你搭乘同样涌流的家伙，你们可以交谈一段时间，直到变幻莫测的涌流将彼此分开。但是更多的时候，人们在不同的涌流中擦肩而过，时间只够打声招呼，再用高度压缩的光谱载波交谈一瞬。

不过，他有比普通人长数倍的生命来收获足够多的幸运，补偿自己没能从亲祖那里继承的知识。

在这漫长的学习中，他逐渐掌握了沟通的技巧，如何利用极为有限的时间引导话题，令对方告诉自己感兴趣的东西。奥普提摩甚至比普通人更好地掌握了涌流，他那庞大的体形竟如此灵活，经常能够跳到自己看中的涌流中去。在不断地摸索中，他越来越能掌握与别人同行的时间，直到自己暂时厌倦了对方的知识体系为止。

这种特殊的学习方式让他拥有了和一般人差异明显的知识体系——不完整，并且大部分来自自己的揣测。他不得不花很多时间验证自己的思考与理解，避免误入歧途。

当他又活过了四五个正常人的一生，看着那么多曾经教给他知识的人从年轻渐渐变老死去，奥普提摩终于完成了自己知识体系的初步构建。

在这些东拼西凑学来的东西中，相对于哲学与艺术，奥普提摩对科学产生了更大的兴趣。因为他发现，无论是以自我认知为基础的哲学，还是受自我感观影响极大的艺术，他都与常人有极大的区别。由于生理状态的不同，对自我是什么以及什么是美，他有着独立不同的看法。而他的看法即使在最具有包容性的普通人眼里，也过于离经叛道了。在这些方面，他永远无法被普通人认可。

但是科学却指向唯一的真实，基于这一点，他倒是可以轻易地与旁人达成一致。

卡西姆知道，当一个信念超越了力量而存在的时候，要击倒它，唯有塑造一个新的超越力量的信念。

于是他开始布道，创造出新的神。

卡西姆告诉人们，其实所有人都应该享有幸福与快乐。

有人问，为什么我们没有？

卡西姆回答，因为你们有罪。

有人说，我们什么也没有做过。

卡西姆回答，在神创造人之后，人们不听神的教导，犯下了重罪，于是神降罪于人，剥夺他们的幸福，将他们从乐园中驱逐出去，让他们在尘世中受苦，以此赎罪，等待救赎。

有人问，他们要用多长时间来赎回先祖的罪孽？

卡西姆回答，神是慈悲的，他将把自己的儿子降于尘世，带所有的人们历尽人间的苦难，然后在大地上重建天堂的乐园。在这个乐园中，新的王会带来众生平等的新秩序，没有痛苦，也没有奴役。没有任何力量可以阻止那个时代的到来，神是无法抵抗的。

人们愿意相信他们所希望的东西，或者用比较小的代价来换取一个巨大的希望。人们愿意相信自己明天会活得更好，愿意向神祈祷来换取幸福，但是他们又如此吝啬，除非让他们目睹奇迹的发生，否则他们连最小的代价都不愿意付出。

卡西姆要重新塑造他们的信念，就必须创造奇迹。

他用自己在宫廷里的 16 年中学来的，仅有最高层统治者才有资格接触的知识创造出奇迹，借以证明自己拥有神赐的力量。

他推算星辰的轨迹，向信徒们预言富有神秘意义的天象，然后它们如期而至；他从气候的征兆中找到干旱或洪水的痕迹，警告人们去防范……当信奉与尊崇到来之日，他将荣耀归于神。

卡西姆的预言并不永远准确，但他足够聪明。他总是隐秘地发布自己的预言，直到它实现之后才巧妙地透露自己的身份。于是他得到了三份荣光，第一份是给他自己的，第二份是给他的谦逊，第三份是给他供奉的神。

于是他那伪造的神力吸引了越来越多的信徒，让他们相信新的王将会降生，而众生将被救赎。

卡西姆知道，这种信仰的力量虽然迟缓，迟缓得似乎根本就不存在，但它却如此坚定而深厚，它是最难被征服最难被暴力磨灭的力量。这种力量曾是一堵挡在他面前的墙，而现在，卡西姆要把它变成自己手中的剑，他要用这种缓慢而坚定的力量去毁灭不公的秩序，然后在废墟上建立一个新的理想世界。

这个世界应当是所有人彼此平等，相互尊重的。

然而大地上的君王并不是都是白痴。他们的眼睛注意到这股力量，或早，或晚，他们明白，这种力量将可能颠覆自己的统治。

于是君王们开始驱逐他们，最开始是隐秘的，很快就燃成了焦躁与暴虐。统治者们用尽各种手段——阴谋与策反、孤立与放逐，试图将这样的力量毁灭在崛起之前。

于是卡西姆与他的门徒四处流浪，居无定所，他们不得不像贼一样从一个地方流窜到另一个地方，像窃人灵魂的魔鬼似的在阴冷黑暗的密室里集会，将自己的真面目隐藏在公众的目光之外。

他们的信徒越来越多，严苛的刑罚禁不住人们的传言，新的王将要降临，他将带走所有苦难。

卡西姆的力量如平静的大海，不动声色地吸蓄起奔来的河流。

生命是一个含义复杂难以定义的词语，你或许可以给出一个定义，但每个定义都可以轻易地推翻。

生命首先是一个自组织耗散系统，它通过外界的能量输入来维持自身的结构，然而问题在于，从最复杂的涡流结构到最简单的生命单芽，它们的根本区别在哪里，是否有一个确定的标准能将它们区分开来？

当奥普提摩对生命产生出更大兴趣的时候，恐怕还没有意识到这种兴趣与他自身状态千丝万缕的关系。

那就是，以什么样的标准，可以将他视作一个普普通通的人，而不是在梦见山吞噬数人诞生的怪物。

生理上的差异是奥普提摩无法克服的，但他可以在智力与精神上尽力接近普通人。

物理学数学这些古老的学科已经有了长达万年的研究历史，体系庞大到了难以想象的地步。进入这样的领域，就像一个人一脚踏入了无边的泥潭，尽管用尽全力想要爬出去，但是这个泥潭耗费了无数人千万年时间来挖掘，实在大得有些离谱。

然在这个充满了能量涌动与灾变的世界里，生物学的研究却是匮乏的。在这个动荡不安、随波逐流的环境中，要研究那些同样被涌流裹带着，总在面前一闪而过的生物，实在是很困难的事情。

他们甚至连研究自身的时间都不太够用。

于是奥普提摩选择了这个看起来比较浅的泥潭，很快就触摸到了它的边界。

这是奥普提摩第一次感觉到自己与旁人一样，有能力平等地和他人交流，不再是对方脚下卑微的被施舍者。

他开始和别的生物学家讨论薪卡的生活习性，提出各种假设来解释这种在耀山中出生，体温比人高出上千度的生命短暂而凶猛的一生，探讨这种妖精为何总是穷尽一生去寻找黑海，在那个冰冷的世界里死去。他们一起冒险前往恒星两极，观察寻找那数年一度的奇观——数千只缎极鸟遮天蔽日地飞起，在两极极羽中被不断涌动的磁力线切割，如烟火般在空中散落成星星点点的自身备份，那些只有成年鸟羽毛般大小的后代跟随磁力的牵引，飘飘洒洒地朝赤道飞去。他们约定用几年时间，各自追随星冕冕洞中归来的萌龙的八种后代，那八个家伙形态习性毫无相似之处，但两年后，它们却独立地发育成几乎完全相同的成年萌龙。

这样的日子，奥普提摩过得很快乐，在这段日子里，唯一提醒他自己与别人不同的，只剩下他漫长的生命。他的朋友慢慢变老、死去，不断有新人加入，好在新人几乎都是那些老家伙的后代，虽然年龄与样子不同，但是知识和研究却延续了下来。

这种好日子，被一个似乎与他们无关的消息打碎了。

有物理学家通过射线分析发现，在他们生活的巨大星球之外，有着若干个微小得几乎不存在的星球。那些星球那么小，甚至不足以发光，然而让人吃惊的是，它们都重得有些离谱。那是一个个小而冷黑的世界，他们凝结于千亿年前熄灭的其他恒星中冷物质的残余。

这个消息在生物学家的休闲时间里引起了一个小小的娱乐话题，大家越过自己的本行讨论起那些小家伙的模样与环境来，直到奥普提摩的一句话引发了大家的嘲笑。

他说："我想，那种星球上的生命一定是很有趣的。"

大家一愣，然后不约而同地大笑起来。

众所周知，低温是生命的杀手，黑海低于常温 2000 度的环境就足以使绝大多数生物严重冻伤，低于常温 3000 度以上的环境将导致一切生命的死亡。而那些小弹珠星球，表面温度低于常温将近 6000 度，那上面绝不可能有任何活物！

奥普提摩和所有人争辩，认为低温世界进化出的生命可能拥有常人难以理解的物质基础，它们可能行动缓慢，可能匮乏能量，但是他们完全可能存在。

但是对于这样的说法，他的朋友们觉得不足一哂。奥普提摩在这个近似玩笑的议题上如此固执，无论如何也不肯放弃自己的观点。

"你是在挑战常识！"他的朋友们说，"千万年来，不仅是生物学家，就连普通人都知道这个常识——没有任何生物能在低于常温 3000 度以上的环境里生存。"

奥普提摩固执地坚持自己的观点，将兴趣转向低温生物学。一开始，他希望能通过辩论来说服对方，无数次的失败之后，他又幻想当这些朋友死后，新的生物学家们能用开放的头脑来接受他。然而许多年之后，他发现，新的一批生物学家多么全面地继承了他们的亲祖，甚至连思维方式也没有太多改变。他面对的只是一群换了新身体的老人，这种处境在之前让他快乐，现在却带来巨大的痛苦。

他们说的没错，低温下不可能有生命是常识，但是问题在于，奥普提摩从来没有从亲祖那里继承过叫作常识的东西。

许多年之后，奥普提摩再一次发现，自己依然孤独。这种孤独从他出生的那一天起就牢牢地与他生命的本质水乳交融，难以磨灭，无法忽视。

奥普提摩体味到了绝望，然而他相信，自己是正确的。正确应当来自真理本身，不是来自你在哪里出生。

他决定耗尽自己的一生，去证明这样的观点。

西面的以色列是最强大的帝国，希律王是王中之王。

卡西姆知道，他已经是东方的智者先知，他已经掌握了东方众生的力量，但是这样的力量并不够。

强盛的以色列不可能容忍这样的乐园在自己国土内崛起，因为卡西姆宣扬的新秩序将从底层给以色列带来恐慌。

当所有人都如肮脏的猪猡般活着的时候，人们并不觉得有任何不妥。然而当你的邻居开始活得像个人的时候，你就会突然间对自己过了千年的生活感到无法忍受，迫切需要改变。

人们可以永远生活在黑暗中，倘若他们从未见过光明。然而当第一缕阳光映入他的眼帘，一切就可能从此改变。

如果卡西姆在这样一个强大的邻居面前建立起他的乐园，等待他的，将是一群自西面踏入的铁血之骑。

如果以色列依然是那个以色列，那么卡西姆的乐园就只能是乌托邦。

于是他离开东方，带着自己的门徒前往那个国度。

如果你无法与自己的敌人对抗，那就把敌人变成朋友吧。

卡西姆开始在以色列布道，将福音传递到这个强大的国度。他的布道已经不再限于奴隶之中，也蔓延到更上一层的平民。

卡西姆许以他们美景，劝导他们相信真神，告诉他们，他们只需要赞美主，便可以上天堂。

借助东方传来的威名，卡西姆的信徒很快就在以色列兴盛起来。

于是希律王终于发现了他的存在。一开始，王并不把卡西姆当作一回事，直到市井中出现谣传。

谣传说，当异星从东方天空升起之时，新的世界将会降临，上帝的儿子将降生于世，他将代替人们赎去所有罪孽，然后成为犹太人的王。

半年之后的一个深夜，一颗明亮的异星从东方升起，随后的 70 余天中，它将以色列的夜空照得透亮。

市井的喧闹与疑惑如同一锅放在王座之下的暴沸之水，很快就把希律王烫得坐立不安。

"把那个先知给我带来。"

希律王说。

数日之后，希律王在宫中召见了卡西姆，面对这个试图颠覆他王国的神棍，他却突然发现自己什么也做不了。

在他的王座之下，千万只眼睛紧紧地盯着他。在这些人中，有的是卡西姆的信徒，有的半信半疑，有的不知所措，然而只要他将卡西姆处死，几乎就等于默认了对方拥有足以与自己分庭抗礼的力量，这将把人们推向卡西姆。卡西姆只是一个先知，不是神，杀死他，并没有瓦解他们的力量。

用暴力来镇压信念，只能让信念更隐蔽而且坚忍。

希律王向卡西姆详细地询问了那颗异星的来历，然后悄悄召集了自己的祭司长与民间的智者，询问传说中的救世主将出生在何地。

他们回答，就在犹太的伯利恒，他们找到了多年前从东方流传来的先知语录，那位无名的先知说："犹太地的伯利恒啊！你在犹太诸城中，并不是最小的，因为将来有一位君王，要从你那里出来，牧养我以色列民。"

于是希律王召来了卡西姆，对他说："去寻找那个已经降生的圣婴吧，去仔细寻访，如果你找到了，就来回禀我，我也好去拜他。"

于是卡西姆前往伯利恒，希律王的亲卫队一路护送着他，避免这位神的先知遇到拦路的强盗。

奥普提摩开始收集氦聚变产生的更重的元素来构建他的飞船。

在此之前，他已经做出了相当的努力。

他要飞出这个星球的表面，前往那些环绕在自己家园周围的，遥远得像小弹丸似的星体。他相信在那些极度深寒、极度黑暗的世界中也存在着一些别样的生命，他要找出证据，证明自己的正确。

要飞出这颗恒星，他首先要跃出自己生活的光层，这其中充满涌流，是一切光明的来源，然后进入色层，那里聚集着暴虐的狂卷，在疯狂转变的磁旋下，黑海与耀山在瞬间闪现又湮灭，那里的涌流如同疯子的耳语般毫无规则与道理可言，再然后，则是炼狱一般高温的星冕，几乎只有萌龙才可能踏入那个区域而不受任何损伤。然而在那里，在星冕阴暗的冕洞里，不断酝酿出剧烈的星风，那由离子流构成的飓风拥有难以想象的速度与力量，如果要离开这个恒星，那就是一个无比强力的加速站。

奥普提摩也许是光层涌流中最熟练的舵手，但是要离开这个星球，他实在还太嫩了。

他数次尝试进入色层中，感觉自己好像海啸中颠簸的舢板，完全失去掌控能力，只能等待被卷入星冕、化为灰烬，或者足够幸运能够落回光层。三次这样的尝试之后，他开始试图把骰子从上帝那里夺回自己手中。

奥普提摩追踪一头萌龙的幼虫，一直等到它朝冕层中飞去，准备蜕变。他将自己用氦建成的飞船挂上中期萌龙的脊背，朝星冕飞去，英勇一如骑士。

然而就在萌龙穿入星冕，在高温中开始蜕变的时候，奥普提摩发现自己的飞船在融化。氦壳的强度难以抵挡如此高温，奥普提摩不得不将用以调整方向的离子流全部喷射出去，将自己重新送回色层。

尽管如此，他依然受了重伤，在色层中昏迷着，也不知道漂流了多久，才再一次回到光层中去。

当他重新醒来，奥普提摩发现，自己的生命时钟被拨快了。

是的，他变小了。星冕的灼烧和色层疯狂的磁旋改变了他身体的结构，他就像从自己原来的身体里破壳而出一样蜕变了。

奥普提摩重新审视自己，当他再次思考那些哲学和艺术问题时，他发现，自己的观点变了。

他曾经与其他人拥有截然不同的观点，而现在，他不再认同自己曾经视作美的东西。如今，他已经完完全全以一个普通人的逻辑开始思考了。

他以为当这一天到来的时候，他会欢呼庆祝，但是他没有。奥普提摩很平静，平静中酝酿着恐慌。

他的生命缩短了，他拥有的时间已经不多了，然而他还没有证明自己想要的正确。

他要证明的是平等，而不是特权。

奥普提摩深入光层之下，在氢聚变的恐怖力量中收集聚变的产物，更重、更坚固的元素。

他害怕自己突然缩短的一生不够完成这一切，但是幸运的是，他做到了。

奥普提摩重新修建了自己的飞船，在那些旧时朋友的帮助下——虽然他们几乎已经认不出他来——找到了另一只朝星冕飞去的中期萌龙。

当他起身时，他的朋友问他："在那个极度深寒的太空中，你不可能坚持太久，就算你证明了自己，但是谁又知道呢？"

奥普提摩只是笑了笑，回答他："我的心知道。"

然后他再一次挂上萌龙的脊背，穿越色层的飓风与磁暴，朝星冕飞去。

他并不知道，这时候，距他出生已经过去了整整一劫，恒星的活动周期已经走完一个循环，色层的活动再次进入最剧烈的时段。

即使萌龙，在这样的风暴中也如落叶般无力。黑海与耀山如幻景般闪现变换，萌龙强健的身体开始泛黑，他几乎以为自己将永远失去机会了。

一次短暂的星冕喷发拯救了他。星冕向内喷射出强烈的离子流，瞬间的高温让这头接近死亡的萌龙在色层中骤然蜕变，长出了磁翼。它轻易地在色层的死亡风暴中划开一条闪电般的裂隙，飞入星冕之中。

奥普提摩的飞船就这样顺利地进入了冕洞。在这个高温冕层的阴暗角落，萌龙耗尽一生的能量，产下卵，死去。这些卵将在冕中发育，在八种不同的星冕结构中形成八个不同的幼年亚类，然后它们将再次回到光层，被环境重新激化，成长成中期萌龙。

奥普提摩在这里补完了萌龙壮丽一生的秘密，但却没有机会回去跟自己的朋友分享，他等待着，一个足够良好的机会。

随着这颗巨大恒星的旋转，星冕上各种粒子流也同步转动着，一切在星风中扭曲盘旋。当离子流开始加速，剧烈的高速星风开始在冕洞中形成之时，另一股低速星风刚刚从前方吹起，奥普提摩的重元素飞船乘着高速星风的浪尖冲入了低速的星风，强烈的激波把他的飞船像子弹般射了出去。

卡西姆要寻找一个不存在的圣婴。

他知道，没有上帝的儿子在伯利恒降生，每一个伯利恒的婴儿都只是最普通不过的孩子，所以他可以指认任何一个为上帝之子。

但是卡西姆不能将任何一个婴儿指为上帝之子，因为他身边跟着15名希律王的亲卫，队长梭雷甚至在他上厕所时都一步不离。

只有圣人和傻子才相信他们是在护卫他。

卡西姆可以指认任何一个婴儿为上帝之子，然后那个孩子就真的是上帝之子了。

如果这个上帝之子突然死去的话，信徒们会受到什么样的打击？

神的孩子是不会死的，除非他是伪造的。

很不幸，这就是事实。

卡西姆抛弃了自己的所有，用了大半生的时间来凝聚这样的力量，他难道要眼睁睁地看着它毁于一旦？

希律王的耐心是有限的，如果卡西姆一直拖延下去，那么，他必将付出自己的生命来埋葬这个秘密。

他要拯救自己，除非让这些希律王的亲卫成为自己的信徒。

这些出身贵族的武士可不像下层平民一样容易被虚妄的幸福打动，要征服他们，除非让他们目睹神的威能。

但是卡西姆已经没有足够的时间来遇见另一个奇迹了。

他可以毁灭自己亲手创建的一切，来换取自己的生命，又或者，为了保护那个根本不存在的圣婴而被杀害。

他知道，如果他选择死去，若干年后，在这片播下龙种的土地上，必然会有一个自称神子的人站起来，毁灭这个世界，在废墟上建立起他梦想的乐园。

他决定为了保护那个人而死去。

奥普提摩的重元素飞船脱离了星冕，朝那些弹丸般的深寒世界飞去。

当他终于离开自己的母星时，奥普提摩是恐慌并且激动的，他知道，这是一趟以生命为代价的旅行，所以他相信这样的旅途必然壮丽。

他开始认真地猜测那些可能在极度低温中生存进化的生命形式。作为一种低温下的自组织耗散系统，他们从哪里得到能量？他们怎样记录自己的生命信息？怎样复制自己、产生后代？他们在那样冰冷坚硬的环境中怎样保持体温？怎样运动？他们用什么方式相互交流？他们是不是因为低温而格外的迟钝，生命格外漫长？奥普提摩的一生时间是不是仅仅相当于他们眨眼的一瞬间？

在这样的激动中，奥普提摩学习并习惯逐渐降临的冰冷与黑暗。

当他仓促地离开光层之时，对于他生活的环境温度高于宇宙背景6000度的事实，还只有数字上的概念。而生活在光源的核心，黑海就已算是最阴暗的角落，要让他真正理解什么是黑暗，几乎就是不可能的。

当他来到这无尽的虚空之后，自己的飞船就是这漆黑世界中一个浅浅的光源，不断地被周围的环境吞噬着能量。

他冷，并且几乎看不见任何东西。

那些不发光的弹丸之星只有依靠反射母星的一点点光芒来表明自己的存在。

这点儿光芒对于生存在光层中的人来说几乎可以忽略。正是因此，他们在数千年中从未发现这些小行星的存在，直到射线滤波技术成熟后，他们才将这些冰冷星体反射的光芒从宇宙背景辐射与母星上躁动的电磁波中分辨出来。

奥普提摩只能依靠飞船上简易的仪器大略看到那些小行星的闪光，而用肉眼，外界根本就是一片寂静的死黑，唯有背后的母星带来微弱的光芒与暖意。

当他接近水星上空时，奥普提摩感觉到的，依然是一片死寂。他几乎不能将其从背景空间中分辨出来。这个星球是否与其他地方有任何不同，是否有生命，他完全无法分辨。

他瞎，而且聋。

这是他受到的第一个打击。出发之前，他考虑过，自己可能失败，寻找不到任何生命的痕迹，但是就算如此，至少他证明了自己理论的错误。但是他从来未曾想到，即使他到了，他也什么都看不见，什么也听不到。这样的世界上有生命或者没有，他根本看不出任何区别。

奥普提摩早就知道，如果在这样的低温中有生命，那么这些生命的物质构造基础应该和自己有着无法跨越的障碍，但是他却没有想到，他们之间的障碍可能大到这样的地步——即使彼此面对，他们也可能意识不到对方是生命。

在水星上空盘旋数周后，奥普提摩离开了轨道，修正了方向，朝第二颗行星飞去。

他离自己的母星越来越远，越来越冷。他觉得自己好像要被吸干一样，似乎单薄的密封舱不足以将他和那个冰冷的宇宙空间隔离开来，真空无尽的力量透过看不见的缝隙将他的身体抽了出去。

这时候，奥普提摩多希望自己的身体还是老样子，比现在的体温低千余度，这样或许不会觉得那么冷，能量的散失也不会这么快。

他好像一颗划破天际的微小流星，寂寞，无人知。

在前往第二颗行星的途中，奥普提摩发现了星空中的另一颗小东西。在他那简陋的仪器上，一个带着长尾的小小光点刚刚绕过自己的母星，正要离去。他觉得那应该是个像他一样的探索者吧，又或者是比萌龙更强大千万倍的生命。虽然自己没有办法去接近对方，但这样的想法让他在冰冷的世界里得到了一些安慰。

到达金星的时候，身后的母星已经变得很小了，像颗惨白的乒乓球般在空中占有微不足道的位置。奥普提摩明白，自己已经绝无回头的可能。

比起水星，这个世界更加冰冷和坚硬，在奥普提摩已经开始能够分辨微光的眼里，这个球体闪烁着淡淡的暗金色。

奥普提摩不可能让自己的飞船潜入这颗行星的外壳——它的构成比奥普提摩自己的飞船更加坚硬，而种种迹象表明，在这厚重的外壳之下，还有更加坚硬致密的物质形成的核心。也许，那个核心表面才是生命活动的场所，就像奥普提摩自己并不活在星冕，也不活在色层，而是生活在两者之下的光层一样。

他侧耳倾听，希望自己能接收到一些有规律的、特别的电磁辐射——那些超低温生命交流时不慎泄漏的电波，但是盘旋了几周之后，他什么也没有听到。

是的，也许他们根本就不使用电磁波交流，也许他们有别的载体来传递信息。

他已经冻得像一根冰棍，正一步步迈向死亡。

他还要前往下一颗行星。也许，那里还有一线希望。

最后的航程几乎无限漫长，当他勉强到达之时，他的反应已经迟钝，头脑已经混乱，奥普提摩甚至不能清楚地思考自己因何而来，应该做些什么。

他快无法维持自己存在的能量了，身体似乎就要在这缺乏补给的超低温环境中崩溃。

奥普提摩在最后的清醒中，看了一眼脚下的冰蓝色星球。

他明白，自己已经没有能力和时间再去探索此中是否还有生命……于是那无边无际的痛苦和悲哀淹没了他。

他的痛苦在于，他耗尽一生来解答一个问题，可是直到生命的尽头，他依然一无所获；他的悲哀在于，也许自己已经找到了问题的答案，可是即使答案就在眼前，他也茫然不知——他看不见，他听不见。

奥普提摩用自己最后的力量，控制整个飞船朝星球的外壳冲了下去。

他看不见对方的存在，但或许，这些深寒世界的生命能够看见他生命最后的闪光，会在他们的眼里留下自己存在的证据。

奥普提摩的飞船撞入了夜半球厚重的气层，在剧烈的摩擦中，很快撕裂逸散得毫无影踪。

而他的能量在生命的最后瞬间喷涌而出，将这颗星球的夜空点亮。

亲卫队长梭雷的剑利落地从卡西姆的脖子上划过。

他杀过的人不计其数，这位先知不过是其中毫不起眼的一个。

王也许不会感到满意，他希望看到的是一个死去的圣婴，而不是这个没用的老头子，但这至少已经是第二好的结果。

他仔细地将剑在先知破旧的衣服上擦干，这个时候，周围的一切突然亮如白昼。

梭雷抬起头，夜空中一颗不知名的星爆发出耀眼的光芒，将他和他身后的伯利恒照亮。

他浑身一凉，手中的剑铿铛落地，双膝无力地朝卡西姆的尸体跪倒下去。

在梭雷身后，上帝之子已经诞生，与先知的预言一样，他将成为以色列人的王。

注解 ....

①：卡西姆的故事略有借鉴《圣经·新约》故事模式，但小说中一切均与圣经涉及人物与事件无关。

②："黑海"即太阳黑子，"耀山"即太阳耀斑，"光层"即太阳光球，"色层"即太阳色球，"星冕"即日冕，"星风"即太阳风。

....

她 的简介

妲拉，职业撰稿人、自由译者，毕业于北京航空航天大学宇航学院，曾从事航天研发工作。专注科普及幻想文学创作与翻译，《环球科学》、果壳网等知名媒体及新媒体长期合作译者，幻想文学作品散见于《科幻世界》《世界科幻博览》《九州幻想》等刊物。曾荣获"全国优秀科普作品"奖及全球华语科幻星云奖"最佳翻译小说"银奖。

她 的回答

Q1 "科幻"对于你来说意味着什么？（或者换个说法：它与你的生命发生过怎样的关联？）

妲拉： 回顾最初，科幻对我来说只是一个爱好，但人到中年回头去看，却发现我的一生已经和它密不可分。我的爱人是一名科幻作家，我的挚友里面可能有一半是因为科幻而结缘认识的，现在我也从事着和科幻有关的工作，不知不觉间，当初播下的种子已经长成了参天的藤蔓。可以预见，科幻还将陪伴我走过人生的下半场，生命中能有这样一个贯穿始终的主题，我觉得我很幸运。

Q2 想像一下平行宇宙里的另一个自己，你觉得她在从事什么职业？

妲拉： 我想，平行世界里的另一个自己可能是一名火箭工程师。我的世界线曾经出现过那样的分岔，只是最终我走向了另一条道路。希望在另一个无法触及的世界里，她能比我更勇敢、更快乐地工作和生活。

Q3 你最喜欢自己的哪一部作品，为什么？

妲拉： 现在挑选出来进入选集的这一篇，就是我最喜欢的自己的作品。其实这个故事已经是十多年前创作的了，以我今天的眼光来看，它的文笔有那么一点矫情，但其中执着的理想主义光辉依然令我动容，希望它也同样能触动你。

徐彦利

　　我从未把自己定义为"女性科幻作者"，自我认同一直是"科幻作者"，有时还会特意将叙述主人公设定为男性，以男性化视角写作，如新作《我的老婆是机器人》。窃以为在作品中过度意识到自己的性别并流露出来，会影响作品反映的广度与深度。

徐彦利

她 的科幻处女作

徐彦利发表的第一篇科幻小说是 2000 年 7 月 15 日发表于《燕赵都市报》的短篇《最后的目击者》，为参加河北电视台主办的『外星人入侵』主题征文而作，获征文一等奖。

作品描写了地球受到外星攻击后幸存的最后一个生命——一只狗，通过狗的眼睛看到四周的环境与外星人的形态。

魔幻美人

徐彦利

试验室里的奇怪女孩儿

爸爸从来不让拉尔进自己的试验室。其实有什么呢，拉尔对那些乱七八糟的瓶瓶罐罐、五颜六色的药水和奇形怪状的装置一点儿都不感兴趣，他的志向是成为一名画家，用线条和色彩来描述世界，那是一种更加奇妙而绚丽的语言。拉尔的绘画技巧已经相当高了，而且他有一种罕见的天赋，只要曾经过目的东西便能牢牢记在脑子里，并准确无误地将其复现在纸上。只要有一支画笔一张纸，他就可以画出任何看到过的东西。可是现在他不得不去试验室找爸爸了，因为爸爸已经在试验室待了整整 24 个小时，隔断了与外界的一切联系，连电话都打不进去。拉尔知道，如果没人打断，爸爸是绝不会主动出来的，他工作起来简直就像疯了一样，不吃不睡，忘记疲劳、忘记休息，只要还没有累倒在地上，就会一直手脚不停地工作。这简直令拉尔和妈妈大伤脑筋，他们要时时留意爸爸在试验室中待的时间，为他的健康担心。

厚厚的门没有上锁，只是紧紧地关着，拉尔小心地推开，里面静悄悄的，听不到爸爸的自言自语。爸爸有一个顽固的习惯，那就是一边工作一边不停地小声嘟囔，不知道的人还会以为他在跟谁说话呢，但这次却雅雀无声。偌大而空旷的试验室布满了奇奇怪怪的容器和器材，连名字都叫不出来，让人觉得冰冷异常，有一种压抑的肃穆与神秘。拉尔心里蓦然感到很不舒服，他故意大喊了一声："爸爸！"没有人回答，继续往里面的内室走去，他不小心碰落了一只烧杯。杯子滚到地上，发出清脆的爆裂声，拉尔觉得有些莫名的恐惧。里屋依然没有人，但在桌旁却用好大一块蓝布盖着什么东西。拉尔犹豫了一会儿，终于还是好奇心占了上风，咬咬牙一下子把它揭了起来。

竟然是一个女孩儿！她静静地躺在玻璃柜中，紧闭双眼，面容苍白而憔悴，金黄的头发有点儿散乱，瘦弱而单薄，似乎禁不住衣衫的负累。拉尔大吃一惊，这儿怎么会有一个女孩子？她是死的还是活的？爸爸要用她来做试验吗？做什么试验？还没等他进一步走上前去仔细端详。爸爸粗大的声音炸雷一样传过来："是拉尔在里边吗？快出来！不是说过不让你随便到这里来吗？""休息，休息，妈妈说你需要休息。"拉尔结结巴巴口不择言地说着，飞快地把布盖回去，三步并作两步地向外走。"以后别来了，看你弄掉的这个烧杯，知道里面是什么吗？我刚刚研制出来的记忆药水，这下又得重新来，至少要两天时间。"爸爸的眼神喷怪而慈祥。

晚上，拉尔久久不能入眠。试验室那个女孩子一直在他面前晃来晃去。美丽而忧郁的脸，苍白的嘴唇，纤细的手指，眉宇间似有无尽的心事。她到底是谁？她怎么会在那里？爸爸要拿她怎么样呢？拉尔越想越想不出个所以然来，怎么也睡不着，索性跳下床，拿起案头的画笔和纸，疾速地在上面涂抹勾勒。几分钟后，女孩儿的样子栩栩如生地出现了。拉尔把她贴在床头，认真打量。越看越有一种奇怪的想法，她一定有什么苦衷，一定有非凡的经历。"无论如何也要搞明白！"拉尔暗暗地对自己说。

以后的几天，拉尔一直找机会跟爸爸套近乎，问他最近在忙什么。"咦？你怎么开始对我的工作感兴趣呢？你以前从来不问的。"父亲笑呵呵地说，脸上一副坦然的样子。"您不能泄露一点儿吗？我现在觉得自然科学有时候也很有意思。""你竟然对科学有兴趣了，真出乎我的意料。不过这也很好，哪天我找个好的老师帮你从头补起吧，先从一些基础的科学知识开始。""不用不用，我只是随便说说。"爸爸笑着摇了摇头，表示这早在他的意料之中。"我过几天要去博茨瓦纳，据说那儿最近有一些奇异的生命现象，有好多国家派科考队去了，说不准什么时候回来，也许要很长时间，也许根本是谣传。你在家好好学习，照顾妈妈，听到了吗？还有，别进我的试验室，记住了？"博茨瓦纳？拉尔心中感到一阵狂喜，但他拼命忍住了，命令自己小心掩饰，做出无所谓的样子，不让一丝笑意在嘴角绽放。"我会的，爸爸，您也要注意身体。"

想进入爸爸的试验室可不是件容易的事，如果不是爸爸自己忘记了锁，谁都不可能进去。因为锁会自动识别指纹与血型，还要输入密码。血型没问题，爸爸和自己都是O型，密码也不难，拉尔是知道的，妈妈曾经不小心透露过，是爸爸妈妈各自的生日加结婚纪念日。可指纹怎么办呢？这着实让人费脑筋。然而什么也难不倒拉尔，先从电脑中调出爸爸的指纹档案，再把它COPY到仿真皮肤材料上，然后移植到自己手上，六小时后便与自己的皮肤合二为一，遮盖住原先手指的纹路，如果不用超强浓度的消除液清洗，是不会下来的。一切就绪，拉尔开始了自己的计划。他会不会成功呢？那个神秘的女孩儿又是谁呢？

起死回生

用什么词语来表达如愿以偿后的感觉呢？现在恐怕只有拉尔自己知道了。他的心怦怦地跳着，激动得手都有些颤抖，费尽心思弄开试验室的锁后，他终于又坐到了女孩儿的身边。和第一次见面一样，女孩儿依然静静地躺着，一动不动，看不出她有呼吸或者别的什么生命迹象。拉尔很想把手放到她的鼻子下面，看看她到底是死是活，然而不把玻璃柜打开是不行的。于是他小心地把上面的密封条一一揭开，密封栓也挨个解下。可是盖子好重啊，以拉尔运动员的体力都有些费劲。他咬紧牙关，一点一点地挪动着，手上蹦起了青筋。终于将厚重的玻璃盖子挪到了一边，然而还没来得及把手伸向女孩儿，拉尔猛然发现女孩儿的衣服开始碎裂，发出轻微的声响，脸上的肌肉也起了莫名的变化，在慢慢地变少、变干，有的地方还起了疱疱。天啊！这是怎么回事？莫非她一定要在密封的情况下才能完好无损？是不是空气腐蚀了她？拉尔懊悔万分，为自己刚才的冲动自责得要死。他手忙脚乱地去拽那盖子，却又拖拽不动，于是急切间他奔上前去，不料脚下一滑，栽了一跤，顺势将旁边一个堆满瓶瓶罐罐的桌子狠狠地撞了一下。这下可不得了，那些瓶瓶罐罐摇晃着稀里哗啦掉下来，正好砸到了女孩儿的身上。瓶里的各色药水洒到桌子上、地板上，发出吱吱的响声，一股无法容忍的刺鼻气味荡漾开来，而且大量的烟雾随之弥漫，呛得人睁不开眼。拉尔再也忍不住，夺路而逃。

好后悔啊！仰躺在床上，拉尔沮丧万分，该怎么向爸爸交代呢？那些药水，那些洒到东西上会吱吱作响的药水，一定有强烈的腐蚀作用，现在恐怕它早已把那女孩儿化为灰烬了。自己也太莽撞了，什么都不懂就胡乱行事，现在好了，一切都完了。爸爸的责罚还在其次，他的试验也可以不管。可那女孩儿呢？即便她是死的也不应该得到这种下场吧？自己真笨啊，真是罪无可恕。拉尔一刻不停地骂着自己，可是不管怎样，总要先把试验室弄干净吧！唉，总要打扫一下现场吧，先回去看看再说！拉尔扯过墙上的防毒面具，脚步沉重地走向试验室。

烟雾已渐渐散开，但还没有彻底干净，地上一片狼藉，碎玻璃到处都是。拉尔小心地找干净地方下脚，一步步走向柜子。就在这时，他听到一声微弱的咳嗽，尽管很低很弱，但还是清清楚楚地听到了，她活着！她居然活着！是那些药水使她复活的吗？咳嗽声越来越响，听得出对方的喉咙很难受。拉尔转身去找水，女孩儿已经坐了起来，依然瘦弱单薄，但气色却好了许多，她身上那件衣服却早已看不出款式，褴褛不堪，一条一条挂着，还沾满了各种颜色。看到戴着防毒面具的拉尔，她大惊的样子，眼睛睁得像铃铛。拉尔摇着手，比比画画地表示自己毫无恶意，但女孩儿并不理解，依然精神紧张作防范状。"对不起，都是我不好。你现在感觉怎么样？你是谁？你从哪儿来？你怎么会在我父亲的试验室里？"拉尔摘下面具源源不断地说出他心底的疑问。

女孩儿嘴里发出一种拉尔根本听不懂的声音，完全是另一种语言，原来她不会说英语，这可有些麻烦了。拉尔指指端来的水，示意这是给她喝的，并自己先喝了一口，让她放心。女孩儿犹豫地接过来，先用手蘸了一下，说了句什么，然后小心地喝下去，并把手放在胸口上。拉尔看得入了神，好奇心也越来越强。她好像在遵循着一种什么礼仪，与祭祀之类的事有关。现在要紧的是带她离开试验室，这儿根本不是生活的环境，而且她需要食物、衣服和舒适的床来休息。但不管拉尔怎么想尽方法表示，女孩儿都弄不懂他的意思。没办法，拉尔只得找了笔和纸，在上面画了床、食物和衣服，并画了一颗大大的心，指指自己的胸口。看到心，女孩儿好像一下子明白了，信赖地看看拉尔，将手伸了过来。夜幕的笼罩下，拉尔拉着女孩儿的手悄悄溜回自己的房间。

看得出来女孩儿很兴奋，她似乎从来没见过床、没见过书、没见过电视，更没见过马桶。总之她对屋里的东西都感兴趣，到处摸摸动动，不时发出哇哇的叫声。看着拉尔用刀叉往嘴里送食物也要大笑，她是直接用手抓的，在换下那套破衣服时，也不知道回避。拉尔想：简直单纯得可怕，她到底是干什么的呀？拉过她的手，反反复复写着自己的名字，Lall，然后指指自己。女孩儿似乎明白了他的意思，在拉尔的手中画了一座山峰，又在山的顶端画了两条线，指指下面那一条又指指自己。"这叫什么名字？"拉尔依然摸不着头脑，不知道该如何称呼。"算了，我就叫你依美吧。"拉尔在她手中写下 Imy，又指了指她。女孩儿笑着点点头。

这真是个聪明绝顶的女孩儿，她学语言的速度让拉尔感到惊异。不到一周的时间，她已经大体能听懂拉尔的话了，还会说"我要喝水""我吃饭""我困了"之类简单的话。只要拉尔说过的话，并且她也能明白其中的意思时，都会牢牢记住拉尔的发音，并反复说上几遍。拉尔充分发挥了他的绘画才能，一张一张地画，并指着画上的东西教她发音。开始的时候是一些实物，太阳、月亮、人、树、鸟，后来就画一些情景，比如感谢、对不起、气愤、后悔等。当床前的画堆到拉尔的头部时，女孩儿已经可以自由地用英语与拉尔交流了。

阿伽部落的咒语

我们的部落叫 Aga(简称"阿伽")，在森林的深处。我们打猎，捕获独角羚、犀牛，还有野猪，也种些粮食，比如玉米和一种叫 Milen 的甜菜，有时候捕海龟，潮水退去的时候，岸上会有很多海龟和螃蟹，用芭蕉叶裹着来烤，味道非常鲜美。

我们有自己的语言和文字，只不过不同于你们的字母，它是一种象形文字，直接模仿物体的形状，经过世世代代的演变发展逐渐成熟起来。我们信奉太阳神，它潜入我们每个人的心里，保护着我们。无论干什么，祝贺、祈祷或者表示感激时，我们都会把手放在胸口上，表示对太阳神的尊敬。我的父亲是阿伽部落的首领，人们尊称他为"最高的山峰"，称我为"山峰上的公主"。我们有许多巫师，巫师在部落中的地位仅次于首领，可以分到更多的食物，遇到耕种、收获、战争与祭祀祖先这些事都会由首领与巫师一起来主持仪式。后来巫师的数量越来越多，并慢慢分为不同的帮派。为了控制局势，父亲决定让我学习巫术。于是从很小的时候我就开始学习预言、魔法、占卜、星相之类的知识。一个老师的知识学完之后，就跟随另一位老师学习，直到把部落中每位巫师所会的东西都学会。这时我已经长到 18 岁，他们给我起了新的名字——"魔幻美人"。父亲再不用担心因巫师太多而使部落内部有争斗，因为我已经可以控制局面，他们所会的我全都掌握了。比如求雨、卜算猎物的出没地、预见战争的胜负等。

有一天，出现了奇怪的事，几个妇女去地里收割甜菜，发现地里零零星星地少了一些，而又不像野兽践踏的样子，是被一棵棵拔去的。仔细看时，发现那些没有甜菜的空地组成了一朵奇特的花的形状，于是跑来告诉我，让我占卜一下。我吃了些魔树叶子，用太阳石算起来，然而结果却让我大吃一惊。石头组成的图案明明白白地告诉我，有人要入侵了，而且他们来自天上。我当时不明白这到底是什么意思，还想是不是太阳神来拿走属于自己的祭品呢？战战兢兢了几天，没有任何事情发生，我们以为只是虚惊一场，完全可以放心了，然而我们错了。

他们是坐着一种会飞的花瓣状的东西来的，从天上慢慢掉下来的，那种花的图案和甜菜地里的一模一样。他们的身材要比我们高大，相貌难以形容，脸部很平，没有什么突出的器官。皮肤有点像树，很粗糙，说着我们一点儿也听不懂的语言。他们乱嚷了一通，搬出来许多东西，都是我们闻所未闻、见所未见的。他们把这些东西堆放在一起，又喊了些什么，然后依然坐着那会飞的东西走了。我们十分害怕，不知道这是些什么人，是否是神仙，也不知道他们遗落的东西是什么，对我们有利还是有害。父亲严厉地命令族人不许靠近那东西，以防有不测发生，并且与大家商议是否需要离开这片土地，迁到其他的地方。

还是有小孩子忍不住好奇上前碰了那些东西。后来碰过的小孩子得了奇怪的病，昏迷三天后，醒了便有了一系列稀奇古怪的表现。他们不再需要进食，而且力气很大，远远超过成年人，一个七八岁的男孩可以扛着一棵粗壮的树飞跑。他们常常仰望天空，像在等待什么。父亲试图把这几个孩子关起来，然而木槛根本就关不住他们，他们轻轻一拨便能走出来。为了保障部落的安全，父亲决定将这几个孩子处死。当父亲为他们做完祈祷准备拔出刀时，天上那种奇怪的花形飞行物又出现了，我们四散奔逃，忘了被捆绑的孩子。他们走了下来，轻轻解去绳索，将他们一个个带走，一个个领进那花形的东西里，然后又迅速地飞走了。

我们感到了巨大的危险，不搬家已经不行了。于是收拾行装，带好必要的生活用品，开始了长途跋涉。后来我们来到一片高地上，那里同样可以种植，还有一种从未见过的树，树上的果子长得比人头还大，结得很多，压弯了枝条，而且十分好吃，完全可以当作粮食，我们就称它为"太阳神树"，那果子就叫作"太阳神果"。也许是太阳神在庇护我们吧，我们不但没有饿死，而且过得越来越好。父亲带领大家不分日夜地大量种植"太阳神树"，整个高地很快就遍布了这种树。我们的生活又恢复了平静，那时候我的魔法已经很灵了。我的预言从来没有落空过，哪怕是一件小事，而且我还学会了变物，就是让一种东西变成另一种东西，把太阳神果变成海龟，把玉米变成草鞋，把头发变成一把锋利的刀。父亲渐渐老了，他想把首领的位子交给我，由我带领整个部落。

然而那帮人还是找到了我们，不管我们走得多远，似乎他们都能轻而易举地找到我们。这次他们还带来了上次带走的那些孩子，那些孩子已经能够熟练地用他们的语言说话了。他们让孩子走近我们，用我们的语言喊着"我们是来救你们的，跟我们走吧，我们那里有一个更好的世界，有所有你们想要的东西。"我们拿着长枪和刀，时刻准备反击。然而他们没有过来，静静地看着我们待了好长时间，略显失望地要离去。我躲在树丛中，当时嘴里嚼着大量的魔树叶子，我念着咒语冲那花形的飞行物施展魔力，使尽了全身所有的力量，我要让那扇门永远不能开启。

继续讲述

我的法力应验了，那扇门真的再也无法开启。他们反反复复尝试着要打开，但都失败了。我看着他们焦急地走来走去，毫无办法的样子，心中十分高兴。现在，不是他们侵略我们，而是我们要让他们臣服了。部落里的女人们兴奋地把我扔到空中，大声喊着"太阳神保佑魔幻美人，保佑伟大的最高的山峰"。我们决定不再搬家，要看看他们最后的下场。

第二天，又来了一朵更大的会飞的花瓣，下来更多的人。他们在一起说着什么。因为隔得太远，只能看到他们激动地比画着，我看见被救走的那几个男孩儿大声说着什么，还不时用手向我们这边指着，仿佛在向他们解释因何门会打不开。然后他们一起朝这边走过来。"我们要魔幻美人，要她解除魔法。"男孩们在那些人的授意下这样说。"做梦去吧，哪怕我死也不会的。那扇门永远都不会开，你们回不去的，而且我还要诅咒你们所有的门都不能开。"我跑向村里，想找更多的魔树叶子，以加大魔力，把这些坏蛋统统打败，让他们再也回不去，再也不敢染指我们的生活。被救走的男孩儿们拼命大叫着，仿佛告诉他们不要让我跑回去，否则后果不堪设想。于是几个人冲上来，拼命抓住我，拖向刚刚飞来的这朵花瓣的门口，我被强行推到里面。就在他们把我拉上去的一瞬，我诅咒了这扇门，让它再也不能开启。虽然口中的魔树叶子不多，但魔法依然起到了作用，这扇门紧紧地关闭了，如同第一扇一样无法开启。他们再不能进来，然而当时我还没有想到，我自己也不能出去了。

透过窗子，我看到部落的人慌乱地四下逃跑，我被捉的事使他们感到前所未有的恐惧。要知道，如果魔幻美人都无能为力的时候，那真的是世界末日了。没有人留下来救我，包括我的父亲。这我能理解，因为他要带领整个部落的人迅速离开这个是非之地，那么多人的性命要比我一个人的性命重要得多，而且以他的力量是根本无法解救我的。我看到那些入侵我们的人在外边转来转去，束手无策，这让我稍稍感到一些欣慰。

不知为什么，在这个花状东西里时间过得特别慢，因为我可以清楚地看到窗外树的生长、萌芽、开花、结果、落叶都快得出奇，一个画面接着一个画面，而原来我在外面的时候，它们是那么缓慢，绝不可能在瞬间依次出现。那些入侵我们的人慢慢变得衰老，有的人已经走不动路了，瘫在地上，他们围成一堆，然后又走向树林，不知道去干什么，途中有几个步履艰难的人再也支持不住，倒在地上，很显然，他们是老死的。

在这里我的魔法再没有起过作用，我不知道是什么使我失去了魔力。平时的时候即便没有魔树叶子我也能占卜、能施法术，然而现在不行了。当我掏出太阳石准备算一算父亲他们的安危时，这些石头莫明其妙地失去了光泽，没有了那种通透的灵气，而且再也形不成图案。它们成了一堆普通的石头，我则成了一个没有武器的士兵。我试着把屋里的东西变成我所需要的，比如太阳神果，然而不行，所有的咒语都不灵了，仿佛我与土地和空气隔绝之后，再也无法恢复魔力。是土地和空气给予我的魔力吗？当我被阻隔在另外一个时空时，我就不再具有它们给我的力量。

看着窗外草青草黄、花开花落，不知过了多少年，而我却依然年轻。我感觉不到疲劳和饥饿，虽然从上来之后就没有吃过任何东西。时间在无意义地溜走，无事可干，百无聊赖中，我轮番按动着一个台子上的按钮，无意中，我竟然学会了驾驶，可以让这朵花飞起来，也可以让它降下去，然而每每飞到很高时，我立刻就让它落下来，我不要飞到他们的世界，那是一个可怕的未知领域，我宁死也不要去。就这样开着它转来转去，不知道去了多少地方，也不知道过了多少时间，我彻底绝望了。要知道没有人说话，没有人一起生活的滋味，而且，你甚至不能感觉到饥饿，那真是一种令人欲死的沉闷，最后，我按下了唯一一个没有试过的按钮，我希望自己能够死去。然而我的手刚刚抬起来，便有一种气体缓缓地飘过来，让我觉得好困，再也支持不住就躺下睡着了。当我醒来的时候，你出现在我面前，你戴的防毒面具让我害怕，我还以为见到鬼或者妖怪了呢。我不知道自己是从哪儿来，也不知道后来又发生了些什么事，我只想知道我的父亲和我的部落，他们现在还好吗？

依美靠在床边，美丽的眼睛一眨不眨地盯着拉尔，仿佛想从他的脸上找到答案。拉尔也睁大了眼睛，她说的故事简直就像神话，不，不是"像"，简直就"是"。什么魔树叶子、诅咒、被诅咒的门、能够让时间凝滞的莫名飞行物，它怎么可以赋予人无尽的能量和青春，还有那些显然是外星人的人。依美竟然用古老的魔法把那些外星人置于了死地，真是不可思议。这难道是真的吗？两个年轻人对视着，彼此想着心事，都不知道说些什么才好。

重回阿伽

拉尔和依美对坐着，两人谁也不说话。依美沉浸在对往事的追忆中，拉尔则陷入了沉思。许久之后，依美忽然说："拉尔，你可以送我回阿伽吗？我真的非常非常想念家乡和亲人。"她抬起美丽洁白的脸庞，大颗的泪珠正从脸颊上滚滚而落。"可是你在地球的哪儿呢？比如说哪个洲？具体的经度和纬度？"依美摇了摇头。"我不知道，认识你之后我才知道我们是生活在地球上，地球又是这么广大。"拉尔闭着眼想了想，忽然说："你能不能记起家乡的特产？也就是只有你们那里才有，而别的地方没有的东西。我们可以到网上查一查，或许能什么意外的发现呢！""特产？我说不好。我们那里有海龟、独角羚，有魔树、太阳果，还有特别好吃的甜菜……这些算吗？""算，算，你慢慢说，等我把它们的样子画下来。"拉尔冲到书桌前迅速拿起纸和画笔。

两个人坐在地上，依美仔细回想并描述着，拉尔则尽力快捷准确地捕捉依美形容的样子，随即在地纸上灵巧地勾勒着，然后又让依美看，不像的话就反复修改反复擦拭，直到她觉得和自己见过的一模一样才罢。两人画了一张又一张，那些翠绿的蔬菜、机敏美丽的独角羚霎时跃然纸上，呼之欲出，拉尔的绘画天赋在这个关键时刻帮了很大的忙。几张之后，拉尔打开电脑，将图画依次输入，然后搜索相似的图片记载，并查看图片的来源。一次又一次地对比之后，两人大致锁定大洋洲一个叫查斯加斯的小岛。只是关于这里的记录都是来自一个探险队的科考成果，而并没有关于当地住民的任何情况，也就是说这个小岛上目前来看根本无人居住，也没有任何关于阿伽部落的信息。去还是不去？去的话要怎样去？现实的问题摆到了面前。依美目不转睛地看着电脑里的图片，仿佛感到了家乡空气中的咸湿，泥土里童年的味道，这种感觉遥远而切近。真想插上翅膀，瞬间飞到那梦绕魂牵的地方。"放心，我一定带你回去。"拉尔使劲点了点头，表示他已经下定决心，不会食言。

这是一段漫长之旅，所有能坐的交通工具都坐了，飞机、轮船、火车、汽车、人力车，甚至还有马车，加上数不清的艰难跋涉。郁郁苍苍的树林、铺满鹅卵石的海滩，到处都留下两个年轻人的足迹。真的是太远了，远得令人难以置信。衣服刮破了，脚走肿了，脸上布满尘土和汗水，然而谁也没有喊累，用坚强的意志支撑着双腿向前迈动。越向前路越难走，然而依美也越来越兴奋，眼前的风物渐渐熟悉起来，高大的芭蕉树与鲜红的米子花唤起了沉睡心底的乡情。到了到了，这就是梦寐以求的家乡啊！那些族人是否依然呢？前面出现了一个被绿树覆盖的青翠小丘，依美突然站住了，她左右打量着，然后突然大声喊起来："拉尔，拉尔，这就是太阳神山，山上的树就是太阳神树！"拉尔止住脚步看着面前的小丘，确切地说它根本算不上山，实在是太低了。山上的树也很平常，没有依美所说的巨大果子，只有几个拳头大的果实稀稀疏疏地挂着，看上去很青涩。这就是依美形容的天堂一样的阿伽吗？

拉尔回过头来，看到依美突然盘腿坐在地上，将两手的中指和拇指捏在一起，嘴轻微地动着，似乎念念有词。正想问她这是做什么，拉尔忽然觉得身后的背包猛然一沉，再一看，包里的衣物、日用品没了，代之以满满一包沉甸甸的石头。"拉尔，拉尔，我的魔法回来了！哈哈……"依美尖着嗓子大叫，似乎这还不能表达她的喜悦，她索性脱下鞋在地上跳起舞来。依美灵活的舞动，充满了旺盛蓬勃的生命力，真的是太美太美了，拉尔都有些看呆了。"原来我只有回到这片土地才能找回魔法，离开这儿就不灵了，现在你信了吧？"跳累了的依美倒在地上，大声喘息着。拉尔已是目瞪口呆："真是神奇，让人不可思议。老师一直告诉我们这个世界根本没有什么灵异现象，没有魔幻和占卜，所有的神秘都是人不理解自然造成的，是自欺欺人的结果。""我不懂你接受的教育，我只知道，我们阿伽人有神赋的力量。"

　　顺着小丘的西侧再向前行，依美试图寻找当年失事的地方，也就是她被锁在花瓣状飞行器的旧址。然而已经无法准确找到老地方了，那一带满是杂树和茂密的草丛，四周除了令人烦躁的炎热之外一点儿声息也没有。"看来你们的家族凶多吉少，我们还是回去吧。""我能去哪儿？这儿就是我的家。""可是这儿已经没有人生存了，你一个人会有危险的，听我的话，跟我一起回去吧。我们可以找爸爸帮忙，让他告诉我们从哪儿发现的你，你的族人又在哪里，不是更好吗？他一定会帮你的，你要相信我。"依美绝望而留恋地凝视着低矮的太阳神山，默默不语。也许没有更好的办法，只能这样了。心有不甘的依美顺手拔了一段细细的草茎，向它吹了一口气，默念几个词，草茎化作一个小小的绿色海龟在掌心蠕动着，她将它轻轻放下，然后看它消失在草丛深处。

　　两人正准备沿着来路返回。依美又大叫一声"等一下"，转身跑进太阳神树林。出来的时候，她所有的衣袋与背包都已装满了青绿的太阳神果。"我有好长时间没吃过了，好想吃啊！"依美拿起一颗张开嘴就咬，但是没嚼几口便大声啐到地上，"怎么这么苦？不应该是这样的啊。"话虽如此但还是心有不甘，再拿出一个，再咬，然后又不得不吐到地上。已经不再是原先那种甜美可口的味道了，依美摇摇头不由地叹了口气，说道："我们走吧。"几步之后，依美猛然想起什么似的大声说，"拉尔，别向左拐，那里有毒蛇。"拉尔一惊："你怎么知道？"依美淡淡地说："你忘了，我会占卜的，而且百试不爽。"拉尔下意识地向左边一瞟，一条粗大的黑红相间的长蛇正迅捷向前游去。"好险啊！"拉尔倒吸一口凉气，后背已渗出汗迹。

谜与谜底

　　爸爸终于回来了。他既没有责怪拉尔擅闯实验室，歪打正着将依美救活，也没有责怪他自作主张地去查斯加斯，而是一个劲儿地询问关于依美家乡和阿伽族人的事，还将依美说的话记录为影音文件，以备查阅。等到依美大致讲完后，爸爸才开始讲述他所知道的情况。

两个多月前，一个国际性科考研讨会上，有位非洲专家宣布他们在原始丛林中发现了一个神秘的舱型棺木，里边躺着一位年轻的土著女子，神态安详。发现棺木的科考队怀疑那是一种奇特的埋葬方式，但却无法断定棺内是什么人，埋葬者又是谁。从外部观察，舱体设计极为科学合理、严密精致，其密封程度远远超出我们当前的水平。通过遥感探测仪还发现，舱内充斥着一种罕见的气体，其性质极不稳定，但却有极强的防腐功能，可以使死者的尸体千年不腐。这种气体在几十万米内的地球空间是绝不存在的，而且它常与其他气体结合。科考队想象不出什么人有如此先进的技术可以分离出这种不稳定气体，并将它注满整个舱体空间而毫不泄露。因为无法破解谜团，所以科考队将舱棺交由研讨会处理，研讨会又委托我全权调查。当时这属于绝密性研究课题，所以我再三嘱咐你不许随意进入我的实验室。

通过翻阅大量资料，我断定棺中女子绝非非洲人，而是来自遥远的国度，根据其穿着与脖颈上的羚角装饰，大致推断应是热带雨林深处的原住民。至于为什么流落到非洲，目前我还不能拿出有说服力的证据。所谓舱棺其实也并非埋葬死者的器具，而是一种非常先进的飞行器，其时速可达 30 万光年左右，绝对不是我们现有航天技术所能达到的。国际科考协会公布了我的一系列论文后，这一话题迅速成为当年考古界最受关注的焦点，科考界对死者的死因及飞行器的来历众说纷纭，猜测不一。后来我准备开舱进一步查看，却一直担心它会因突然暴露在空气中而氧化破碎，所以开舱工作迟迟没有进行。直到有一天，女孩儿嘴里突然流出一种黑色液体，然后舱门随之悄然自动开启。我当时正在旁边，大吃一惊，随后以最快的速度将女孩儿抱入密封玻璃柜。现在才明白，舱门的打开是魔法自动解除的结果，女孩嘴里流出的黑色汁液是她昏厥前吞进的魔树叶子。在魔力世界在与理性世界的相持中，失去了它的效力。这是原始地域以灵异、神秘、直觉和感性为思维方式的失败，在外星生物先进、发达科技面前的力所不敌。

依美听得目瞪口呆，似乎不能理解拉尔爸爸的意思。她唯一关心的是父亲和族人的安全。"可是，您能否告诉我，我的亲人们都在哪里？我晕厥之后，他们去了哪儿？""依美，我们化验了你掉落的衣物碎片，从其分子结构的变化来看，你出事的确切时间距现在已经近两千年了，我想你的族人早已不在了吧！而且两千年间，大洋洲地区多次发生地震与火山喷发，除这些地质灾害之外，还有一些不明原因的生物变异现象。也许，是因为外星人降临带来的后果吧！植被与生物都发生了不同程度的异化，还有一些本土物种的消失与新物种的诞生。不过你是幸运的，如果当初不是你按了那个释放罕见气体的按钮，也不会跨越如此漫长的年代到了今天。这有点儿像《林中睡美人》的神话，只不过不同的是，你的奇迹依靠的是科学，而睡美人依靠的却是魔法。"依美神色黯然，看得出她依然不愿意接受亲人已逝的现实，但太阳神果何以不再甘甜如初的原因却终于破解了。"我们现在还不能推断那个能够制造尖端飞行器的星球，但可以肯定，他们的科技发展与文化水平超出我们何止千年。"爸爸沉默了，沉浸在他漫无边际的科学遐想之中。

很久不说话的拉尔开口了："爸爸，那些坐着飞行器来的外星人到底是来做什么呢？侵略地球还是考察地球？""对于那些外星生命，我们现在一无所知，2000年过去了，连尸体都已经完全风化不见，所以很难推断它们的真正目的。宇宙中的生命都在不停地相互探索，探索其他生物的存在方式，探索其他生物与自己的异同。也许再过若干年后，我们的科技也能发达到制造尖端飞行器，那时候完全可以去其他星球游历探险。""可是爸爸，您能否给我解释一下，为什么依美能够拥有魔力，懂得占卜和预言，甚至将草根变成海龟。而我们现在的世界却不再有这样本领，任何魔幻之类的故事都会被认为是无稽之谈呢？"爸爸沉思良久："这是一个很难解释的问题。其实对于世界的理解，并不存在唯一的途径，自然出现在人类面前的脸孔，也绝非一张，对真理的认知完全取决于人们的某种群体性思维，是思维创造了真理，而不是真理创造了思维。阿伽族的原始生活使他们与自然更相通，这种相通超越了我们的理解。而我们眼前的社会崇尚科学，科学又重塑了这个社会。我们是通过认识与掌握规律来达到对自然的理解，从实践到理论，再用理论指导实践，而不是像他们一样仅通过感官与自然接触。也许我的话不能十分准确地解释你的问题，但是我想说，阿伽族的魔幻是存在的，这是事实。我们当今的世界却没有任何魔幻存在，这也是事实。"拉尔摇了摇头，表示他不能完全理解。"以后你会明白的，但要等到你长大。"爸爸慈爱地看着拉尔。

"我应该回到家乡去。"依美自言自语着。爸爸站起来说："依美，留下来吧！也许我们会找到阿伽族的后裔，也许他们为了躲避灾害逃到了其他地方，慢慢找一定会找到的。只是我们需要你留下来，你对我们太重要了。"爸爸诚恳地说，拉尔也用挽留的神情注视着依美。"依美，你是阿伽族永远的公主，永远的魔幻美人，为了你的后人们请留下来吧！"依美微微笑了，这是拉尔第一次见她笑。那样灿烂明媚，像一朵宁静的雪莲在脸上轻轻绽放。透过她超凡的美丽，拉尔似乎看到查斯加斯茂密的太阳神树，他想，那些太阳神树在2000年前肯定能结出人头大的甘甜果子，这件事，绝对是真的。

她 的简介

　　徐彦利，河北徐水人，山东大学文学与新闻传播学院中国现当代文学博士、中国科普作家协会会员、中国科普作家协会科幻创作研究基地学术委员，现为河北科技大学文法学院中文系系主任、副教授。

　　自1998年起发表作品，出版长篇科幻小说《奇幻森林历险记》一部，文学研究著作《先锋叙事新探》《中国当代小说主潮》《中国当代小说流变史》《中国科幻史话》等。自2000年起至今，担任《少年发明与创造》杂志《科幻城》栏目特约撰稿人。目前已发表科幻小说及各类文章400余篇及漫画脚本《潘北北的幸福生活》《神奇的糖糖果果店》等。曾获第八届和第九届全球华语科幻星云奖科幻电影创意奖、中国科普作家协会2017年科普作品评论活动优秀作品奖。2019年《心灵探测师》获第十届全球华语科幻星云奖少儿中长篇金奖，专著《中国科幻史话》获非虚构作品银奖。

她的回答

Q1 如果要在一座荒岛上独自生活一周，你会带上哪一本书？为什么？

徐彦利：带上《红楼梦》，因为这是我认为将浪漫主义与现实主义完美结合在一起的伟大著作，无论结构、情节、语言、人物等均无可挑剔，细节勾勒别具匠心，并能发人深省，充分体会生命的意义并自觉走近哲学的一本好书。

Q2 "科幻"对于你来说意味着什么？（或者换个说法：它与你的生命发生过怎样的关联？）

徐彦利：从我发表第一篇科幻作品至今已持续写作20年，几乎每个月都有作品发表。科幻是我存在的一种方式，它让我更好地认知世界与自己。如果没有科幻，我的人生将失去大半的自信、动力与希望。

Q3 你最喜欢自己的哪一部作品，为什么？（请不要回答"最喜欢下一部作品"）

徐彦利：长篇喜欢《奇幻森林历险记》，中篇喜欢《我的四个机器人》，因为写作这两部作品时灵感较多，且有强烈的现场感与投入感，出版或发表后自己还曾多次阅读，觉得还不错。

钱莉芳

　　我不太在意自己作为作者的性别，就像我看别人的书也不看作者的性别，只看内容精不精彩。

钱莉芳

她的科幻处女作

作为历史老师的钱莉芳，非常善于书写历史题材的科幻作品。她第一部科幻小说出版于 2003 年，名为《天意》，是一个以韩信为主人公的历史科幻长篇。

故事讲述秦末汉初，群雄逐鹿，空怀经天纬地之才却埋没民间的淮阴少年韩信，因缘际会遇到一名神秘黑衣人，称可借助神力帮韩信崛起，条件是只要韩信答应与他做一场交易。历史的车轮不断转动，秦始皇、刘邦、项羽、张良纷纷走进权力纷争的核心，身处其中的韩信发现，这王朝更替与权利交织的背后，竟有一股神秘未知的力量在操纵。

飞升

钱莉芳

一

当守卫的郎中告诉汲黯，皇帝飞升了，汲黯第一个念头是，这次怎么弄出了个这么可笑的理由？

汲黯知道，自己是个不讨喜的人，皇帝看见他的人影就头疼，更衣如厕、偶感风寒、堕马伤足……都曾被皇帝拿来做拒绝见他的借口。

但这次，当几位户郎、骑郎众口一词赌咒发誓说皇帝真的是飞升了，汲黯才发觉事情不对劲。

高大空旷的寿宫中，似乎有种诡异的气息。

殿内四壁画满了云气与天地诸神，微微飘动的绀帐中，泰一、大禁、司命众神巍然屹立，每尊神像前，祭具一应俱全，正中对着泰一神的一张玉案上盛陈酒食，案前地上是六重六彩绮席，席上凌乱地摆放着皇帝的通天冠、七尺剑、白玉双印、虎尾絢履。

汲黯冲上前去，捧起通天冠，真的是皇帝的！

汲黯的手微微发抖。

"怎么回事？"他问，"陛下是怎么不见的？"他当然不会相信什么飞升的鬼话，从皇帝召见那些方士起，他就力谏过多次，到后来大张旗鼓在这寿宫中请神，他的谏书已经写废了两支笔。

几名侍卫正惊惶不定地聚在一起窃窃私语，见汲黯问话，面面相觑了一会儿，汲黯直接指着其中一人，道："张郎中，你说。"

郎中张安世依言站了出来，尽量镇定地道："回右内史，事情是这样的，当时我们都在殿外，陛下有严命，祭神时所有人都不得在场，后来，像是真人降临了，我们隐隐听见……"

汲黯一震，道："真人？什么真人？"

张安世道："听说叫'泰一真人'，是上个月开始显灵的，我们都没有看见过，不过陛下已经见过真人两回……哦，连昨晚是三回了。"

汲黯身子一晃，以手扶额，过了一会儿才道："你继续说。"

张安世道："昨晚，真人降临后，我们听见陛下好像和真人说了一会儿话，再后来，陛下的声音忽然大了起来，似乎喊了句'真人慢走！'声音听起来好像有些急切。我们担心有什么差池，便不顾陛下命令，推门直入。然后，我们就看见……"

就看见……"

汲黯道："就看见什么？"

张安世吸了一口气，道："我们看见……殿中弥漫着不知从何而来的白色雾气，很浓，绝不是熏炉中出来的那种。而陛下已经不在绮席上了，但……但在席上方七尺左右的地方，有一双穿着锦袜的足在向上升起——那是陛下的锦袜。我们惊呼一声，一齐向前扑去，但是晚了，陛下双足已消失在雾气中。"

汲黯死死地盯着张安世的眼睛。

年轻的侍卫眼中只有惊恐和迷惘。

"去廷尉府，请张廷尉来！"汲黯吩咐道，"还有，这里发生的事，暂时先别告诉任何人。"

张安世道："为……为什么？这么大的事，如果不报三公九卿，只怕……"

汲黯沉声道："若是陛下真的成仙，报喜也不差这一天两天，万一是有人谋逆，能干出这事的人，所图必大。我不知道那人是谁，到底想干什么，但陛下若真的不在了，太子年幼，谁会成为辅政？只怕你要禀报的人，就是巴不得陛下不在的人。"

"右内史是欲置我于火上啊！"廷尉张汤蹀进寿宫，叹道，"宫中又不是我的执掌范围，廷尉府无兵无将，只会审案，不懂抓人，何况还是抓个连面都没见过，不知是人是鬼的东西！成了，是逾越本职；败了，是粉身碎骨。右内史还真是给我找了个好差事！"

汲黯道："现在陛下生死不明，郎中令、卫尉又随大将军出征匈奴，事急从权，你廷尉府决天下疑狱，我相信你一定……"

"你相信我？"张汤意味深长地笑笑，仰起头打量着寿宫中的各种陈设，道，"这次你倒相信我？'深文巧诋，居心叵测。'这八字评语我还记得呢。"

汲黯正色道："不错，我厌恶你以烦琐的律条株连杀人，但眼下这个大案，只有你有能力来破。你我的宿怨先放一边，陛下的安危要紧。你儿子安世也是此次随侍诸郎之一，追究起来，他也逃不了干系。所以我相信，没有人比你更迫切地想查出真相。"

"唉！"张汤叹息一声，撩开帷帐，逐个叩击观察着神像，道，"当年你在陛下面前咒我'擅改高皇帝律法，迟早断子绝孙。'看来真要被你说中了。"

汲黯有些窘迫地道："那是一时激愤之语，况且廷尉口才亦不弱，也尝数于御前辱我。现在事情紧迫，还望廷尉不要拘一时恩怨，以大事为重！"

张汤点点头，翻查着各种祭具，自嘲地笑笑，道："谁能想到，你我两人有一天居然能联手办案，说出去只怕没人能信吧？"

半天过去后，张汤的神色渐渐凝重起来。

最后，他的视线停留在殿中的六彩绮席上方，也就是诸郎一口咬定皇帝飞升的那个位置。

"梯子！"张汤道。

一架竹梯被搬进殿内，张汤将竹梯一头靠住上方高高的梁柱，顺着竹梯爬上，仔细看着每一根梁柱和斗拱。

汲黯道："怎么样？"

张汤慢慢爬下竹梯，道："到处是一层薄灰，看不出有人动过的迹象。"

"什么？"汲黯不信，攀上竹梯也查看了一遍，终于也沮丧地下来。

室内地面的砖石已被撬得东一块西一块，满地狼藉，汲黯指挥众人拆解着顶层的屋瓦。每一个郎官都忙得满头大汗、灰头土脸，但没一人偷懒懈怠。

如果找不到皇帝，所有人都会被处死。

随着时间一点一滴流逝，希望也越来越渺茫。他们近乎绝望地做着最后一点努力，仿佛多撬一块砖、多凿一堵墙，都可能给自己增加一分存活的机会。

天色渐暗，张汤脸色阴沉地坐在玉阶上，一语不发。

事情超出了他的预料。

他原以为，这只是皇帝的一出恶作剧，就像他年轻时突然甩开随从，纵马到南山游荡；或者像新垣平、李少君之事，是某个方士的新把戏。

然而皇帝到现在还不出现，只能说明一点：真的出事了！

"这样下去只怕把寿宫拆了也无济于事！"汲黯忧心忡忡地在张汤身边坐下，道，"陛下肯定不在这里。凭空而来，凭空而去，那……那人到底是怎么干的？"

张汤烦躁地道："我不知道！我连他叫什么都不知道！那鬼物叫什么？太……太什么？"

汲黯道："'泰一真人'。"

张汤皱眉道："'泰一真人'？泰一不是天神吗？怎么又叫真人？"

汲黯摇摇头，道："我也不清楚。对了，我们试试去问一个人，也许他会知道一点。"

张汤道："谁？"

汲黯道："淮南王。不过，最好不要让他知道陛下失踪了。"

张汤道："为什么？"

汲黯沉默了一会儿，道："我不放心这个人，他父亲在文帝朝谋反过，而且他是陛下的叔父。"

张汤道："厉王谋反时他才7岁，汲内史想太多了。如今淮南王招贤士、治文章，是诸王中最风雅的，陛下和他还很谈得来。舞文弄墨的人，图的是名誉，不是权力。我倒是担心，祸在宫墙之内，还记得当年那起巫蛊案吗？"

鸿宝苑的七宝高台之上，一位鹤发童颜的紫衣老者援琴而歌：

"明明上天，照四海兮。

"知我好道，公来下兮。

"公将与余，生羽毛兮。

"升腾青云，蹈梁甫兮。

"观见三光，遇北斗兮。

"驱乘风云，使玉女兮……"

歌声恬淡，琴音古雅，如风掠远山，雾起深谷，闻之使人沉浸其中，物我两忘。

一曲终了，余音绕梁，许久，张汤方赞道："大王此曲，真是令人神往。敢问大王，是否真的遇到过歌中所述的升腾青云的神人？"

那紫衣老者正是当今皇叔淮南王。淮南王微微一笑道："廷尉说笑了，寡人若遇此神人，此时也不会在这里与两位坐而论道了。"

张汤点点头，道："是啊，若能登九霄、观北斗、驱风云、使玉女，世间还有什么不能舍弃呢？王侯之尊亦如浮云耳。"

淮南王点头道："廷尉所言极是。"又转向另一边的汲黯道，"久闻右内史精通黄老，想来更知个中滋味。"

汲黯欠身道："惭愧，当年窦太后好黄老，在下时为太子洗马，不过趋附流俗读了点皮毛，于清静无为之说稍有心得，但神仙黄白之术，在下实是一无所知。大王博通古今，学养深厚，正有些疑问要向大王请教。"

淮南王笑道："不敢当，右内史有事只管问，不过寡人不敢保证一定答得出来。那部《鸿烈》，不少篇章是我门客所撰，寡人不过附于骥尾，冒领虚名罢了。"

汲黯道："大王过谦。请问大王，'真人'到底是什么意思？"

淮南王道："混沌既开，乾坤始奠，而后方有人类万物。若能返归太初，自有形归于无形，是为'真人'。"

汲黯道："那么，'真人'的神通很大吗？"

淮南王点点头道："混沌未分的状态，才是世间最强大的，孕育着所有的可能，包含着各种方向，大不可极，深不可测。当混沌分为禽、兽、虫、鱼等各种生命，便彼此隔绝，不能返归其宗。禽兽需要呼吸，鱼虾不能离水，各种生命都有着重重禁区，时刻面临死亡的威胁。这其中唯有人是万物之灵，或有万一的希望，超脱于这种命运，那便是天赋异禀之士，经过修炼，或服食仙丹，重回到混沌无形的状态，成为水火不侵、无所不能的'真人'。可是这种机缘，又是何等罕有？当年秦始皇求仙，自称'真人'，便是希望能达到那种境界。可终其一生，耗费巨万，一无所得，可见真人之难求。"

汲黯听得有些恍惚，摇了摇头，才道："请问大王，泰一神有'真人'之号吗？"

淮南王微微一笑，道："'真人'者，太一初始未分者也。可以说，各方神明之中，泰一才是最有资格用'真人'这一称号的。"

张汤插口道："我不懂什么黄老道术，不过我想向大王请教一件事，凡人是否真有过修成'真人'的？"

淮南王笑道："自古修仙得道之士不知凡几，只不过这些人既然选择修道，自然淡泊名利，隐匿深山，不为人知。这也是证明修道有效的难处啊！成功的例子都无从宣扬，而不成者倒比比皆是。"

张汤道："大王说这些修道之士不为人知，是因为他们淡泊名利，可在下以为，如果修道真的有效，自古至今必然有几个无可置疑的真实事例流传下来。譬如帝王公卿，人皆瞩目，一旦得道，谁不知之？可是恕在下愚笨，实在想不出有什么史书记载过真实的重要人物得道成仙的事例。"

淮南王道："哦，因此你不相信世上真有得道成仙之事？"

张汤道："如果有，大王可能举出一例？"

淮南王哈哈一笑，道："还要我举吗，刚才你们自己已经提到他了。"

张汤诧异地道："提到谁了？"

淮南王大笑道："轩辕黄帝啊。难道黄帝不是名动天下？难道黄帝不是在群臣面前乘龙升遐？哦，对了，据传黄帝升天之后，成为五帝中的至尊，正是你们刚才问的泰一神。怎么样，廷尉对道术可还有什么怀疑的？"

张汤张了张嘴，一时说不出话来。

汲黯道："黄帝的事，太久远了。百家言黄帝，各有各的说法，荒谬离奇，何足为训？"

淮南王捋着颏下清须，道："呵呵，那你可难住寡人了。修道本就不是一件容易的事，道者，幽冥玄妙，存乎一心，千万人未必有一二得之者。自三皇五帝以来，帝王一共才多少人？而为帝王者，五音充耳，五色寓目，以致感知麻木，比常人更不容易接近道之本源，能有一个黄帝成功，已经是罕有的机遇了。足下难道非要异人遍地、神仙塞衢，才肯相信世上真的有得道成仙的事吗？"

两人向淮南王告辞时，淮南王似笑非笑地道："有意思，你们今天聊的事，和陛下这段时间召见我问的，几乎一模一样。莫非以骨鲠敢谏闻名的右内史和不信鬼神只信刑律的廷尉，也想走燕齐方士的路子了？"

张汤与汲黯互视一眼，张汤道："敢问大王，除了这些，陛下还问过其他什么事吗？"

淮南王想了想，道："陛下问我，黄帝飞升之事，除了直接的记载，可有其他旁证？"

张汤道："那大王认为有吗？"

淮南王摇摇头道："寡人暂时想不起来。陛下的疑心病真重，不过，确实比你们问得更聪明。一个传说，如果只有单一的直接记录，未必可靠，但若能在与此无关的史事中找到旁证，那倒十有八九是真的了。"

张汤道："淮南王的话，你信吗？"

汲黯低着头想了想，道："黄帝升遐之事，确实传得很广，我想，总不会是完全无中生有出来的吧？"

张汤嗤笑道："那你相信龙须草真是那几根龙髯变的？"

汲黯摇摇头，道："人性多喜添油加醋，许多传说，最早都有一个真实的核，我们不能拿那些后世附加的夸张细节来否定最初的真实。"

张汤道："那你说，黄帝之事，到底哪些是真的，哪些是假的？"

汲黯道："我不清楚。不过我刚刚想起，据传黄帝乘龙上天时，在昆台之上留下了冠、剑、佩、舄。怎么这么巧，这次陛下留下的也是……"

张汤一怔，沉思片刻，道："我不知道陛下请来的到底是神是鬼，但我知道，有些人是会玩役使鬼神的把戏的。"

汲黯道："谁？"

张汤没有回答，顿了一会儿，道："也许我能用一个饵把这人钓出来。"

二

冯太平迷迷糊糊睡醒的时候，已是天光大亮，只不过他看不见。

这间牢房没有窗户，从他进来到现在，都没见过阳光。他不知道时间，只是从狱卒换班的次数估计，自己进来已经有十多天了。

身上的伤口还火烧火燎般地疼痛，当然，比前几天好多了。冯太平叹了口气，偏过头继续趴在散发着霉味的草席上，努力思考着出去后该到哪里混口饭吃，以便将注意力从身上的疼痛转移开去。

"哗啷啷"一阵响，牢门打开，一群人一拥而入。两名狱卒先冲到他身边，一左一右把他从地上提了起来。冯太平身上的伤被牵扯得一疼，"啊"的一声，道："你们干什……"

身后有人一脚踹向他膝弯，冯太平不由自主地跪了下去，身后那人又一把抓住冯太平的头发，往下一扯，冯太平的面孔随之仰起。

这时，冯太平便看见了两个衣饰华贵，显然是高官模样的人。

张汤道："右内史看怎么样？"

汲黯看着冯太平的脸：这是一个憔悴的 30 来岁的男人，凤目，剑眉，直鼻，薄唇，脸色苍白，几绺散乱的头发落在面前，掩不住眼神里的恐惧。

慢慢地，汲黯的神情从震惊转为狐疑，缓缓地将目光转向张汤。

"你什么时候开始找人的？"汲黯将张汤拉到一个角落，低声道。

"一个月前，"张汤坦然而平静地道，"安世告诉我，陛下见到真人了，而殿内除了陛下什么人也没有，那时我就想找个饵了——我要是不逮住这个'真人'，我儿子迟早被这个'真人'害死！16 天前，我总算找到了这个人。正巧，高矮、肤色、五官一模一样，连声音都很相似……"

汲黯眼睛死死地盯着张汤，沉声道："我怎么知道你没有别的心思？"

张汤叹了口气，道："当年你我御前相争，你辩不过我，便骂'刀笔吏曲法阿上，深文巧诋，迟早不得好死。'还记得吗？"

汲黯脸色一白，道："记得。"

张汤笑笑，道："其实你骂得很对，自古酷吏鲜有善终。我只是不想自己死得太早而已。"

汲黯的心狂跳起来，双手不自禁地在袖中暗暗握紧，明知这样其实无济于事。

"我这廷尉府杀过多少公卿大臣，已经算不清了，"张汤轻声道，"恨我的人太多了，多到只要有一丝一毫的机会，他们就会把我撕成碎片……有些事，总要有人干，陛下需要一把刀，我正好符合他的需要……所以，我比谁都需要陛下万寿无疆。陛下活着一天，才有我一天的命。这人最多也就能冒充个三四日，我只希望能在被发觉之前救出陛下，也就救了我自己。"

汲黯的心跳慢慢平复，随之长出了一口气。

张汤看了他一眼，忽然笑道："你在想什么？以一个刑徒长年累月冒充一国之君，然后借以控制朝局？你把我想得也太有能耐了吧。老实说，我还怕他长得太像，不要生出什么妄想，或被人利用，特意先杖了他六十。廷尉府的刑杖，满五十就得留一辈子的疤，这下你总放心了？"

汲黯怔了怔，遥遥看了眼那脸色苍白的囚徒，道："犯的什么事？"

"盗长陵胙肉。"张汤道，"八成是饿昏头了。"

冯太平一辈子没见过这么多的珍馐美味：炙鸡、熬豚、鹿羹、腊兔……还有许多样子完全不认识、滋味却极美妙的食物。冯太平只吃得汤汁淋漓，十指油腻，他知道那两名高官已经走了进来，正在他对面看着他，但他决定不理那两双越瞪越大的眼。偷了一块肉，就被打得死去活来，现在这两人要他做的事搞不好会没命，索性做个饱死鬼，倒也不亏了。

"好了，"冯太平感觉羹汤险些从嗓子眼里溢出来，才停下手，打了个饱嗝，心满意足地道，"终于饱了，有什么事？"说着将黏糊糊油腻腻的双手往锦绣深衣上一抹。

张汤怒气冲冲地走到冯太平面前，扬起手来。

"廷尉想干什么？"冯太平歪着头道，"好像你们现在正要靠我这张脸来办事吧。"

张汤的手停在了半空中。

"不就是传了顿饭，哦，膳嘛。"冯太平无所谓地道，"我把他们都遣走了，吃相没人会看见。再说，饿着肚子怎么干活？要学陛下总得中气足一点吧！张汤，不得无礼！"

冯太平最后那一句话的声音和之前嬉皮笑脸说的截然不同，那是充满了权力的威严的声音，隐含着帝王的愤怒。

张汤被那句话听得一惊，向汲黯互视了一眼，随即两人脸上浮起一丝喜色。

冯太平却松了一口气，复又笑道："瞧，你当冒充贵人是天大的难事，啰唆半天没完没了，其实摆架子吆喝人是世间最容易的事了，你们这些养尊处优的贵人来冒充我这种贱民才是最难的事呢！廷尉，你会在街头行乞吗？"

张汤盯着他看了一会儿，道："你做得很好，不过，你最好放老实点。这里是宫里，不是你那槐里县的陋巷。不该你做的不要做，否则我迟早跟你算总账！"

冯太平伸了伸舌头，道："嗬，我还能活到你跟我算账的那一天？那可谢谢廷尉了。我还以为你们一破完案就会给我一杯鸩酒呢。"

张汤心头一凛，表面镇定地道："胡说八道！当赏则赏，当罚则罚，你不犯事我要杀你干什么？你少自作聪明。"说罢拂袖而去。

汲黯却注视着冯太平，若有所思，过了一会儿，道："冯太平，你念过书？"

冯太平道："没有，粗识几个字而已。"

汲黯点点头道："我看你虽是平民，倒还聪明，遇事反应也快。这次你若帮我们查明这个案子，救驾之功，自有赏赐。如果你愿意入仕，我也会向陛下力荐。"

"别别，"冯太平双手直摇，"我只想有口饱饭吃，不想当官。当了官，要么不要良心，要么不要命，可我两个都要。"

汲黯一皱眉道："你说什么？！"

冯太平向外一努嘴道："那位张廷尉，杀过的人都该死吗？我蹲的那间牢房，墙上至少七八十个'冤'字。汲内史你倒是直言敢谏，可民间都说天子差点要杀你好几回了，是这样吗？"

汲黯叹了口气，道："有些事，没有你想得那么简单。"

冯太平道："所以我就不去想喽。对了，现在我该干什么？"

汲黯拍了拍冯太平的肩膀，道："装病。"

"你觉得这样能把真凶钓出来？"冯太平好奇地摸着盖在身上柔软异常的锦绣复衾，问旁边的张安世道，"天子不是在寿宫失踪的吗？怎么让我躺在这里装病？"

张安世皱眉道："你的话怎么这么多？不装病，难道去上朝？你还是老老实实躺着，别再弄出什么意外。查案的事，我父亲和汲内史会办的，不用你操心。"

冯太平叹了口气，道："兄弟，我不是操心你父亲，是操心我自己。你父亲有本事把任何人拷问成凶手，可现在失踪的是天子，他那些本事，怕是无用武之地。我就怕时间一长，朝中大臣起疑，最后我这个小人物被你们当垫背的，那可真是死无葬身之地了。"

张安世瞪了他一眼，道："你偷的是长陵的胙肉吧？本来就罪该弃市，现在给你个机会戴罪立功，还有那么多废话？"

冯太平撇了撇嘴，道："一堆俎余肉，送给你们这些当官的，你们也不会要。百姓饿得半死，拿了一块就该杀头，什么世道！"

张安世道："事已至此，你现在和我们是绑在一条船上了，少怨天尤人了，要是找不回陛下，我和我父亲一样会死，也许比你更……"

"皇帝！你给我出来！"殿外，一个暴怒的老妇的声音猛地响起，两人都是一惊。

"大长公主，"张汤的声音道，"陛下偶染微恙，现在需要休息，有旨意，谁都不得……"

"啪！"的一声脆响，随之那老妇怒道："滚！你这个狗仗人势的东西！皇帝，我有话问你……"

这世上居然有人敢打张汤？冯太平嘴角露出一丝幸灾乐祸的笑容，看了眼旁边的张安世，才一抿唇勉强克制住，低声道："谁？"

张安世还没来得及回答，温室殿高大的殿门已被一根拐杖顶开，随即一个遍身绮罗的老妇颤巍巍走进殿内，张汤捂着脸跟进来道："请大长公主止步，陛下现在真的圣体欠安，不宜……"

张安世把复衾给冯太平盖上，同时迅速在他耳边低声道："是窦太主，别说话。"

老妇走到冯太平的帷帐外，瞪视良久，才道："你到底要将阿娇折腾到什么地步才罢休？"

冯太平缩在复衾中一动不敢动。

窦太主？皇帝的姑母？糟了！如果她非要揭开被子来看，会不会看出躺在里面的不是自己的侄子？

就算她不看，可她现在问的是怎么回事？

阿娇就是被废的陈皇后，这个他知道，卫子夫斗败陈皇后的故事已经传遍街头巷陌，"生男无喜，生女无怒，独不见卫子夫霸天下"，是人都会哼两句。民间最喜欢津津乐道的就是这种贵人倒霉、贫贱得志的事了。可那位陈皇后不是已经废了好多年了吗？现在又发生了什么？

"大长公主，"张汤在窦太主身后开口道，"那两人是臣带走的。"

窦太主猛地转身，盯着张汤。

张汤道："陛下这次染病有些蹊跷，望气者说，宫内有蛊气，伤了圣体，所以……"

窦太主向张汤逼近一步，道："所以你认定是我女儿干的？"

张汤道："查的不只是长门宫，各宫宫人都有被带走查问的。陈皇后身边臣只带走了两名宫人，有些宫里……"

"跪下！"窦太主怒喝道，"我是先帝胞姊，今上姑母，你有什么资格站着跟我说话？"

张汤犹豫了一下，跪了下来。

"谁不知道你是怎么'查'的！"窦太主冷笑道，"三木之下，何求不得。7年前你查巫蛊，最后把阿娇身边300多人全杀了！张汤，这些年夜里你有没有做过噩梦？皇帝想废我女儿，你就'恰好'查出她搞巫蛊设祠祭。真是一条好狗，叫你咬谁就咬谁！"

张汤跪在地上，脸色发白，衬得左颊那几道指痕格外明显。窦太主的愤怒他早有准备，只是在一个刑徒眼前受此折辱，让他有些恼火。

"太主，"张汤镇定地道，"各宫臣都在查，如果长门宫的人没做过，廷尉府不会无故加罪。臣或曾用刑过度，但都是确认有罪才会用刑，到现在还没有一位夫人美人来问臣要过人，唯有太主前来兴师问罪，不知让外人看来，是何观感？"

"陛下，"窦太主不去看张汤，却忽又转向帷帐，声音缓和了点，"我知道你对阿娇成见很深，她当年年少气盛，确实做了不少错事，可是平心而论，一个女人，因为夫君喜欢上了别的女人而愤怒，难道是天大的罪恶吗？况且你已经幽禁了她这么多年，也该够了吧。"

张汤道："太主，现在还没有证据证明一定是宫人施蛊，但如果其他各宫查过都没事，只有长门宫的人没查就被要回去了，岂非反而对太主和陈后不利？"

"你若怀疑阿娇，"窦太主继续对着帷帐道，"直接去问她就是了，何必总拿她身边人下手？张汤只是揣摩你的旨意，先入为主，穷追细故，最后总能查出他想要的'真相'。陛下，我就这一个女儿，就当姑母……姑母求你了，放她一条生路吧……"话未说完，窦太主竟泪痕满面地跪了下来。

"张廷尉，"帷帐后一直安静的"皇帝"忽然开口道，"放人吧。"

张汤勃然大怒，猛地站起来道："不行……"

窦太主吃惊地回头，脸上露出难以置信的表情。

温室殿里鸦雀无声，室内的空气像是停止了流动。

时间一点一滴地流逝。

张汤慢慢跪了下来，尽量让自己的声音显得正常："陛下，事关重大，还是……"

"张汤，"帷帐中人沉声道，"朕的话你没听清吗？！"

那声音听得张汤、张安世、窦太主俱都一惊。

张汤一双手在袖中握紧又放开，放开又握紧，最终努力克制着道："是，谨奉陛下诏。"

窦太主离开后，张汤立刻从地上站起来，疾步向前，一把扯开帷帐，掀开复衾，一脚踹向冯太平。

"很好玩是不是？"张汤一边踢一边怒吼道，"我警告过你，除了装病，什么都不准做！你敢跟我玩花样？！"

冯太平用手抱着头躲闪着道："别，别，哎哟！我不是故意坏廷尉的正事，实在是廷尉查错了人……"

张汤停下脚，道："你说什么？"

冯太平揉着臂膀苦着脸道："我虽然不知道那陈皇后是美是丑、是圆是扁，不过想想她也不会是凶手。既然一直关着，怎么到寿宫去动手？再说，陛下若好好活着，她好歹还算是陛下的女人，害了陛下，她能得到什么？难道换个皇帝再来封她当皇后？"

张汤注视了冯太平一会儿，道："汲内史说得不错，你果然很聪明。"

冯太平咧嘴一笑道："不敢……"

"知道为什么叫你装病吗？"张汤道，"陛下失踪了，这事除了我们，只有凶手知道。谁非要强行见驾，谁就极有可能涉嫌……凶手一定想知道，为什么他劫持了圣驾，宫里还有一个？"

冯太平张开的嘴一时合不拢了。

张汤道："还有，你知道陈皇后当年为什么被废幽禁吗？她跟一个女巫学巫术，在陛下饮食中下蛊！"

<h2 style="text-align:center">三</h2>

深夜，冯太平倾听着那远处隐隐传来的琴声。

过了一会儿，一阵略带忧伤的歌声伴着琴音响起：

"夫何一佳人兮，步逍遥以自虞。

"魂逾佚而不反兮，形枯槁而独居……"

借着朦胧的月光，冯太平顺着那乐声慢慢向前走着。

"愿赐问而自进兮，得尚君之玉音。

"奉虚言而望诚兮，期城南之离宫。

"修薄具而自设兮，君曾不肯乎幸临……"

幸临个屁！冯太平心想。男人喜欢上别的女人，你就想杀了他，哪个男人敢"幸临"你？

"雷殷殷而响起兮，声象君之车音。

"飘风回而起闺兮，举帷幄之襜襜。

"桂树交而相纷兮，芳酷烈之阊阖……"

苑囿中桂花树的香气在月色下弥漫，倒是恰好合了那歌中意境，可惜冯太平无心欣赏。

那歌词他听不太懂，也不想听懂。他只想问那个女人，到底用的什么法子，把皇帝弄到哪里去了？

冯太平很清楚，皇帝若是驾崩，自己也就死定了。皇帝若是活着，自己或许还有一线生机。

"心凭噫而不舒兮，邪气壮而攻中。

"下兰台而周览兮，步从容于深宫……"

"砰！"冯太平在走完一条甬道后被一道不知是门槛还是什么东西绊了一跤，重重地摔倒在地。

这可真够"从容"的！冯太平懊恼地暗想。

"谁？"两名巡逻的郎卫喝问着冲了过来。

冯太平狼狈地从地上爬起。

"啊，是……是陛下？"那两名郎卫目瞪口呆。

冯太平道："我……咳，朕要去长门宫，带路！"

两名郎官先是一愣，随即应道："是，陛下！"

"白鹤嗷以哀号兮，孤雌跱于枯肠。

"日黄昏而望绝兮，怅独托于空堂。

"悬明月以自照兮，徂清夜于洞房。

"援雅琴以变调兮，奏愁思之不可长。

"案流徵以却转兮，声幼眇而复扬。

"贯历览其中操兮，意慷慨而自卬。

"左右悲而垂泪兮，涕流离而从横。

"舒息悒而增欷兮，蹝履起而彷徨。

"揄长袂以自翳兮，数昔日之㲻殃。

"无面目之可显兮，遂颓思而就床。

"抟芬若以为枕兮，席荃兰而茝香。

"忽寝寐而梦想兮，魄若君之在旁。

"惕寤觉而无见兮，魂迋迋若有亡。

"众鸡鸣而愁予兮，起视月之精光。

"观众星之行列兮，毕昴出于东方。

"望中庭之蔼蔼兮，若季秋之降霜。

"夜曼曼其若岁兮，怀郁郁其不可再更。

"澹偃蹇而待曙兮，荒亭亭而复明。

"妾人窃自悲兮，究年岁而不敢忘。"

琴声戛然而止。

陈皇后抬起头来，注视着宫门口的那个人。

"你终于来了？"陈皇后淡淡地道。

冯太平震惊了。

眼前这女人，明眸皓齿，蛾眉如画，美艳不可方物，一身锦绣灿烂的襦裙，黄金步摇一爵九华，眼中却一副漫不经心的疏淡样子，和那些故作矜持实则炫耀的贵妇不同，那是真正自幼在富贵中长大，见惯了财富如山才能养成的淡然。

冯太平被这美妇人的艳光逼到一时不敢直视，垂下眼道："你……你琴弹得真好。"

"这要感谢你，"陈皇后抱起案上瑶琴道，"我自幼喜欢音律，做了皇后荒废了。现在待在这长门宫，长夜无聊，反倒有空重拾旧技。"

冯太平道："陈皇后……"

陈皇后本已站起来向内室走去，忽地回头："你叫我什么？"

叫她什么？叫错了么？总不能叫她废后吧？以前皇帝叫她什么？

冯太平心念急转，想起窦太主的话，尝试着道："阿……阿娇。"

陈皇后面色微微缓和，继续向前走去，道："我还以为你什么都忘了。"

冯太平快步跟上道："我想问你一些事。"

进入内室，陈皇后放好瑶琴，掀开熏炉炉盖，拨弄了一下炉中香料，道："问什么？"

问什么？冯太平犹豫了。你有没有用巫术把皇帝弄走？

真的是她干的吗？万一不是，自己这么问，岂非多出无数是非？

一股淡淡的清香渐渐弥漫了内室，冯太平的心也随之放松下来。

也许自己来得太莽撞了？

或者，问问她7年前那件事是怎么回事？是不是别的什么人嫁祸给她？如果能查出来……

"如果你想问7年前的事，"陈皇后拿起一只玉壶、两只耳杯，向冯太平走来，道，"我只能告诉你，我不后悔。"

冯太平道："为……为什么？"

"为什么？"陈皇后放下耳杯道，"为了让你再也不离开我，我愿意付出任何代价。当然，我没想到，为了两枚雀脑，你关了我7年……"

"雀脑？"冯太平奇道，"你说什么……雀脑？"

陈皇后提起玉壶，在两只耳杯中各注入了一些带着浓浓的桂花香气的浆水。"雀主相思，楚服说，丙寅日把这和着酒给自己的男人服下，便可日思夜念，永不分离。可惜，那天的酒太淡，你又不喜欢雀脑的味道。罢了，今天这不是酒，只是普通的桂浆，我自己做的，喝一杯吧。"

冯太平闻到那扑鼻的芬芳，咽了口口水，摇摇头道："我不渴。"

陈皇后端起耳杯小啜了一口，微笑道："其实我想了7年才明白，相思不相思并不重要，重要的是，你害怕爱我。所以，就算给你服了雀脑也没用，也许更糟，你会杀了我以免后患。"

冯太平觉得脑子里有点晕，道："什么？我……我为什么会杀了你？"

陈皇后又轻啜了一小口，道："现在还装什么呢？先帝和太皇太后都不喜欢你，你是我母亲出力才得以立为太子的。这是一桩交易，你当皇帝，我当皇后。外弟，你真的很聪明，那时你那么小，就会用一句'当作金屋以贮之'，让我母亲彻底放心。你也很小心，直到太皇太后去世，我母亲没有任何力量追回她给你的帮助，你才开始展现出真实的一面，把一个又一个女人带进宫。我那时真是愚蠢啊，大冷的天跳进太液池，居然想用死来换取你的哪怕一丝怜悯，结果只是换来了你的疏远和厌恶。当然，我现在明白了，你不是不爱我，而是根本不敢爱我——你怕爱上我便会被我母亲所掌控。你的不信任，把我一次次推向母家求援，而这又反过来证实了你对我的猜忌。其实，你想过没有，我是我，我的家族是我的家族，你为什么认定我必然会为了我母亲而危害你的江山呢？我母亲生了我，可是我也可以成为你的孩子的母亲啊！"

　　她在说什么？冯太平觉得脑子更晕了，哦，从白天的情形看，窦太主大概过去是挺嚣张的，难怪皇帝讨厌她女儿……可是这女子这么美，也挺讲道理的，不像杀人放火的人……

　　"我曾经想杀了卫子夫，"陈皇后的声音听起来有点遥远，步摇上的黄金翡翠闪烁得冯太平的眼睛都有些睁不开了，"我以为是她夺走了我的一切。可是当我看到她本人，看到她那不算出众的容貌时，我才明白，她只是一枚棋子，一枚你用来羞辱我的棋子。所以我不再怨恨她，我只怨恨自己还没有足够好，能让你放下戒心，真正走近我、了解我……"

　　冯太平觉得自己身上有点燥热，同时眼皮却越来越沉，要命！怎么这个时候想睡觉了？不行！不能睡着，他还有很重要的事问这位陈皇后。怎么回事……桂浆……那桂浆……不对，自己并没有喝那桂浆啊……

　　"陛下为什么不肯饮这桂浆呢？"陈皇后放下耳杯，叹道，"熏香中的'长相思'，只有这桂浆能解。如果你能哪怕信任我这一回，那么今天你也不会失去对一切的控制。"

　　什么？！

　　不，不能睡着！会出事的……别过来……别……

　　"彻，你总是不肯信任我，到现在也是这样。"陈皇后轻轻勾起冯太平的下巴，"这么多年了，我一直记得你这双坚毅而又猜忌的眼睛，像一头受伤的困兽……哦，不对，你的眼神好像和以前不太一样了，怎么变得温和了？因为你现在已经得到了一切，没什么可担心了吗？好吧，我喜欢你现在的样子……"

　　金光灿烂的连枝灯被逐一吹熄，冯太平想伸出手去阻止，却一个指头也动不了，同时又浑身燥热，仿佛置身火炉般要燃烧起来……太闷热了……

　　一只手轻轻解开他的带钩……凉风拂过身体，稍微减缓了那难耐的闷热……不！不对！有什么地方不对……这是一个奇怪的梦……他怎么会在这里呢……廷尉府的大牢又黑又冷……槐里的草棚开始漏水……颠三倒四的梦……快醒过来！快！……会出大事的……雀脑有什么好吃的？那么小，肚子都填不饱……还是长陵的胙肉最香……唔，不是，最香的是另一种……柔软、祥和、温润……

从黑暗中醒来，冯太平慢慢地穿上衣服，巨大的恐惧渐渐随着衣服裹住了他的身体。

"你害怕了？"旁边一个冷冰冰的声音道，"害怕还敢干这事？"

冯太平在褥上摸索着玉带，摸到了一片黏湿，还闻到了一丝血腥气。

"你有刑伤，"陈皇后背对着她，正在逐一重新点起连枝灯，"谁让你假冒他的？"

冯太平一边发抖一边围上玉带："我……我不是故意的……陛下失踪了，为防人心大乱，张廷尉让我假扮陛下……"

金色的连枝灯又开始摇曳生光，陈皇后注视着灯光，道："在哪里失踪的？几天了？"

冯太平道："寿……寿宫，三天了。"

陈皇后浑身一震，低头叹息："这是他的致命伤，谁都不信任，却相信鬼神必然会给他带来好运。"

冯太平不敢接口。

陈皇后怔怔地看着灯火，过一会儿，道："算了，你走吧，在我想杀你之前。"

冯太平手忙脚乱地拿起地上的冠履，仓皇地向门外逃去，途中不小心踩到自己的衣角，又差点绊一跤。

"我只是……有点失望，"陈皇后的声音在他身后越来越低，"我原以为，等了那么久，他终于……"

"你去了哪里？！"张汤眼里要喷出火来，"真当自己是皇帝了？宫里是你能乱逛的？"

第一次，冯太平不敢抬头看张汤的表情。

"我……我想遗矢，"冯太平低着头吞吞吐吐地道，"这么多人看着，我……我遗不出来。廷尉恕罪，我已经……憋了三天了……回来时又找不着道，这里地方太大……"

"滚回去躺着！淮南王来探疾了！"张汤吼道，"这次你要敢乱说乱动，我宰了你！"

如果你知道到底发生了什么，大概现在就会宰了我，冯太平想。

淮南王只带了一名随从，显然是得知消息后匆忙进宫的，但和过去一样，紫衣高冠，清雅温文，颇有仙风道骨之感。

"听闻陛下染病，臣不胜忧虑，"淮南王行过礼后，坐下道，"前几日陛下还与臣畅谈古今、纵论仙凡，怎么忽然就一病不起了？臣手下有一些精通岐黄的门客，要不要试试让他们为陛下诊治……"

冯太平压根没有听淮南王的话，只躲在被窝里，努力将一只手伸进身后，悄悄摸索着那些旧伤。

张汤道："大王不必过于忧虑，太医已经看过了，陛下病得不重，只需静养数日便可康复。不过陛下目前嗓子有些不适，望大王体察。"

"哦，原来如此，"淮南王点点头道，"那老臣就放心了。陛下，上回您向臣垂询之事，可还记得吗？"

冯太平一皱眉，没有一处旧伤绽裂，奇怪，那血渍是怎么回事？

淮南王道："陛下问臣，黄帝飞升之事，可有何佐证？老臣回去后仔细想了想，现在终于可以回复陛下了。臣以为，三皇五帝的传承，即是明证。三皇者，伏羲氏、神农氏、女娲氏，出自不同氏族，互不统属，而自黄帝以下，五帝皆出一脉，颛顼、帝喾、唐尧、虞舜皆是黄帝子孙。陛下请想，上古并无宗法制度，所谓禅让，皆凭民望。是什么力量使当时的民众不约而同选择同一个氏族的人为首领呢？如果黄帝在众目睽睽之下飞升，那便很容易解释了——正是白日飞升的惊人之举，让当时的民众对轩辕氏产生了巨大的敬意，以致惠及黄帝子孙，在没有任何强迫的力量下，自愿世世代代推举他们为帝……"

"啊！"冯太平惊呼一声。

张汤情不自禁地向前一步，目中怒意隐现。

淮南王微笑道："陛下，臣的回答可能令陛下满意？"

满意？简直太满意了！他不但睡了皇帝的女人，而且那女人还是……

"嗯……很好……"冯太平昏昏沉沉地道，"咳，皇叔，那个……那个黄帝，有没有妻子？"

淮南王道："自然有。黄帝正妻嫘祖，有子二十五人，得姓十二。陛下何故有此问？"

冯太平道："嗯……人最亲近的无非妻、子，你说黄帝会飞升，怎么不带他的妻子一起上去？"

淮南王一怔，道："这……陛下所言甚是，臣虑不及此。或者黄帝妻子皆非

213

修道之人，以致无福与共吧。不过飞升之事，当非杜撰，否则，桥山陵何故徒以衣冠下葬呢？难道说黄帝一生功业赫赫，最终竟落得尸骨无存的下场吗？"

管他尸骨存不存，我反正肯定是性命无存了，冯太平心想，口中道："哦，谢皇叔赐教。"一抬眼间，瞥见张汤的表情，冯太平打了个寒战。

隔着帷帐，淮南王也注意到了那一下战栗，关心地道："陛下，还是让臣的从人为陛下诊个脉吧。臣这次带来的这位门客，祖上颇精医道，或可有助益于陛下。"

冯太平看了眼那淮南王的随从，道："好，那就多谢皇叔了。"说罢将手伸出帷帐。

淮南王的随从是个20来岁的年轻人，冠进贤冠，着一袭白袍，颈间系一领青緻，相貌清秀，举止沉稳，只是眼中幽深清冷，全无这个年纪应有的朝气。冯太平透过帷帐看着这人，心里升起一种奇怪的感觉。

白衣青年走近帷帐，行礼过后，跪坐于旁，伸出三根手指，搭在冯太平脉上。

冯太平把目光转到白衣青年的手上。

"恭喜陛下，"片刻后，白衣青年收回手指，道，"圣体不日即可痊愈。"

淮南王和他的随从走了。

张汤注视着帷帐，道："安世，给我拿根马鞭进来。"

张安世道："是。"

"喂，喂，你怎么动不动就打人？"冯太平的脸变色了，"这次你真的是冤枉我。这个淮南王有问题！陛下很可能在他手上！"

张安世走了进来，将一支马鞭交到张汤手里，同情地看了冯太平一眼。

"出去，把门关上。"张汤将马鞭卷在手里，向冯太平走去，"我说的话你都当放屁是不是？"

冯太平见势不妙，抱着头一边退一边道："别……等一等，你……你敢打我就喊了……"

张汤冷笑道："别逼我把你嘴堵上！"

冯太平绕着一根柱子躲着，道："廷尉，廷尉，你先听我说完，淮南王真的有问题！你去查那个门客，他是钳徒！"

张汤心中一动，道："你怎么知道？"

冯太平道："天还没冷到这种程度，他脖子里围那玩意儿干什么？我在民间和一些刑徒混过，做过钳徒的人，颈项会被铁钳磨伤。那些后来混得好的，为了掩盖旧伤，常常这样一年四季围个累赘。他的手也怪，又冷又硬，像死尸一样，会不会是哪个墓里出来的妖物？还有……还有……"

张汤道："还有什么？"

冯太平道："还有，你自己说的，谁来探视，谁就有嫌疑。"

张汤道："那为什么不是废后？"

冯太平道："因为……"

因为她根本不知道皇帝失踪了，还……冯太平张了张嘴，什么也说不出来。

"因为我根本就没做，"陈皇后的声音冷冷地道，"如果我想做，早在 10 年前就做了。"

张汤吃惊地回头，道："你……你不是在长门宫吗？怎么进来的？"

"有人好像第一次进宫，到处乱走，"陈皇后手里举起一块连着丝绳的玉印，道，"还把这个弄丢了。"

冯太平只想立刻一头撞死。

"你当然巴不得关我一辈子，"陈皇后对张汤道，"你是个疯子，眼睛里只有偏见，看不到真实。"

张汤盯着陈皇后："我不是无缘无故怀疑你，整个宫里，你是唯一一个有确凿证据干过巫蛊的。当年那个案子是不是冤案，你自己心里有数！"

"不错，楚服是我召进来的，"陈皇后十分干脆地道，"但我没有害人！陛下想以无子废我，为了得到一个孩子，我前后用了 9000 万钱，可惜没人帮得了我，只有这个女巫能给我一丝希望。如果一位皇后想怀上皇帝的孩子是大罪，那你倒是没有断错。"

张汤道："求子你该问太医，巫蛊是大忌，这是你自找的，没有人逼你。"

"太医？"陈皇后冷冷一笑，"太医若有这个本事，可以让乌白头马生角了。"说完像有意无意地瞟了冯太平一眼。

冯太平浑身的冷汗唰地流了下来。

张汤道："那现在你想干什么？"

陈皇后道："和你们一起，找出陛下！"

张汤道："我怎么相信你？"

陈皇后道："你不用相信我。这事背后一定有一股极大的势力，你需要一支人马救驾。现在郎中令和卫尉都不在，唯一能指望的只有中尉殷宏的北军，可是调动人马你首先需要陛下的亲笔诏书——我会仿陛下书。"

张汤道："你……你早就做好准备矫诏了？"

陈皇后淡淡地道："我和他一起长大，我们跟一个太傅学书，我代他写过，他也代我写过。他玩心太重，我代他写的字要多得多。"

张汤盯着陈皇后看了一会儿，道："我去拿笔墨。"

温室殿安静下来。

冯太平小心翼翼地道："陈皇后，那……那件事……会不会……"

陈皇后冷笑一声："你做都做了，现在怕又有什么用？"

冯太平低下头道："我不是怕自己会怎么样……他们叫我穿上这身衣服，我就知道八成是不能活着离开皇宫了，可是我从没想过要连累谁，现在你……"

陈皇后注视着冯太平，道："你自身难保，还关心我是死是活？"

冯太平吭吭哧哧地道："我……我在外面饥一顿饱一顿，挨打挨骂，这日子死活也差不了多少，可……可你那么……那么美，琴又弹得那么好，有得是好日子过……要是因为我这种人死了，我……我……"忽然鼓起勇气，抬起头道，"反正我总要死的，要是我说，是我逼迫你的，跟你无关，他们会不会放过你？"

陈皇后咯咯一笑道："有意思，想不到我陈阿娇有一天居然要靠一个刑徒挺身相护！"

冯太平满面通红，羞愤地道："算了，如果没用，就当我什么都没说。我迟早是个死，难道临死前还要高攀你这个贵人？"说完便站起来向外走去。

"站住！"陈皇后道，顿了顿，声音有些缓和下来，"我没有侮辱你的意思。不过，宫里的事情，没有你想象得那么简单。有人要你死，你解释也没用；有人要你活，你不解释也没关系。我也不是什么贵人，你是刑徒，我是废后，大家彼此彼此。我的日子，也没你想像的那么好，我只不过是住在一个金笼子里，只怕还没有你在外面自在。所以，不管以后发生什么，你也不用太往心里去，我失去的，不会比你更少。"

冯太平一呆，道："是……是这样吗？"

陈皇后叹了口气，轻声道："我和他，本来就是一个错误……他被他祖母和母亲挟制了十几年，恨透了外戚……他从不碰我，怕一旦有了孩子，立为太子，就永远受制于人了……人人都说我以无子被废，我能跟谁去说，这是他的原因？他让卫子夫有了孩子，让王夫人有了孩子……我百口莫辩……我其实很羡慕卫子夫,不是因为她现在做了皇后,而是因为她是有盼头、有希望的,就算出身奴隶,也可以努力去争取自己想要的,而我……"

说到这里,陈皇后有些说不下去了,背转身去,仰起头来,隔了一会儿,才道:"你刚才说我美,会鼓琴,其实那些都是没用的……我的命,再努力也改变不了……"

冯太平看着她的背影,脑子里忽然冒出一个连自己都被吓了一跳的念头。"我要是能活着出去,"他脱口而出,"一定想办法带你走!"

陈皇后吃了一惊,回过头来,看着冯太平。

冯太平话一出口,自知失言,懊悔地道:"算了,是我说错话了,我不自量力。"

陈皇后摇摇头,眼中泛着泪光,微笑道:"宫中郎卫数千,长安南北军数万,这个'金屋'我从来没指望过逃脱,不过你这么说我很高兴。从小多少人围着我、巴结我,说要给我这个给我那个,其实他们许诺的,不过是他们财富的一小部分,你一无所有,倒肯拿命来换我开心。"

四

鸿宝苑,七宝台。

淮南王当风而立,白衣青年侍立在他身后。

"怎么回事?"淮南王沉声道,"你不是说他不会再出现了吗?"

白衣青年道:"那人是假的。"

"假的?"淮南王有些吃惊,闭上眼回忆了一会儿,微微一笑,"亏他们找了个这么像的。"

白衣青年道:"真要分辨,还是可以的。此人掌中有茧,是劳作所致,不是笔茧。"

淮南王点点头,道:"那么他呢?你什么时候杀了他?"

白衣青年道:"大王,我说过,这是我能为你做的极限了,我不能杀他……"

"啪"的一声,一掌重重地掴在白衣青年的脸上。白衣青年被打得身体偏了过去,淮南王却握着右手,"嘶"地倒抽了一口凉气。

"大王,"白衣青年回过身来,不安地道,"您……不妨事吧?"

"蠢货!"淮南王怒声道,"走到这一步,你还想留着后路?干脆拿我的首级去邀赏吧,看看他会不会给你个千户侯!"

白衣青年跪下,道:"臣为大王做事,是为了报大王恩德,不杀他,是因为先祖遗训。臣不会背叛大王，也请大王不要逼迫臣做违背先人的事。"

淮南王胸口起伏，过了一会儿，情绪稍微缓和了点，才道："好吧，你不杀他，那你总能把他的人带来吧。我怎么知道你到底有没有得手呢？"

白衣青年道："臣若把他交给你，就等于杀了他，大王恕罪。"

淮南王咬着牙道："好，很好，那就等着他来杀我们吧！对那种人，你和你的祖先都没有我了解。你守着你的'遗训'，就是把你我都置于死地。"

白衣青年道："大王，不会的，那个地方……没有人可以逃脱。"

"可是我要他死！"淮南王一拳擂在朱漆栏杆上，"他一天不死，事情便随时可能变卦！当年高祖途经柏人，赵相贯高都已经把死士安排在馆舍壁中了，结果高祖心念一动，说'柏人'者，'迫人'也，不肯入住，于是万事俱休！我不想重蹈这样的覆辙。张默，你祖先的一生，已经证明他的判断都是错的，你为什么还要守着那见鬼的'遗训'？想落得和他一样的下场吗？他们刘家的人，心狠手辣，反复无常，害人无数，偏又时有好运。只有确凿无疑的死亡，才能结束这股祸水！"

"大王，"白衣青年犹疑着道，"您也是高祖亲孙，一样姓刘啊。"

"亲孙？"淮南王冷笑一声："我父亲在狱中出生，最后又被文帝逼死，真够亲的！这个姓氏，于我是耻辱！"

张汤气喘吁吁地抱着一堆木牍走进温室殿，放在几案上。

"你说对了，"张汤对冯太平道，"那人的来历有问题，案子的首尾都在这里。"

汲黯吃了一惊，忙拿起一札木牍。

冯太平道："我……咳，识字不多。"

"他叫张默，是奴产子。"张汤道，"他的祖父犯过死罪，赎为城旦，他父亲没入官府为奴，他生下来就是官奴，逃过几次，于是被髡钳械手足，吃了不少苦头。后来大概是在筑宫室时被淮南王发现，将他调到淮南，免为庶人。这是当年他祖父、父亲的案札。"

冯太平奇道："这个淮南王怎么什么人都要？一个官奴，能有什么本事？"

"他……他是留侯后人！"汲黯忽然拿着木牍惊呼起来。

"对，他是留侯曾孙。"张汤道，"他祖父原已袭爵，就是因为这个案子失侯下狱。"

冯太平莫名其妙，道："留侯？什么留侯？"

张汤冷冷地道："高祖最器重的谋臣——张良。"

"汉家待功臣薄！"淮南王看着远方，道，"你曾祖父是汉初功臣中我最钦佩的人，运筹帷幄，决胜千里，不矜不伐，功成身退，可结果呢？他得到了什么？从建国伊始，他就遭到元从功臣的排挤。他的不幸就在于他太清高了。我见过他的画像，他本是韩国公族，清雅高贵，如神仙中人，难怪和那些起自丰、沛的织席屠狗之辈格格不入。他们嫉妒这个文弱清秀却能使高祖言听计从的年轻人，他只言片语的计策，效力往往超过他们多年的鞍马劳苦。他们是'功狗'，而他是帝师……汉初群臣中，大概只有淮阴侯能和他不卑不亢地交往，因为他们是一类人。木秀于林，风必摧之，他想必也知道，所以成功不居，放着富庶的齐 3 万户不要，只要了一个不起眼的留城。即使如此，最后还是免不了被朝政所累。高祖宠爱幼子如意，留侯不赞成废长立幼，但也知道为人臣者不能卷进这种家人父子的纠葛，于是托病不出。可是吕后软硬兼施，逼他出主意帮助太子，留侯迫不得已，出了个商山四皓之计，终于止住了高祖的易储之念。后来孝惠登基，吕后感激留侯，却又给他带来了更多的祸患——他成了拥刘群臣眼中的附逆者。即使他推却过吕后无数金玉赏赐，即使他在垂拱时期一直称病不出，即使他长期赎罪般地辟谷断食、断绝了几乎人世所有享受……"

"别说了，大王，"张默转过脸去，身子微微颤抖，声音有些哽咽，"我知道。"

"为什么会是这个人？"汲黯皱眉道，"他们家怎么会走到这一步的？当年留侯淡泊名利，亲口说'愿弃人间事，从赤松子游。'于是辟谷断食，道引轻身……"

"轻身？"张汤道，"等等！你说张良学过轻身术？"

汲黯摇摇头："传说而已。不知为何，开国功臣中，关于张良的传说是最离奇的。什么东海君、黄石公，无不诡异奇特，不可索解。"

冯太平奇道："辟谷断食是怎么回事？好端端的干吗不吃东西？不吃东西人不得饿死？"

汲黯道："这也是他很奇怪的一点。我朝大定之后，他就开始辟谷，一直到吕后称制，出于感激，对他说'人生一世，如白驹过隙，何必自苦如此？'于是强迫他进食，他才勉强吃了一点。不过据见过的人说，他吃得并不舒服，甚至像是很痛苦的样子。后来吕后也就不勉强他了。"

"唉，"冯太平叹道，"有人一年到头吃不饱，有人吃一口都嫌撑。这本事，我要是能学来就好了。"

汲黯道："都说了是传说，不足为凭。据说他修习的是赤松子一路，赤松子是黄帝时人，不吃东西，但服水玉，水火不侵，最后得道飞升……"

张汤猛地站起来："这个张默，我立刻设法缉捕他！"

汲黯道："如果他……真有那种本事，你能擒得住他？"

张汤一咬牙，道："擒不住也要擒！他真有本事，早就上天了。我就不信，他能凭那些神神道道抗拒真刀真剑！"

张汤离去后，冯太平好奇地道："汲内史，你刚才说，那个张良还有很多稀奇古怪的事，能说一说吗？"

汲黯点点头，道："据说，张良的智谋都来自一个神秘的圮上老人，那老人给了他一部《太公兵法》。天下既定，他按那老人说的地址去找过那老人，结果却只找到了一块黄石。"

冯太平道："黄石？那个老人变的？"

汲黯摇头道："怎么可能！既是传闻，自然荒诞不经。就算那老人真的与他有约，乱世之中，今天不知道明天，到时不能赴约也很正常。地上不是树木就是土石，大概正好有块黄石在那个地点，就被人附会成老人所化了吧。"

冯太平道："那块黄石呢？后来去了哪里？"

汲黯道："据传说，后来张良把那块黄石一直供奉着，死后也和那黄石一起下葬。"

冯太平"哦"了一声，托着下巴想着，像是出了神。

汲黯继续翻看着那些木牍。

过了一会儿，冯太平道："嗯……汲内史……我有个想法，说出来你别骂我。你说，如果我们现在去……去挖留侯墓，能不能找到那块黄石？"

汲黯盯着木牍，道："你怎么会这么想？"

冯太平道："我觉得，如果这事真的是张默干的，也许跟他老祖宗的这块石头有关。"

汲黯道："可能已经晚了。"

冯太平道："什么？"

汲黯放下简牍，用手指敲了敲，道："张默的祖父犯死罪，就是因为杀了一个盗留侯墓的人。那个墓已经被毁了。"

天色渐暗，鸿宝苑的美景渐渐隐匿于夜色之中。

"吕后一死，太尉周勃夺兵北军，尽灭诸吕。"淮南王继续缓缓地道，"一帮势利小人，为了争拥戴之功，拼命追查'吕氏余孽'。你曾祖时已入土，都不放过，竟然企图开棺戮尸！你祖父为复仇，杀了进入墓室的那个人，结果正中政敌们的下怀——黥为城旦，妻、子尽没官府。他们终于可以看到那个优雅的贵公子的后人被侮辱、被践踏了。尽管文帝下诏，废收孥相坐律，可是如果是为了维护文帝自身的正统，就算逾越法度又算得了什么呢！文帝即位不久，根基未稳，他最大的威胁是名分。孝惠毕竟是高祖许可的太子，帮孝惠巩固太子之位，便意味着是新皇的敌人。很多事，不需要说出来，上下自会心照不宣。于是，昔日功臣，成了逢迎者献媚的垫脚石，踩得越重，意味着忠心越大。他们相约去看你祖父运石筑城，笑着说，'看哪，这就是张子房之子。老子运筹，儿子运石，此殆天授也'，在上林苑游猎，他们总是指明要你父亲养的马，以便踩在他的背上上马……"

张默捂着脸，痛苦地道："大王，别说了……"

淮南王伸出右手轻轻放在张默肩上，道："孺卿，我刚刚见到你时，还不明白为什么少府那些官员如此残忍，将一个少年往死里凌虐。很久以后，才知道你家族这段复杂的历史。我救你，不是因为仁慈，而是因为同病相怜。我们是一类人。我祖母被贯高案牵连，自尽于狱中，我父亲被诬谋反，死于流放的路上，我和兄弟们从小就被人指指点点，提起来就是'那个淮南厉王的种'……呵呵，我们都是见过那些势利狠毒的嘴脸，在寒风冷眼中长大的，所以，我们必须成为强者，使自己不再被欺凌、被侮辱。这个世界并不公平，我不指望谁来还我一个公平，我会自己制造公平！孺卿，相信我，如果你曾祖泉下有知，也会赞同我的做法。把皇帝交给我吧，你手上不会沾血的……"

张默痛哭失声："不，我不能……我看过我曾祖手书，'凡我子孙，永勿叛汉。弑君者，天厌之'。他已经尸骨无存了，我再做出这样的事，他的魂魄会不得血食……大王，我为你做这些，只因为你是汉室宗亲，这样复仇，也不算违背誓言。可是我真的不能杀他……"

淮南王收回手，脸色渐渐有些阴郁，许久，才道："好吧，孺卿，我不逼你。不过我问你一些事，请你如实告诉我。"

张默道："我的命是大王给的，大王要问什么，默知无不言、言无不尽。"

淮南王道："皇帝现在所在的那个地方，真的谁也去不了吗？"

张默肯定地道："是。"

淮南王道："除了你？"

张默道："是。"

淮南王沉默了一会儿，道："你服药以来，还有哪个地方没有化尽？"

张默想了想，在自己胸口摸了一会儿，指了指心口，迷茫地道："好像……这里，也许因为是心脏所在，必须一直跳动吧。我也不清楚……要是有一天这里不跳了，也许……"

"噗"！一支长剑突然刺进张默胸膛，剑刺得很深。

张默慢慢无力地坐下，低头看着自己胸口，顺着剑刃看过去，一直看到淮南王的手、身、脸，像是有些不相信地道："为……什……么？大……王？"

淮南王有些伤感地道："对不起，我父王已经输过一次，这次我不能冒任何风险……我不能输……我不想再被人践踏……"

鸿宝苑的沉沉夜色里，忽然亮起无数繁星。

"奉天子诏，捉拿逆贼张默！"是中尉殷宏的声音。

淮南王脸色一变，倏地回身，只见七宝台之下，已是火光点点，人影憧憧，而远处还有越来越多的顶盔掼甲的身影正在向自己的府邸涌来。

淮南王看着地上的张默，看着自己手中那柄剑，全身一震，松开了手。

"殷中尉，"淮南王扑到栏杆边，大声道，"你退兵吧，张默已被我处死了。"

"大王，"张汤的声音在台下道，"张默谋逆，事关重大。既然已死，还请大王和我们一起回去，帮我们把整件事调查清楚。"

淮南王退后一步，喃喃地道："不！我不能输！我不会输！"

张汤喊道："大王，下来吧，不用担心，就算有反贼余党，两千北军已将此处团团围住，没有人能伤得了大王。"

淮南王额上冒出一颗颗豆大的汗珠，忽然，他在张默身前蹲下，道："药呢？还有一颗药呢？"

张默道："大王……我说过，最好……还是……别……"

淮南王掀开张默前襟，急急搜查，很快摸出了一颗珍珠大小、被鲜血染红了的药丸。

"好，很好！"淮南王自语道。

张默眼里闪过一丝焦虑，挣扎着道："不……大王……服了药，就不能回头了……"

淮南王停了停，站起身来，一仰头吞下药丸，然后向着高台下的张汤道："多谢张廷尉好意，不用了，寡人会自己保护自己。哈……"

张汤一挥手，一队人立刻顺着阶梯向七宝台上爬去。

这时，一件令张汤和在场所有人震惊的事发生了。

稀疏的星月之光下，他们看到，那高台上慢慢弥散出一股白色的雾气，而淮南王，正缓缓向上走去，一步一步，踩在雾气之中，就像那虚空中本来就有借力之处。很快，他的身体像是走进了一幅无形的黑色屏风，头、肩、身、手、腿、足渐次消失。

张汤和众人目瞪口呆。

当张汤等人赶上七宝台时，他吃惊地发现，胸口插着一把剑的张默还活着。

"去……寿宫，"张默声音微弱，但依然说得很清楚，"陛下……就在……那里，淮南王……会去……杀他的……"

张汤扶起张默，更惊讶地发现，张默的身体冰冷而坚硬，像是已经死了多时……不，比死人更冷、更硬，那是金石铁器般毫无生命感觉的坚硬。

张汤强忍着恐惧继续抱持着这具"尸体"，道："你到底是人是鬼？陛下在寿宫什么地方？我已经找遍了，都没找到！"

张默慢慢闭上眼睛，道："击……鼓……嫌……迟……"

张汤急道："你说什么？你醒醒！你说明白，陛下到底在哪里？"

张默双眼勉强睁开一点，道："击鼓……嫌……迟……"

张汤道："你到底在说什么？击鼓干什么？是一种巫术吗？为什么嫌迟？陛下已经出事了吗？"

张默的目光渐渐涣散，声音更加微弱了："苑……中……枕……"

张汤大声道："你说什么？你别死！这巫术是哪来的？怎么才能克制？喂！你醒醒！笨蛋！他杀你，你怎么不躲？"

阵阵北风呼啸着掠过……冷，真冷……

少年瘦弱的肩上扛着沉重的木料，赤足踩在冰冷的泥水中，一步步向前挪动……身后是吏卒的驱赶和喝骂……

饥饿使他失去了支撑的力量……一个趔趄倒下……暴风雨般的鞭子……鲜血淌进污泥……

一匹高大的白马立在少年眼前，少年从污泥血水中抬起头……

一个头戴王冠、身披紫袍的中年人，冬日刺眼的阳光勾勒出他刚毅的面部轮廓，鸷鹰般的目光落到了少年身上……

少年伤痕累累的身体被抱了起来……

"从现在起，他是我淮南王的人！"

马背上，被横抱着的少年仰起头，看着那个魁伟的身影和那身影背后辽阔的天空，嘴角浮起一丝淡淡的微笑。

白衣青年的嘴角浮起一丝淡淡的微笑。

他何尝不知道，有些人是鸩毒，只是他太冷了，在无尽的凄风冷雨之中，这杯毒酒至少可以给他片刻温暖。

从现在起，他是我淮南王的人！

那一刻，成了他一生的永恒。

微笑凝固在青年的嘴角。

五

上千人马包围着已经被拆得只剩骨架的寿宫，熊熊的火炬照着殿中一片空地。

张汤看着眼前完全无处藏匿的宫殿废墟，喃喃地道："到底在哪里？到底在哪里……"

汲黯道："那个张默说什么击鼓，是不是要击鼓后才能找到陛下？"

张汤气急败坏地道："你信吗？他还说嫌迟，就算击了鼓有什么用？"

汲黯道："既然说了，干脆试试吧。"

张汤一跺脚："速召乐府全体乐工！让他们把所有的鼓都带来。"

百余只大大小小的皮鼓环绕着宫殿排列，鼓手准备就绪。

一名为首的乐府老乐工问："怎么击？"

张汤烦躁地道："就用你们平时的曲目，随便来一曲。"

咚！咚！咚！咚咚咚……

鼓声越来越急，越来越快，震耳欲聋。

张汤、汲黯、冯太平等人一齐向宫殿中间望去。

一曲终了，一切如常，没有丝毫变化。

"再换一曲！"

咚咚咚咚……

鼓声又起。

还是没有变化。

张汤挥手道："再来！"

鼓声再起。

冯太平捂住了耳朵，挤到张汤身边，大声道："喂，他当时到底是怎么说的？"

张汤沉着脸道："他说'击鼓嫌迟'。"

冯太平用手拢着耳朵，朝着张汤道："什么？"

张汤道："击鼓！嫌迟！"

冯太平自语道："击鼓，嫌迟，击鼓，嫌迟……"

长门宫。

"砰"的一声，宫门被撞开，冯太平气喘吁吁地道："你……你是不是懂很多乐曲？"

陈皇后道："怎么了？"

冯太平道："有没有一首乐曲，曲名读起来像'嫌迟'的？"

寿宫前。

陈皇后抱着瑶琴飞奔而来，同时高声道："住手！"

张汤举手示意，乐工们停下手中鼓槌，一齐向陈皇后看来。

陈皇后放下手中瑶琴，向为首的那老乐工道："老宋，我先鼓琴，一阕之后，你带大家相和同歌，按律击鼓。"

说罢席地而坐，双手轻轻按上琴弦，然后一抬手，一勾一挑，开始奏乐。

一种无比奇特的琴曲缓缓流淌出来，那琴曲跌宕诡异，忽而空旷得可怕，忽而又幽深到极点。

伴着琴曲，陈皇后朗声唱道：

"日出旸谷，

"浴于咸池。

"魑魅魍魉，

"莫能逢之。

"天覆地载，

"九隅无遗。

"缙云至德，

"昊天无极！"

这时，寿宫大殿上开始弥漫起一股不知从何而来的白雾。

众人面面相觑，张汤跨前一步，喝道："你唱的什么？是不是巫术？"

陈皇后手下不停，继续弹着琴，大声道："别管那雾！《咸池》乃黄帝古曲，正气浩荡，必能破此妖术！"

那乐府的老乐工悚然醒悟，抬起鼓槌敲了起来，跟着高歌道：

"日出旸谷，

"浴于咸池……"

众乐工也跟着手中击鼓，口中齐唱。

开始还有点混乱，渐渐地，鼓点越来越整齐，歌声也越来越清晰嘹亮，更多的人加入了歌唱的行列。

"魑魅魍魉，

"莫能逢之。

"天覆地载，

"九隅无遗。

"缙云至德，

"昊天无极！

"……"

寿宫大殿上的白雾忽然开始凌乱起来，甚至看得出渐渐随着鼓点一震一震，越来越散碎，越来越稀疏。

众人看得目瞪口呆。

唱到第三遍时，鼓声更加整齐了。

寿宫大殿上的白雾已被震成丝丝缕缕，与此同时，大殿中那一片无形无质的空间，仿佛波动起来。

那是一种极其诡异的景象，明明其间什么都没有，从这一头可以一直看穿到那一头，可偏偏又像有物在其中。而且这物随着鼓声一震一震，正变得越来越清晰。

"日出旸谷，

"浴于咸池……"

随着歌声鼓声，殿中景象更加凸显。

那是一个人！一个高大的人！正站在高处，仿佛站在一个无形的平台上，白发、紫袍……淮南王！

一阵惊呼声和甲胄刀剑的碰撞声，人群骚动起来，士卒缓缓包围上前。

乐府的乐工被这阵混乱影响，鼓声一时停滞，眼前景物立刻消失。

张汤急道："快！继续！继续击鼓！"

殿内景象再次渐渐清晰。

"等等！"张汤手一拦，挡住了意欲开弓放箭的士卒。

淮南王手上还抓着一人。

张汤颤声道："是……是陛下！"

淮南王一手扶掖着皇帝，一手手持一柄白色短剑，指着皇帝的咽喉。

皇帝仿佛被咚咚的鼓声慢慢地震醒了，缓缓环视四周，随后目光落在淮南王身上。

"叔……父？"皇帝皱着眉头，像是刚刚才想起来，"您也来了？"

淮南王温和地道："你看，他们不肯让你飞升，让他们停止击鼓！"

殷宏准备着暗弩，瞄准了淮南王。

"一定要准！"张汤感觉自己的掌心快被汗水浸湿了，"万不可伤了陛下。"

皇帝费力地思索着，好像在回忆着什么。

冯太平推开身前数人，走到前面。

"你是谁？"皇帝茫然地道，"我……好像见过你，怎么这么……眼熟？"

冯太平道："我是皇帝！你又是谁？"

皇帝的神情有些困惑，道："我是……不，不对……朕才是皇帝！你敢假冒乘舆？！来人……"

淮南王道："陛下，快让他们停止击鼓，他们在把你拖回尘世。"

冯太平向前一步，道："我是皇帝，你才是假的！我在这个世上，你呢？你在什么地方？你的脚踩在哪里？你身在何处？"

淮南王道："不准过来……"

冯太平伸出手叫道："陛下，快过来！"

皇帝脸上露出若有所悟的表情，向前跨去。

淮南王神色一变，一手拉住皇帝袍袖，一手持剑猛地刺去。

皇帝一脚踩空，惊呼一声。

冯太平纵身一跃，扑向空中的皇帝。

淮南王的剑刺了个空。

与此同时，"嗖"的一声，一支弩箭向淮南王面门射来。

弩箭掉落在地上。

皇帝、冯太平、淮南王三人都消失了。

寿宫内外一片安静。

"击鼓！"张汤跺着脚大叫，"继续击鼓！快！"

呼的一下，冯太平觉得整个人被一股无形的力量向前一扯，仿佛有一头巨兽在前方张口一吸，整个人被吸进一个狭窄的缝隙，眼前顿时一黑，似乎全身骨骼都要被挤到一起了，还未惊叫出声，全身又是一松，似已挤过了那窄缝，进入了一个宽敞的空间。

"砰"的一声，冯太平摔在地上。

冯太平双足疼得死去活来，睁开眼，只见所处之地是一片白色，迷迷茫茫、无穷无尽的白色。

皇帝半躺半坐在旁边，脸色苍白，呼吸急促。

冯太平向自己身下看去，是玉石般纯白的平面。

怎么回事？

不是在寿宫中吗？自己不过就跳起几尺高，怎么摔这么重？

周围一片静谧，震耳欲聋的鼓声也消失了。

哦，不对，还有，只是变得非常遥远，似旷野中远方的隐雷。

见鬼！这到底是哪里？寿宫的某处地下密室？

淮南王是怎么开启那个机关的？

"你胆子够大，"淮南王走到冯太平跟前，"他们给了你多少钱？这么卖命！"

冯太平抬起头，小心地揉着足踝苦着脸道："没钱，不过我不卖命的话，只怕就没命了！"又向皇帝道，"陛下，你祭神祭到人都不见了，张廷尉让我假扮你。到底是怎么回事？谁把你弄进来的，还记得吗？"

皇帝望向淮南王，声音微弱地道："那个……'泰一真人'……是你的人？"

淮南王赞许地点点头道："不错，你终于醒了。陛下，你还没那么笨，只是醒得太晚了点。其实，你已经有那么多了，何必还要贪求升仙？我只想要你所拥有的，阴差阳错，却终究服了仙丹。"

冯太平道："咦？你服了仙丹？哦，对了，刚才那一箭没射着你，是不是因为你已经刀剑不入了？"

淮南王大笑道："这个地方，只有生命所成之物能进来，金铁玉石都只能落在这层空间之外。他们若是仁慈一点，去掉箭镞，也许倒伤到我了——你看看你的带钩呢？"

冯太平低头一看，才发现自己腰带不知何时已经松了，那只玉钩已消失无踪，忙伸手系着腰带，恍然道："哦，难怪他们说陛下的冠剑印履都掉在寿宫了。唉，陛下，你要是节俭一点，履上不辍金丝，也不用像现在这样光着脚吧。"

皇帝虚弱地笑了笑，道："你叫什么名字？"

冯太平道："小民冯太平。"

皇帝道："好……名字。"

冯太平道："这是什么地方？冥府吗？我们怎么会到这个地方的？"

淮南王提起手中短剑，叹道："我很想跟你们慢慢聊，我费了那么多心力，好不容易才设了这么精彩的一个局，真希望能告诉更多的人，可惜，我没那个工夫。这个'峡谷'只能支撑一时半刻，他们很快就会再次找到我们。"

冯太平道："喂喂！淮南王，你骗我！你说金铁不能进来，你手里是什么？"

"这是犀骨剑。"淮南王叹了口气，道，"我知道你想干什么，但你这样做很蠢。为他卖命你能得到什么？现在这里没有别人，你有机会为自己争一个难以想象的未来，只要你一切都听从我的安排。"

冯太平诧道："你说什么？什么未来？什么安排？"

皇帝吃力地用手撑着向后挪动，颤声道："刘安！你……你敢弑君？"

淮南王没看皇帝，只温和地对冯太平道："你和他一模一样，唯一的区别只是出身，凭什么他富有四海而你贫无立锥之地？你想不想换一种活法？"

冯太平心头怦怦乱跳，道："你想叫我……叫我……"

"相信我，"淮南王的声音仿佛有一种直抵人心的诱惑力，"皇帝是这世上最容易做的职事了，何况还有我帮你，你不懂的皇家礼节、朝仪法度、治国之道，我都可以教你。我看得出来，你是个聪明人，这些东西难不倒你。"

冯太平目瞪口呆，半晌，才道："不，我做不来……我不想死……"

淮南王道："你怕什么？怎么会死呢？我只是想送你一场天大的富贵。"

皇帝喘息着道："别……别信他！他处心积虑……杀人夺位，就为了……为了送给你这……不相干的外人？"

　　淮南王用剑尖撩开冯太平衣袖，点了点冯太平腕上被镣铐磨出的伤痕，道："你是张汤从狱中找出来的吧？一个囚徒假冒天子，这种事传出去好听吗？他心性猜忌，迟早会杀你。你本来就是死定了的，我现在给你一个不死的机会，难道你不想试试？"

　　冯太平看了看淮南王，又看了看皇帝，缩了缩身子，道："我……我只想活着。陛下，你……会杀我吗？"

　　皇帝道："不……不会，不管你过去……做过什么，朕都赦你无罪，但你若是假冒朕，满朝文武，迟早会……看出破绽，到时你必死无疑。"

　　淮南王大笑，道："你看，他能给你的，只是不杀你，我能给你的，却是他的一切！他即位以来，专以刑杀为威，群臣对他只有畏惧，哪敢丝毫质疑？除了汲黯，没有一个人会关心坐在御座上的那人到底是真是假，而他此前已经几次大骂着说要宰了汲黯，你这次出去后，随便找个借口杀他，谁也不会起疑。"

　　冯太平道："不，我不想杀人……"

　　皇帝道："冯太平，你想想，他南面称干……要什么没有？你相信……他只是想弑君，却不想篡位吗？"

　　淮南王叹了口气，道："还真让你说对了，实话告诉你，从我服下丹药的那一刻起，这世上任何声色享乐，对我都毫无意义了，包括作为帝王的乐趣。我做这件事，不是为了得到什么，只是为了不让你得到。"

　　"你疯了！"皇帝道，"朕待你不薄，你我同为……高祖子孙，叔侄至亲，你为什么……要这么做？"

　　淮南王意味深长地笑了笑，道："叔侄至亲？好，在你死之前，我可以讲个故事给你听，希望你听了之后，能死得瞑目。"

　　很久以前，有个皇帝，他在许多臣子的帮助下，击败敌人，打下天下，坐稳了江山。功臣们浴血沙场，九死一生，他们举杯同庆，以为终于可以松口气享受胜利了，却不料，这只是真正的惨剧的开始。

　　皇帝开始一个接着一个地杀戮功臣：有的是因为功劳太大，有的是因为能力太强，有的是因为威望太高……到最后，几乎所有强有力的异姓王都被杀了，唯一一个占据要地还活着的异姓王，是他的女婿。

　　即使如此，皇帝还是不放心。

　　在一次出征的途中，他来到这个女婿的王国。女婿对这位皇帝兼外舅毕恭毕敬，身为一国之君，他亲自套上臂鞲，捧着食案，卑躬屈膝，侍奉饮食，而皇帝却对他箕踞喝骂，颐指气使。女婿毫无怨言，但他手下的臣子实在忍耐不下去了。

他的相国，一位性格刚烈的老人，发誓要刺杀皇帝，为他们受辱的国君报仇。他安排刺客藏在皇帝将要入住的馆舍夹墙中，结果，偏偏皇帝那天改了主意，认为地名不吉，就没有入住。

不久，行刺的阴谋败露，皇帝勃然大怒，命令将所有人捉拿到京城。

主谋相国在受尽酷刑后依然一口咬定，是自己干的，和自己的君王毫不相干。

但暴怒中的皇帝什么都听不进去，命令继续拷问。

他要的不是"毫不相干"，他就是要"相干"！这样，他才能名正言顺地除掉这个最后的异姓王大国。

于是，那段时间，监狱中充斥了鞭挞、辱骂和惨叫的声音。

就在这个地狱般悲惨的地方，一个女人即将生产。

她是那位不幸的国王的姬妾。

女人姓赵，很美，对了，她原来的封号就是"美人"。

寒冬腊月，赵美人躺在腐臭的草褥上，铁窗外吹进来的寒风让她的手脚总是冰凉而无处躲藏，一头秀发已如乱草，虱子在里面乱爬，刚来时穿的衣服已经不合身了，可是没有替换，只能将衣服侧面撕开，才不至于箍住日益膨胀的肚子……

比衣被匮乏更难以忍受的是饥饿，赵美人和她肚子里的孩子需要食物，可是狱中哪来像样的吃的呢？她的弟弟来看她，偷偷给她带了一点食物。狱卒说，这是大案，上面有令，什么都不准往里送，怕杀人灭口。

赵美人是个坚强的女子，入狱以来，不管遇到什么困苦，都咬咬牙挺过来了，可是当眼看着弟弟辛辛苦苦带来的干肉被抢走、枣糒被踩在地上，终于忍不住痛哭起来。

姊弟俩抱头而泣。

当他们哭到精疲力竭时，听见一声低低的叹息，"罢了，"一个人的声音道，"过来，我给你们想个办法吧。"

两人顺着声音看过去，声音来自最角落的一间监室。

在赵美人的印象里，那是个和别人不太一样的囚徒，双足带着重镣，不知犯了什么大罪，每天安静得出奇，不管遭受怎样的侮辱呼喝，都逆来顺受，一语不发，只偶尔用草秆在地上划来划去。

赵美人的弟弟走到那间监室门口，问那囚徒，有什么办法，能帮他的姊姊改善境遇。

那囚徒招招手，示意他再近一点。

当赵美人的弟弟蹲下身，那囚徒在他耳边轻声道："上书，告诉他，孩子是他的。"

赵美人的弟弟大吃一惊，几乎坐倒在地。

那囚徒微微一笑："他是去年冬天去的赵国，你们大王那么殷勤，除了美食，一定也找过一批女人伺候他，时间正好合得上。"

赵美人的弟弟吓得牙齿都在打架，道："这……这太危险了，万一被发现……"

"危险？"那囚徒又是微微一笑，"比这危险百倍的事我都干过。放心吧，他的记性我了解，这么长时间，他一定不会记得那些女人的样子。"

赵美人的弟弟回去后，想来想去，终究还是不敢直接上书，于是辗转托了门路，找皇后求情，结果如石沉大海，毫无音信。

"你怎么能找她？！"那囚徒听完，几乎是恨恨地道，"你害了你阿姊了！"

赵美人的弟弟结结巴巴地道："陛下正在火头上，谁一提赵王就把谁抓起来，现在敢为赵王说两句的只有皇后……我想，也许……"

那囚徒看着赵美人的弟弟，就像看着一个不可救药的笨蛋，摇头叹息道："皇后肯说话，是因为赵王娶了她唯一的女儿。就算这样，皇帝想收拾你们大王，是为了他的江山，谁说情也没有用。而你现在跟皇后说，她的男人在外面有了个孩子，居然还指望她说好话？"

赵美人的弟弟恨不得往墙上一头撞死。

"那……那……"赵美人的弟弟悔恨万分地道，"现在还能挽救吗？"

那囚徒沉思了一会儿，叹了口气，道："你们先考虑一下，是保大人，还是保孩子。"

赵美人听弟弟说完，平静地道："皇帝不仁，赵王这场冤狱，必当相报！我一女子，手无缚鸡之力，又身陷囹圄，有何可恋？让我的孩子活下去！无论男女，长大后必能为我报仇！"

于是，那囚徒极其冷静地指挥赵美人的弟弟，安排产妇，贿赂狱卒，逐字逐句地教他写了一份奏疏。

十月怀胎，一朝分娩。

赵美人在狱中产下孩子，是个男孩，健壮有力。

当天夜间，赵美人从容自尽。

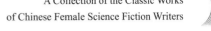

赵美人的弟弟抱着孩子，带着奏疏，求见皇帝。

皇帝看着襁褓中健壮可爱的孩子，还有那份奏疏，长叹一声。

这个时候，皇后来了。皇帝把事情告诉了皇后，并和皇后商量，能不能请皇后收养这个可怜的孩子。

生母既然已经死了，皇后自然非常大方地愿意多一个儿子。

这个孩子在后宫中逐渐长大，因为是皇帝的"儿子"，他被封为淮南王。

在他长到能报仇的年龄之前，皇帝死了，皇后成为太后。

权力无人能制约的太后开始对其他后宫美人及其子女下手，手段残忍，前所未有。而这个孩子因为生母早死，反而幸运地躲过了那一场场屠杀。

当赵美人的儿子长大成人，太后也已去世，大臣们发动政变，迎来了新的皇帝。

赵美人的儿子见到了他的舅父——赵美人的弟弟，舅父把当年的一切告诉外甥。外甥终于知道，自己的使命是什么。于是，他开始招兵买马，图谋举事。可惜事机不密，还没发动就被朝廷剿灭。

但他也留下了自己的儿子。

他的儿子在长大后，继续父亲的事业，做得比他的父亲更好。

他广招天下贤士，著书立说，以示无心权力，但另一方面，他一直在寻觅一种力量，一种存在于上古传说中的力量。父亲的道路既已失败，只有另辟蹊径才能成功。

苍天不负苦心人，他终于找到了！

他做到了他的父亲、他的祖母想做而没有做到的事！

他将用那个邪恶的帝王后人的血，来祭奠他的祖先。

他尤其要告慰那个在暗无天日的牢狱中忍受着巨大痛苦生下孩子的女人，那个不幸没能用自己的乳汁哺育过自己孩子一天的女人，那个怀着对孩子的深深眷恋毅然在铁窗上投缳自尽的女人，他要告诉她，他对得起她的牺牲，对得起她的痛苦，对得起她的死亡……

淮南王举起短剑，道："陛下，现在你知道自己为什么会死了吗？"

皇帝长叹一声，闭上眼睛，道："高祖一念之仁，使……赵王孽种……坏我天下！"

淮南王身后，冯太平咬着牙慢慢站起来，双足的剧痛冲击得他眼前阵阵眩晕。

淮南王摇摇头，道："不可救药！你有今天，到底是因为他的仁慈还是不仁？"

说完，手中一紧，犀骨剑直向皇帝刺去。

冯太平奋尽全身力气，向淮南王扑去。

犀骨剑歪过数寸，削中了皇帝的左肩。

淮南王倏地一斜身，犀骨剑直刺冯太平，冯太平不闪不避，一把抓住那剑刃，大叫道："陛下快走！"

淮南王怒骂道："你是不是犯贱？我让你当皇帝，他让你蹲大牢，你居然帮他？"

冯太平紧紧抓着剑刃，道："你杀他是为了私仇，可他不能死！偷天换日，瞒得过别人，瞒不过卫皇后，现今匈奴为患，边事要靠卫大将军……你服了仙丹，想去哪里都行，何必执着于过去……"

皇帝捂着肩头伤处，摇摇晃晃地站起来。

淮南王手一用力，抽出剑来，随即剑柄向后一撞，正撞在皇帝胸口，皇帝顿时委顿倒地。淮南王回过身去，提剑再次向皇帝刺去。

冯太平右手被犀骨剑抽离划得极深，鲜血淋漓，疼得龇牙咧嘴，却还是奋不顾身再次忍着剧痛扑过去，一把抱住淮南王右足。

淮南王一剑刺空，欲拔足再刺，却一时挣脱不开，大怒返身，挥剑向冯太平砍去："你找死！"

冯太平强忍着掌中疼痛，将淮南王右足用力一拉，淮南王站立不稳，一下也摔倒在地，淮南王一边挥剑砍向冯太平，一边怒骂道："你以为这样做能换个千户侯？他们刘家无情无义，没一个好东西！你这是自寻死路！"

两人在地上翻滚厮打。冯太平左支右绌，躲避着淮南王的犀骨剑，道："帮你也会死，还会害死更多的人。你为了私仇，祸乱天下……"

淮南王怒道："蠢货，天下又不是你的！就算卫青造反，就算天下大乱，皇帝也是最后一个死的！再说这天下关你屁事？！他奢靡无度，以天下奉一人，你替他操个什么心？"

冯太平道："陛下有欲望，所以至少会珍惜这天下，你服药飞升，无欲无求，还有什么好顾忌的？你比他更危险！我挨过饿受过冻，知道这世上有许多人是经不起雪上加霜的。既然迟早是死，我宁可选择一个安全的结果。"

淮南王道："好，我成全你！"说罢手中剑向前一送，冯太平"啊"地惨呼一声，捂住胸口，鲜血染红了他胸前半幅衣衫。

淮南王握着剑摇摇晃晃地站起，犀骨剑上的鲜血一滴滴落下。

淮南王踉跄地后退一步，用不可思议的目光看着冯太平，一只手捂着颈间，一缕鲜红从他指间渗出，一支雪白的牙箸插在他颈上。

皇帝惊讶地睁开眼。

"我这辈子……没用过这么好的筷子……"冯太平喘着气道，"他们说，是象牙的，上回吃饭，顺手拿了一支，陛下……不介意吧？"

皇帝长出一口气，闭上眼睛，虚弱地道："你……还行吗？"

冯太平道："还……行，死不了。"

皇帝点点头，道："那……就好。"

淮南王一手捂着颈间，一手伸向皇帝，艰难地走了两步，终于"扑通"一声摔倒在地，鲜血从他指缝中汩汩流出。

皇帝缓缓地道："你想要什么？说吧，朕都会给你。"

冯太平挣扎着慢慢爬起，道："陛下，你先前说，不管我过去……做过什么，都……都会赦我无罪，是吗？"

淮南王颈间淌出的鲜血慢慢包围了他的白发紫袍，并逐渐干涸，只是那双充满了怨恨的眼睛始终没有闭上。

鼓声越来越近，越来越响。

忽然，就像一层屏障突然被撤去，轰然一声，百面大鼓的咚咚巨响扑面而来，直震得他们耳朵发胀。

白色的景物迅速退去，冯太平和皇帝、淮南王一齐摔倒在寿宫的废墟上。

"陛下！陛下怎么样了……"

"快！北军护驾！"

"召太医！速召太医！"

陈皇后一把推开瑶琴站起，身体晃了晃，雪白纤长的手指指尖，鲜血涔涔而下，却浑然不觉，只是盯着那个躺在地上浑身是血的身影。

更多的人涌了上去，她的视线被彻底遮住了。

人群簇拥着御辇从她身旁经过，她目不斜视。

"停！"皇帝的声音虽然虚弱，却低沉而威严。

陈皇后恍若未闻，依然盯着远处那个被卫士挟持起来的身影。

"你更关心他还是朕？"皇帝道。

陈皇后轻声道："他死了吗？"

皇帝冷哼一声，道："如果他死了，你会怎么样？"

陈皇后道："他死了吗？"

皇帝一挥手，道："汲黯，安排太医给他疗伤！"

廷尉府的密室里，张汤和汲黯看着眼前光滑的石枕。

"就是这个？"张汤疑惑地问。

中尉殷宏肯定地一点头："整个鸿宝苑只有这一只石枕，是放在一张石床上的。如果一定要找'苑中枕'的话，应该就是这只了。"

张汤拿起石枕，颠过来倒过去细看，忽然发现石枕反面有一个小孔，从孔中可以看到，枕中似乎装有东西。他伸指抠了一下，够不着，一咬牙，举起石枕，往地上一摔。

"砰！"

石枕被摔得四分五裂。

一卷写得密密麻麻的帛书出现在碎石之中。

张汤捡起帛书。

"写的是什么？"殷宏急切地道。

张汤看着帛书，一呆，递给汲黯道："是先秦古文，你学问大，你来看吧。"

汲黯接过一看，便皱起眉头，道："是六国时的韩国古文。"

张汤道："你能看懂吗？"

汲黯道："只能看懂七八成。"

张汤道："这里面讲的什么？"

汲黯不答，只是细细看着。

约过了半个多时辰，汲黯才长叹一声，抬起头来："想不到，竟然是这样！"

张汤道："这到底是什么？谁写的？"

汲黯道："是张良写的，后来张默做了一些注解。他好像预感到不会善终，所以把他所知道的都写在这上面了。可是从黄帝，到赤松子，到黄石公，到张良……发生的事情太多了，也许是我太过愚笨，就算看了，也不知道到底什么是真，什么是假……"

但黄帝战蚩尤的事应该是真的。

黄帝举一国之力与蚩尤交战，屡战屡败，损失惨重，蚩尤一方其实人数并不多，不过兄弟八十一人，但他们有着铜铁般的身躯，以沙石子为食，这样的军队，就算付出尸山血海的代价，也无法抵挡。更何况蚩尤还会使用一种散布迷雾、倏忽来去的妖法，这使黄帝的军队更加被动挨打。

如果没有一位"九天玄女"的帮助，也许今天的世界，就是由蚩尤一族统治了。

没有人知道九天玄女是何方神圣，或许她和蚩尤都不属于我们的世界，他们不过是过客，借我们这些凡人之手彼此较量，解决他们之间的恩怨。

玄女教给了黄帝很多东西，包括铠甲，包括战车，包括阵法，包括指南车，包括《咸池》……

在战事的最后阶段，蚩尤又一次使用妖法，企图逃脱，而黄帝以最为坚实的夔皮做鼓，以雷泽巨兽的骨骼为槌，击起《咸池》之乐，声震百里，在震耳欲聋的鼓声中，蚩尤忽隐忽现，穿行于高空悬崖之间，九遍《咸池》之后，黄帝大军擒杀了蚩尤。

千辛万苦终于获得了胜利，黄帝看着蚩尤的尸体，产生了一个大胆的想法：也许，他能设法获得蚩尤的异能！

他肢解蚩尤，反复炼烧那些奇怪的硬块，尝试添加不同的矿石，直到有一天，其中结出了一些圆珠。

他有些犹豫，不知道这些圆珠吃下去会有什么后果。

第一个尝试的，是他的臣子赤松子。

由于天下大旱，按当时的习俗，人们将雨师赤松子押上柴堆，焚烧献祭。

极度痛苦的死亡即将来临，赤松子没有选择，他服下了一颗刚刚炼就的"仙丹"。

在熊熊燃烧的烈火中，赤松子飞升了！

他竟然成功了！

很快，黄帝也服食了这种"仙药"，和他一起服食的，还有七十多名小臣。

黄帝很谨慎地没有给他的家人服食这种仙药，因为他不知道飞升之后的生命到底是什么样的，他宁可他们获得一个确定安全的普通人生。

许多没能得到仙药飞升的臣子和随从号啕大哭，他们认为自己错失了永生难以再得的机遇。

而事实上，飞升的代价高到无法想象。

要知道为什么能飞升，首先要知道为什么会下坠。

我们会下坠，不是因为我们沉重，而是因为大地沉重。不，甚至也不是因为大地沉重，而是因为大地沉重到使它所在的空间为之扭曲！这种扭曲无法用图形来描绘，如果一定要譬喻，或者可以想象：平直的空间变成了一只巨碗，这个空间里的所有的物体，都像豆子处在碗壁上，有向下滑落的本能。

其实，这样的譬喻也是谬误的，因为这扭曲无处不在，也就是说，我们所在的山川河流、城郭田野，每分每寸、每丝每毫都是向着地心倾斜的"碗壁"。

如果没有这沉重的大地，如果空间是坦荡而平直的，每个人、每件物体都能轻易飞升，或者说，那不叫飞升，只是停留在任意地方。

所以，只要在这大地之上，飞升就是一件很困难的事，因为没有人能使大地消失。

但是，再光滑的碗，也会有肉眼看不到的细微凹凸，豆子也许站不住，但一条蚰蜒却可以轻松地爬上爬下。

仙丹的功能，就是增加人这个"豆子"的黏附力，使之能在"碗壁"的任何一个地方停留。

一个服用了仙丹的人，便具有了黏附一切空间纹理的本能，就像蚰蜒、守宫能附着在看似平滑的墙壁上。如果那"纹理"足够大，大到形成褶皱，甚至是深沟峡谷，他便能钻进去，甚至带上外界的凡人隐身其中。只有某些特殊节律的震动，才能将这些"空间蚰蜒"从"碗壁"上震出来。

古往今来，总有那么一些人，说自己遇过神仙，到过仙境。他们从那"仙境"回来后，却再也无法带人找到原来的地方。

如果"空间褶皱"这么容易被进出，还要丹药干什么呢？

当然，如果人们知道服用丹药的结果，可能就不会在意那点蚰蜒般的异能了。

对空间纹理的极度敏感，不仅带来了任意飞升的自由，也带来了许多意想不到的后果。

比如，飞升者的视觉、触觉、味觉都发生了变异，他们看到的世界，再也不是原来的模样，到处是斑驳凹凸、重影暗沟，他们再也无法欣赏如画般的高山幽谷，再也无法享受女人光滑柔软的肌肤，再也无法品味香甜可口的美食……

而更可怕的，是随着时间的流逝，服药者的身体会变得越来越冷、越来越硬，就像当初的蚩尤一族，有着铜铁般坚硬的肌肤，只能以同样坚硬的沙石为食。

并且，这种过程是无法逆转的，一旦开始，便意味着以全身硬化而告终。

在没有任何外力阻挠的情况下，硬化会一直发展下去：从外而内，由四肢到心脏，直到全身肢体无法动弹，化为一块冷冰冰的毫无生命迹象的岩石……

这就是成仙得道者很少为外人所知的原因——他们生命的最后阶段太危险，也太脆弱了。如果让敌人知道，等于倒持太阿、授人以柄，所以，大多数服食过"仙丹"的人，最终往往选择在人迹罕至的山林中结束自己的生命。

黄石公弃履于桥下，当张良拾起双履，跪在他面前帮他穿上，他才确定这是一个可靠的孺子，他告诉了张良一切。

张良本来不想服药，他凭自己的智慧也可以获得足够多的东西，然而，当他看到了高祖要杀尽功臣的决心，为了避祸，只能服下这注定带来不幸的"仙药"。

张良智慧卓越，心地纯良，他本是韩国人，效忠的是韩王，可是在乱世中，他最终选择了高祖。高祖外表放诞粗野，却能听懂他的每一句话，无条件地听从他的每一个建议——也许，高祖不是真正的粗俗，只是为了迎合那些人数最多而又思维简单的庸众，才伪装成和他们是一类人，他是枭雄。

张良辅佐汉王，却因此给自己的故主韩王带来了灾难——项羽为了报复，杀了韩王。

张良认为自己是有罪的，他再也没有回头路可走：既然已经以如此高昂的代价选择了汉王，便只能竭尽全力辅佐汉王建立起一个完美的朝代，才不负这份沉重的血债。哪怕后来许多事情都变了，哪怕高祖不再是原来那个汉王……他也无法回头了。他已经负了一个君主，如果再负第二个，那么他的一生将全无意义。

张良不想让自己的子孙饮下那杯"成仙"的苦酒，更不想让他们用那异能威胁他苦心辅佐建立起来的国家，所以，他最终将那黄石带进了自己的坟墓。

张良死后，朝局发生了天翻地覆的变化，终于有一天，有人破坟而入，想要将他的尸体拎出来羞辱，张良的儿子赶到时，只见到满地黄石，父亲的遗体已踪影全无，于是愤怒地提剑向盗墓贼砍去……

逮捕、判刑、关押……

一代人杰的墓地，从此败落在荒郊野外，再也无人问津。

直到很多年后，他的一个后人被一位皇族所救，才得以回来祭拜先人，重修墓室。

在整理的过程中，一块像是人的拳头状的石块掉落在地上打碎，里面现出了一份帛书。

张良是一个知恩图报、虽死不悔的人，他的后人也是如此。

现在已无法衡量，张良的遗书，到底是福是祸。

他留下了极度危险的丹方，又严令子孙不得威胁汉帝的生命……

谁知道呢？也许他不想让这可怕的事物再流传下去，所以当初才默默地带进坟墓；也许他对那源自远古的传奇充满敬意，不忍在自己手中中绝，所以才写下了一切；也许他早就预料到了这一切，毕竟他那么聪明，曾经也精准地预测过无数次战事……

张汤、汲黯、殷宏三人陷入了沉默。

许久，张汤忽然站起，拿起那块帛书，走到火盆边上。

"你……"汲黯道，"你想干什么？"

张汤道："留着干什么？若是给陛下看到，动了心非要炼这'仙丹'，便是国之大难；若是落到别人手中，难道再来一次寿宫之祸？"

"可……"汲黯欲言又止。

殷宏沉思了一会儿，道："我赞成！"

张汤道："右内史？"

汲黯看着那帛书，想了很久，一咬牙，道："好吧……"

张汤手一松，帛书轻轻地覆盖在通红的炭火上，一缕青烟升起，帛书渐渐变得焦黑。

"呼"的一声，密室的门被撞开。

"父亲，不好了！"张安世气喘吁吁地道，"陛下又不见了！"

尾声

长安城外，两匹骏马拉着一辆精致结实的辎车向东疾驰而去，车中坐着一男一女。

那女人叹道："你竟然真的做到了！可我还是不明白，你到底是怎么做到的？"

那男人笑了笑道："出来前他晕过去了，我跟他换了身衣服。"

那女人"啊"的一声，一时说不出话来，许久，才道："你装得真像，我那时还以为真的是他，你下旨给他疗伤时我还有些诧异——那不是他一贯的做法。"

男人想了想，脸上忽然露出忍俊不禁的神气。

女人好奇道："你想到什么事这么好笑？"

男人道："我在想他大叫大嚷自己才是真的，然后张汤怒气冲冲剥光他衣服验伤的样子……"

"哈……"女人也忍不住大笑起来,笑毕,又叹了口气,道,"其实你有这份聪明,这次又舍掉半条命救他,如果不是为了我,也许高官厚禄都有了。"

"高官厚禄?"男人摇摇头,道,"得了吧,我看不出当官有什么好处。"

女人一笑,道:"好处?你总知道卫大将军吧?当朝第一高官,公卿行跪拜之礼,三子封侯,富贵震动天下,何等风光。"

男人淡淡地道:"我在廷尉府蹲的那间监室,听里面几个老狱吏说,很久以前那里也关过一个大将军。"

女人一怔,过了一会儿,才道:"我朝到现在,一共才封过两个大将军。"

"是吗?"男人漫不经心地道,"他们说,那个大将军,跟皇帝下棋老是赢,皇帝问他:'你看我能带多少兵?'那大将军说:'大概能带 10 万。'皇帝又问:'那你能带多少呢?'大将军说:'多多益善。'皇帝就把棋子一扔,说:'好,那我送你去一个地方,看你还怎么赢我!'然后就让人把他关到这监狱里来,脚上带了几十斤重的铁镣。那大将军在里面无法动弹,只能在地上画个棋盘自己跟自己下棋,后来出去的时候脚已经不能走了,是被抬出去的,却还笑嘻嘻地看着远处未央宫的方向说:'陛下,我下了一局好棋,你知道吗?'显然是疯了……"

后记

此文独立成篇,虽是西汉背景,但与我之前写的《天意》《天命》无关,不过对于看过前作而又有些牵挂的朋友来说,此文多少还算有些小小的彩蛋,可以聊作安慰。

她的简介

钱莉芳，江苏无锡人，中学历史教师，业余写作。作品有长篇小说《天意》《天命》，中篇小说《飞升》。《天意》曾获中国科幻银河奖特别奖。

钱莉芳自小就喜欢写作，崇拜钱锺书，希望有一天能凭自己的笔为自己赢得荣誉，即使做了教师也没有放下自己的梦想。2004年，由四川科学技术出版社以《星云》特刊的方式推出其创作了两三年的长篇历史科幻小说《天意》（2003年在《科幻世界》登出部分章节，之后不久由《星云》发行为单行本），取得全国性的轰动，风靡一时。2018年，《天意》改编为电视连续剧，获得广泛关注。

她的回答

Q1 "科幻"对于你来说意味着什么？（或者换个说法：它与你的生命发生过怎样的关联？）

钱莉芳： 记得在高一时，我在学校图书馆发现一本叫《迷藏》的奇书，看完后被吓得不行，鉴于不能我一个人独自被吓，于是狂热地推荐给所有好友……很多年后，我自己写的第一本小说，和《迷藏》一样，也是穿越类科幻。更神奇的是，《迷藏》的作者，当年我疯狂迷恋的倪匡先生，居然也看到了这本小说，还点名表扬。这是另一种意义上的穿越吧？真是神奇又幸福！

Q2 身边亲朋好友知道你"科幻小说作者"的身份吗？他们是什么态度？

钱莉芳： 大多知道，都是鼓励和赞赏的态度。一些老年亲戚不知道我到底写的是什么，我也解释不清，但他们也都为我高兴，因为老人看着我长大，大多知道我从小就立志要用一支笔为自己创造幸福，见我居然真的心想事成，也很为我感到高兴。

Q3 世界末日之前的一分钟，你面前有两个按钮，红色按钮可以拯救所有
人类，蓝色按钮可以拯救所有除了人类之外的生物，你会按哪个按钮？
（警告：选择蓝色按钮的话，自己也会消失。）

钱莉芳：会按红色按钮，因为我有女儿。

徐渝江

本人没有觉得"女性科幻作者"是什么特别的身份，不管男人、女人，首先都是人，作者都是将自己的思考通过故事告诉读者，只是觉得如果自己要写科学幻想故事，就写点自己感兴趣和熟悉的题材，比如自然科学、爱情、家庭、孩子等，所写的科幻作品也多是以科学技术为基础的幻想故事，颂扬善良勇敢和爱，引导读者以科学思维的方式去思考分析问题，也许是因为我是一位爱写点啥的理科生吧，没有觉得性别与写作有啥特别的关系。

徐渝江

「她」的科幻处女作

徐渝江发表的第一部科幻小说名为《月光下的呼唤》，由湖北少年儿童出版社于2003年出版。

故事讲述一支寻找野人的科学考察队进入神农架，队长阳是一位正直、善良、严谨的野生动物学者，在一次追踪神秘身影的行动中，他掉下了悬崖，就在他快要滑进深渊的时候，他得救了，一个『奇异的动物』将阳背进了一个神秘的山洞，在那里『她』为他治疗摔伤……阳进入了一个神秘的社会。在这个社会里，这些奇异的人科动物自称『亚班』。阳结交了许多亚班朋友，对整个亚班社会有了深刻的了解，但仍有很多未解之谜。阳决定留在亚班社会，永远保守他们的秘密，不让现代人去打扰他们，但他又不忍永远离舍仍在苦苦寻找他、等候他的妻子，在最后去与留的时刻，阳选择了……

四·一班的自然课

徐渝江

上课了

时间：2100 年 6 月 1 日。

地点：地球上一所普通的小学——光华小学。

四·一班有 7 名男生，5 名女生。

班主任是位大帅哥，米姓，自称大米，他也是这个班的全科老师。全科嘛，就是他什么课程都能教，全班 12 名学生的所有课程都由他来教授。

教学之余，大米还兼职科学家和魔法师。

四·一班的全部课程有音乐、美术、体育和自然课。

你说课程少，简单？才不是呢，自然课包括了天文、地理、气象、海洋、动物、植物，等等，你想得到和想不到的知识都属于自然课范畴。他们都要学习，当然这些知识是永远学不完的。这也没关系，学习是无止境的嘛。

学校里没有设语文和数学课，因为语文和数学知识是学习自然和其他一切知识的工具，小朋友们早在进学校之前就具备了读、写、算的能力。就如同上学前，小朋友就学会了自己穿衣、吃饭一样，是理所应当就会做的事情。

上课了。

上午 9 点，在古典名曲《好一朵茉莉花》的音乐声中，同学们蹦蹦跳跳地进了教室，快速坐到了课桌前。

随着有力的脚步声，米老师走进了教室，今天他穿的是天蓝色衣服。

同学们一看老师的衣服颜色，就知道今天学习什么内容，天蓝色表示今天学习气象知识。

米老师微笑着说："同学们早上好！"

"米 Sir 好！"

"老米好！"

"大米好！"

"小米好！"

"米米好！"

"米老鼠好！"

同学们望着自己亲爱的老师，用各自喜欢的称呼，大声地问候。

"今天自然课的内容是学习气象知识，你们愿意怎么上这堂课？"

"上实验课。"同学们差不多是齐声说。

"到天上去上实验课。"

"我想去拨云散雾。"

"我想变成小雨滴。"

"我想飞上太空去。"

同学们七嘴八舌，说个不停。

"想上天？嗯，得让我好好想想。"米老师沉思了……

"别想了，带我们去吧，我们的好老师。"漂亮的女生雪燕扬着她天真的小脸说。

"米老师最好！米老师最帅！带我们去上实验课吧，别再想了。"同学们齐声说。

"去吧，我们会很听话的。"同学们的小领头人小波带头表态。

"是的，我们会很听话。"

"我们会很勇敢的。"

"我们一定遵守纪律，一切行动听指挥。"同学们跟着七嘴八舌地表态。

"好！"米老师抬起的手，轻轻向下压了一下，示意大家安静。

"今天就上实验课，我们将移动实验教室开往大气层！"

"酷！"

同学们欢呼着朝实验教室跑去。

咦，实验教室藏哪儿去了？实验教室的位置上空空如也。

空中有朵雨做的云

同学们停止喧闹，齐齐地望着米老师，他们在等待米老师发布惊喜，因为他们的米老师是位伟大的魔法师。

米老师将身上的天蓝色外套脱下来，向天空一抛。

啊，见证奇迹，一架巨大的飞艇出现在同学们面前。

"移动实验教室。"同学们奔向大飞艇。

实验教室就是这架大飞艇，里面安装有教学所需要的各种仪器和设备。这个实验教室可以飞向天空甚至到太空去翱翔，也可以下沉到海底去探索。

在这里，老师可以直观地教授自然科学知识，学生们仿佛置身于大自然中，可以轻松愉快地学习自然知识。每位学生根据自己的兴趣，学习到的自然知识的内容和深度是不同的。

酷吧！这就是同学们最爱的教室——移动实验教室。

小波坐到了驾驶舱里，因为这次轮到他驾驶实验教室——飞艇。

雪燕坐到了副驾驶的位置上。

每一位同学都兴奋地望着前方。

"各就各位……准备……3、2、1，起飞！"米老师下令。

实验教室升空。

目标：正前方一朵白云，全自动驾驭模式。

"啊！进入云团了，怎么四周迷雾茫茫？"雪燕好奇地问。

"是呀，大家注意，在地面上我们看到的云团，走进来看就成了迷雾。"米老师用他那好听的声音开始授课。

"那雾就是落到地面上的云了？"雪燕认真地问。

"可以这么理解。"米老师答道。

"现在大家可以从观察仪里观察云的形成。"

从观察仪里同学们可以清楚地看到许许多多的水汽分子在相互碰撞，多个碰撞在一起的水汽分子组成一个又一个的小水滴，小水滴还在相互碰撞，组成大一些的水滴，密密麻麻的小水滴在一起就组成了云团。

"空中有朵雨做的云……"雨就是水呀，云就是水做的。这句古老的歌词没错。

突然一股上升气流，将实验教室吹得上下颠簸了几下。

"同学们注意，我们进入的是一团正在发展的淡积云。谁来说说什么叫淡积云？"

"我知道，"小波说，"淡积云团低部平滑，宽度大于高度，地面上看像偏偏的大馒头。淡积云中的气流比较平稳，通常出现在晴朗的天气。'蓝蓝的天上白云飘'，指的就是淡积云。"

"说得很好，"米老师接着说，"如果空气中水汽充分，淡积云中上升气流激烈，它很快就会发展成浓积云，地面上看就像巨大的菜花，有时候像高高举起的大拳头。浓积云高度要大于宽度，颜色看上去比较灰暗。

"浓积云里一般都有比较强烈的上升气流，如果水汽充分，强烈的上升气流和下沉气流会使浓积云再度向更高处伸展，成为积雨云。

"暴雨、雷电、冰雹、龙卷风等世界上最极端的天气现象都是由这种云产生的。"

"啊，太好了，看来我们今天要遇到点刺激的了。"小波高兴地叫道。

遭遇险境

"虽然我们的实验教室有很好的保护设施，在积雨云中做实验还是有一定危险性，因为大自然像烈马，永远不会被人类真正了解，更不能被驯服。我们要做的是敬畏大自然，更多地了解大自然。"米老师严肃地说。

说话间，实验教室开始了更猛烈地上下颠簸。

只见一道接一道强烈的闪电将实验教室团团包围。瞬间，同学们的头发都直直地立了起来。

胆小的女生琪琪吓得"哇"的一声哭了起来，而男生们也吓得瞪大了双眼。

仪器显示这是一连串强大的雷击。

米老师拉着琪琪的手，又拍拍一位男生的肩大声说："同学们，镇静！各就各位，准备撤离！"

"报告老师，自动航行仪失灵。"小波急切地说。

瞬间，实验教室就像一头疯牛，猛烈地旋转。

"哇……"刚刚安静下来的琪琪又大声哭了起来，"我要回家，我要妈妈……哇……"

"别怕！有老师在。"米老师用坚实的手臂搂着瘦小的琪琪，"这是最先进的实验教室，有完善的自动修复功能。"

老师这是说给琪琪，也是说给全体同学听的。

米老师坐到驾驭位上，采用手动航行模式，同时镇定地指挥："小波、雪燕，启动自我修复功能，尽快修复自动航行系统。"

"是！"小波和雪燕像两位临危受命的战士，大声地回答。

老师和他们两位同学的沉着冷静，给胆小的同学做出了榜样。实验教室里一下子安静下来，只有外面呼呼的风声和隆隆的雷声通过监听器传进了实验教室。

实验教室在米老师的操纵下，慢慢停止了旋转，但是强烈的上升气流和下沉气流，把实验教室一会儿抬起到一万米的云顶，一会儿又剧烈下降到几百米高度，实验教室像一辆过山车，疯狂地颠簸。

电闪雷鸣围绕着实验教室，冰雹噼噼啪啪地敲打着实验教室。

在这水汽充足的积雨团里，实验教室碰到的冰粒就粘在了飞艇身上，很快飞艇变成了一块巨大的冰坨，随着下沉气流猛烈地向地面砸下去。

如果飞艇坠落地面……

这绝对不允许！

只见米老师敏捷地拉升飞艇，随着一股上升气流，飞艇又升到了云顶。

米老师沉着冷静地观察外面的气流状况，避开下沉气流的袭击，顺势拨动上升助力器，引导着实验教室冲出了雷电围绕、恐怖黑暗的积雨云团。

消灭龙卷风

啊！大家眼前一亮，太奇妙了，这里完全是另一番世界，四周美丽极了，身边是一片片、一丝丝、薄如窗纱、染着霞光的云彩。

实验教室这是冲到了 1.2 万米的平流层。

"报告老米，系统恢复正常。"小波兴奋地说。

"太好啦！"米老师拍了一下手掌，"注意！现在，我们继续上课。"就像刚才什么事情都没发生一样。

"我们现在到达了平流层，这儿是飞行器最安全的高度，民航飞机一般都是在这个高度航行。"

"同学们注意观察下面那团积雨云的变化！对，就是我们刚刚逃离的那团闪着电光的乌黑的积雨云团。"

"米老师，您快看，那个云团，在猛烈地旋转，中心好像是空的，像一个大旋涡，还向地面伸出了一条小尾巴……"细心的雪燕急切地说。

米老师认真地观察了一会儿："不好！这是一个正在的成长的龙卷风胚胎。"

下面的积雨云团还在强烈演变，好像是几条黑龙在搏斗，乌云翻滚，黑云滔天。仪器显示积雨云团正在快速演变成为超级龙卷风。

"龙卷风是世界上最猛烈的风暴，会给人类造成巨大的灾害，我们得消灭这个龙卷风！"米老师坚定地说。

听米老师这么说，同学们个个来了精神，小波瞪大眼睛："要真的打仗了？！"

琪琪依偎到了米老师的身边。

"琪琪，别怕，有我大米在，一切都是小 case。"

米老师轻轻握着琪琪的小手，对大家说："我们只要再勇敢地接近那个龙卷风云团，从上方向云团中心发射驱云弹，龙卷风云团就会解体，地面就可以避免一场灾难。怎么样，大家敢吗？"

"敢！"小波最先表态。

"我们一定要消灭这股超级龙卷风，要不然，等它的小尾巴变成长鼻子伸下去，就会给地面造成巨大的损失，说不定我们的学校就没有了。"雪燕严肃地说。

米老师感觉到琪琪的手在发抖，他稍稍用力地握了握琪琪的小手。只听琪琪轻轻地说："我……不怕。"

"消灭它……"同学们纷纷表态。

小波和雪燕操纵飞艇从云团的左上方接近云团。就在他们快速穿过云团上部的时候，米老师拉着琪琪的手，果断地发射了一串驱云弹。

飞艇一个急速上升，冲进了平流层。

在实验教室里他们看到了天空最惊心动魄的表演，下方的巨大乌黑云团，像万马奔腾，一会儿就消失在了远方。

"哇，成功喽！"

"胜利喽！"

"四·一，四·一，永远第一！……"同学们相互拥抱欢呼。

"小心，别闹，我们还在天上呢！"米老师提醒大家。

同学们相互做了个鬼脸，立即安静下来。

当他们将实验教室稳稳地降落在学校的时候，晚霞正好布满天空，染红了大地，映照着孩子们兴奋而满足的笑脸。

这的确是精彩又刺激的一堂自然课。

下课！

她 的简介

徐渝江，1982年毕业于南京气象学院，工作于成都高原气象科学研究所，气象高级工程师，《高原山地气象研究》副主编、编审，曾多次参加青藏高原等科学考察，儿童文学、科普、科幻作家，四川科普作家协会常务理事，成都市科普作家协会副理事长。独立著书18部，参加《新世纪少年儿童百科全书》等11套科普丛书的策划和编写。

科普代表作《呼风唤雨——趣味气象学》，科幻代表作《月光下的呼唤》，儿童文学代表作《电脑娃娃系列童话》3本。在国内报刊发表科普、科幻、童话等作品数百篇，多部图书和短篇作品获各类奖。

《挥动翅膀的女孩》是一本描写患脑瘫女儿的成长故事，2014年获四川省"五个一工程"优秀作品（图书类）奖。

2001年获"四川省十佳科普作家"称号，2003年获四川省百佳母亲称号，2005年获中国气象科普先进工作者称号，2007年被中国科普作协评为"全国有突出贡献的科普作家"，2008年获四川省"四川省50年(1958～2008)50位优秀科普作家"称号，2010年获"道德模范·成都好人"提名奖；2012年获四川优秀母亲称号，2019年4月获四川省科普作家协会成立40周年"杰出贡献奖章"。

2013年退休后，主要从事帮助智力残疾孩子康复的公益事业（家有患脑瘫的女儿），任青羊区残联智障亲友协会主席，创办五彩梦想特殊儿童艺术康复中心，带领一批智障孩子和家长，从事绘画训练。多年来，帮助一批孩子从心理、生理、自理能力、社会行为习惯等方面获得全面康复。

倡导：家长先走出来，孩子才有希望，心再坚强也不要独自飞翔。

她 的回答

Q1 想像一下平行宇宙里的另一个自己，你觉得她在从事什么职业？

徐渝江：最先是一位理发师，从发廊小妹做起，然后做幼儿园老师，同时绘画和写作。

Q2 你家里最古怪的一件物品是什么？能说说它的来历吗？

徐渝江：是一只猫，名叫小妖精。它跟着我的脚步来到我家里，逼着我收养它。我只要在屋子里走动，它就会跟着我走，还会跳起来吻我的手（像一只小狗）。如果没有人理它，就自己玩，嘴里衔着玩具还能喵喵叫。它会上树捉鸟，到池塘里抓鱼，并不是因为想吃。它会把这些猎物藏在家里直到被我发现。它还做出把别家的小猫偷来抱着玩自己养的事情（它被绝育了）……它总是很有思想的样子，做出许多古怪的事情。

Q3 你最喜欢自己的哪一部作品，为什么？（请不要回答"最喜欢下一部作品"）

徐渝江：《电脑娃娃》1997年由"川少"出版，写的是一位不想结婚（找不到对象）却想当爸爸的电脑大人，用自己的超强本领，制造了一个儿子——电脑娃娃。爸爸与电脑娃娃一同成长，发生了许许多多温暖搞笑的故事。

这是我出版的第一本书，是我最想写的，是自己的故事。

电脑大人的可笑又严谨的思维，孩子天真可爱的成长及冒险，都是以我的家人为原形创作的。

小说里满满的是我的幻想与希望——爱与善良、冒险与成长。

这本小说得到贵人的指点与帮助，引导我走上了写作的道路。

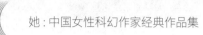

　　我自己只把自己看作"科幻作者"，但由于科幻作者的性别比例悬殊，因此很多人会刻意地提起我是个"女性"这件事，并侮辱我的外表和性别。最近五六年，这些事主要发生在互联网上，但是再往前一点，我甚至遇到过在现实中的直接侮辱。

　　我对自己身为女性这件事抱有愤怒，我对自己身为女性受到的对待抱有更强烈的愤怒，我同样把这种愤怒带入我的作品里，它不仅仅是关于性别的，而且是关于一个人是如何侮辱和损害他人的。

　　在科幻小说里，你可以设定很多现实中不存在的状况，而这些状况会将现实中的恶劣行为——尤其是针对弱者、弱势性别、弱势外表或者边缘群体的恶劣行为——扭曲成戏剧化的事物，通过故事来扩大它们、反转它们或者嘲笑它们，而我经历的一切让我能够更好地把握这种创作方式。

她「三」的科幻处女作

迟卉，2003 年 7 月以笔名雪舞风华在《科幻世界》杂志上发表了《独子》这篇科幻小说，讲述了一个母亲发现自己的独生子被克隆成无数个士兵的故事。

伪人算法

迟卉

引子：一些数字

2042 年，亚洲大陆，棉城。

这座城市里的真人数量为 2248 人，相应地，伪人数量为 1126 万。

与此同时，世界伪人人口总数为 72 亿，真人人口总数为 144 万。

其中只有 127 个人知道世界的真相。

孤独的算法监控员

当城市突然喧嚣起来的时候，艾夏就知道，又有一个真人接近了。

透过算法监控员专用的眼镜，他看到一个体型微微发福的中年男人挽着妻子，领着女儿走过街道，那个男人的身体周围围绕着微微的绿色荧光标识，表示这是一个"真人"，而他的妻子是一个伪人，他的女儿也是一个伪人。

下意识地，艾夏伸手敲打了一下眼镜，城市街道的简图立刻叠加在他的视野之上。程序显示，在这个街区，有 127 个和他有密切关系、使用高级算法运作的伪人，以及用最高级算法运作的 9 个伪人，分别是他的朋友和家属。此外还有 1000 多个强相关伪人，4000 多个弱相关伪人——它们构成了这个男人生活的整个世界。

一个孤独的真人，当然，他自己对这种孤独一无所知，幸福的家伙。

艾夏自嘲地笑了笑，慢慢走出这个男人的相关算法范围。城市在他的四周再一次沉默下来，灯光下人流依旧穿行，但是那些人的举止变得机械僵硬，不再有言谈和欢笑，车子缓慢地驶过街道，司机的手甚至没有放在方向盘上——弱相关算法有几百个 bug，但是为了节约运算资源，没人去费心纠正它们。

伪人算法从来没追求过完美，它追求的是高效率和高互动性，为的是给这个世界上 144 万名躁动的真人一个安定的世界，一个安定的生活。

穿过寂静的街区、暗淡的灯光和举止笨拙的人流，艾夏回到自己的公寓。屋子里安静空荡，算法监控员不需要伪人陪伴，他们拥有全部的真实，以及全部真实的孤独。

他静静地在公寓中央站着发了一会儿呆，皱起薄薄的嘴唇对着空气啐了一口，穿好鞋子，再一次离开家，走进城市的夜色里。

这一次，他刻意寻找那些强相关计算集中的地方，包括超市、大排档、酒吧、夜市……总会有真人来到这样的地方，而伪人们则会被算法调动起来，高效率地运转起来。那一刻世界仿佛真的活着，仿佛每一个擦肩而过的人都是真的。这种时候，他会允许自己暂时忘记伪人算法的存在，真切地试着去生活。

他在一个售卖小宠物的摊子前驻足片刻，试图购买一对仓鼠，但是仓鼠笼子实在太贵，在一番不成功的讨价还价之后，艾夏无奈地离开了两只仓鼠充满期待的黑色小眼睛。

那个和我讨价还价的小贩是伪人吗？他想着，手指摸了摸口袋里的监控员眼镜，最终放弃了分辨的尝试。

他漫无目的地行走着，一路猜测究竟谁才是真人，但是在强相关区，仅凭肉眼，他几乎没法分辨真人和伪人，一样的微笑，一样的注视，一样的言谈举止，时而爆发的大笑，高声的争辩，窃窃的私语……

在夜市转到子夜两点，艾夏感到身心俱疲，视线里，很多伪人的算法已经降低了等级，变成了迟钝愚蠢的弱相关状态，有些甚至干脆停滞在那里不动——这说明附近或许已经没有真人了，艾夏想。

不！他更正自己，只有自己一个真人！算法监控员不被计入伪人算法本身，这让他得以窥见世界的真相，并把握它运转的方式。

他薄薄的嘴唇溢出一个苦笑，搭上了一趟有气无力的公共汽车。司机是个斗鸡眼伪人，目前那家伙正一只眼睛盯着右面，一只眼睛看着地下，而手依旧稳稳地把握着方向盘，将车开往艾夏公寓的方向。

夜色掠过车窗，外面的城市时而喧嚣灵动，时而迟钝安静，深夜的街道上只有很少的真人活动，城市被一个个强相关区域划成小块，中间大部分弱相关区域已经彻底沉寂了下来。艾夏静静看着车窗外，他身边坐着一个伪人老太婆，笔直僵硬如同蜡像。

在公寓前一站，车子发出一阵吱嘎吱嘎的可怕声响，摇晃了几下后停在了路边。

"坏了，下车。"司机生硬含混地说，甚至没有浪费计算资源在合成声音里加上语调。艾夏苦笑一声，起身跟随迟钝缓慢的人流下车。

这里离他住的地方不远，但是要穿过一个黑暗的公园，艾夏迟疑了一下决定直接走过去，虽然这座城市夜晚的治安并不好，但是他已经疲倦到懒得担心抢劫的问题。伪人不会接触一个监控员，而真人……他看了一下地图，这里没有真人。

他穿过公园，昏暗的路灯照亮小路，路边长椅上僵硬地堆着一对情侣伪人，看上去活像时装店里的模特。

突然，那两个伪人活动了起来，发出缠绵呢喃的声音，喁喁地说着情话。另外一条小路上，牵着狗呆立着的散步伪人也奔跑起来，同时活泼地喊着宠物的名字。整个公园在一个毫秒内由弱相关算法进入了强相关算法。

有真人来了。

艾夏迅速取出监控眼镜戴上，但是举目四望都是散发黄色光晕的伪人，却没看到任何一个真人的绿色光晕。

在哪里？

他听到远处传来喊叫声和殴打声，那是拳脚击打肉体的声音，听上去格外不祥，伪人们纷纷逃避，而在监控眼镜的地图上，"Ａ级反制"的红色字样格外醒目。

哦，不！

艾夏开始奔跑起来，他和那个绿点之间隔着两条小路，一道树篱，他索性直接从一人高的树篱中间穿过去，毫不理会树枝打在脸上的疼痛。

Ａ级反制，意味着一个或者一些伪人正在攻击一个真人，并且，它们已经从算法里取得了杀死这个真人的许可。

他穿过小路，绕过拐角，看到三个年轻人正在踢打一个瘦小的身影。

"住手！"他大声喊道。

伪人算法限定第 424 条，监控员指令高于反制指令。

三个伪人停下了动作，算法很快为他们选择了逃跑这一反应模式。三个人互相看了一眼，然后以非常逼真的恐慌模样掉头冲出黑暗的小巷，转眼间消失在巷子另一头。

地上那个瘦小的身影一动不动，在监控眼镜的视野里，淡淡的绿光环绕着他。

艾夏蹲下身子，伸手碰了碰那颤抖火热的臂膀，尝试着将那个人扶起来。那个身影动了一下，抬起一张稚气的污迹斑斑的脸看着他，黑色的眼睛里透出倔强和警觉，脸颊青肿，但是并没有哭的痕迹。

一个真人孩子，还没成年，14岁，或者15岁？但是，在监控眼镜里，这个孩子稚气的脸庞却被一环红色光晕标记出来，旁边注有一行小字：

暴力监控，A级危险。

衰老与任性是双生子

"跟我回家怎么样？"艾夏问。

少年警觉地看着他。

"你可以洗个澡，吃点东西，换身衣服。"艾夏对少年说。

"滚！"少年凶声恶气地回答。

"如果我滚了，那三个家伙就会找到你，然后打死你。"艾夏平静地陈述着——这是100%的事实，这孩子已经被打上了烙印，"暴力监控，A级危险"，意味着任何在算法中符合条件的伪人都有可能杀死他，他有可能死于刚才那三个流氓手中，或者被警察抓住，或者死于某辆转角处突然出现的汽车。

每一个真人都是宝贵的，但是这并不意味着某些时候他们不会被杀死。

少年看了艾夏一眼，又看了看小巷尽头，那三个流氓的影子已经不见了，但是他们很可能埋伏在某处等着艾夏离开。监控员知道，他们的算法是高级相关，也就是说，不会因为男孩和他们的距离拉远就变得迟钝，他们会一直追踪这个孩子，直到这孩子变成一具冰冷的尸体。

"他们不会放过你，但是你可以暂时躲进我家里。"艾夏说。

这一次，少年的神情不再抗拒："你家很远吗？"

"就在附近。"艾夏回答。

"我走不动，我脚可能断了。"少年的眉头皱得紧紧的。

艾夏伸手摸了一下少年的脚踝，脚踝关节的地方肿胀了起来，但是并不像断了的样子："你要去医院吗？"

"不！"少年脱口而出，声音里透着压抑不住的恐慌。

艾夏抬起头注视着少年的脸，路灯的微光下看不清表情，片刻后，他叹了口气："我背你去我家。"

到家没花多少时间，艾夏把少年放在沙发上，跑去从冰箱里翻出几根火腿肠，柜子里还有两包方便面。和少年简单吃了一顿夜宵，然后他把少年抱进浴室——结果就是他和那孩子身上的污垢还有纠结的头发整整搏斗了一个小时。

"去睡觉吧，"他对少年说，"卧室里给你铺好了，你睡床上。"

"你呢？"

"我今晚要加班了。"

"出去？"

"不，SOHO，在家上班。"

少年沉默了片刻，黑色的眼睛盯着他，像井一样深邃的目光："为什么对我这么好？"

艾夏愣了一下。

"我也不知道，"他回答，"也许是因为我一个人待着太久了。"

他又等了一个小时，直到确认少年睡着了，才打开自己的电脑，纷繁的光影迅速填充了书房的整个空间，旋转的星空影像覆盖了墙壁，他置身于千亿星辰的幻象之中。

"这里是艾夏，呼叫瑞安。"他说着，电脑的声控装置随之做出反应。很快，一个身穿短夹克，梳着短发的精干女性形象出现在他的视野里。

"这里是瑞安。"冰冷的女声传来，隐约透着几分怒气，"我在等你呼叫我呢，艾夏，你刚刚干涉了一个反制行动？"

"伪人作证，我有这个权利。"他回答。

"你知道不知道……"瑞安的影像波动起来，定格在一张怒气冲冲的脸上，"你知道不知道你现在安顿在卧室里的那个孩子是什么样的人？"

"在下愿闻其详。"

"你就是故意气我是不是……"瑞安的嘴唇卷起，露出牙齿，做出一个十分不像微笑的表情，但是她的眼睛里却有一丝笑意，"好吧，每个夜晚我都想把我的伪人佣人暴打一顿，能够看到一张真脸不容易，我就浪费我宝贵的时间

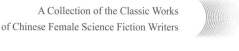

和你解释一下，艾夏，"她拖了一张看不见的椅子坐下来，线条优美的小腿交叠起来摇晃着，"那孩子是 A 级危险，有四桩盗窃，一次抢劫，还有一个谋杀罪名。"

"真人谋杀？"

"伪人谋杀。"

"那构不成反制的理由，我是说，只有真人谋杀才有理由反制。"

"审查委员会认为他是不安定因素。艾夏，这孩子的父母都是真人。"

艾夏轻轻吹了声口哨："真人交流计划。"

"没错，就是那个失败的计划，12 对夫妇，让真人和真人结成家庭并生育孩子，而不是和伪人结成家庭。可想而知，群星在上，真人和真人……无法控制的暴力冲动、强迫症，还有权力欲望和控制欲望，全都在小小的家庭里冲撞，甚至没有一个伪人孩子可以缓和这个家庭的痛苦，所有的疯狂都倾泻在那些夫妇的真人孩子身上……"瑞安微微顿了一下，"具体到这个孩子，他的父亲虐待了他的母亲 10 年之久，然后杀死了他的母亲。他当时目睹了整个过程，当他的父亲试图杀死他的时候，他逃出家门……他的父亲恰巧被一辆拐弯的汽车撞死……不幸的是，他也目睹了这一切。"

"你们认为他将成为一个破坏性因素，"艾夏压低了声音，"那辆汽车不是恰巧吧。"

"不是。伪人算法 799 条，对真人谋杀的反制将在第一时间进行。事情发生之后，我们改写了这条算法，将'有未成年真人在附近时反制不予进行'的限制加了进去，但是对这个孩子来说……"瑞安摇摇头，"对他来说太晚了，我们标记了他，跟踪他，并且试图安排伪人照顾他，但是当他犯下伪人谋杀罪之后，我们决定……"女管理员的声音透出苦涩和艰难，"我们决定抹除他。"

"我能暂时留下他吗？"

"你疯了！"瑞安流露出极度的惊愕和深深的恐惧，"你……你是个真人，艾夏，那孩子也是，真人和真人住在一个屋檐下……伪人在上，你知道自己在说什么吗？"

"你说的那些家庭是极端情况，瑞安，我和你不也是很好的朋友吗？"艾夏这样说，其实自己也没什么把握。

女人用力摇着头，平时精干果断的形象荡然无存，她现在看起来焦急而且不安："那不一样，艾夏，真的不一样！该死的，我们一年联系几次？三次？

四次？你现在说的是把那个孩子留在你身边，那不成……多少年没有人这么做过了。伪人在上，当初我们是为了什么设计伪人世界的，你忘记了吗？"

"我没忘，"艾夏轻声说，"我不可能忘，我们是第一代，瑞安，120年了……我们共事了120年，现在我请求你允许我小小的任性，可以吗？"

女人的嘴角微微抽动了一下，流露出和那张年轻脸庞不相称的衰老神情。

"好吧，"她低声说，"说到底，你有这个任性的权利，但是，你的周围是算法真空区，你不被列入伪人的关注区，那个孩子在伪人相关里，这个冲突必须解决才行。"

"用他的关注区覆盖我的就可以了，"艾夏笑了起来，他从未感觉像现在这样愉快过，"我被世界遗忘太久了，偶尔也让我周围热闹一下吧。"

"那可不是什么好热闹，那个孩子的相关算法很多都包含了负面函数，包括警察函数、骚乱、盗窃、黑帮，还有斗殴函数。"瑞安警告道。

"我能应付。"

瑞安耸了耸肩："你最好真的能，艾夏！"

他们用纸包着火活下去

他曾经是聚居区里最年轻的幸存者。

在这片荒芜凄凉的土地上，在灰暗冰冷的天空之下，这群人聚集在一起，试图在核战争之后的土地上重建一个新世界。他们有知识，还有技术和能力，并没有像末世小说那样筚路蓝缕地从最原始的农耕业开始重建人类文明。

事实上，他们在短短30年里就重建了一切，核战前的那个世界曾经拥有的一切，以及那个世界从来不曾拥有过的技术、知识、智慧和力量。

然后是第二次核战争。

他们一直都相信，第一次核战争的爆发是因为人口过多、资源短缺以及意识形态的对立，他们从未想过在他们重建的世界里，在这个已经征服了衰老和死亡，已经可以造出逼真的拟人机器人，已经挺进太空的世界里……还会爆发第二次核战争。

短短30年的两次核战争几乎摧毁了一切，但是他们仍然有能力从废墟中重建世界，并为自己的能力恐惧不已。

"我们太强大，以至于一个人就可以摧毁一个世界。"瑞安说。

"我们太冲动，以至于一次争吵就可以引发一场战争。"山下恭子说。

"我们无法抑制我们灵魂里真实的暴力倾向，我们向彼此倾倒暴力，因此我们最好彼此远离。"艾夏说。

但是，一个女人提出了那个他们无法回避的问题。

家庭怎么办？孩子怎么办？我们如此强大，一个人就可以摧毁这个世界，一个家庭的嫉妒就可以摧毁这个世界，也摧毁彼此、摧毁孩子，我们的种群怎么办，我们的繁衍怎么办？

"削弱他们。"塞纳威尔说。

"可是，把我们的后代放养到这片大地上吗？让他们继续无限繁衍吗？让他们快速地生长、衰老和死去，而不为他们做任何事情吗？"

"削弱他们、欺骗他们、软化他们，用伪人。被一百头绵羊围绕着成长起来的狮子将不会成为狮子，我们要把"和平"植根于他们的灵魂深处，然后再唤醒他们来到我们中间。"

"你说的是饲养他们，饲养我们的后代！这是人能够做出来的事情吗？"

可是……我们……还是人类吗？

艾夏睁开眼睛，公寓天花板上斑驳的光影映入他的眼帘，已经是上午10点了，他竟然一觉睡到这么晚……

最近，往昔的记忆总是不请自来闯入他的梦境，星轨上的医生说，这是年龄超过200岁之后的必然现象，记忆在钙化，而身体依旧年轻。再过一段时间，他恐怕要接受一个记忆晶体植入手术才行。

他耸耸肩，从沙发上爬起来，去卫生间洗漱。卧室里没有什么声音，男孩也许还没起床。他一面刷牙，一面想着记忆里那个关于人类的问题。

当时没有人回答他。

即使是后来，伪人算法和伪人世界的计划全部付诸实施之后，也没有人回答他这个问题。

孩子们如今安全成长，被伪人父母养大，和伪人成婚，在伪人的包围中老去。除了被反制的有暴力倾向的真人，其他真人都可以安然活到合适的年龄，然后被接到星轨上去。

但是……

他轻轻摇摇头，把纷乱的思绪从脑海里甩掉。

"谢谢。"少年的声音响起，把他吓了一跳。

"啊？哦，没什么，你醒了？脚能走了？"

"只是扭了。"少年活动了一下脚，"谢谢你，我要走了。"

"你要回家了吗？"

少年的身子微微晃了一下，忽略了关于"家"的问题："我留在这儿会给你惹麻烦的。"

"麻烦？"艾夏知道少年杀死了一个伪人，警方肯定会通缉他，这是反制程序的一部分，但是他故意装作不知道。

"没什么……那些流氓……"他的声音变得紧张起来，身体也紧绷着。

"他们不会找到这儿来的，"艾夏故意满不在乎地说，"这个小区的安保很好，如果他们真的来骚扰的话可以打110。你不用害怕，你打算回家吗？"

少年的嘴唇抖了一下："我不想回家。"

"那先留下来好了，"艾夏拍拍少年的肩膀，"跟我做个伴儿。"

这一次，少年没有拒绝。很快，两人就坐到沙发上，就着茶几分享艾夏冰箱里所剩无几的面包和牛奶，权当早午饭。

"哦，对了，你叫什么名字？"艾夏问。

"我叫法雷尔。"

"嗯……好的，法雷尔，我下午要出去，可能很晚回来，柜子里有泡面，你自己应该会泡，我晚上回来给你带肯德基。"

"我想吃麦当劳。"

艾夏愣了一下，然后大笑起来："好，麦当劳。"

他行走在街道上。

监控员眼镜被他放进了衣袋，随身地图也收了起来。艾夏刻意让自己远离伪人算法系统的所有附件，漫无目的地游走在街道上。

他不记得自己这样游走已经有多久了，似乎从这个城市拔地而起，伪人被投放进来，第一批真人孩子入住的时候，他就已经来到这个城市。他的工作是监控伪人算法本身，在任何地方都可以，包括星轨上，但是他还是选定了一个伪人城市住下来，在白天和夜晚漫无目的地游走，自欺欺人地把伪人算法看作真实的生活。

突然，衣袋里的监控眼镜震动起来。

他取出眼镜戴上，迅速翻阅地图投影。在全球地图上有数处红点闪烁，都标有"真人谋杀"和"A级反制"字样。

艾夏迷惑地扬起眉毛。

这不对劲，真人谋杀平均一个月才有可能发生一起，而伪人谋杀不会进入A级反制级别。

他点了几下投影地图，调出最近的红点位置，一个……不，一对红点，就在这个城市里，南航路17号。

他叫了一辆出租车，一路赶到那里的时候，正好看到警察拉起一条黄色的警戒线，从里面抬出一个裹尸袋。

"怎么了这是？"他向身旁的一个伪人老太婆打听。

"杀人了，送货员，和这家人不知道怎么吵了几句，就把这家人给杀了！"老太婆夸张地挥舞着双手。

艾夏藏起心底的不安，和老太婆感叹了几句"世风日下"后，转身走远。

另一个红点出现在这个城市的地图上，清照东巷。

他打出租赶到那里用了半小时，警察已经拉起了警戒线。他从围观的伪人里什么也没有打听到，但是看到一行血迹涂染在巷口的地上。

根据算法监控程序显示，这是又一次真人和真人之间发生的冲突，一人死亡，一人重伤。

有什么地方出问题了！艾夏紧皱眉头，一路走向自己公寓的方向，同时调出算法程序，一个函数一个函数地检查过去。

问题出在人群分割主函数上。

这个函数原本是要将真人分割开来，用各种随机事件和各种合理的非随机事件分割他们的工作、生活、娱乐……让他们不会碰到彼此，真人的暴力倾向只会伤害到伪人，或者极少数情况下，被伪人的反制伤害，但是现在，这个函数被什么人给逆转了。

长久以来，伪人算法一直用伪人包围真人，谨慎小心，就像用纸包住火，只要没有反制许可，伪人几乎都是平和的和彬彬有礼的，它们有效缓解了真人的暴力倾向，但是当函数被逆转的时候，那些原本用于分割真人行动的随机事件转而促进真人彼此接近，甚至过于接近……

只有星轨上的人才能接触到主函数，艾夏焦急地加快了步子，呼叫着瑞安，但是却没有回音。

身后传来刺耳的汽车喇叭声，一辆汽车冲上人行道，在只有几厘米的距离上掠过艾夏，飞快向前驶去。

他被吓出了一身冷汗，无名怒火涌上心头，举起右手对那辆车竖起了中指。

那辆车猛地停下了。

然后猛地向后倒回来。

艾夏完全没来得及躲开。对付一个人是一回事，对付一辆不合常理地驾驶车又是另一回事。他迅速跳向一旁，但还是被车子挂到左边的手臂，世界在他视野里旋转起来，整个人被带得飞了出去，撞在人行道边的垃圾桶上。

他试图爬起来，但是左边的手臂痛得根本撑不起身体。那辆车停了下来，一个大汉怒吼着踹开车门跳出来，透过眼镜可以看到他眼中绿色的光晕。

一个真人。

艾夏试图站起来，却被大汉一脚踹倒在地，他徒劳地举起右手挡住大汉踢打他头部的拳脚，不堪入耳的辱骂伴随着拳脚碰撞肉体的声音涌进他嗡嗡作响的耳朵。

真人遇到真人，算法覆盖算法……这本来可能是那个孩子遇到的事情，但是算法被覆盖了，这个真人带着他的暴力欲望，一起被引到了自己的身边……

可恶，我还以为我可以对付！

他感到恶心、想吐，疼痛令他试图从这个大汉的拳脚下逃开，却被堵在垃圾桶和墙壁的夹角间。

一声奇怪的钝响。

大汉突然停了下来，然后像一截木头一样直挺挺地倒了下去。

法雷尔，那个少年的身影出现在大汉身后，手里拿着一块血迹斑斑的砖头。

他在哭，泪水顺着他稚气的脸颊流下来，咬着牙，似乎准备随时给大汉头上再补一下子。

"我这个挨揍的还没哭呢，你先哭了。"艾夏苦笑起来，慢慢站起身来。少年跑过去扶他，而他心怀感激地接受了这一帮助，"你怎么到这儿来了？"

"我跟着你。"少年嘟囔着。

你怕我去找警察吗？艾夏想着，说出来的话却变了模样："你怕我不给你买肯德基？"

少年"扑哧"一声笑了起来。

艾夏看看那个大汉，后者仍然两眼翻白地躺在地上，呼吸倒是很均匀。

"法雷尔，你能扶我回家吗？"他问。

少年点了点头。

命运是某种逆运算

整夜，警车的笛声响彻整个棉城，一系列真人案件相继爆发，包括斗殴、谋杀、凶杀、强暴和灭门事件。

当天夜里，棉城的真人数量只剩下 1924 人，有 200 多名真人在各种凶杀案里死去，函数还在引导那些真人彼此靠近。当真人遇到真人，灾难和暴力将会呈几何级增加，死亡仿佛一颗引爆的延时炸弹在哔啵作响。

艾夏一整晚都在尝试着联系瑞安，但是始终得不到回音，直到子夜 3 点，一个短信才发到他的终端上。

"到星轨来。"瑞安的脸色苍白疲惫，"立刻来，最快的方式。"

"什么？"艾夏提高了声调。

"我没有时间和你解释了，艾夏，快来！"

说完，瑞安就切断了通信。

前往星轨有很多种方式，不过艾夏选择驾驶自己的飞船，简单快捷方便，还能多带一个人。他考虑再三还是带上法雷尔同行。虽然隐瞒事实很容易，但是他不想把少年一个人丢在急剧混乱起来的城市里。

看到飞船的时候，少年惊讶地张大了嘴巴。

"你是外星人吗？"他问。

"不是。我会向你解释的，这是我的飞船，来吧。"

少年迟疑了一下，迅速跟上艾夏的步伐。

在飞往星轨的路上，他向少年解释了过去的一切历史，以及伪人算法所维持运转的整个现代世界。

"这么说，都是假的？"少年翻来覆去端详着自己细瘦的手指，"我是个伪人吗？"

"不，你是真人。"

"是吗？我怎么知道你不是在撒谎？"

"这个我无法证明。"艾夏笑了起来，"我自己有时候也会想我是不是一个伪人呢。"

"呃……"

片刻的沉默后，少年又问了一个问题。

"我的父母是真人吗？"

"是的。"

"都是？"

"都是。"

"可是你刚才说，你们努力让人们不互相接触。"

"是的。"

"从不面对面？"

"从不，就连我的医生给我做体检都是远程同步。"

"那么我的父母是怎么回事，还有今天的那些事情又是怎么回事？"

"逆运算。"

"听不懂。"

"大约十几年前，我们做了一个试验，想看看真人有没有可能真正相处，于是我们对伪人算法的人群分割函数做了一个逆运算。那个函数是用来分割真人的，但是我们逆转了这个函数，用各种事件将男人和女人引导到一起，并促成他们之间的婚姻，但是结果……简直是灾难性的。"

这一次的沉默更加长久。

"他们不开心，"少年最终低声说道，"他们真的不开心，艾夏，你不懂，他们吵架，他们不幸福，但是他们不知道是谁的错，所有的人都促成他们的婚姻，所有的人都赞美他们的婚姻，每一个人，你甚至觉得如果自己不幸福，那就简直是有罪的，但是他们知道……即使他们不知道伪人，他们仍然知道那不是自己真正想要的婚姻，不是自己真正想要的人，就像我知道那不是我想要的父母一样。我不知道我能恨谁，他们是我的父母啊，那是……没法选择的，命运一样的东西。你不知道向谁喊，你不知道向谁抗议，你只知道事情变成了这样，而且不是任何人的错。于是就只能恨自己、恨一切……没有一样被决定的事情是可以真正带来幸福的，他们根本没有别的选择，我也没有，我知道那种感觉，被决定和被饲养的感觉……"他突然抬起头来，嘶哑着嗓子咬着牙说，"我恨你！我恨你们！"

艾夏什么也没说，只是操纵着飞船泊入星轨。

星轨内部和艾夏的公寓里一样空空荡荡，在这里穿行的伪人仆役都没有费心做出人类的仿真外表，一个个顶着圆圆的金属脑袋走来走去。他领着少年穿行在长长的走廊里，步灯明灭，照亮前方的路。

"这里有真人吗？"少年忍不住问。

"我们分散居住在星轨的不同地方。这个地方很大，我们只有 100 多个人，所以彼此都居住得非常分散。"艾夏解释道。

"那些在下面的世界'老死'的人呢？你说过他们都被接到星轨上来了。"

"嗯，"艾夏点点头，"这就是问题。他们都被冷冻着，没有一个被解冻。"

"为什么？"

"他们不敢。"

说着，两人已经来到了控制室。艾夏推门走进去，让伪人仆役调节好通讯器，如此漫长的时间里，没有任何人和他联系，已经让他觉得奇怪和不安，而瑞安留下的话语也透露出某种不祥的意味。

他深深吸了一口气，坐下来，打开通讯器。

虚拟的影像瞬间填满了整个空间。

人类的果实

"那是什么？"法雷尔紧紧抓着艾夏的手，在他们面前，控制室转眼间变成宽大的虚拟会议室，127 名最初创建伪人世界的人类全部列席于此。而一个孤单的身影站在演讲台上，用年轻而富有激情的双眼注视着下面的每一个人。

那是年轻时候的艾夏自己，是的，年轻，不仅仅是指这具皮囊，那时候他是真正的年轻人，26 岁，所有幸存者中最年轻的一个。

他记得这次会议，他永远不可能忘记这次会议，因为在那之后他将自己从星轨上半永久地放逐到伪人世界里，和他的同类分道扬镳，除了瑞安，他几乎和所有人都断绝了联系。

那个影像开始发言："我是艾夏，艾夏·罗斯。"

"我是艾夏，艾夏·罗斯，我是幸存者中最年轻的一个，但是我要求发言。

"站在这里，我只能看到你们的影像，我们所有人都居住在距离其他人无比遥远的地方，在星轨上我们平均的距离是 120 公里一个人，有些人甚至在外太阳系轨道离群索居。

"我知道你们的恐惧，你们害怕自己、害怕真人，害怕即使是我们之间的对话都可能引发暴力争斗。我们放逐自己，用伪人仆役包围自己，并拒绝所有和其他真人的联系。

"但是我今天必须对你们说话，而我乞求你们倾听。

"我知道伪人世界已经建成，但是我坚持认为，伪人算法并不真的对暴力倾向的控制有用，而事情很可能变得更加糟糕。一个人理所应当要为他自己做出的事情负责，包括暴力行为。我们用伪人世界包办了我们后裔的一切，从自由到环境，而这夺走了他们作为一个人为自己负责的机会。

"我们当初是如此恐惧自己的暴力冲动，却忘记问一句这冲动是否真的是我们天生得来，以及我们是否真的能够为别人去除它们。

"我请求你们放弃伪人世界，我请求你们在我们身边将我们的后裔抚养长大，我请求你们直面自己，直面自己的暴力倾向和欲望，诚实地面对自己、面对自己的家庭和自己的孩子。

"我请求你们把真相还给所有人，包括你们自己。

"将会有死亡，惨烈的死亡和悲哀的死亡，但是也会有希望。我们需要新鲜的血液，新的思考和新的活力，我们已经几十年没有任何新的发明与进步了。我们需要走到一起，聚集到一起，唤醒星轨，我们应该重新建立我们在各大行星的城市，我们需要充实我们的群体，培养我们的后继者，我们应该继续向前，把暴力的阴影抛在脑后。

"将会有战争。

"将会有死亡、战争、饥荒、瘟疫和灾难。

"但是如果我们只是一味逃避它们，而不是迎上去战胜它们，我们将再也不配被称为人类。

"我请求你们回应我。

"我请求你们回应我。

"我请求你们回应我……"

那个孤独的身影一次次请求着，然而偌大的会议室里只有沉寂，仿佛亘古以来就如此沉默，并将继续沉默亿万年。

"请大家就此提案投票。"一个机械女声回荡在会议室里。

一盏、两盏，许多盏表示"反对"的红灯在年轻人的背后亮起，唯一一盏代表艾夏自己的绿灯最终闪烁在126盏红灯中间，仿佛野火中一株弱小倔强的幼苗。

年轻人转过身，走下演讲台。那一瞬间他仿佛衰老了100年，最终定格成如今的模样。

"那个是你。"少年轻声说，汗湿的小手紧紧抓住艾夏的大手。

"是的，"艾夏注视着往昔的幻影，"是我。"

"艾夏，也许我们当初应该听你的。"

两人转过头去，看到瑞安纤瘦高挑的身影幽灵般出现在门口。

"这是什么意思，瑞安？是谁改写了函数？你给我看过去的录像做什么？"艾夏冷冷地注视着面前这个女人。

"函数是我们改写的。艾夏，我只是想告诉你，你是正确的，而我们将不得不改正一些错误。"她轻声说，"你们两个，跟我来。"

他们穿过漫长的走廊，穿过一处处居住区，很多区域已经蒙上了薄薄的尘土，另一些区域也看上去空置了很久。

"其他人都去哪里了？"艾夏问，少年不安地紧紧抓住他的手。

瑞安没有回答。

终于，她在一扇巨大的舱门前停下了脚步。这扇门近 10 米高，20 米宽，足可想见里面舱室的容积。

舱门缓缓滑开。

隔着一堵透明的玻璃幕墙，可以看到在幽蓝的灯光下排列着一个个晶莹的容器，里面是圆润洁白的脑，仿佛一颗颗丰满的果实。它巨大而又充盈，无数枚裸脑在培养液里浮沉，整齐地排列着，填满了整个舱室，一侧还留有一行行通道，等待新的裸脑被放置进去，仿佛人类文明结出的丰硕果实。

"他们都在这里，最初的和如今的，先祖和后裔，"瑞安柔声说，"包括我们从伪人世界收割来的那些人，还有当初创建伪人世界的那些人。"

"为什么？"艾夏最终挤出一声犹如窒息的质问。

"因为恐惧！"瑞安回答，"如果没有肢体就不会伤害别人了，如果情绪可以通过溶液调控就不会有愤怒了，如果所有的思维都连接在一起不分彼此，就不会有憎恨了。"

"所有的？"

"所有的。"

"为什么瞒着我？"他伸手抓住瑞安的衣领。

"我们害怕你，就如同我们恐惧自己曾经的样子一样。你是唯一的反对者，你是……唯一正确的那个人。"

他突然意识到了瑞安用的那个词。

"你们。"艾夏低声说。

"我们，"瑞安点点头，她的脸渐渐蜕化成伪人那毫无表情的脸，"我们。"

艾夏想说话，但是什么也说不出来。

"你在100多年前要求过的，如今我们将会给你。分割函数是我们改写的，甚至那个孩子……"瑞安向法雷尔点了点头，"也是我们引到你的身边的。过去几天发生的事情……只是一个测试，和多年前的那个家庭测试一样，测试的结果表明，真人的暴力倾向在伪人世界里正在急剧增加，你是正确的。所以，我们选择离开太阳系，"瑞安平静地述说着，"我们已经掌握了从幼年胚胎直接培养幼年脑的技术，因此，我们不再需要真人，只需要伪人。再见，艾夏，不，永别！星轨留给你，太阳系都留给你，伪人仆役也会留一些给你，你将成为空荡的世界里的帝王，你将掌握整个算法，你打算给地球上的人们什么，都随你……自由也好，伪人也好，都随你……但是你选择的，你承担。"

说话间，那间巨大的舱室已经远去，而瑞安的声音也渐渐变得模糊含混，最终变成一座毫无表情的伪人雕像。

弱相关计算……他这样想着，无力地跪下去，将脸埋进双手。

不，这不是我选择的！为什么如今却要我来承担？如果当初可以阻止伪人算法的运转，那么世界就不会是这个模样！

在他的监控员眼镜里，算法仍然在运作，死亡和暴力仍然在不断被引发。是的，他是正确的。他还记得，当初设立伪人算法之前，真人的暴力倾向接近10%。但是如今……已经接近了60%。

当一个人被迷失在假象里，不知道该憎恨谁的时候，他就会去憎恨一切；当他的自由被环境摧毁的时候，他就会想要去摧毁一切……就像法雷尔的父母那样。伪人算法并未真正消除真人的暴力倾向，相反，它加倍强化了那些真人的狂躁心理表现。

我能够给他们真实吗？当真人本身已经被扭曲之后？或者，我要继续欺骗他们，将欺骗与和平继续维持下去？

他徒劳地想寻找一些安慰，从那些在地球上的后裔身上，从那些即将陷入暴力、谋杀、毁灭、战争和死亡的自由的人们身上寻找一些安慰，又或者，从那些安静平和地生活在伪人中间、对自己的命运被算法和函数拨弄而不自知的人们身上寻找一些安慰。

不，我找不到！他闭上双眼，向前和向后都是深渊，自由和欺骗都握在他的手中，但是任何一个选择都是他无法承受的重量。

世界变成某种巨大空旷的东西，迅速离他远去，寂静和寒冷将他包围。

"艾夏？"

少年细小的手轻轻落在他颤抖的肩上。

后记 ···

　　事情的开端是在一个 QQ 群里，笑谈起最近的一个想法：假如世界上只有一个人是真的，而整个世界都是为他构架的，这该是多么奢侈的事情啊。

　　米高扬·沙拉巴吉（应要求隐去这位年轻人的真名）跳出来说："不对，其实用不到那么多资源，因为一个人的活动很有限。"

　　黑猫（本文作者）突然就想起了卫斯理的一篇小说，在那篇小说里，卫斯理将人类比作昆虫，在无限的世界里走着永恒的有限的循环路线。

　　"真的用不了那么多计算资源，"米高扬说，"你看在很多游戏里，向远处看去，远景都是模糊的，但是你不会觉得很不舒服，因为生活中我们也看不到非常远的地方。所以只要模拟这个人目光所及的世界就够了，其他的运算都可以节省下来。"

　　于是黑猫和米高扬，以及"七个铜币旅店"QQ 群里的朋友们开始了更进一步的讨论、思考。环境资源可以节省下来，那么这个"真人"周围的"假人"呢？那些和他交谈和他生活起居的机器人，应该是要很多模拟计算资源才能支持的吧？不过，一个人同时可以和几个人接触？和三个人聚会？和一群人聊天？和50个人在一个 QQ 群里扯淡？

　　用不了 50 个，一个 QQ 群里活跃的人不超过 20 个。

　　于是突然发现，伪造一个世界，其实根本不用非常奢侈。而真人无从发现这一切，因为在他的感知范围内的一切都是很逼真很正常的。

　　其实，这是一个古老的悖论：

　　你永远无从知道，在你的感知范围之外的世界，那一刻究竟发生了什么。

的简介

迟卉，科幻小说作者，出生于中国东北，目前和她的猫一起暂居西南。1993年提笔，2003年发表第一篇作品，写作至今。喜欢美食、电子游戏、绘画和自然观察。长篇科幻作品有《终点镇》《伪人2075》等，同时在《科幻世界》杂志社担任编辑工作。

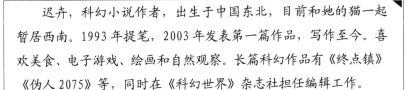

Q1 一年里，你通常花多长时间用于写作？一天里呢？

迟卉：我每天都写作，但是不会确定写多长时间。如果是短篇小说，我会一口气写完，如果是长篇，我会写一章或者一节，又或者花几个小时把已经写完的部分修改一遍。

Q2 想像一下平行宇宙里的另一个自己，你觉得她在从事什么职业？

迟卉：她可能是一个植物学家或者鸟类学家，一个野外工作者，做的是最基础的观察——记录——分类工作。如果我能够回到大学再做一次选择，我会选择这条和我的性格最相合的路。

Q3 你家里最古怪的一件物品是什么？能说说它的来历吗？

迟卉：我的家里有两个钟，一个钟上显示的是当地时间，另一个钟的时间要慢两个小时。

我的故乡在东北边境，中国的最东边，而我工作的地方在成都，中国的西南。

两地之间使用同样的北京时间，但是事实上有两个小时的时差，这导致了我的时间习惯和周围的人始终无法同步。我的体感时间跟随阳光，而阳光在成都是个稀罕玩意儿，所以我只好挂起一只"家乡钟"，来调节自己的作息。

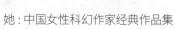

　　我很长时间都没有意识到自己是个"女性"科幻作者，后来被外界打上了标签，才知道"女性"是个被突出的前缀，但我自己内心始终不觉得"男性科幻作者"和"女性科幻作者"存在什么本质差异。诚然，男女思维方式的区别反映在作品中造成一些区别，但我更倾向认为那是人和人的差异，而非性别造就，不单单在科幻创作上，其他方面也是。

因可觅

她[三]的科幻处女作

因可觅的科幻处女作是 2003 年 9 月发表于《科幻世界》的《无所谓真实》，当时她订阅了《科幻世界》，突然有一天看到杂志上出现自己的文章，非常惊喜，她的写作之路就是从那里开始的。

《无所谓真实》是一个很简单的小故事，大概就是……生活和世界如果是个美好的谎言，我们还要不要追求真实？大家在这本选集里就能够看到。

无所谓真实

因可觅

有什么东西遗失了吗？我闭着眼，将记忆从头开始大致梳理一遍，至少，现在没有发现什么不对，但这其实是毫无意义。是啊，我心中轻叹，既是遗忘，仅凭记忆又能知晓什么？

慢慢站起身，恍恍惚惚地向外走去，一些职业化的笑容晃动着闪到一旁，我赶紧加快几步。出了大门，阳光一下子洒下来，明亮得有些刺眼，闹市喧嚣的车声和尘土扬起的气味扑面而来。

应该是下午吧，我瞥了一眼街对面巨大的电子日历，看来整个过程不到 30 小时呢，效率可嘉，不过实在不想再回头看那幢冠冕堂皇的建筑了，新风行的所谓这个时代最刺激迷人的娱乐方式，也不过如此。我心中不无嘲弄地问自己，你就真的空虚无聊到如此地步了吗？

重生果真也没有任何特殊感受，回到家，洗个澡，睡一觉，又是新的一天了。虽然当时的痛楚还记忆犹新，死亡的感觉却远不如想象的神秘奇妙，只如同一团朦胧的薄雾在脑中某处弥漫，却难以捕捉。

丹娅来看我，一进门就大声埋怨："安可你这两天去哪儿了？找了你这么久，以为你失踪了呢！"

"事先不想让你知道，否则你一定不让我去。"我微笑，"我去了'濒死体验'。"

"哦？"她扬了扬眉，一副惊诧的样子，"那种事情很危险啊，别出什么问题才好。"

我懒得再说什么了。

其实人有很多要求，本来是极不合理的，却都能在这个时代被一一满足。比如有些人对死亡怀有深切的向往，却缺少告别的勇气，于是一旦技术允许，提供这类服务的商业公司便应运而生。他们让你佩戴上记录意识的仪器，选择一种自己喜爱的方式死掉，然后他们复制你的身体，注入你的灵魂，使重生的你也带有对生命最后时刻的隐约回忆。

我便是被这种念头诱惑了。

然而不幸的是被好友丹娅言中，我的记忆真的出了问题。

两天后的休息日，一阵敲门声扰乱了我的闲适。我打开门，外面是一个陌生的男人，他竟然一把握住我的手，眼里闪动着喜悦："安可，我提前回来了，给你一个惊喜。"

我下意识地抽回手："你是……"哦，陌生人，其实也有点眼熟呢，我脑中泛起模糊的印象，"你是……彦？"

　　"怎么了？好像才认出我似的，"他进屋随便地坐下，像是认真地问，"有没有想我？"

　　什么嘛，这个我的大学同学，已经几年没联系了，为什么突然出现？还摆出一副和我极其熟悉的样子，心里有点不舒服，我想我并不是太热情："这几年没见，你还好吧？"

　　他很奇怪地看着我："什么几年没见，我才离开你一个星期而已。"

　　我突然有种不祥的预感，难道……不会吧？

　　紧张兮兮地去找丹娅，她还没听我说完便叫起来："彦是你的男朋友啊！只出差一个星期，你不会把他给忘了吧？"

　　我的心沉下去："不，这个人我是记得的，"我低声说，"也记得在校时他曾追求过我，但当时被我拒绝了。你说他现在是我的男朋友？交往的过程，我确实是一点都没印象了。"

　　丹娅焦急地望着我："你不会是说真的吧？安可，你的记忆是有问题了。"

　　再一次看到彦的时候，我几乎不敢看他伤感的眼睛。"你真的不记得了吗？"他有点失神地问我，"我们一起经历的那些，都不记得了？"

　　我语塞，我的恋爱过程就这样在我自己的记忆中整个消失了，我曾翻出过去我们的合影，努力去回忆他说的种种细节，却始终找不到哪怕一星半点的痕迹。

　　现在懊悔是于事无补的了，我怀着一线希望去了之前提供服务的公司，但这最后的希望很快也消失得无影无踪了。

　　"要想找回丢失的记忆恐怕是不可能的，"接待我的负责人说，"为了保护客户的隐私，我们并没有保存客户记忆的备份。"

　　"我的记忆因你们的失误而不完整了，难道你们不该为此而负责吗？"

　　"是否是由于我们的失误还有待核查，"他礼貌地笑了笑，"况且，我们所签的合约中并没有说明若出现此类问题我们应承担怎样的责任。这本来就是最危险刺激的游戏，小姐，这您应该是知道的。"

　　"那我们只好法庭上见了。"我冷冷地说。负责人无奈地耸耸肩，说了声："请便。"

　　我确实曾盘算着要诉诸法律，但思虑再三还是放弃了。是的，合约中没有相关的条款，法律中也尚未有此类条文，如果起诉，虽然结果未知，但过程必定是艰难而冗长的。就算胜诉又怎么样，我的记忆是找不回来了，又何必再为此白白浪费时间？

只是我对彦，怀着深深的愧疚。现在的我对他的了解停留在 6 年前，一个校园中不能再普通的身影。那时我当他是生命中的过客，只留下一个平淡如水的印象。现在我仍是这种感觉，却有事实告诉我，我们的关系已不止于此，曾经有过誓言和承诺……这些压迫着我，让我倍感沉重。

彦对我，并没有责怪或埋怨的意思，这让我更加内疚。他总是对我温和地微笑，他知道我的喜好和习惯，尽量小心地照顾我。我看得出他想维持过去的状态，但那已是不可能，毕竟我们之间缺少的东西过于重要，又难以弥补。有时我们说了几句无关紧要的话，就一下子陷入尴尬的沉默，那个时候他的表情……让人心痛。

一次同学聚会，彦约我同去，我犹豫一下便同意了，可在聚会上我如芒在背，朋友们含义暧昧的眼神，以及背后隐约的一两句窃窃私语，都让我难以忍受。聚会尚未结束，我便逃离现场，彦从后面追上来，和我沿街漫步。

这一次他在夜风中对我说的话，使彼此关系有了一次转折。

"我们分手吧，"他异常冷静地说，"我知道你的感受，这样下去对谁都没有好处，但是，"他深深地看了我一眼，又带上那种温和亲切的微笑，"请允许我，开始重新追求你。"

我心中涌上一种感激，他是如此理智而宽容，轻易地为我卸下沉重的包袱。"谢谢你，彦。"但这句话，我没有说出口。

从此他绝口不提过去的事，一切仿佛重新开始。他每天送我一枝不同颜色的玫瑰，一周约我一次，一般是在周末。我失眠的夜里，他总是在电话另一端轻轻哼着歌。我对这一切带着淡淡的笑容接受，从不曾拒绝，也不能够拒绝。而既然是重新开始，我也就轻松许多，他的体贴和关怀渐渐成为我生活中的一部，也许，这本就是我生活中的一部分，只不过我终于又一次感受到。

这样的日子持续了很久，一直到我终于可以轻声问自己，你是不是"爱"他，是不是？

"安可，你会接受他吗？"有一次丹娅这样问我，"你会重新接受他的吧，会吗？"

我笑而不答。

一切的进展仿佛都是理所当然，我想我并没有欺骗自己。总之，一年后，彦向我求婚的时候，我微笑地伸出了手。那一瞬间，我仿佛从不曾丢失什么，绵长的记忆又一次充盈我的心胸，满满的，柔和的，长久温暖。

……

时光飞逝的含义只有在静静回想时才能体会真切，日子流星般轻盈地在你眼前闪过，落到远处，无声无息，只有当你突然看见它们堆砌而成的数字时，才蓦然惊觉。一天、两天、一年、两年……

我和彦结婚十周年。

那天我们举办了一个小小的庆祝晚会，在准备一切时，我感到一种淡淡的幸福，它不激烈、不张扬，如同细润的泉水在我心中涓涓流过。这么多年我常常有这种感觉，雨天彦给我送伞的时候，突然间想起他的时候，也许我们就是这样一路走过，平淡而温馨。

而至于我丢失的一段记忆也丝毫没有影响什么，毕竟，短暂的空白是可以用日后一点一滴的甜蜜逐渐弥补的。

这样的生活应该是满足的吧，我想。

很晚的时候，只留下我最要好的朋友丹娅，彦喝了一些酒，脸色微红。我泡了一壶茶，水汽氤氲而升。我的身边是爱人和朋友，这样的夜晚，美好得像是梦境，也适合聆听和诉说，这是我后来才想到的。

"看到你们这么和谐，真好。"丹娅欣慰地说，"安可，当初彦追你时可是费了不少心思哦。"

"你指的是第一次吗？"我微笑，也不无遗憾，"可惜，我都不记得了。"

"不，其实不是这样的，"彦突然冲动地脱口而出，"安可，其实你并没有丢失记忆。"

"什么？"我惊异。

我看见丹娅同样惊异。彦对她说："你把真相告诉安可吧，我相信自己，也相信她。"

"真的要我说吗？"丹娅问。

彦重重点头，目光一直垂下去。我却紧张不安，真相？

"好吧，"丹娅沉默一会儿，才说，"是的，安可你并没有丢失记忆，那只是一个善意的谎言。你知道吗，当时彦刚从国外回来，向我打听你的情况，他从大学时代开始就仰慕你，我早就认为你们是天造地设的一对，可那时的你那么孤傲冷漠，我真的担心你们会彼此错过。恰好，你那时刚刚去了'濒死体验'……"

我愕然，一时说不出一句话。是的，把一切连起来想想，一切并不是那么无懈可击，只不过我没有发觉。

"你没事吧，安可？"丹娅紧张万分地问，"这一切都是出于对你的爱，你们现在不是生活得很好吗，你不会钻进牛角尖吧？"

彦只是紧紧地注视着我，一言不发。

我起身，拉开了窗，我需要室外冰凉的空气帮助我冷静一下。今夜的月光原来很好呢，人造月比自然月略大一些，光芒虽更清冷，也更加皎洁明亮。这样有什么不好吗？我问着自己。

许久之后，我轻叹一声，好把胸中的沉闷驱逐出去："没事的，你们放心吧。"最后我笑了一笑说。

她 的简介

因可觉，80 年代生人，生性不宅，然深居简出。

无职业经历，始终以写作为生。

2003 年至今于数十家纸媒发表作品 200 余万字。《雷峰塔》荣获 2011 年中国科幻银河奖，《量子离歌》等作品获得豆瓣原创征文大赛科幻奖等奖项，另有多部幻想类作品入选《中国网络文学精选》《中国最佳科幻小说》《中国最佳奇幻小说》等作品集。此外涉足多个类型题材写作，如悬疑推理、女性情感、儿童文学、影视剧本等。出版有《盛夏十年雪》《月见之章》《她的骄傲》等多部长篇小说。长篇小说有声版曾由中央人民广播电台制作播出。

她 的回答

Q1 一年里，你通常花多长时间用于写作？一天里呢？

因可觉：一年里大概有 200 天在写作吧，如果是长篇创作期，会更多一点。一天的话，三四个小时是常态，思路比较顺畅或者死线临近就七八个小时。

Q2 "科幻"对于你来说意味着什么？（或者换个说法：它与你的生命发生过怎样的关联？）

因可觉：科幻带我走出抑郁！少年时期有一些迷惑和偏激的想法，但是星空指引我的道路！也通过科幻阅读和写作，遇见了我生命中重要的人。

Q3 世界末日之前的一分钟，你面前有两个按钮，红色按钮可以拯救所有人类，蓝色按钮可以拯救所有除了人类之外的生物，你会按哪个按钮？
（警告：选择蓝色按钮的话，自己也会消失。）

因可觉：蓝按钮。感觉是不需要纠结的一个问题，因为失去生物圈人类无法存续，而失去人类其他生物可以继续生存。对我来说这不是一个灵魂拷问，更像一个逻辑问题。

夏筎

　　"女性"本身就与"科幻"之间存在复杂的张力，很难找到一个天然合法的位置，但近年来我开始将科幻理解为一种跨越边疆的思维方式，在这个意义上，一切处于弱势和边缘地位的文化身份（性别、阶级、种族），都有可能提供某种反思"常识"，反思主导性意识形态霸权的位置，提供关于"另类"想象的文化与身体经验。所以"女性"应该像"科幻"一样，不仅仅是携带种种刻板印象的狭义标签，而是一个兼容并包的、面向未来敞开的范畴。

夏茄

她 [三] 的科幻处女作

夏笳 2004 年在《科幻世界》杂志上发表了自己的第一篇科幻小说《关妖精的瓶子》，讲述一个被关在瓶子中的妖精如何与物理学家麦克斯韦打赌的故事，灵感来自于《热力学与统计物理》课本中的『麦克斯韦妖』。

童童的夏天

夏　笳

一

　　妈妈告诉童童，过两天外公要搬来家里面一起住。

　　外婆去世以后，外公一直是一个人住，妈妈说外公干了一辈子革命工作，闲不住，一把年纪了还天天去诊所坐诊，前两天下雨地滑，回家路上摔了一跤，把脚摔坏了。

　　幸亏及时送到医院，脚上打了石膏，休养几天，可以出院了。

　　妈妈特意叮嘱："童童，外公年纪大了，脾气不好。你是大孩子了，要懂事，不要惹外公生气。"

　　童童点着头，心想，我从来都很懂事的呀。

二

　　外公坐在轮椅上，像个小电动车似的，手边有个小操纵杆，轻轻一推就能前后左右地跑，真好玩。

　　童童从小就有点害怕外公。外公的脸方方的，眉毛白白的、长长的，像硬硬的松针一根一根翘着。她从来没见过谁的眉毛有那么长。

　　外公说的话她也有点听不懂，口音很重。吃晚饭的时候，妈妈跟外公说请护工的事情，外公只管一个劲儿摇头，连声说："没的事诶！"这句童童倒是听懂了。

　　外婆生病那阵子，家里也请过护工，是个农村来的阿姨，个子小小的，力气却很大，能抱着胖墩墩的外婆下床、洗澡、上厕所、换衣服。这些童童都见过的。后来外婆去世了，也就再不见她来了。

　　吃完了饭，童童打开视频墙玩游戏。游戏里的世界跟现实世界太不一样了，游戏里的人死了就是死了，不会生病，也不会坐轮椅。妈妈和外公还在旁边你一句我一句，爸爸走过来说："童童，别玩了，再玩眼睛要坏掉了。"童童学外公的样子，一边摇头一边说："没的事诶！"爸爸妈妈都忍不住笑了。外公却不笑，板着个脸阴沉沉的。

三

　　过两天，爸爸领了一台呆头呆脑的机器人回家。圆圆的脑袋，长长的胳膊，两只白白的手，脚下是一对轮子，可以前后左右地转动。爸爸按了一下机器人的后脑勺，它鸡蛋一样光溜溜的脸上闪了三下蓝光，紧接着显出一张年轻人的面孔，活灵活现的很是逼真。

童童很吃惊，问："你是机器人吗？"

那张脸笑了，说："你好，我叫阿福。"

童童又问："我能摸摸你吗？"

阿福说："你摸吧。"

童童就摸了摸阿福的脸，又摸了摸它的胳膊和手。阿福身上有一层软绵绵的硅胶，像人的皮肤一样暖暖的。

爸爸说，阿福是果壳科技公司的新产品，还在测试阶段。它最大的优点就是像真人一样聪明灵活，能削苹果，能端茶倒水，还能做饭、洗碗、绣花、写字、弹钢琴……总之有阿福在家，绝对能把外公照顾好。

外公还是阴沉着脸不说话。

四

中午吃过饭，外公坐在阳台上看报纸，看着看着睡着了。阿福悄无声息地过来，把外公稳当当抱起来，挪到卧室床上，盖好被子，拉上窗帘，轻手轻脚关门出来。

童童一直跟在阿福后面盯着它看。阿福摸了摸童童的小脑袋，问："你怎么不去睡午觉？"

童童歪着头问阿福："你真的是机器人吗？"

阿福笑了，反问："怎么，不像吗？"

童童又仔细看了一阵，很认真地说："你肯定不是。"

"为什么？"

"机器人不会像你这样笑。"

"你没见过会笑的机器人吗？"

"机器人笑起来的样子都怪吓人的。你笑起来不吓人，所以你肯定不是。"

阿福笑得更厉害了，它问："你想看看我的真面目吗？"

童童郑重地点了点头，心里怦怦直跳。

阿福来到视频墙前面，从头顶上方发出一束光来。光打到墙上，显出一幅画面，画里有个人，坐在一间乱糟糟的房间里。

画面上的人跟童童挥了挥手，与此同时，阿福也用一模一样的姿势举起手挥了挥。童童仔细看，那人身穿一件薄薄的灰色长袖外套，戴着灰色手套，上面有许多细小的灯在发光，他脸上还戴着一副大大的眼镜，眼镜后面的脸白白瘦瘦，倒是跟阿福的脸一模一样。

童童看得呆了，说："原来你才是真的阿福呀！"

那人挠了挠头，怪不好意思地说："阿福是我们给机器人起的名字，我姓王，不然你叫我小王吧。"

小王告诉童童，他其实是一名大四学生，正在果壳科技公司的研发部门实习，阿福就是他们团队的产品。

小王又说，现在社会老龄化越来越严重，很多老人生活不能自理，自己儿女没有时间精力照顾，住老人院又怕孤单，对专业护工的需求就变得越来越紧迫。如果家里有一个阿福，平时不用就让它歇着，需要的时候下个指令，就有护理人员上线为老人服务，省去耗费在交通上的时间和费用，也能大大提高效率。

小王还说，现在的阿福是第一代测试版，全国一共有 3000 套，也就是 3000 个家庭在试用。

小王还说，几年前他奶奶也生病住过院，他有照顾老人的经验，所以自愿报名来他们家看护外公。

小王还说，恰巧他跟外公算半个老乡，能听懂外公的乡音，如果是机器人就不行了。

小王还说了很多专业名词，童童听得半懂不懂，但她觉得好玩极了，像科幻小说一样精彩。

童童问："那外公知不知道你是谁呀？"

小王说："你爸爸妈妈都知道，外公还不知道。先别跟他说，过几天慢慢告诉他。"

童童信誓旦旦地保证："没的事诶。"她和小王都笑了。

五

外公在家闲不住，让阿福推他出去转，转了一次回来，嫌天热，不肯再去了。阿福偷偷告诉童童，外公不习惯坐在轮椅里被人推着走，觉得路上人都在看他。

童童却觉得，没准他们是在看阿福。

外公不愿意出门，一个人在家又怪闷的，脸色就更加阴沉，隔三岔五摔摔打打地发脾气，有几次他指着鼻子骂爸爸妈妈，爸爸妈妈都不吭声，低着头任由他骂，过一阵子童童去厨房，却撞见妈妈躲在门后面偷偷抹眼泪。

外公变得不像以前的外公了，要是不摔那一跤该多好呀！童童越来越不爱在家里待，家里的空气让她憋闷。她每天一大早就跑到外面去玩，吃饭的时候才回来。

爸爸又带回来一样新奇东西，也是果壳公司的产品，是一副眼镜。爸爸让童童戴上眼镜在屋子里走，她看见听见的一切就在家里的视频墙上清清楚楚显现出来。

爸爸问："童童，你愿意做外公的眼睛吗？"

童童愿意，她对一切新鲜玩意儿都充满好奇。

六

童童最喜欢的季节就是夏天，夏天可以穿裙子，可以吃西瓜、吃冰棍，可以去游泳，可以在树干上捡知了壳，可以光脚穿凉鞋在雨地里走，可以追着雨后的彩虹跑，可以玩得一身大汗去冲凉水澡，可以喝冰镇的酸梅汤，可以去池塘里捞蝌蚪，可以摘葡萄、摘无花果，可以晚上在院子里乘凉、看星星，可以打着手电筒去捉蟋蟀……总之，夏天里一切都是好的。

童童戴着眼镜出去玩。眼镜沉甸甸的，老是顺着鼻梁往下滑，她真怕它会掉下来。他们一群小伙伴，有男的也有女的，十好几个人，自从放了暑假，天天聚在一起疯玩。小孩子玩起来老是没个够，旧的游戏玩腻了，第二天就发明新花样，累了热了，就浩浩荡荡杀去小河边，像下饺子似的扑通扑通跳到河里面去，头顶上大太阳晒着，河水却那么清凉，多痛快！

又有人说去爬树。树在河岸边上，好高好粗的一棵龙槐树，像要把蓝天刺穿似的，真是一条龙变的吧。

却听见外公在耳边急忙忙地喊："童童，别爬树，危险！"

原来眼镜还能传送声音！她快活地高喊一声："没的事诶，外公！"爬树是童童的长项，连爸爸都说她上辈子属猴子的，可外公还是嗡嗡叫唤个不停，听不明白，吵死了。童童摘下眼镜扔在草丛里，脱掉凉鞋，觉得一身轻松，像一朵云直往天上飘。

树很好爬，茂密的枝干好像伸出手来拉她。童童越爬越高，把其他人远远甩在下面，眼看就要爬到树梢顶了。风呼呼吹着，太阳透过一丛丛叶子洒下万点金光，世界那么安静。她停下来歇一口气，却远远听见爸爸在下面喊她："童童！快——下——来——"

探头一看，黑黑的一个人影，像只小蚂蚁似的，真是爸爸。

回家的路上被骂了一路。

"多危险！一个人爬那么高！怎么这么不懂事！"

她知道是外公告诉爸爸的，除了他还能有谁？

自己不能爬树，还不准别人爬，外公真没劲，还让她在朋友们面前丢那么大一个人。

第二天，她还是一大清早就跑出去，却再不肯戴那眼镜了。

七

阿福说："外公是担心你，万一你掉下来把腿摔断了，不就跟外公一样要坐轮椅了吗？"

童童噘着嘴不说话。

阿福说，外公透过眼镜，眼睁睁看着童童往树上爬，急得连喊带叫，差点儿自己栽个跟头。童童却在心里赌气，有什么可担心呢，比那再高的树她都爬了，从来没摔过。

眼镜用不上了，打包寄回果壳公司。外公又一个人在家里无所事事，不知道怎么心血来潮，翻出一块旧棋盘，硬拉着阿福陪他下象棋。

童童不懂下棋，搬个小凳子坐在一旁看热闹。她喜欢看阿福细细白白的手指，拈起那些颜色泛旧的木头棋子轻轻放下，喜欢看它思考的时候指尖在桌上滴滴答答地敲。那手多好看呀，简直像是象牙雕出来的。不过几盘下来，她也看出阿福不是外公的对手，才走了没几步，外公就啪的一声"吃"掉一颗棋子，嘟囔一声："臭棋！"童童也在一旁帮腔："臭棋。"

外公又加一句："还机器人呢。"他已经知道阿福是由人操纵的了。

外公赢了几盘棋，居然神气起来，脸色也变得红亮，甚至摇头晃脑哼起了小曲。童童也忍不住跟着高兴，之前的不愉快好像全扔到了九霄云外，只有阿福哭丧个脸。

他说："我另给您找个对手吧。"

八

童童回到家，吓了一跳，外公变成了个怪模样！

他也穿着薄薄的灰色长袖衣服，戴着灰色手套，上面亮晶晶的发光，脸上也戴着大大的眼镜，两只手在空中比比画画。

对面的视频墙上也有个人，却不是小王，是另外一位陌生的爷爷，满头白发，倒是不戴眼镜，面前摆着一盘棋。

外公说："童童，这是赵爷爷。"

原来赵爷爷是外公的老战友，前不久刚做了心脏支架手术，也是一个人在家里无聊，他家里也有一台阿福。

赵爷爷也爱下棋，也成天抱怨阿福下得臭。小王灵机一动，给外公寄了一套操纵阿福的传感装备，再通过家里的阿福教外公怎么用。没过几天，外公就能指挥赵爷爷家的阿福下棋了。

不仅能下棋，还能用家乡话聊天，聊得外公神采奕奕，兴奋得像个小孩子。

外公说："童童你看好了。"

他两手在空中一抓，画面里一双白白的手，就把木头棋盘稳稳端了起来，轻轻转了一圈，放回原处。

童童睁大眼睛看呆了，这双手难道是外公的吗？简直比魔术还神奇。

她问："我能试试吗？"

外公就把手套脱下来给童童戴上。手套有弹性，童童的手小，却也不显得很松。童童试着动了动手指，画面里阿福的手也动了两下。

外公说："童童，跟赵爷爷握握手。"

赵爷爷笑眯眯地把手伸过来，童童试着握了握。她感觉到手套里面微妙的压力变化，好像真的握着一个人的手似的，还热乎乎的，这可真的太好玩啦。

她通过手套去摸阿福面前的棋盘、棋子，还有旁边冒着热气的茶杯。指尖上居然传来灼热，童童吓了一跳，手一滑，茶杯落在地上啪地摔碎了，棋盘也掉了，棋子稀里哗啦滚了一地。

"哎呀，这孩子！"

"没事没事。"赵爷爷连忙摆手，他要去拿个笤帚来扫地，外公不让他去，说："老赵你别动，小心手，让我来。"他戴上手套，指挥阿福把棋子一个一个捡起来，把地上的垃圾清扫干净。

还好外公没生气，也没把童童闯的祸告诉爸爸。

"小孩子心急。"他笑着跟赵爷爷说。赵爷爷也呵呵地笑。

童童心里有点委屈。

九

爸爸妈妈又跟外公吵起来了。

吵的却跟以前不一样。外公还是一口一个："没的事诶。"妈妈语气却越来越严厉。到底为什么吵，童童在旁边越听越糊涂，好像跟赵爷爷的心脏支架有关系。

吵到最后妈妈说："什么没的事，有事怎么办！您就再别胡闹了！"

外公气坏了，把自己关在屋里不肯吃饭。

爸爸妈妈又给小王打视频电话，这次童童才大概听明白了。

赵爷爷跟外公下棋，下着下着一激动，心脏病犯了。据说是支架没放好的缘故，当时家里没有人，是外公指挥阿福给赵爷爷做了急救，还打电话叫了救护车。

经过抢救，赵爷爷脱离了危险。

可谁也没想到，外公竟然提出，要去医院看护赵爷爷。

不是亲自去，是派阿福去，外公在家指挥阿福。

可外公自己还是个需要人照顾的病号啊，谁来看护外公呢？

外公说，等赵爷爷康复出院，他就教赵爷爷使用传感设备，两个老人相互照顾，也不需要别的护工了。

赵爷爷倒是一口答应了，可是两家儿女都觉得实在太荒唐。连小王也一时间转不过弯来，想了半天他才说："这个事情，我得向部门领导汇报一下。"

童童想，通过阿福下棋，这个容易明白，相互照顾可怎么照顾呀？她越想越觉得复杂，难怪小王也要头痛了。

唉，外公就像小孩似的，一点儿也不听大人话。

十

外公老是待在屋里不出来，起初童童以为他还在生气，后来才知道，事情在不知不觉间起了大变化。

最大的一个变化是，外公变忙了，他又开始像以前一样每天给人看病，却不是去诊所里坐等病人上门，而是戴着传感设备，操纵别人家的阿福，替各家各户的老人们问诊、搭脉、开药方，他还想让阿福给病人推拿针灸，为了锻炼这项技术，竟然指挥阿福在自己身上扎针！

小王说，这个想法将会对整个医疗系统产生翻天覆地的影响，未来的人们或许再不需要去医院挂号排长队了，医生们可以上门服务，或者在每个小区的卫生所里安置一台阿福，看病将变得轻松许多。

小王还说，他们公司的研发部门已经成立了一个小组，专门研究医用型阿福的改进方案，并且聘请外公做他们的顾问。于是外公就变得更忙了。

外公自己腿还没好利索，暂时还是小王看护他，不过小王说，他们正在筹划建立一个网络系统，让有闲暇、有爱心的人都能注册账号，远程登录全国各地的阿福，照顾老人、小孩、病人、宠物，参与各种各样的社会公益活动，这也是变化的一部分。

如果这项计划成功的话，将真正建立起一个古书里面说的"大同社会"。"人不独亲其亲，不独子其子。使老有所终，壮有所用，幼有所长，鳏寡孤独废疾者，皆有所养。"

当然，也可能会有各种弊端和风险，譬如网络安全、入室犯罪、操作失误造成的意外，等等，但既然变化已经来了，就必须去面对它们。

甚至还有更意想不到的变化。

小王给童童看了许多视频，阿福们在做着各种各样的事情：炒菜做饭、照顾小孩、维修水电、种地浇花，也有开车的、打网球的，还有教孩子下棋、写书法、拉二胡、刻印章的……

操纵这些阿福的，都是一些原本需要被人照顾的老人。有的老人腿脚不好，但是耳聪目明；有的记性不行了，但年轻时练就的基本功还没忘；还有好多人身体没有大毛病，只是精神不振郁郁寡欢……但现在，大家都八仙过海各显神通了。

阿福竟然能有这么多种玩法，之前谁都没想到。这些年过古稀的老人，怎么会有这样的想象力和创造力呢？

印象最深刻的，是十几台阿福组成的民乐队，聚在一个公园的池塘边，吹拉弹唱好不热闹。小王说，这支乐队在网络上已经小有名气了，指挥它们的是一些双目失明的老人，所以就叫"老瞎子乐队"。

小王最后感慨地说："童童，你外公带来的是一场革命啊！"

童童想起妈妈以前常说外公是老革命，说他"干了一辈子革命工作，这么大把年纪也该歇一歇了。"外公不是医生吗？什么时候干的"革命"？"革命"到底是什么样的工作？为什么要干一辈子？

童童想不明白，但她觉得革命真不坏，外公又像以前的外公了。

<h2 style="text-align:center">十一</h2>

外公每天都精神抖擞，得空便亮开嗓子唱两句：

"辕门外三声炮响如雷震，

"天波府走出我保国臣。

"头戴金盔压苍鬓，

"铁甲的战袍又披上身。

"帅字旗斗大穆字显威风，

"穆桂英五十三岁又出征。"

童童笑嘻嘻地说："外公，您都 83 岁啦。"

外公不生气，摆个立马横刀的姿势，脸色愈发红灿灿的。

再过几天，就是外公的 84 岁生日了。

<h2 style="text-align:center">十二</h2>

童童一个人待在家里玩游戏。

冰箱里有做好的饭菜，童童自己拿出来热热吃。傍晚天阴沉沉的，空气湿闷，知了"喳——喳——喳——"地叫个不停。

天气预报说晚上有暴雨。

墙角里蓝光闪了三下，有个身影悄无声息地移动过来，是阿福。

童童告诉阿福："爸爸妈妈带外公去医院了，还没回来。"

阿福说："你妈妈让我提醒你，下雨别忘了关窗。"

他们一起去把所有窗户都关上。瓢泼大雨下了起来，打在玻璃上像咚咚战鼓声。黑云被一道白一道紫的闪电撕扯成很多块，一个炸雷滚落，震得天地间隆隆作响。

阿福问："你怕不怕打雷？"

童童说："我不怕，你呢？"

阿福说："我小时候怕，现在不怕了。"

童童突然想到一个以前从来没想过的问题。

"阿福你说，是不是每个人都要长大？"

"应该是的。"

"长大以后呢？"

"长大以后就老了。"

"老了以后呢？"

阿福不回答。

他们打开视频墙看动画片，是童童最喜欢的《彩熊寨》。不管外面的雨怎么下，彩熊寨里的小熊们永远幸福快乐地生活在一起。也许一切都是假的，也许只有小熊们的世界才是唯一真实的。

看着看着，童童眼皮开始打架了。雨声哗哗，像是在催眠，她把脑袋靠在阿福身上。阿福抱起童童，挪到卧室小床上，盖好被子，拉上窗帘，它的手像真人一样暖暖的。

童童嘀咕一句："外公怎么还不回来。"像是在说梦话。

耳边有个声音悄悄地说："睡吧，童童，睡醒了外公就回来了。"

十三

外公没有回来。

爸爸妈妈回来了，脸色都不好，像是疲累得厉害，却更加忙，整天整天地往外跑。童童一个人待在家里，还是玩游戏，看动画片，阿福有时候来给她做点饭吃。

过了几天，妈妈把童童叫过去，告诉童童，外公脑袋里长了一个肿瘤，上次摔跤，就是因为肿瘤压迫了神经。之前去医院检查，查出来了，医生建议尽快开刀动手术。外公年纪大了，做手术有风险，可硬拖着更危险。爸爸妈妈找了好多大医院咨询，商量了一宿又一宿，最后一咬牙，还是得做。

瞒着外公，把医院偷偷联系好了，跟外公说只是个脑血管小手术。

手术做了一整天，终于成功了，取出来的肿瘤有鸽子蛋那么大。

手术后外公一直在昏迷，到现在还没醒。

说着说着，妈妈突然抱着童童大哭起来，哭得泪流满面，身子抽得像一条鱼。

童童抱着妈妈，看见她头上一根一根的白头发，一切都显得很不真实。

十四

童童跟着妈妈去医院。

天真热呀，大太阳那么耀眼。童童和妈妈打着一把伞走在路上，妈妈手里提着一罐刚从冰箱里取出来的红红的果汁。

一路上没有什么人，只有知了"喳——喳——"地叫个不停。这个夏天终于快过去了。

医院里很凉快，她们在走廊上等了一会儿，有个护士走过来说外公醒了，妈妈让童童先进去。

外公的模样很陌生，白头发剃短了，脸有点儿肿，一只眼睛上蒙着纱布，另一只眼睛闭着。童童握着外公的手，心里很慌，她想起外婆来了。周围尽是一些管子和仪器，滴滴答答响着。

护士在一旁叫外公的名字："醒醒呀，外孙女来看你了。"

外公把闭着的眼睛睁开了，紧紧盯着童童。童童动一下，那只眼睛也动一下，但他不能说话，也不能动。

护士小声说："跟你外公说说话，他能听见的。"

童童不知道说什么，她用力握住外公的手，感觉外公也在握她的手。外公，她在心里叫了一声，外公你还认得我吗？外公的眼睛一直跟着童童转。她终于叫出声来："外公！"

眼泪落在白色的床单上。护士连忙哄她："别哭，别哭，让你外公看见多不好。"

童童被领出病房，在走廊上哇哇大哭了一场。

十五

阿福要走了，爸爸要把它打包寄回果壳公司。

小王说，他本想亲自来找童童一家人道别，但他住的城市实在太远了，好在现在通信技术发达，以后视频电话都方便得很。

童童一个人在屋子里画画，阿福轻手轻脚走进来。童童在纸上画了很多小熊，用蜡笔涂成各种颜色。阿福看了一会儿，它看见一只个头最大的小熊，像彩虹一样五颜六色的，小熊脸上戴着一只黑色眼罩，只露出一只眼睛。

阿福问童童："这是谁呀？"

童童不说话，她抓着蜡笔，一心一意把所有颜色都涂到小熊身上。

阿福从背后抱了抱童童，它的身子微微颤抖。童童知道阿福哭了。

十六

小王发了一段视频给童童。

他说："童童，你收到我寄给你的包裹了吗？"

包裹里是一只毛茸茸的小熊，像彩虹一样五颜六色，戴着黑色眼罩，只露出一只眼睛，跟童童画的一模一样。

小王说："小熊身体里的传感器连接着医院的监控仪器，有你外公的心跳、呼吸、脉搏、体温。如果小熊闭着眼睛，就是外公在睡觉，如果外公醒了，小熊就会把眼睛睁开。

小王说："小熊看到听到的一切，都会投影在医院墙上。你可以跟它说话，给它讲故事，给它唱歌，外公都能看见听见。"

小王又说："他一定能看见。外公虽然身子不能动，但他心里面一定是醒着的。所以你要多跟小熊说话，多陪它玩，多让它听见你的笑声，这样外公就不会寂寞了。"

童童把耳朵贴在小熊胸口，果然有咚咚的心跳声，很慢、很低沉。小熊胸口暖暖的，随着呼吸一起一伏，睡得可真香。

童童也要睡了，她把小熊放在床头，给它盖上被子，她想，等明天外公醒了，我要带他出去晒太阳、去爬树、去公园里听那些爷爷奶奶唱戏。夏天还没过去，好玩的事情还多呢！

"没的事诶，外公，"她轻声说，"等你醒来，一切都会好好的。"

后记

我想把这篇小说献给我的外公。8月是他的忌辰，我会永远记得跟他在一起的日子。

也献给那些每天在公园里打拳、舞剑、唱戏、跳舞、遛鸟、画画、写大字、拉手风琴的爷爷奶奶，你们让我知道，向死而生并不是一件那么可怕的事。

虽然用了一个小孩子的口气来叙述，但这篇小说真正要讲的是革命。在我看来，革命不是大碗喝酒、大块吃肉、大秤分金，不是一人登高振臂一呼应者云集，革命是弱者和绝望者改变现状的勇气，是叫千万普通的男男女女老弱病残鳏寡孤独知道，生活应该更美好，也能够如此，只是需要想象力，需要勇气、行动、团结、爱与希望，需要一点对亲人和陌生人的理解与同情。这是每个人与生俱来的可贵品质，也是科幻所能够带给我们最好的东西。

的简介

王瑶，笔名夏笳，北京大学中文系博士，西安交通大学中文系系主任、副教授，加州大学河滨分校访问学者（2019.5～2020.5），从事当代中国科幻研究。著有《未来的坐标：全球化时代的中国科幻论集》（2019）。从 2004 年开始以笔名"夏笳"发表科幻与奇幻小说，作品七次获"科幻世界银河奖"，四次入围"全球华语科幻星云奖"。已出版长篇奇幻小说《九州·逆旅》（2010）、科幻作品集《关妖精的瓶子》（2012）、《你无法抵达的时间》（2017）、《倾城一笑》（2018）。目前正在从事系列科幻短篇《中国百科全书》的创作。作品被翻译为英、日、韩、法、俄、德、藏、波兰、意大利等多种语言，用英文创作的超短篇小说Let's Have a Talk发表于英国《自然》杂志科幻短篇专栏，英文短篇作品集 *A Summer Beyond Your Reach: Stories* 于 2020 年出版。除学术研究和文学创作外，亦致力于科幻小说翻译、影视剧策划和科幻写作教学。

她 的回答

Q1 如果要在一座荒岛上独自生活一周，你会带上哪一本书？为什么？

夏笳：《荒岛生存指南》，或者关于该地区自然环境的介绍类书籍。为了更好地生存，也希望借此机会接触自然，多学习一些相关知识。

Q2 "科幻"对于你来说意味着什么？（或者换个说法：它与你的生命发生过怎样的关联？）

夏笳：科幻从我年幼时的业余爱好，变成如今我工作与生活的主要内容，每次想到都感觉自己很幸运。

Q3 如果能和任何一个已经死去的人共进一次晚餐，你希望是和谁？

夏笳：我的外公，想把《童童的夏天》读给他听。

E伯爵

我其实对自己的认知是倒过来的，首先是一个作者，第二个是这个作者写科幻，第三个这写科幻的作者，是一位女性。只要不是对这个标签抱有特定的性别期待，我觉得它就是一个温和的，我可以平静对待的标签。

ε伯爵

她 的科幻处女作

E 伯爵正式发表的第一部科幻作品是 2005 年 1 月在台湾出版的单行本《午夜向日葵》。

故事是设定的未来世界，因为战争和污染，世界已经看不到太阳，人类生活在黑暗之中，各种辐射与污染使得无数正常人成为世人鄙视的畸形的界外人，然后在其中一个隔离区，发生了一连串的界外人渗入事件，整个故事就是围绕这些渗入事件来讲的。

月光浮城

E伯爵

楔子

24 小时制， 8: 00 a.m.

塞巴斯蒂安从卧舱醒来，洗了个澡，然后吞下一管乳状的药剂，缓解长时间低温休眠引起的恶心反胃，然后他拿起放在一旁的小小的银十字架，吻了一下，挂在脖子上。

毛球站在他面前摇着尾巴，向他问好。它的虚拟影像有点问题，尾巴尖的动作略微延迟，不过声音还是那么讨人喜欢，如同五六岁小男孩儿一样说话的金毛大狗，谁不喜欢呢？所以即便知道把电脑设计成这样是为了给宇航员舒缓压力，塞巴斯蒂安还是忍不住用手去撸撸它那没有触感的毛，看它像真正的狗一样愉快地吐着舌头。

"我们走了多远了，毛球？"

"根据航行日志，现在是我们从 102 号的殖民地出发的第 1532 天，其中实现的近光速飞行有 124 小时，我们现在正在人马座附近星域航行，这几年我没有发现任何值得探索的行星。"

它说完，抬起前爪擦了擦鼻子。

"离下一个航段还有多久？"

"一个月后。"毛球抬了下爪子，地面上浮现出这个区域的星图，"以及您独自值班的时间是 23 天，在最后一周大卫·赫尔曼先生会醒来，跟您交接工作。他的单独值班时间是 60 天。"

"魏吉呢？他应该跟我交接工作，他提前唤醒了我。"

毛球突然坐下，抬起头来，它黑豆似的眼睛里闪动着一点点奇特的光芒，似乎是电子火花在深处串过。

"他死了，先生，"男孩儿的声音清晰地说，"'阿姆斯特朗'号探索飞船宇航员魏吉，三天前死于舱外维修作业。"

死了？

塞巴斯蒂安把脸转向窗外，他们正慢慢地穿越过拥有一颗恒星的星系，刺目的光芒在经过飞船窗户的滤光层之后变成柔和的银白色，在舱内的金属地板上投射出一个椭圆。

塞巴斯蒂安站起来，伸出手，那光芒将他原本有些黝黑的皮肤变得白皙，并且白得有些不真实。

这让他想起了月光。

安静的死亡

塞巴斯蒂安在运动机械上慢跑，十字架在胸口跳动着，光靠电流来刺激肌肉恢复还是太单一了，他需要流点汗。

毛球蹲在旁边，有一下没一下地摇着尾巴，同时把之前的监控录像播放给塞巴斯蒂安看。

除了隐私设置以外，这艘飞船上的任何一处都在摄录范围内，也包括飞船舱外的部分。塞巴斯蒂安看着魏吉最近的录像。

那个亚裔男性——准确地说是华裔——起床、锻炼，然后去流理台做饭。虽然毛球会让烹饪机调配好营养均衡，口感也近似于实物的食品，但是塞巴斯蒂安知道魏吉喜欢自己动手弄吃的。他会煞有介事地把营养粉末和无土栽培的蔬菜瓜果放在一起炖，或者炒，做出奇怪的东西。塞巴斯蒂安在某一次工作交接的时候，被他招待过，实话说他不觉得这么做出来的东西能比毛球程序安排得更好吃，但魏吉乐此不疲。

他做了饭以后，就开始坐到操作台前按部就班地检查航行数据。毛球蹲在他的脚下，欢快地摇着尾巴，同时将飞船的状态一五一十地告诉他。他会在船里走动，检修一些受损部位。

当这一切做完以后，毛球会主动跟他玩一会儿，但时间并不长。他似乎不太喜欢狗，毛球有一次变成猫，他的兴趣也不大。

魏吉更愿意做的事情是坐在窗户边，看着飞船外面的宇宙。有时候他一坐就是几个小时，甚至忘记了吃东西，但毛球来提醒他以后，他会笑一笑，起身离开。

到了 24 小时制的夜晚阶段，毛球就会让窗户的滤光度改变，就好像光线也慢慢地在减弱。这时候魏吉就会让毛球弄一些打发时间的全息游戏或者是看看老电影，再回到床上睡下。

在这几天的录像中魏吉的生活就是这样，而大约算得上异常的，就是让毛球执行了几个呼叫和搜索程序没有得到任何回应之后，他趴在操作台上，把脸埋进胳膊，身体有些发抖，但他很快恢复，抹了把脸就离开了。

在他临死前的两天，一切都没有什么异常，但那个时候毛球汇报说飞船舱外的隔热层有个接口出现了裂缝，估计是被空间的碎屑划过，维修机器人难以操作，必须人工修复。

于是魏吉去换上了舱外航天服，走出了飞船。

他飘浮在黑色的宇宙中，白色的宇航服让他看起来像个幽灵。

"他是怎么死的？"

塞巴斯蒂安问道，录像中的魏吉已经修好了裂缝，正摸着绳索往回走，在进入飞船以后他开始颤抖、抽搐，然后倒在地上。

"舱外航天服里面的一根管道突然断裂了，大量的高浓度氧气喷出来，而且航天服内的气压也突然变成了高压，导致了魏吉急性氧中毒，"毛球顿了一下，"我采取了急救措施，但是他的肺很快就水肿了。"

从录像中能看到，医疗机器人迅速地行动起来，就在原地给失去意识的魏吉切开了航天服，然后进行急救，但这似乎效果并不太好。机器人们将他抬起来，送到医疗室。它们尽力了，塞巴斯蒂安能看出来——这就是让人沮丧之处，哪怕科技再发达，也不可能让人长生不老，也无法消除所有对生命的威胁。

魏吉挣扎了一天，最后在昏迷中死去。

"最终的死因是什么？"塞巴斯蒂安问道。

"肺部功能丧失，大脑缺氧，还有感染并发症，"毛球低下头，"我很抱歉，先生。"

它的情绪反应程序让它做出了很正确的表达。

"带我去看看他。"

毛球站起身，向着储藏间走去，它让一个密封的长方形的可变塑料盒弹出地板，露出了被密封起来的尸体。"他在三天后必须执行葬礼。"毛球说，它指的是按照航行条例将这个有机材料的棺材和尸体都经过处理以后转变为飞船的能源。为此，活着的人应该对他表示谢意。

塞巴斯蒂安打开了密封盒子，看着魏吉的模样。

他比自己和大卫都要年轻，按照传统的计算方法，他应该在上个月的 2 号刚满 34 岁。因为这艘船为了让宇航员们的生活尽量有规律，依然采用了古老的地球历法，每天还设定 24 小时制，这么一来，每个人还按照地面上的规律生活，能在正确时间来庆祝生日，甚至是过节。

魏吉跟他们一样，已经在"阿姆斯特朗号"上待了 5 年了。塞巴斯蒂安发现自己好像没有感觉到他的衰老，或者说，他在他活着的时候从来没有注意到，但是这个时候他发现了，魏吉的黑发中有几根显眼的银丝，他的眼角和眉毛都下垂了，嘴唇旁边有深深的纹路，他的脸上说不出是什么表情，也许是烦恼，也许是失望，但塞巴斯蒂安觉得，一定不能说是痛苦。他死的时候，并不痛苦，这大概是值得欣慰的事情。

在这具尸体上还有一些治疗留下的伤痕，特别是那些切开以供插管的创口，失去生命以后肌肉都呈现出一种暗淡的红色，像是张开的小嘴，却没有办法发声。

塞巴斯蒂安把手指放在十字架上默祷，然后在魏吉的额头按了一下。

他起身看了看周围："他的航天服在哪里？"

毛球走到墙壁处，一个小抽屉慢慢伸出来，那里面放着一件破损的航天服，白色，有点泛黄，头盔里有些呕吐物的痕迹，躯干部位的压力服则已经被剪开了，那是医疗机器人抢救魏吉时的留下的。

"我扫描过航天服，"毛球在旁边说，"是压力装置出现了问题，虽然没有达到使用年限，但是的确有管道因为老化而断裂了。"

"把破损部位的三维图像做好，等会儿我来看看。"

"好的，先生。"

塞巴斯蒂安伸直了弯曲的腰背，对金毛大狗说："我觉得，三天后你应该唤醒大卫。"

毛球歪了歪头："为什么，先生？"

"葬礼，我们应该全体出席，这是一种礼貌，"塞巴斯蒂安又顿了一下，"也是一种传统。"

毛球又用前爪擦了擦鼻子："好吧，先生，但这不符合航行安全条例，我必须上报一切意外情况。"

"然后呢？"塞巴斯蒂安问道。

毛球黑豆子一样的眼睛闪闪发亮："先生？"

"你把魏吉的死讯传给殖民地基地了吗？"

"立刻上传了，先生。"

"还是没有任何回音吗？"

毛球点点头。

塞巴斯蒂安又看了看魏吉沉静的遗容："他跟基地联系了几次？"

"5次，此外还给'玛雅'号、'玛格丽特'号和'朝阳'号都发送了呼叫信息。"

"但是依然没有收到回复？"

"是的，先生。"

塞巴斯蒂安点点头，重新密封好魏吉的尸体，站起身来，然后让毛球自己去"叼球玩儿"，虚拟大狗小跑着离开，它的背影中尾巴部位的图像延迟依然很明显。

他慢慢地走回到驾驶舱中，在这个半圆形的房间中踱着步子。关闭状态的操作台很小，为了节约空间收缩得像一个单人的吧台，而两侧的窗户滤过的光投射在它的身边，就好像聚光灯一样。这艘船的大脑在这里，同时连接着动力舱——这艘船的心脏。他们三个人轮流在这里值守，很少有交集，为了在这不可预知的宇宙探索中尽可能延长工作时间，他们都在轮流休眠，寂寞是当然的，但同时，每次工作交接的短暂相处就成为他们唯一的社交时间。

他们是最亲密的同事，却又很陌生。他们设定的工作时间是 10 年，也许 10 年过后，他们就会逐渐淡忘对方，不过……死亡应该让塞巴斯蒂安牢牢地记住魏吉。

他抬头看了看天花板，毛球设置的报时钟飘浮在船舱中，甚至还用了一个复古的圆形钟面。

现在应该是接近正午的时候，塞巴斯蒂安觉得有些饿了，他可以如同以前一样命令毛球调配出符合他口味的食物，但现在他忽然有些想动手自己做一些东西。

烹饪机器在飞船中部的地方，这样拿着食物去驾驶舱还是返回休息舱都很方便。

在一个两平方米见方的小隔间里，一个 U 形的吧台旁边有一台烹饪机，而中间则光秃秃的没有任何东西。塞巴斯蒂安在桌面上触摸了一下命令按钮，于是吧台上出现了一个小巧的保鲜格，里面放着原料和食物。

在一堆粉末、颗粒和脱水蔬菜中间，塞巴斯蒂安看见一个小盒子，他打开以后看到两个圆形的厚厚的饼。塞巴斯蒂安拿起一个看了看，它是用食物原料捏起来的，只有巴掌大小，形状不算很规则，一看就是手工制品，没有经过烹饪机器的协助，表面上似乎刻画了一些弯弯曲曲的图案，经过烘焙以后，这些图案变成了深色，有些地方呈现出焦黑的样子。塞巴斯蒂安仔细辨认着这拙劣的手绘，大概能看出是天空和星球。

它们都还没有变质，闻起来有一股说不出来的香味，好像是如同面包一样的味道，也有点像另外一种合成粉末。

塞巴斯蒂安将其中一个掰开，看到中间暗红色的馅料，他伸出手指挖了一块儿放进嘴里。

甜的，他想，有点像巧克力。

孤单送别

大卫·赫尔曼醒来的时候，状态比塞巴斯蒂安好得多。他有高加索人和蒙古人的混血特征，虽然个子不算高大，但身体结实。他对于自己被提前唤醒这件事有些吃惊，但是当毛球端正地坐在地上将发生的事情一五一十地报告以后，他就冷静下来，像一个训练有素的航天员那样迅速地把自己打理好，然后去后舱见了塞巴斯蒂安。

"长官。"大卫向塞巴斯蒂安行了个礼。

"你好。"

在一艘三人小型探索飞船上，其实所谓的指挥官和船员的区别并不明显，但是大卫以前是殖民地舰队的军人，据说祖先更是来自地球的第一支宇宙舰队，所以有很传统的军人作风。尽管现在他们工作的这艘船并没有军方背景，而只是殖民地议会的派遣船，但他的用语依然让塞巴斯蒂安有种在军舰上的错觉。

塞巴斯蒂安指着地上那个密封的箱子："毛球已经把事故告诉你了，对吗？"

"是的，长官。"

"我们要为魏吉举行葬礼。"

就像处理垃圾一样将这个人的一切转化为可以再利用的能源，让死者帮助活人继续活下去，这听起来有点讽刺，但转念一想，如果真有灵魂的话，也许这个埋葬方法倒是让死者能留在飞船上，不会让他独自徘徊在这无边无际的宇宙中。

大卫看着那个密封箱子，有些黯然地点点头："毛球说已经查清了死因，是吗，长官？"

"是的，舱外航天服出现故障导致事故，没有能抢救回来。"塞巴斯蒂安简单地说，"毛球已给你看过事故报告了吗？"

"是的，我想再得到您的确认。"

"我确认。"塞巴斯蒂安挥挥手，"请过来，我想让你看看这个。"

他带着大卫来到了烹饪机器面前，把那个掰开的点心和完整的那个放在他面前。

"长官？"

"这是魏吉在临死前三天左右做的东西，我吃了一小块，好像还没坏。我让毛球检测过了，没有什么问题，你想尝尝吗？"

大卫的脸上有些愕然，他看着塞巴斯蒂安，似乎不明白他是说真的，还是在开玩笑，但塞巴斯蒂安把点心往他面前推了推，甚至笑了笑。

大卫不太喜欢这个指挥官，尽管他明白应该听从指挥官的安排。

在这个漫长的旅程中，塞巴斯蒂安和他的接触应该比魏吉还多，因为塞巴斯蒂安可以判断他们需不需对某颗符合要求的行星进行深度探测，大卫的意见则是重要的参考，而对于主要职能负责飞船驾驶方面的魏吉来说，其实工作上需要交流的东西还要少一些。

但是塞巴斯蒂安信教，这让大卫觉得很不可思议，作为一个科学家，在了解了宇宙和物质的那么多知识以后，依然会佩戴十字架，这让大卫对他的专业程度产生了一点怀疑。

宗教已经式微，但却从来没有灭绝，它甚至会在人类的发生危机的时候再度壮大，尽管从地球移民之后的几次大灾难都是由科学家化解拯救而非神，但奇怪的是，这并没有让一些人改变他们的想法。

也许他们最终信仰的其实是虚无，大卫这么觉得，他们的心灵依然需要一些无形的动心才能被安慰。

他自己并不会赞赏这种行为。

现在他觉得，塞巴斯蒂安让他吃魏吉留下的食物，这种悼念实在太具有象征的意义。

大卫紧绷的表情让塞巴斯蒂安忍不住笑了笑。

"魏吉不是个好厨师，这我们都很清楚，"他对大卫说，"但至少东西还能吃，别担心会难以下咽。"

大卫犹豫了一下，还是掰下一块吃了，这比他想的要好一些，尽管他不喜欢吃甜食。

"这种糕点不像他平时做的。"塞巴斯蒂安说，"在上面原本是刻了花纹，我觉得像是一颗卫星，从某个行星上看卫星的样子，因为有云层。"

"也许是地球。"

"哦？"

"跟我们殖民地的景色不同，现存的 8 个殖民地里，没有哪个只有一颗卫星的，最少的是 564 殖民地，但是也有 3 颗卫星，而且云层很厚。"

"是吗⋯⋯这么说倒也很像。"

"不过，长官，我不明白为什么您会这么关注这个糕点。"

"这算是遗物吧。"塞巴斯蒂安说，"魏吉⋯⋯他的祖源说明好像是华裔，对吗？"

从地球出发，开始在宇宙中四处漂流以后，人们将地球作为祖籍，而 DNA 档案的建立则让他们能够将来源锁定到原始星球的某一个区域，这种标签成了他们个人资料中的一个栏目。有些人几乎从来没有注意，而有些人则会一直牢牢地记住，甚至像仪式般将一些东西传承下去。

大卫是前者，魏吉是后者，而塞巴斯蒂安说不清自己究竟算是哪一种，也许他只是知道而已，但除了十字架，他能记得的并不太多。

大卫点了点头："是的，我记得他的档案中是这么写的，而且他也强调过几次。"

"毛球，"塞巴斯蒂安把虚拟的金毛大狗叫过来，"你查一下，华裔的饮食习俗中有什么跟这个东西相像吗？"

金毛摇着它图像失真的尾巴，欢快地吐着舌头，空气中立刻投射出文字和图片。

"哦，是叫作月饼的糕点。"塞巴斯蒂安说，"华裔的节日里'中秋'才会做的，而且这个节日还和地球公历的计算方法不一样啊⋯⋯是华裔的古代历法。真是奇妙，魏吉居然还能够保持着这样的习惯。"

大卫耸耸肩："恕我直言，长官，我觉得这是毫无意义的行为。我们现在进入了宇宙时代，历法其实就需要根据不同的殖民地来制定，依旧采用古老的地球公历本身就很困难了，而人为地去记住一个已经死亡的历法，更是不会对现在有任何帮助。"

"你也知道华裔的古代历法？"

"我的 DNA 分析有一部分是蒙古人种，大概也是来自地球亚洲某处的，我读过一些相关的材料。"

"原来如此。"塞巴斯蒂安点点头，"那么魏吉其实应该很愿意跟你做朋友。"

"很遗憾，长官。"

遗憾没有在他活着的时候和他成为朋友吗？还是说其实很遗憾他自己并没有这样的念头。

塞巴斯蒂安这么猜测着，对大卫说："那么，请你换上正式的服装，我会让毛球做好葬礼的准备工作，大概需要……"

"半个小时，先生。"金毛大狗立刻回答。

"半小时。"塞巴斯蒂安转述。

于是大卫点点头，转身走向了休息舱。

他的背影笔挺，似乎没有松懈的时候。塞巴斯蒂安看着他穿过窗口投射进来的如月光一样的圆，想起落在自己手上的光线，活着的魏吉是否也注意过那种光线呢？

塞巴斯蒂安这么想的时候，又朝毛球招了招手。

"再把魏吉最近值守的航行日志调出来给我看看，还有航天服的部件三维像。"

金毛大狗吐着舌头，眼神晶亮。

"他的值守时间是从 9 月 20 号到 10 月 20 号，记录是到几号？"

"10 月 11 号，先生。"

"他的那个节日……中秋节，是几号？"

"10 月 18 号，先生。"

塞巴斯蒂安摸了摸鼻子："我知道了。那么，再把他呼叫基地和其他探索飞船的信息记录给我看看。"

在毛球调出的资料中，塞巴斯蒂安看到了在 9 月和 10 月，每隔几天就会有魏吉的呼叫记录，但是从来没有回音，而最近的一条就是在他死亡的前一天，10 月 10 号。

"再让我看看故障部件三维像。"

毛球听话地将那个立体投影呈现在他面前，塞巴斯蒂安用手指默默地翻转着那个图像，又偏头看了看毛球。

"你的尾巴还好吗？"塞巴斯蒂安问道。

"很好啊！"毛球咧开嘴，尾巴摇得更欢快，但尾巴尖仿佛是被斩断了。

"今天是几号，毛球？"

"10月14号，先生。"

塞巴斯蒂安觉得他似乎全明白了。

故园无声

葬礼很简单，但是很庄重。

塞巴斯蒂安和大卫都站在那个密封盒子前，穿着他们从殖民地出发时的正装，白色的礼服，立领外套，胸口有一个金色的徽标，那是殖民地探索飞船的统一标识，下面用五彩线条印着飞船的名字和编号，还有他们各自的姓名。每一艘船都是一座独立的城池，从殖民地身上掉落的碎片，飘进宇宙中，也像是种子，遇到合适的行星就会扎下根来，变成另一个飘浮在宇宙中的城池，只不过会大一点儿。

塞巴斯蒂安念着干巴巴的悼词，他对魏吉实在了解得不太够，很难写出打动人的文字，而他也不想打动谁，除了自己，无论是大卫还是毛球，对于魏吉的死都不会违心地表示出过分悲伤。

他觉得自己在葬礼上做得最有意义的一件事，就是将剩下的一个完整的月饼放进了魏吉的"棺材"中。

然后，毛球抬起前爪在这个箱子上摸了一下，它缓缓地沉入地板，顺着一个垃圾处理通道被吸入底舱，然后进行分解。

"阿门。"

塞巴斯蒂安画了个十字，亲吻十字架，而大卫看着这一切只是微微皱了皱眉头。

他们一起回到了驾驶舱。

"我们得重新安排值班时间，"大卫对塞巴斯蒂安说，"现在人手有点紧，但是我们两个人还有5年的工作期限。"

"只是睡觉的时间大概会短一些了，"塞巴斯蒂安笑了笑，"也许在回去的路上，我们也会变得更老一些，如果我们还回得去的话……"

大卫停下了脚步，他的眉头又皱起来："长官，这样的话听起来很让人沮丧。"

"也许，可是我们别无选择。"塞巴斯蒂安笑了笑，"魏吉有没有跟你说过同样的话？"

"他和我的交接次数很少，我主要是跟您做交接的，长官，您知道……"

"你和他并不亲密，是的，我知道。"

他们来到了驾驶舱，毛球为他们升起了两把椅子。

"不，不，不在这里，请移到窗边上好吗？"塞巴斯蒂安指了指另外一个方向，"把滤光度再调低一些，谢谢。"

大卫看着他的动作没有说话，只是安静地跟着他在窗边坐下来。

"真漂亮，对不对？"塞巴斯蒂安赞叹道，"在这里能看到殖民地星球上永远看不到的景象，这里的星光是最直接的，我们可以看到恒星的爆发，可以看到星云的色彩，还有那些划过眼前的流星。"

"是的，长官！"大卫的语气中带着一点激动，似乎塞巴斯蒂安说的这些话才是他能听进去的，"我很荣幸自己能成为这艘飞船的一员。"

"你想过我们会发现一颗可改造行星吗？"

"也许，长官，也许不会，但我们只要完成 10 年的任务也是成功的。"

塞巴斯蒂安笑了笑："为了殖民地，还是为了人类？"

"都是，而且也是为了我们自己。"

塞巴斯蒂安看着地面上如同月光一样的圆形光斑："大卫，在你回去休眠之前，我想问你一个问题。"

大卫专注地看着他。

"你为什么要杀魏吉？"

大卫依旧沉默着，他没有开口，脸上的表情也没有变化，就仿佛没有听到他说话。

塞巴斯蒂安看了看地上蹲着的毛球："魏吉是 10 月 12 号死亡的，他的华裔节日是 10 月 18 号，而按照毛球记录的，他做这个东西是提前了两天，也就是说，他大概 10 月 10 日就做好了。按理说他不会提前这么多天来做月饼，因为即便是用烹饪机器来保存，八天之后的口感也会很糟糕。作为一个严格遵循着传统的华裔，他不会那么做。"

"后来我发现毛球的时间记录有问题，它的程序应该是被人重新篡改过了，而且最明显的就是它的图像产生了 bug。看它的尾巴，一直在延迟。不过我发现在魏吉的值守前几天的工作录像中它没有这个问题，直到他临死前的八天之内这个问题才开始出现。"

"最后让我产生怀疑的就是航天服中的压力部件，那个断裂的管子。请把三维图给我们看看，毛球。"塞巴斯蒂安和蔼地说，而金毛大狗汪了一声，让那个图浮现在空气中。

"看这里，"塞巴斯蒂安说，"两根管子是老化的样子，但实际上，我发现了上面有涂抹过一些添加剂，这使得它加速了老化。"

"让魏吉出舱，只需要事先在毛球的系统中埋下一个病毒就可以了，这个病毒，只是一个伪装信号，让系统报警，不过这也会使得它的程序出现问题，在图像上的表现很明显。"

"我在想，其实整个飞船的时间都被重新调整过了，整体上延迟了 8 天，其实今天不是 14 号，而是 10 月 22 号，中秋节已经过了。之前你曾经被魏吉唤醒过一次，他做的月饼有两个，其实是为了跟你一起分享，因为他觉得你有华裔的血统，大概能够理解这个传统，但是我想知道的是，他为什么突然要这么做？在这 5 年中，他过了 5 个中秋节，为什么这一次要这样做？"

大卫已经沉默地看着他，没有反驳他的话，也没有打算回答。

塞巴斯蒂安有些挫败地叹了口气："我看了他的录像，还有他的呼叫记录，没有回音，这难道导致了他的崩溃？"

塞巴斯蒂安最后的这个问题终于让大卫有所回应了，他的脊背依旧挺直，目光凝视着窗外，此刻他们依然在这不知名的恒星星系当中，远远地就能看见那白色的发光体，在它的周围，并没有其他的行星，它看起来无比孤单。

"其实是有回应的，"大卫回答，"在中秋前一天，接收到了一个信息，来自 102 号殖民地，信息上是一个紧急避险预告，据说是陨石撞击，但是发送日期是我们出发后的第一年，也就是说，按照我们现在的航行速度，其实殖民地那边已经度过了 300 多年的时光，而在这 300 多年中，再也没有任何消息传来，所以……"

所以接到这个消息让魏吉无比绝望，这意味着 102 殖民地很可能已经毁灭在那次陨石撞击灾难中。

"你们没有再接到其他的信息吗？其他的殖民地，或者探索飞船。"

"一个也没有，也许将来会有，但也许是同样的消息。正是因为我们的殖民地都存在危机，才会迫切地需要寻找新的可居住行星。"

"所以魏吉让你醒来是他没法承受吗？"

"也许是他觉得我可以分担他的绝望，"大卫摇摇头，"可是，我并不绝望。"

塞巴斯蒂安可以想象，因为对于魏吉来说，102殖民地是故乡。地球是所有人都回不去的，但102依然存在，对于他来说，那是一个源点，能支撑他在这宇宙中行走。记住古老的历法，做着蹩脚的传统食品，只是魏吉提醒自己的手段。而对于大卫来说，力量来自未来，来自于前方，他并不太理解魏吉的想法。

"可是……"塞巴斯蒂安说，"你为什么要杀死他？"

在这个孤寂堡垒中，一个人就是一个世界。

"他想要强行返航，"大卫解释，"他觉得如果殖民地真的毁灭了，我们需要立刻回去，或者去其他的殖民地查探，但我觉得这根本不可取，因为其他的殖民地也没有任何消息回复，甚至连其他的探索飞船也没有了，说不定在这些年中，它们可能都已经不存在了。"

"这太可怕了，大卫！"

"只是也许……但我觉得，我们应该完成10年之约，然后返航，这是我们该做的事情，魏吉所抱有的不过是侥幸心理，无论如何，希望不在身后。他告诉我，为了返航，他会想办法延长你的休眠时间，这样就算是拿到了指挥权。我觉得这种行为，应该算是叛变。"

"你可以制服他。"

"他的精神状态不稳定，我觉得他在崩溃的边缘，而且他对飞船驾驶有主要权限，我担心在舱内的直接暴力举动会产生无法预料的结果，威胁到整艘船的安全，让隐患稳定地消除才行。"

所以他实施了之后的计划。

塞巴斯蒂安看着大卫，没有从他的眼睛里看到后悔和惋惜，也没有恐惧。他做了他认为正确的事情，就像魏吉认为应该终止任务一样。

塞巴斯蒂安感觉到深深的疲惫，恒星的光被过滤以后，连热量都难以传到飞船内，那片光虽然美，却是冰冷的。塞巴斯蒂安握了握手，看着光在指缝中溜走。

"那条回复信息，你已经删了吗？"

"彻底删除了！"大卫说，"我隐瞒了重要信息，我接受您的处罚，长官。"

但是他不认为自己谋杀魏吉是错误的，塞巴斯蒂安听得懂他没有说出的意思。该怎么处理他呢？塞巴斯蒂安知道，如果他决定继续航程，无论是怎样的处罚，大卫都会接受。大卫也在衰老，尽管他的神色和第一天上飞船时没有区别，但是他脸上的皱纹加深了，白发也增加了一些。

塞巴斯蒂安不敢去看他眼睛中的自己，只能偏过头："在你回到休眠舱去之前，请把毛球的程序恢复到原样，好吗？"

大卫有些吃惊："长官？"

"你希望我怎么做？"塞巴斯蒂安说，"把你也丢出飞船？不，其实我也不知道应该怎么做。一个人继续剩下的 5 年，太漫长了……我们在回去前，还有那么久的时间。"

尾声

24 小时制，8：00 a.m.

"早上好，先生，欢迎醒来。"

毛球站在卧舱外，歪头看着塞巴斯蒂安，它用舌头舔着鼻子，尾巴在身后轻轻地晃动，那种延迟现象已经消失了。

"你好，毛球。"

塞巴斯蒂安慢慢地坐起来，压下胃部的恶心感。

"这次的时间有点长，先生，您休眠了 5 年了。"毛球抬起爪子，卧舱旁边的小格子里出现了管状的药剂。

"你没有唤醒我，是中途没有碰到任何值得探测的行星吗？"

"没有，先生。"

塞巴斯蒂安看了看旁边，两个空荡荡的卧舱安静地矗立在墙边，里面干燥而洁净，没有任何人。

"大卫已经醒来了吗？"

"是的，先生，他正在等您。"毛球摇着尾巴。

塞巴斯蒂安洗了个澡，冲走休眠舱中带着化学香气的附着物，温热的水流让他迟钝而干枯的身体再次恢复过来，变得精神奕奕。

当他走进驾驶舱的时候，他看到大卫正站在操作台前，手中端着两个圆形的糕点。

"请坐，长官。"他说，"今天是华裔的农历八月十五，我让毛球做了两个月饼，也许您愿意尝尝。"

塞巴斯蒂安发现大卫脸上的纹路更加深了，两鬓边出现了更多的白发。

"你没有休眠？"

"有。"大卫回答，"我休眠了一年，然后醒来。"

塞巴斯蒂安又朝窗外望去，滤光层让他能够通过窗户直视到一远一近两颗恒星，这是一个他从未见过的双恒星系统。他惊讶地发现自己竟然能够保持着平静，仿佛终于等来了一个结局。

"你没有返航？"

"没有，长官，"大卫说，"我在这 4 年中，曾经不停地向各个殖民地和探索飞船发送信息，但没有收到任何回音。我想，也许我们已经不能回头了。"

双恒星的光芒要更加强烈，即便是滤光层过滤以后，也通过窗户在地板上留下金色的光斑，就好像地球上日出时太阳的颜色。

"毛球，"塞巴斯蒂安说，"请你把椅子移到窗户边好吗？"

"好的，先生。"金毛大狗吐着舌头说，然后跑过去用爪子按了两下，地板升起来，变成两个高脚凳。

塞巴斯蒂安接过大卫手中的一个月饼，对他笑了笑："谢谢。"

"不客气，长官。"

"确切地说，我想谢谢你愿意记得这个日子，记得魏吉和我们的来处。"

"因为我们要走向更远的地方，长官。"

"是的……"

塞巴斯蒂安又望向窗外，恒星的光越过这艘飞船，洒向更深远的仿佛幕布一样的宇宙。

她的简介

  E 伯爵，重庆市作协成员，从网络写手起步，喜欢类型文学，文字风格多变，擅长以故事背景来转化语言风格。

  曾经出版单行本《天鹅奏鸣曲》《七重纱舞》《紫星花之诗》三部曲和《猩红帆》《异乡人》，中短篇小说《迷失森林》《七宗罪之嫉妒》《铜镜记》《格罗威尔先生故事集》，陆续发表于《今古传奇·奇幻》《飞·奇幻世界》《九州幻想》《科幻世界》和《推理》等杂志。

  获得首届华文推理大赛入围奖和第二届华文推理三等奖，《异乡人》入围第二届燧石文学奖和第三届京东文学奖年度科幻图书前五强，入围首届星云奖原作大赛（原石奖），获得 2019 年银河奖最佳原创图书奖。作品收入《2010 中国奇幻作品年选》《2012 年中国奇幻作品年选》和《2014 年中国悬疑小说精选》《2015 年中国悬疑小说年选》。

  2019 年获重庆首届创新争先先进个人奖励。

她 的回答

Q1 一年里，你通常花多长时间用于写作？一天里呢？

E伯爵： 实际上，我每天都在挣扎着挤出时间里来写，所以一年中我通常都是在每天争取拿出一个小时来，但愿望丰满，现实骨感。时间就跟发量一样越来越少，一天里能实现一小时写作的机会并不多，还要把打开电脑头脑空白的时间算进去……So，我觉得一年能有1/20的时间全算成写作的，就已经是虚报不少了。

Q2 你最喜欢自己的哪一部作品，为什么？（请不要回答"最喜欢下一部作品"）

E伯爵： 是一个奇幻故事，"四季物语"系列中的《露草》。一个想要永生，并且差点点永生的绝症作家的故事。大概对于写作和人生的想法，在这个故事里放得比较多，对于完成度也比较满意吧。

Q3 世界末日之前的一分钟，你面前有两个按钮，红色按钮可以拯救所有人类，蓝色按钮可以拯救所有除了人类之外的生物，你会按哪个按钮？（警告：选择蓝色按钮的话，自己也会消失。）

E伯爵： 当然是蓝色的了，自己消失没什么问题的，反正大家都消失了，留下一个也不过是晚一点消失而已。没有什么文明是长久存在的，重要的是还有那么多的物种留下来了，说不准什么条件具备了，会进化出新的智慧生命，到时候让他们来考古下人类，多么有意思。

陈茜

实际上，我以前一般极少意识到自己是作为一个"女性"在创作科幻小说。有些编辑和读者也曾和我开玩笑：要不是看到署名，很难分辨出来作者的性别。这可能是和个人想通过写作达成的诉求有关系吧。我喜欢布局和解密的快乐感，对具体人性与社会结构这块涉足比较少。而随着步入中年，我对人口、婚育、社会分工等也开始渐渐关注，将来会不会在科幻创作中探讨这些关于性别的主题，应该会顺其自然吧。

陈茜

她的科幻处女作

陈茜发表第一篇科幻小说是在2006年，当时她在读大学二年级，课业比较闲，有相当多时间可以阅读自己有兴趣的书。在图书馆随手拎了本关于昆虫学的教材翻看，有个奇妙的概念击中了她：在昆虫发育过程中，温度越高，发育所需时间越少，无论在任何阶段，发育所需的累积程度天数是个常数。于是她便构思了一个太空昆虫生产车间中，发生异常现象，结果是车间的生产机制促进了昆虫进化，出现群体智慧萌芽的故事。故事主角是个普通的工程师，灵机一动解开了谜题。这篇作品发表在《科幻大王》杂志上。初尝写科幻故事的乐趣后，陈茜开始将之作为一个长期爱好，写作至今。

黄金窗

陈 茜

一

"保卫最后一片蓝天"的游行活动在周日上午举行，全市人几乎倾巢出动。李则有采访任务，袁乐作为老朋友只能跟着去了。

游行结束后，他俩拐进了第六街他们熟门熟路的那个餐馆，直奔老座位——临街落地窗前的转椅。餐馆比平时冷清了许多，几个服务生站在桌上，撕掉窗玻璃上的宣传贴纸——蓝色背景上一只可爱的卡通眼睛：help me!

"识时务者为俊杰啊！"李则笑着打趣，"玻璃全保住了，嗯？"

服务生翻翻眼睛："别这么说，我们可是真心想要保护黄金窗的。看！"她挺了挺胸，同样主题的卡通徽章，是游行中有人散发的。袁乐和李则的口袋里也有。

"当然，善良的环保主义者，给我们来……"李则拉过菜单。

袁乐眯起眼，外面的街道上四处散落着彩纸、宣传单和被踩扁的一次性纸杯。环保主义游行哪次能搞得真正"有利于环境"，他苦笑。最近"黄金窗"的事又搅得天翻地覆，游行、静坐几乎成了双休日的固定节日。A 城是天空云层广告业最先起步的地方，想当年云层广告刚出现时，有人从外地赶过来和那片单色线条画合影。后来广告越做越多，技术也发展起来。现在他们能做出 256 色的图像，荧光效果，变色，甚至简单动画。他自己就是个绘云师，整天追着学这些新玩意儿都要吐血，但谁都懒得抬起头看一眼了。

也不怪谁，现在天空乌泱泱一片全是五颜六色的广告图案，唯一能让人看了舒口气的，只剩市中心上空那片真正的天——蓝色，在晴朗的日子里还会飘过云彩。"黄金窗"，关于这个外号来历的说法有两种：其一是说它作为大自然的最后阵地，像黄金一样珍贵；其二是传言各广告公司为了它，竞出的投标价都能用薄金片将它铺上一层了。袁乐比较相信后一种。

每隔一段时间，总会有传闻说某个大公司准备买下"黄金窗"，作为有史以来最引人注目的广告牌。而那些相信"黄金窗"和"大自然母亲的命运"息息相关的人，也会召集游行、发表演说、募集捐款，来保护它的现状。最后全不了了之。

有点儿像狼来了的故事。

"你不用赶回去交稿？"袁乐看端上桌的菜，非快餐食品。

"不用，把图片和采访录音传回去就行。"李则动手开吃，"总算给我配了个助手，那小青年文笔不错，有材料就能交稿子。"

"呵，媳妇熬成婆了嘛。"袁乐笑笑。李则一直是 A 城日报的编外记者，按件计酬，几年来一接到报社电话无论在哪儿都直窜"案发现场"。

"当初争到这个选题真是我最明智的选择，每隔段时间都火一下。我就奇怪了，他们对这件事的热情怎么能这么持久呢？春天选举市长时的集会都没今天的场面大。"

袁乐想起刚才和李则挤在游行人流里，几乎是身不由己地被挟着往前涌，路边还不断有人加入。街道两旁治安维持员人数是平时的数倍，的确有些商店的玻璃在混乱中被砸了。"我管这个叫道德情感泛滥症。"

李则抬头看着他笑："是不是害怕哪天他们把你吊到电线柱子上？你可是个绘云师啊，破坏自然的刽子手。"

"去！我想当刽子手还没处当呢。"袁乐闷哼一声。

李则拍拍对方的肩："没关系，生意不好就吃我的。以前我刚写新闻稿时也不是蹭了你很长时间的饭啊。"

"废话，不吃你的吃谁的！"袁乐心里叹口气。绘云师当初也是个风光无限的职业，他和李则刚从空军退役时都想干这行。李则接受不了从开大型运输机到小型特技飞行机的转变，而他坚持下来了。如今市场过度饱和，会玩家庭娱乐飞机的人也敢接活儿，开出的价格非常低，他现在拿到的零碎订单几乎不够开支。

碗盆撤走之后，李则收拾他装单反相机、DV 之类器材的大包。"你觉得海潮集团这次是不是玩真的？每次我们都说是狼来了狼来了，但他们通过正式渠道发布消息，说有意竞投一片空中地段用来打广告，可是第一次。你听到什么风声没有？"

"可能这次的确狼来了，"袁乐说，他犹豫了一会儿，还是决定说出来，"他们已经在找人接这个活儿了，30 万元，税后。"

"天！他们找的是谁？你有消息没？"李则一屁股重新坐下，直视对方的脸，他的表情突然变了，"你？"

袁乐点头。

"你不会同意吧？"

"我还不想被吊在电线杆子上，"袁乐毫无笑意地咧咧嘴，"不过他们同时也在找其他人，我不接总会有人接的。"

"所以你已经答应了。"

"30 万元！我能说不吗？我已经拖了半年房租钱了。"

二

"你知道不知道，我家上下左右的人家全搬空了，他们怕人放火，我觉自己跟疫神似的。"

袁乐从 A 城日报位于高楼顶层的办公室窗户往下看，黄金窗透下的阳光使市中心广场明显敞亮不少。以前说云层广告不会遮挡光线，鬼才信。

"现在只有行内人知道？"李则问。

"嗯，我那儿住的全是搞绘云的，全当作工作室，那种楼型屋顶有机场大！"袁乐横到屋角的沙发上，"估计消息传开了，我就该……嘿，那个就是要填掉黄金窗的家伙！砰！一个烂西红柿就上来了。喂，我借你这儿睡会儿。"

"不敢回去了？"

"昨天晚上，我门上被人用漆画了个眼睛，就是游行那天宣传画上那种，我花了大半夜工夫才把它擦干净。今天一早我就找了个小机库用假名把飞机存了，收拾点东西就出来了，等事情完了我再回去。"

李则走到沙发前把他拖起来："先别睡，起来我跟你说点事。"

"报社的意思是，我们负责你在这次事件里的人身安全，同时我们全程报道你在黄金窗上绘图的全过程。"

袁乐想了想："好小子，卖我卖得真快啊！是不是昨天刚回来就跟领导汇报去了？"

"我就是管这个案子的记者，说白了这件事对我有很大好处，我没什么好辩解的，"李则说，"不过我想对你也有好处，游行时那帮环保分子的狂热劲头你也看见了，说不准为了保住那块天把你给……"他用手掌往脖子上一横，吐吐舌头。

"不用吓我，我反正也只能在你这儿蹭吃蹭住，只要你别把我写成切尔诺贝利核电站的负责人之类的反派人物就行。"过了一会儿袁乐失笑，说，"你就想这么干，是不是？"

三

"说实话，我想不通他们为什么会找你接这个活儿。"李则悄声说。他坐在城郊某个私人小机库的走道里，袁乐在隔间里忙乎，后天就是飞行的日子，必须检查设备。

"怎么说话呢？我在单干的绘云师里也能排上前五位吧？"袁乐说，将液态染料灌进飞机尾部的喷管里。

李则挥挥手："你知道我不是这个意思，他们为什么不找个像彩色天空那样的大绘云工作室来做这件事？"

"没有工作室愿意接手，干完这件事，手基本上就臭了！"袁乐耸耸肩，"他们的名声不止 30 万元，我的只值这点儿！"

"海潮的这招儿也不知道值不值，他们想要的广告效应现在是有了，估计后天起全国没人不知道这个名字，恶名远扬也是名声。"李则笑，"从他们花上千万买下黄金窗当广告牌的消息发布后，他们的股票跌得一塌糊涂，市内门店里全是被人扔的臭鸡蛋。"

"我想我以后也得过一段躲鸡蛋的地下生活了。"袁乐爬进机舱，试着点火听听引擎声。

"我会把对你的专访写得让人觉得你的行为是情有可原的，"李则保证道，"说你童年受过伤害之类，然后长大了心里有对社会的不满需要发泄……现在的人就爱看这种东西。"

他正说着，听到座舱里传来一声怒骂。李则忙跑过去："怎么了？"

袁乐跳到地上，神情疲惫厌倦："有人动过手脚，把我的动力系统整个拆走了，留下张纸条说我不配开飞机。"他往机身狠踢一脚，将一团纸远远抛开。

李则立刻举起相机按快门。

闪光灯过后两人都有点尴尬。

"是不是要配上说明词：绘云师起飞前内心痛苦的斗争？"袁乐苦笑。

李则摊摊手："抱歉，我的工作。"

袁乐瞪了他好一会儿。

"好，现在你的工作就是找个地方借来一架喷绘机，否则我没法飞上天去填掉那块该死的天空，你也写不出报道。"

四

"机库主承认了，是他放几个人进去对你的飞机动了手脚，那些人挨个儿打听遍了附近的机库，恐怕是些狂热分子。"

袁乐点点头："那找到合适的飞机了吗？"

"你也听说过那个传言，有人会在中心广场上架着高射炮拦截你，阻止你飞近黄金窗。"李则说。

袁乐失笑："荒唐！他们能弄到什么炮？再说新兵训练几个月才有打中靶子的，他们以为自己天生神枪手？"

"的确是荒唐，不过也成功地阻止了任何人把飞机借给你的可能，你只有买一架了。"

袁乐摇头："我那 30 万元还不够买架专业型号的，临时改装时间也来不及。"

"你是说……"李则皱眉，"你要放弃？"

"不！我要强行借一架，明天早上我去机库。"袁乐走到报社办公室的落地窗前向外看，今天是阴天，黄金窗在四周广告画的包围下像块坏掉的显示屏，毫无表情的灰色。"你跟机库主的上次对话肯定有录音，他应该对我们的飞机安全负责的。"

李则明白过来了："知道了。"

他有点惊讶，这不是袁乐以前做事的风格，袁乐和那个机库主也算熟人了，不过他和袁乐更是老朋友，何尝不是正在互相利用……在他心里，已经打上了如何书写这件事的草稿。

五

第二天清晨有点薄雾，等袁乐和李则赶到市郊时，天已大亮。

"很长时间没看到过这么晴朗的天了。"袁乐下车时盯着远处那片宽宽的蓝色说。

"以后只能看天气预报知道今天是阴是晴了。"李则说，"喂，你真的要去做那件事？"

"现在讨论伦理学是不是有点晚了？"袁乐猛力敲打机库的卷帘门，"真要保护环境，几年前有人提出云层广告是视觉污染时怎么没人理会？那时天空覆盖率还不到一半，非要等最后一条鲸鱼快死掉时才提出要保护它，是不是太虚伪了？"

李则将手插进上衣口袋："也可以这么说。"

隆隆一阵响动，卷帘门开始移动，露出一张警醒的脸，看到是他们俩堵在门口，机库主显然有心理准备："是你们啊，再跟你们说一遍，我真的不知道他们会搞破坏……"

袁乐顺手撑住门："喂，我们谈谈。"

李则犹豫了一下，跟进去了，摄像机在衣袋里开始工作。

"几年没离地面了？"袁乐笑。

李则不说话，死抱着装相机镜头的包，脸色发白。

此时他俩已在离地面一万米左右的高空，下面是连成片的城郊无土农用地，像床方格毯子。"坐民航跟上你这破船的感觉不能比！"李则缓过劲儿来，"刚才加速度有 8 个 G 了吧？"

"不错，这 SU-26 飞起来的感觉真是不一样啊！待会儿干完活儿我飚几圈再还回去。"袁乐说。

"管机库的非吐血不可。"李则客观地评论。

"时间差不多了，我们现在朝市中心方向进发。"

"今天的能见度很高，我们可以从飞机上十分清晰地看到市中心广场上聚集的人群和撑开的标语，可见大多数市民对此事件持反对态度。"

"现场直播？"袁乐看李则时时刻刻冲衣袋里的录音笔说话，心里有点佩服他在机身震荡如此厉害的情况下还能保持声音平稳。

"当然在播出前要经过剪辑，我们现在离能看得到广场上的人堆还早着呢，这些话是肯定用得上的，有突发情况再即时插播。"李则解释，"海潮的图纸还没来？"

"他们说到了黄金窗位置再传到这里的计算机上。"袁乐将驾驶模式换回手动挡，"我必须先知道广告图画的布局才能设计最短路径完成它，带着多余的燃料飞特技简直是发疯，但你试试向一个公司官僚解释技术问题……还不如多飞几个螺旋失速玩玩。"

"他们对这次广告图案的保密工作做到极致了！"李则同意，"我们全在打探，没人能搞到哪怕一点消息。"

"还有三分钟，正好直飞到市中心，准备好了？"

"等等……"李则将所有记录设备全打开，自己挤到座位一角给摄像机让出空间，"走吧。"

"你找到那门炮了吗？"

"没有，除非他们带来的是一门装在衣兜里的迷你炮。"李则说，又将镜头对准下面黑压压的人群。隔着数万米，他们听不到人群发出的喧嚣，却也能感觉到巨大的愤怒暗潮在涌动，"你在想什么？"

"千夫所指，无疾而终。"袁乐承认，"头皮直发麻。"

驾驶台上传真机铃声响起。"图样总算来了……"袁乐打开文件，李则立刻凑过头去看。

两人一阵沉默。

"这不可能做到的！"

"是啊，比例尺只有一比八十！谁能隔着万把米看清这么点儿的字！"袁乐用指关节敲着台沿，"而且没人能在云层上喷这种尺寸的文字。"他伸出手去拍拍李则，"但没关系，他们赢了，有你在这里，你会把这行字放在日报的头版头条上，每个人都能看得清清楚楚的。"袁乐说。

"对，新闻必须真实，"李则将摄像机搁到机舱地面，长出一口气，"下面的人不会喜欢这种真实的。"

整张图样绝大部分是空白的，右下角有行小字：海潮集团为您保有这片蓝天。

他们往下看去，广场上的人群依然顶着条幅：反对商业行为侵害大自然的权利。

七

"行了，市民得到了蓝天，海潮拿到了消费者心目中最绿色的商家的称号，你账户里有了30万元，我写的报道是今年十大新闻之一。"李则说，"各人得所需，你还抱怨什么？"

他们正待在第六街餐馆的老位子上，外面阳光明媚。自从海潮开了买下天空空置的做法的先河后，一时间企业大量跟风，数天内几乎所有云层广告都消失殆尽，报纸新开辟了专版列出哪些公司为大众买下了数周的蓝天白云。随后广告画春风吹又生，再一轮清空……现在广告的数量和被租下保留的"空旷地带"的面积比例开始形成一种平衡：点缀性质的天空广告是效果最好的，也不招人反感。

"因为我最近发现自己的道德底线是无限可突破的，"袁乐说，"先是为了30万元去干所有人都认为可恶的事，然后胁迫别人强行借飞机给我，现在更好，天天当骗子。"

"你打算什么时候收手？"

"我刚去申请了微雕绘云技术的专利，以后一段时间里所有这类活儿全是我的，等我赚够了再说。"袁乐说。

那天他俩在黄金窗附近盘旋着，什么也不做就回航太不可思议，要喷绘上如此微小的一行文字更不可能，这比用斧头在米粒上雕刻更不实际。

袁乐最后在黄金窗右下角喷上了窄窄一道黑线。"算是皇帝的新衣，"他说，"反正没人能凑近看我的作品。"

他说："现在我就整天飞来飞去给每块天空标上一道细黑线，所有人都以为那是企业商标名呢。"

她的简介

　　陈茜，1986 年 7 月出生，长居上海，2008 年毕业于北京中央民族大学文博专业（文物鉴定与保护方向），现为上海图书馆古籍修复师。

　　自 2006 年开始从事科幻写作，作品题材集中于人工智能、未来医学等方面，调强故事情节性，文风简洁，颇受读者好评。其中短篇作品多见于《科幻大王》《科幻世界》《九州幻想》《最小说》等杂志。作品连年入选《中国年度最佳小说选集》，并多次改编为漫画、广播剧等形式。2013 年《量产超人》一文获第四届全球华语科幻星云奖最佳中篇科幻小说银奖，2014 年获得第五届全球华语科幻文学最具潜力新作者奖金奖。

　　实体书出版状况：2014 年于希望出版社结集出版短篇集《记忆之囚》，2015 年出版少儿科幻长篇《深海巴士》。

她 的回答

Q1 如果要在一座荒岛上独自生活一周，你会带上哪一本书？为什么？

陈茜：想了想，估计不会带文学小说类的，我是个挺胆小的人，到时八成没心情看小说了，应该会带上一本当地的海洋动物图鉴吧！可以鉴定在沙滩上的哪些鱼能食用，吃完了就捡捡贝壳分类一下，谋生娱乐两不误。

Q2 你家里最古怪的一件物品是什么？能说说它的来历吗？

陈茜：我家书柜顶上有个人类的头骨，性别女，比较年轻，可能是清代低层宦官家眷，来历是大学的施工工地捡来的，那片以前是清代坟场，类似的人类骸骨很常见。当时我作为文博系学生，正在学习体质人类学的课，见到后便顺手拾了起来。

不少朋友见了会问我，家里放着这样的东西，会不会觉得诡异。

我也想过这个问题，若是纯理性派，人类头骨不过是件生物学标本罢了，要真万物有灵，这位女士头骨的摆放位置正好能看到有趣的电视节目，她应该不会介意的吧。

Q3 世界末日之前的一分钟，你面前有两个按钮，红色按钮可以拯救所有人类，蓝色按钮可以拯救所有除了人类之外的生物，你会按哪个按钮？

（警告：选择蓝色按钮的话，自己也会消失。）

陈茜：当然会毫不犹豫按蓝色按钮。人类灭亡后，其他生物大概很快又能进化出另一种智慧物种，没准还能一起继承人类文明遗产。而要是其他生物都死光了，只剩下人类——两星期内大家也要全部饿死，地球再重新进化出一次整个生态系统，那就更加漫长了，不划算。

355